Scarlet
스카렛

Scarlet

스칼렛

내
생애
최고의
스포서

1판 1쇄 찍음 2012년 10월 5일
1판 1쇄 펴냄 2012년 10월 10일

지은이 | 화연 윤희수
펴낸이 | 정 필
펴낸곳 | 도서출판 **뿔미디어**

편집장 | 이재권
기획 · 편집 | 손수화, 주종숙
편집디자인 | 이진선
관리, 영업 | 김기환, 임순옥

출판등록 | 2002년 9월 11일 (제1081-1-132호)
주소 | 부천시 원미구 상3동 533-3 아트프라자 503호 (우)420-861
전화 | 032)651-6513 / 팩스 032)651-6094
E-mail | scarlets2012@hanmail.net
카페 | http://cafe.daum.net/scarletR

값 9,000원

ISBN 978-89-6639-948-2 03810

※파본은 구입하신 서점에서 교환하여 드립니다.

내 생애

SCARLET ROMANCE STORY

화연 윤희수 장편 소설

최고의

스포서

contents

1. 치명적 만남 ♥7

2. 지옥행 편도를 타다 ♥33

3. 네 정체성이 의심스럽다 ♥68

4. 외계인에게 침략당하다 ♥110

5. 안드로메다에 떨어진 지구인 ♥160

6. 쉿, 안드로메다엔 비밀이 없다 ♥196

7. 복숭아나무에 꽂힌 고구마 ♥248

8. 안드로메다엔 캔디가 없다 ♥296

외전 1. 지구별에 떨어진 외계인 ♥354

외전 2. 우주 최강 커플 안드로메다를 정복하다 ♥360

후기 ♥367

1.
치명적 만남

불 꺼진 거실로 들어선 수현은 배낭을 바닥에 던져 놓고 주방 쪽으로 걸어갔다. 냉장고에서 생수를 꺼내 마시며 그는 건조한 눈으로 안을 훑었다. 상한 것 하나 없이 먹을 것으로 꽉 채워진 모습에 입술이 비틀렸다. 문을 닫자 빛도 사라졌다. 묵은 갈증을 해소하듯 연신 물을 벌컥이며 사방을 둘러본다. 오랜 시간의 공백이 느껴지지 않을 만큼 깔끔한 집이 또 한 번 그의 심기를 건드렸다. 물기를 손등으로 닦아 내며 낮은 한숨을 내쉰다. 어둠이 시야를 더 시리게 만들었다.

빈 생수병으로 툭툭 닿는 것들을 쳐 내며 거실로 내려온 수현이 슛을 쏘듯 한 손으로 어딘가를 겨냥해 그것을 던졌다. '피슝.' 장난스런 효과음을 곁들이며 눈을 가늘게 뜨곤 거만하게 두 손을 주머니에 찔러 넣었다. 둔탁한 소리와 함께 진열장 위의 액자 하나가 생수병과 함께 바닥으로 추락했다. 피식. 싱거운 웃음이 새어 나왔다.

그는 부러 먼지투성이 몸으로 집 안 곳곳을 누비고 다녔다. 건들건들 행패를 부리듯 물건들을 쓰러트렸다. 여기저기 돌아다니며 벗어 던진 옷에서 먼지가 풀풀 날렸다. 겉옷을 다 벗어 던진 그는 무거운 걸음을 욕실 쪽으로 옮기며 마지막으로 머리를 탈탈 털었다. 한 사흘 감지 않아 뻑뻑한 머리가 거슬렸다. 쯧. 짧게 혀를 찬 수현은 남은 속옷까지마저 벗어 던지며 욕실 문을 열었다.

귀국 축하 기념 샤워라도 한판 거나하게 해야겠다. 아직 그 누구의 방해도 받지 않았을 때 말이다. 문 닫힌 욕실 안에서 시원한 물줄기 소리가 들려왔다. 틈틈이 감미로운 허밍도 곁들여진다. 국적을 알 수 없는 허밍은 샤워가 끝날 때까지 간간이 이어졌다.

샤워를 마치고 머리를 털며 나오던 수현의 코끝으로 향긋한 커피향이 스며들었다. 잠시 동작을 멈춘 그가 시선을 들어 거실을 둘러보았다. 벗어 두었던 거죽들이 어느새 말끔히 사라지고 불도 환하게 밝혀져 있었다. 그는 쓴웃음을 토해 내며 고개를 저었다. 털다 만 머리의 물기를 마저 털어 내며 그가 욕실 옆 드레스 룸으로 향했다.

수현은 수건을 목에 두른 채 입구에 서서 또 한 번 헛웃음을 터트리고 말았다. 우렁각시가 참 부지런도 하다. 중앙 테이블 위에 구색까지 맞춰 얌전히 올려놓은 옷을 바라보며 수현이 쓰게 웃었다. 낮게 한숨을 내쉬며 안으로 들어선 수현은 잘 코디된 옷을 무시하고 진열장 구석진 곳을 뒤적였다.

"여행은 즐거웠어?"

등 뒤에서 들리는 소리를 무시하며 수현은 옅은 베이지색 티와 면바지 하나를 꺼냈다. 벗은 상체에 티를 걸치고 허리춤에 여민 목욕 타월로 손을 내렸다. 타월을 풀다 말고 그가 무심히 고개를 돌려 문 쪽을 바라보았다. 삐딱하게 고개를 기운 수현이 날카롭게 기찬을 노렸다. 그에 커피 잔을 든 채 문에 기대 있던 기찬이 어깨를 으쓱하며 시선을 반대쪽으로 돌려 커피를 한 모금 들이켰다.

바닥으로 떨어지는 타월 소리를 들으며 기찬은 커피를 한 모금 더 머금었다. 살벌하기 그지없는 무뚝뚝한 수현의 태도에 설핏 미소가 떠올랐다. 그의 변함없는 까칠함이 이렇게 반가울 수가 없었다.

어느 날 불현듯 한국을 떠난 수현은 지난 반년 많은 사람의 애를 태우며 세계 곳곳을 바람처럼 떠돌아다녔다. 되지 않는 연락을 기다리며 마음 졸이던 세월이 주마등처럼 스쳐 갔다. 짙은 한숨이 절로 흘러나왔다.

"한숨 한 번에 일 년씩 늙어. 형은 이미 절대 노안이란 걸 명심해."

저 시건방진 말투, 미치게 사랑스럽다. 기찬은 제 곁을 스쳐 거실로 나서는 수현의 뒷모습을 흐뭇하게 바라보았다. 소파에 털썩 몸을 기댄 수현이 제 몫으로 놓인 커피 잔을 들었다. 여행 중에도 떨어지는 일 없도록 노력한 커피였다. 수현은 커피 향을 맡으며 그제야 엷은 미소를 띠었다. 목 안으로 커피를 넘긴 수현이 등받이 깊숙이 목을 기대 넘기며 낮은 숨을 흩어 냈다.

평온함도 잠시, 곁으로 다가온 기찬이 테이블 위에 서류철을 내려놓았다. 스륵 머리를 기울인 수현이 무심히 그것을 보곤 다시 고개를 젖혔다. 무관심으로 일관하며 수현이 눈꺼풀을 내려놓기 무섭게 기찬이 조심스럽게 입을 열었다.

"서초동 클럽, 메사를 관리하라신다."

나른한 몸으로 피곤이 스며든다. 수현은 손을 뻗어 얼굴을 천천히 쓸어내렸다. 건조한 얼굴 위로 헛웃음이 새어 나왔다. 눈을 뜬 수현의 얼굴에서 웃음기가 사라졌다. 그 섬뜩함에 기찬이 낮은 기침을 흘려 내며 슬쩍 시선을 피했다. 기찬을 향한 시선을 거두지 않은 채 수현이 천천히 테이블 쪽으로 몸을 기울였다. 그에 기찬이 지레 몸을 흠칫거렸다. 피식. 싱겁게 웃으며 시선을 거둔 수현이 서류를 열자 지극히 형식적인 임명장이 보인다. 하아. 이 양반은 뭐든지 이런 식이지. 장난처럼 뭐든 쉬워.

"흠. 내 생각엔 기분 전환 겸 해 보는 것도 좋을 것 같은데. 메사 정도면 시스템이 잘되어 있어서 그다지 신경 쓸 일도 없고."

"이게 형 생각이 필요한 일인가?"

"……아, 아니 뭐."

"알았어. 생각해 볼게."

건성으로 답하며 다시 소파에 기대 눈을 감은 수현이 귀찮다는 듯 잠긴 목소리로 말했다.

"나 좀 쉬고 싶은데."

"어, 그래. 내일 보자."

처음부터 수현을 자극할 필요는 없었다. 메사는 이미 강남 일대를 주름잡고 있는 클럽의 메카였다. 그런 자리에 수현을 앉히는 것은 그를 붙잡아 두기 위한 수단에 불과했다. 그마저도 그리 성실히 할 것 같지는 않지만, 굳이 거절하지는 않을 것이다. 떠날 때 했던 약속이 있으니. 기찬은 조명을 어둡게 하고 수현을 홀로 남겨 둔 채 현관을 빠져나왔다.

복도를 걸어가며 그는 품 안에서 휴대폰을 꺼내 들었다. 단축번호를 누르고 신호가 울리길 얼마 지나지 않아 상대방이 받았다. 기찬은 최대한 정중히 목소리를 가다듬고 수현에 대해 보고했다.

"저녁 9시 비행기로 입국. 10시 30분 귀가. 간단한 샤워 후 휴식을 취하고 있습니다. 심경의 변화는 없는 듯 보이며 클럽에 관한 사항은 대략 인지시켰습니다."

―좋아.

"수현의 성격상 일은 빠른 시일 내에 시작하리라 생각합니다."

—네 생각은 중요치 않아. 현의 확답이 필요하지.

"네."

지극히 자기중심적인 말투. 그런 것 하나까지 닮아 있는 둘 사이에서 기찬은 오랜 세월 다리 역할을 하고 있었다. 몇 마디 명령을 끝으로 대화는 끝났다. 엘리베이터에 오른 기찬은 힘없이 벽에 기대섰다. 반년을 하루도 빠짐없이 수현의 집을 드나들며 그가 돌아오기만을 기다렸다. 누가 봤다면 집 나간 서방 기다리는 일편단심 여편네냐 면박을 줬을 것이다.

기찬은 벽 거울에 제 얼굴을 이리저리 비춰 보며 짧게 혀를 찼다. 그가 노안인 건 두 모자 사이에서 치일 대로 치였기 때문이다. 썩을 놈! 남 고생하는 것도 모르고 애만 먹이는 아주 성가신 놈이다. 그래 놓고 노안 운운하다니. 한숨을 내쉬던 기찬은 멀쩡히 살아 돌아온 수현을 떠올리며 키득거렸다. 그래도 네놈이 좋은 걸 어떡하냐. 노안 소리 들어도 별수 없지.

어쩌면 수현이 돌아오리라 결심을 굳힌 일에 저도 한몫했을지 모른다. 누군가 자신을 미치도록 그리워하며 기다린다는 부담감 때문에 차마 더 미루지 못하고 돌아온 것이리라. 기찬은 그다지 중요치 않은 자신의 생각을 확신하며 거울 속의 저를 보고 싱긋 웃었다.

기찬의 생각대로 수현은 그가 오피스텔에 도착하기도 전에 일어나나갈 준비를 하고 있었다. 아침은 습관대로 가볍게 물 한 잔으로 대신했다. 간단히 샤워를 마치고 드레스 룸에서 비교적 시크한 셔츠와 슈트를 골라 입었다.

중앙 유리로 덮인 진열장에서 시계를 골라 차고 전신 거울에 잠시 자신의 모습을 비춰 보곤 이내 거실로 나왔다. 때마침 안으로 들어서던 기찬이 그런 수현을 보고 환한 미소를 띠었다. 호들갑스럽게 다가서는 기찬을 귀찮다는 듯 피해 현관을 나서며 간단한 인사조차 건너뛴다. 그럼에도 기찬은 뭐가 그리 좋은지 배시시 웃으며 전날 그대로 테이블 위에 놓인 서류철을 슬쩍 들춰 보았다.

"역시."

휘갈기다시피 서명이 된 서류를 덮으며 기찬이 수현의 뒤를 급히 쫓았다. 막 열린 엘리베이터 안으로 수현이 들어섰다. 스피디하게 엘리베이터로 안착한 기찬이 가쁜 숨을 몰아쉬며 지하 3층 버튼을 눌렀다. 숨을 돌린 기찬이 벽에 비스듬히 기대 주머니에 손을 넣고 선 수현을 돌아보았다. 수현을 위아래로 훑으며 그가 낮게 휘파람을 불었다. 예전 수현은 옷에 가는 주름 하나도 허용하지 않는 결벽증에 가까운 까칠함과 철두철미함의 대명사였다. 그런 수현이 아무렇지 않게 벽에 기대 옷에 구김이 가는 것을 그대로 방치하고 있었다. 실로 놀라운 일이었다.

"형."

"어."

"나 남자 싫어해."

"알아."

"알면 눈 돌려."

"어."

뚫어져라 저를 쳐다보며 휘파람을 불어 대는 것이 못마땅했던 모양이다. 모난 성격은 쉽게 고쳐지지 않는가 보다며 구시렁거린 기찬이 지하 3층에 도착해 먼저 차를 향해 걸어갔다. 한국에 몇 대 없다는 신형 세단 앞에 멈춰 선 수현이 차가운 시선으로 그것을 쏘아보자 기찬이 뒷좌석 문을 열어 억지로 그를 밀어 넣었다. 문을 닫고 운전석에 오른 기찬이 안전벨트를 매며 괜히 너스레를 떨었다.

"그래도 명색이 이산데 이 정돈 타야지. 야, 그래도 너 예전에 타던 거에 비하면 그렇게 비싼 것도…… 아니야."

줄줄이 말을 늘여놓던 기찬이 룸미러에 비친 수현의 날카로운 시선을 마주하곤 슬쩍 입을 다물었다. 저놈 성격 건드려 봐야 좋을 것 없다 판단한 기찬이 서둘러 차를 출발시켰다. 미끄러지듯 유순하게 차고를 빠져나간 세단이 도로 위를 부드럽게 질주했다.

신임 대표이사의 등장을 가장 꺼려하는 건 실질적인 경영을 맡고 있던 매니저였다. 마흔 중반의 나이로 어린 시절부터 클럽을 전전하며 많은 경험을 쌓아 왔던 그로서는 새파랗게 젊은 놈이 뒷배만 믿고 느닷없이 대표이사라며 나타난 것부터가 불만스러웠다. 그가 볼 때 이수현이라 자신을 밝힌 새 이사는 허우대만 멀쩡한, 이른바 새장에서 곱게 자란 귀공자에 불과했다. 그런 자가 강남 제일의 클럽 메사를 이끌어 갈 수 있을 리 만무했다.

유능한 인재를 두고 핏줄에 모든 걸 내맡기다니 안 회장도 많이 늙은 모양이라며 매니저는 속으로 두 모자를 씹어 댔다. 건방지기 이를 데 없는 새 이사는 첫날부터 모든 게 다 건성건성이었다. 타이마저 생략한 간편한 옷차림도 못마땅했다. 권위라고는 찾아볼 수 없는 자유분방함이었다.

"전월 순 매출은 6억 3천 정도로, 여기에 부수적인 수입까지 합산하면 7억에 달하는 꽤 준수한 수입 실적이 될 것입니다."

간략하게 클럽의 전반적인 보고를 마친 매니저가 딱딱하게 굳은 얼굴로 수현 너머의 벽을 응시했다. 시선조차 마주치기 싫다는 무언의 표명이었다.

하지만 우습게도 그런 매니저를 신경 쓰는 이는 아무도 없었다. 적어도 이 사무실 안에선 말이다. 기찬은 수현의 거동 하나하나에 신경을 쓰느라 여념이 없었고, 수현은 모든 게 다 심드렁한 상태였다. 보고서도 보는 둥 마는 둥 하던 그가 길게 기지개를 켜며 자리에서 일어섰다.

"여기 이사실엔 화장실도 없나?"

"예?"

기껏 묻는 것이 왜 이사실엔 화장실이 딸려 있지 않느냐는 말이었다. 기가 막혀 하마터면 헛웃음을 대놓고 터트릴 뻔했다. 대답을 바라고 던진 질문은 아니었던 듯 수현은 그대로 자리를 털고 일어나 문을 열고 나섰다. 그 뒤를 기찬이 가드처럼 따라붙었다.

홀로 이사실에 남겨진 매니저는 터져 나오려는 욕지기를 속으로 삼키며 거친 숨만 연신 몰아쉬었다. 벌떡 일어서 소리 없이 삿대질을 해대던 매니저는 급기야 뒷목을 붙잡고 소파 위에 주저앉았다. 혈압이 급상승했다.

이사실을 나와 복도를 걷던 수현이 낮게 한숨을 내쉬며 말했다.

"어디까지 쫓아올 거야?"

"응?"

"설마 거기까지 따라올 건 아니지?"

"하하. 난 그럼 잠깐 바람 좀 쐬고 올게."

줄곧 따라붙는 기찬을 억지로 떨쳐 낸 수현은 클럽이 훤히 보이는 이층 난간에 몸을 기댔다. 별로 내키지 않는 일이었고 귀찮기도 했다. 그렇다고 매몰차게 거절하기도 뭣했다. 반년 휴가에 대한 몰아치기 한 판이었다. 내쳤다간 더 한 것이 올 것이다. 이 정도에서 타협을 보는 게 그에겐 나은 선택이었다.

수현은 슈트 안쪽 주머니에서 담배를 꺼내 물었다. 오래된 지퍼 라이터로 불을 붙여 한 모금 들이켜는 순간 웨이터 복장의 젊은 사내 하나가 나타나 슬금슬금 테이블을 정리하기 시작했다. 클럽이 금연 구역일 리 만무하건만, 사내는 불쾌한 얼굴로 수현이 내뿜는 연기를 부러 과하게 손으로 휘휘 내저었다. 무척 앳돼 보이는 얼굴이었다. 설마 미성년은 아니겠지.

주변을 얼쩡거리며 청소를 하는 꼴이 수현이 어서 나가 줬으면 하는 눈치다. 입꼬리를 묘하게 비틀어 올린 수현이 피우던 담배를 튕기자 사내가 놀라 급히 손으로 그것을 받아 냈다. 그러다 아직 불씨가 남아 있는 담배가 뜨거웠던 듯 이리저리 옮기며 호들갑이다. 수현이 슬쩍 시선을 내려 사내의 유니폼 포켓에 달린 명찰을 훑었다. 윤은. 묘한 이름이다.

"그러게 그걸 손으로 왜 받아?"

"앗뜨! 불나면 어떡합니까?"

"그 정도로 쉽게 불나면 문 닫아야지. 이거 불연성 아니야?"

발끝으로 툭툭 카펫을 걷어차며 말하는 수현을 어이없다는 듯 바라보던 윤은이 불이 꺼진 담배를 주머니에 쑤셔 넣었다. 그리곤 고개를 잘래잘래 흔들며 다시 테이블을 정리했다. 별 정신 나간 놈을 다 보겠다는 투덜거림이 수현에게도 들리는 것으로 봐선 들으라고 일부러 하는 말 같았다. 너 방금 실수한 거야.

아랫입술을 살짝 깨문 수현이 성큼성큼 걸음을 옮겨 테이블이 나열된 곳 끝으로 다가갔다. 무심히 돌아보는 윤은을 향해 비틀린 웃음을 지어 보인 수현이 거침없이 테이블을 힘껏 걷어찼다. 그에 경악하며 입을 쩍 벌린 윤은은 미처 피할 틈도 없이 테이블의 도미노에 휩쓸려 함께 넘겨졌다. 그제야 만족스런 미소를 머금은 수현이 휘파람을 불며 넘어진 윤은의 곁을 스쳐 지나갔다.

"아씨!"

등 뒤에서 들리는 불만의 외침은 귀를 한 번 휘적거림으로 깔끔히 무시했다. 발끈하며 일어난 윤은이 꽉 움켜쥔 주먹으로 성큼성큼 수현을 향해 다가섰다. 윤은이 막 수현의 뒤통수를 향해 주먹을 내지르려는 찰나 우뚝 걸음을 멈춘 수현이 갑자기 몸을 돌렸다. 급작스레 수현의 얼굴을 마주한 윤은이 깜짝 놀라 중심을 잃고 휘청거렸다. 윤은이 내지르던 팔목을 수현이 붙잡았다. 결에 넘어질 위기를 모면한 윤은이 겨우 중심을 잡으며 그제야 안도의 한숨을 내쉬었다. 그것도 잠시 제 귓가에 와 닿는 낯선 감촉과 뜨거운 숨결에 흠칫 몸을 떨었다.

"좋아? 그런데 어쩌지? 난 남자 싫은데."

"헉!"

퍼뜩 귀를 손으로 가린 윤은이 동그랗게 뜬 눈으로 수현을 올려다보았다. 그제야 자신이 수현의 가슴에 얼굴을 묻고 있었다는 걸 깨달은 모양이다. 수현이 짜증스럽게 그 부위를 털어 냈다. 잘근 입술을 깨문 윤은이 쳐 내듯 수현에게 잡힌 손을 흔들었다. 쉽게 떨쳐질 줄 알았던 손이 더 세게 윤은의 손목을 죄어 왔다.

미간을 찌푸린 윤은이 무심한 얼굴의 수현을 노려보았다. 거친 숨을 몰아쉬며 튀어나오려는 욕지기를 억지로 참고 있는 윤은을 가만히 내려 보던 수현이 불쑥 고개를 내렸다. 코끝이 닿을 거리에서 멈춘 그가 윤은의 놀라 흔들리는 시선에 비릿한 미소를 머금었다. 생긴 것처럼 하는 행동도 딱 밥맛이군. 그의 예리한 시선이 윤은의 이목구비를 찬찬히 훑어 내렸다.

시원하게 목덜미를 드러낸 숏커트가 잘 어울린다. 반듯한 이마에 가지런히 자리 잡은 눈썹과 짙고 긴 속눈썹 아래 제법 똘망한 눈동자가 저를 담아내며 이글거린다. 죽일 듯이. 날선 콧대는 그리 높진 않지만 고집스레 보인다. 입술은. 무슨 사내놈 입술이 이렇게 새빨개?

손을 빼내려 버둥거리는 윤은의 팔을 더 높이 치켜들자 악 소리를 내며 까치발을 들었다. 그에 아랑곳없이 수현이 다른 손을 뻗어 거칠게 윤은의 입술을 문질렀다. 수현의 손이 제 입술에 닿자 멈칫했던 윤은이 그의 거친 손놀림에 인상을 팍 구겼다. 그리곤 입을 벌려 수현의 손을 힘껏 깨물었다.

"아!"

손을 빼낸 수현이 물린 손가락을 제 입술에 물려 열을 식혔다. 반사적으로 저도 모르게 한 일이었다. 그 모습에 윤은이 벌린 입을 다물지 못한 채 뜨악한 얼굴로 그의 입술을 뚫어져라 쳐다보았다. 그러다 번뜩 시선을 올려 수현을 경멸 어린 눈으로 노려보았다.

"저질."

"뭐?"

"그걸 왜 입에 처넣냐고!"

"하아. 이것 봐라."

"이씨! 여태 봐 놓고 또 뭘 봐! 그 눈은 썩은 동태눈이냐! 이거 놔! 안 놔!"

"야."

"아, 뭐!"

그의 낮은 부름에 버럭 소리를 치며 윤은이 도도하게 턱을 치켜세웠다. 그런 윤은이 가소롭다는 듯 수현이 검지로 윤은의 이마를 꾹꾹 눌렀다. 신경질적으로 이마를 누르는 손을 쳐 냈다. 윤은의 얼굴로 또다시 불쑥 수현의 얼굴이 다가왔다. 이제는 놀랍지도 않았다. 더 눈을 부릅뜨고 마주 바라보자 그가 피식 웃는다. 수현의 매끄러운 입술이 조그맣게 달싹거렸다.

"너 찍혔어."

"찍히긴 개뿔. 뭐, 어디 몰카라도 설치하셨나? 그래서 뭐. 내가 뭘 어쨌게."

"네 앞날이 아주 파란만장해질 거란 말이지."

"하아. 이봐요, 손님. 이 바닥만 삼 년이네요. 그런 협박에 눈 하나……."

"쉿."

수현이 손가락 하나를 세워 윤은의 입술을 꾹 눌렀다. 눈을 부라리는 윤은을 향해 한쪽 입술 끝을 올려 비틀린 미소를 지어 보이곤 조곤조곤 나직이 속삭였다.

"협박인지 아닌지는 두고 보면 알겠지."

"와아! 나 참, 별 미친."

"이사님."

깐죽거리며 말을 이어 가던 윤은의 입이 그대로 다물어졌다. 갸웃하며 눈을 깜빡인 윤은이 천천히 고개를 돌렸다. 누가 누구를 이사라고 부르는 것인지 궁금했다. 설마 제 손을 잡고 있는 위인을 지칭하는 말은 아닐 거라며 등 뒤를 확인했다. 손님이라 생각하긴 했지만 영업시간 전에 들어와 제멋대로 활보하는 예의 없는 사람이라 판단했다. 그에 저도 막 나가긴 했다. 조금, 아주 조금.

"기찬이 형?"

"어라? 윤은이 네가 왜."

"형, 혹시 이 사람 알아?"

"아, 인사해. 새로 온 이수현 대표이사님이시다."

"아아……."

하아. 설마가 사람을 잡았다. 뻣뻣하게 고개를 돌린 윤은의 눈에 천천히 목을 가로로 긋는 수현의 손이 보였다. 그의 입술이 소리 없이 달싹거렸다.

you're dead.

꿀꺽. 마른침을 삼킨 윤은이 깊은 한숨을 내쉬며 수갑처럼 제 손을 옥죄고 있는 수현의 손을 바라보았다. 천하에 둘도 없는 살아 있는 염라대왕이 눈앞에 강림했다. 이런 젠장. 윤은은 현실을 부정하듯 눈을 질끈 감았다. 그 감은 눈 위로 수현의 매력적인 허스키 보이스가 내려앉았다.

"보이지? 암담한 네 앞날이."

고개를 절레절레 흔들며 윤은이 눈을 번쩍 떴다. 절대 그런 건 본 적도 없다 열심히 부정했다. 피식. 싱겁게 웃은 수현이 볼모로 잡혔던 손목을 놓으며 아무 일도 없었단 듯 느긋하게 기찬을 향해 걸어갔다. 멀어지는 발소리에 섞여 기찬과 수현의 목소리가 들려왔다.

"왜 무슨 일 있었어?"

"그냥. 여기 있는 동안 좀 재밌게 지낼 수 있을 것 같아서."

"어?"

"꽤 재밌는 장난감을 발견했거든."

"설마."

"세상에 설마란 건 없어. 다 인과응보지."

"인과응보라."

등에 꽂히는 기찬의 시선이 느껴졌다. 비틀려 올라간 수현의 입술도 눈앞에 선했다. 망할. 이놈의 입이 방정이다. 미쳤지. 여기에 뼈를 묻을 것도 아니고 무슨 투철한 직업 정신이냐. 담배 좀 핀다고 그게 뭐. 성질 더러운 놈 한둘 겪어 본 것도 아니면서 대들긴.

"아우!"

신경질적으로 머리를 벅벅 긁은 윤은이 몸을 돌려 저만치 멀어져 가는 수현의 모습을 바라보았다. 깊은 한숨이 절로 나왔다.

하느님 혹시 저 인간이랑 일촌 맺으셨으면 말 좀 잘해 주십시오. 저 가엾은 애라고. 좀 살살 다루라고. 저 지금도 사는 게 엿 같은 거 잘 아시잖아요. 좀 봐주세요. 하느님.

미치고 환장하겠다. 정말.

클럽 오픈 전에 잠시 신임 이사의 취임 인사가 있었다. 말이 인사지, 안면 익히기에 따른 아부 떨기의 시간이었다. 간략한 소개와 함께 앞으로 잘 부탁한다는 수현의 형식적인 인사가 뒤따랐다. 뒤이어 본격적으로 줄줄이 늘어서 얼굴 가득 미소를 띠운 직원들의 구십도 굽실거림이 이어졌다.

줄의 맨 끝에 몸을 숨기듯 서 있던 윤은은 연신 한숨을 내쉬며 점점 자신에게로 다가서는 수현을 힐끔거렸다. 어떻게 어떤 식으로 인사를 해야 할까 걱정스럽기도 했고, 짜증스럽기도 했다. 신경질적으로 머리를 벅벅 긁으며 흔들었다. 케세라 세라. 어차피 막장 중에 막장 인생 이러나저러나 매한가지다. 닥치면 닥치는 대로 사는 거다. 윤은은 좌우명을 속으로 외치며 팔을 들어 주먹을 불끈 쥐었다.

"윤은…… 씨는 인사를 주먹으로 하는 모양입니다."

"어? 아."

"인사말도 참 독창적이고, 그래서."

"예?"

귀도 밝다. 혼잣소리를 용케 알아듣고 꼬아 댄다. 재수 없는 놈. 윤은은 어느새 제 앞에 우뚝 선 수현을 멀뚱히 올려 보았다. 하필이면 파이팅을 외치며 불끈하는 순간에 나타날 게 뭐람. 어설프게 웃으며 윤은이 입술을 씰룩거렸다. 주춤 머쓱함에 손을 내려 바지에 쓱쓱 문질렀다. 악수를 하려고 한 손을 내밀고 예의 돈게 그 손을 정중히 받쳐 들었다. 어쨌거나 먹고는 살아야 하니까. 약간은 비굴해질 수밖에 없다. 그게 인생이다.

내민 손이 민망하게 그는 건조한 시선으로 윤은을 내려 보며 제 주머니 속에 손을 밀어 넣었다. 악수를 대놓고 거부하고 있었다. 다소 건방진 그 태도에 윤은의 미간이 미세하게 찌푸려졌다가 빠르게 펴졌다. 그래 뭐, 이 정도야 약과지. 악수는 나도 하기 싫다고. 속으로 구시렁거리며 들리지 않게 혀를 차던 윤은의 머리 위로 수현의 나지막한 목소리가 날아들었다.

"첫 인사도 독특하게 하고 싶어 할 것 같은데."

"네?"

이건 또 무슨 소린가 해서 길게 목을 빼 들고 수현을 멀뚱히 바라보았다. 수현의 입 끝이 슬쩍 말려 올라갔다. 의아해하며 고개를 갸웃거리는 윤은에게 한 발 다가선 수현이 그녀의 귓가로 입술을 내렸다. 옅은 숨결이 귓가에 닿자 솜털이 곤두섰다. 흠칫 몸을 떠는 윤은을 비웃으며 수현이 가만히 입술을 달싹거렸다.

"나도 바디로 인사하는 거 좋아해."

"예에?"

대체 무슨 말을 하는 건지 도통 알아들을 수가 없었다. 저도 모르게 눈살을 찌푸린 윤은이 수현에게로 고개를 돌렸다. 비틀린 입가가 눈에 들어온다 싶은 순간 그녀의 얼굴 위로 커다란 손이 안착했다. 그리곤 순식간에 무릎이 꺾이며 뒤로 넘어갔다. 바닥과 조우하는 그 짧은 순간 윤은은 어둠이 내려앉은 눈을 연신 깜빡이며 짧은 숨을 삼켰다. 극심한 통증이 등을 타고 온몸으로 퍼져 나갔다. 다행인 것은 얼굴을 잡은 손이 머리가 부딪치는 걸 저지시켰다는 사실이다. 하마터면 뇌진탕까지 걸릴 뻔했다.

낮은 신음을 터트리며 몸을 비트는 윤은의 얼굴 위에서 손이 거둬졌다. 결에 콩 하고 가볍게 머리가 바닥에 부딪혔다. 절로 찌푸려진 눈 사이로 멀어지는 수현의 모습이 비쳤다. 그는 아무 일도 없었다는 듯 옷을 털어 내며 다른 직원들을 향해 돌아섰다. 윤은은 헛웃음을 터트리며 그냥 벌렁 바닥에 드러누웠다. 이게 무슨 인사야. 수현은 말도 안 되는 헛소리를 너무도 당당하게 지껄이며 실행에 옮겼다. 주먹 좀 흔들었다고 그걸 빌미로 치사하게 걸고넘어지다니. 아우. 윤은은 입바람을 불며 분출하는 울분을 애써 억눌렀다.

"다소 과격한 인사였지만 기억에 남을 만한 것이 아니었나 싶습니다. 원하시면 언제든지 받아칠 용의가 있다는 제 간략한 취임사를 대신한 것이라 보시면 될 겁니다. 새파랗게 젊은 놈이 뒷배만 믿고 날뛴단 소린, 뭐 귀에 인이 박히게 들어서 이젠 씨알도 안 먹힙니다. 좀 더 참신한 소재를 가지고 오시면 그땐 그에 맞는 적당한 반응으로 답해 드리겠습니다."

"……."

"전 바디 대 바디도 환영합니다. 주저하지 마십시오. 그럼."

저벅저벅 멀어지는 수현의 거만한 발소리를 들으며 윤은은 이를 빠득 갈았다. 거친 한숨은 옵션이다. 본보기로 찍어 눌렀단 소린데, 하아, 기가 막힌다. 아무리 그래도 그렇지 이런 식으로 막 굴린다 이거지?

"윤은아 괜찮아?"

수현이 사라지자 윤은을 중심으로 모여든 사람들이 웅성거렸다. 현빈이란 어울리지 않는 명찰을 단 철민이 슬쩍 윤은의 옆구리를 찌르며 물었다. 번쩍이는 조명이 달린 천장을 무심히 바라보며 윤은이 허무하게 되물었다.

"괜찮아 보여?"

"아니."

"그게 정답이야."

"근데 왜 하필 너한테 저러냐?"

"내 말이. 왜 하필 나냐 말이야. 후우. 연약하기 짝이 없는 나를 왜, 왜!"

말하다 보니 울컥하며 참았던 울분이 치밀어 올랐다. 무뚝뚝한 종석이 몸을 일으키며 윤은의 발을 툭툭 걷어찼다. 시선을 들어 바라보자 종석이 퉁명스레 말하며 자리를 떴다.

"넌 절대 연약하지 않아."

멀어져 가는 종석을 멀뚱히 바라보던 사람들이 윤은을 돌아보며 고개를 끄덕였다. 절대 수긍의 의미였다. 윤은의 어깨를 가볍게 두드리며 사람들이 의미심장하게 웃었다. 하나둘 자리를 뜨는 사람들을 멍하게 바라보던 윤은이 고개를 뒤로 벌렁 젖히며 히죽 웃었다.

"빙고."

인산인해를 이룬 클럽을 유리벽을 통해 내려 보며 수현이 담배를 꺼내 물었다. 불을 붙이려 라이터를 켜 가져 대던 수현이 문득 불빛을 응시하며 머뭇거렸다. 뭔가 떠올리는 듯하던 그가 라이터를 끄고 담배를 빼 들었다. 손에 든 담배를 유리벽에 톡톡 두드리며 골똘히 생각에 잠겼던 수현이 한쪽 입 끝을 비죽이 끌어 올렸다.

클럽의 피크라는 금요일 나이트도 아니고 평일 초저녁에 이렇게 사람이 들끓는다면 피크 때는 더 난리가 날 거라는 답이 나온다. 그러고도 한 달 평균 수입이 고작 7억? 피식. 누굴 바보로 아나. 느른히 웃음을 머금은 수현이 혀를 굴려 볼을 부풀렸다. 가만히 내리뜬 눈이 은밀히 반짝거렸다.

유리벽을 두드리던 손길이 딱 멈췄다. 입가에 떠 있던 미소가 말끔히 지워졌다. 거만하게 클럽의 혼잡한 실내를 내려 보던 눈도 짙게 가라앉았다. 그의 눈썹이 꿈틀거렸다. 몸을 돌린 수현은 곧장 이사실을 빠져나가 거침없이 복도를 스쳐 흐느적거리는 인파 속으로 스며들었다.

그를 발견한 몇몇 여우들이 몸을 비비적거리며 다가섰지만, 수현은 아무런 감흥 없이 무심히 그들을 지나쳤다. 수현의 발길이 닿은 곳은 일층 스테이지 옆에 있는 바였다. 느닷없이 바 안으로 들어선 수현의 모습에 깜짝 놀란 바텐더가 눈을 깜빡이며 멍하니 바라보았다. 그런 바텐더를 향해 건성으로 손을 휘저으며 볼일 보란 말을 대신한 수현이 천천히 진열대 위를 훑었다. 비스듬히 선 그의 고개가 한쪽으로 기울었다. 예의 그 재수 없는 미소를 머금은 수현이 진열대로 바짝 다가섰다. 옆으로 걸음을 옮기며 그가 손을 뻗어 술병들을 천천히 쓸고 지나갔다.

쨍그랑. 시끄러운 음악 소리에 금세 묻혀 버리고 말았지만 곁에 선 바텐더를 놀라게 하기엔 충분한 소리였다. 진열장 술병을 훑던 수현의 손에 값비싼 위스키들이 툭툭 바닥으로 떨어져 내렸다. 무슨 미친 짓이냐 버럭 화를 내리던 바텐더는 그의 직분을 떠올리며 거친 숨을 몰아쉬었다. 첫 번째 진열대를 훑어 떨어트린 술병이 스물이 넘는다. 바르르 꽉 움켜쥔 주먹을 떨며 씩씩거리고 선 바텐더를 수현이 몸을 돌려 마주했다. 거만하게 주머니에 손을 찔러 넣은 수현이 무표정한 얼굴로 자박자박 바닥에 떨어져 깨진 유리병을 짓밟으며 바텐더 곁으로 다가섰다.

처음 그의 행동에 화가 나 속으로 울분을 터트리던 바텐더의 눈이 미세하게 흔들렸다. 그러더니 한 발 간격으로 바짝 다가선 수현의 눈을 마주한 상황에선 불안함으로 어쩔 줄을 몰라 했다. 수현이 입매만 끌어 올려 웃으며 나직이 말했다.

"왜 그랬는지 아시죠?"

"흐음. 무, 무슨 말씀이신지."

"몰라? 모른다면 그건 당신 자질에 상당한 문제가 있다는 말이지. 바텐더 씩이나 되는 사람이 바의 문제가 뭔지도 제대로 파악하지 못했다. 그게 말이 돼?"

"……."

차마 말을 못 잇고 고개를 모로 숙여 시선을 외면하는 바텐더를 비틀린 시선으로 바라보던 수현이 가만히 그의 귓가에 속삭였다.

"당장 저 진열장 곳곳에 숨겨 둔 쓰레기들 안 치우면 당신도 쓰레기처럼 버려질 줄 알아."

마른침을 삼키며 짙은 신음과 함께 고개를 숙이는 바텐더에게서 한 발 물러섰다. 바텐더의 직분만으로 저런 꼼수를 벌일 리 만무했다. 진짜와 가짜도 구분 못 하는, 술에 취해 비틀거리는 족속들 좀 속여 먹는 게 뭐 대수냐 반문할지도 모른다. 뭐 알고도 속고 모르고도 속는 게 이 바닥 룰이라지만, 더러운 속임수 따위를 쓰면서 그 정도 수익밖에 못 낸다면 그건 좀 다른 문제다. 손님은 속여도 오너는 속이지 말았어야지.

수현의 시선이 시끄러운 스테이지를 지나 은밀한 룸 쪽으로 향했다. 드러난 게 이 정도면 숨긴 건 또 얼마나 된다는 건지. 신랄한 미소를 머금은 수현이 걸음을 옮기려다 말고 아래를 무심히 내려 봤다. 발에 닿는 무언가가 그의 걸음을 방해한 것이다. 입가를 비틀려 올리며 수현이 아무렇지 않게 그것을 걷어찼다. 멀쩡한 술병 하나가 그의 발길질에 무참히 깨어졌다. 무수한 파편들 사이를 거침없이 걸어 나온 수현은 곧장 룸이 있는 곳으로 향했다.

긴 복도를 지나자 고급 카펫이 깔린 비즈니스 룸 파트가 나타났다. 소리 없이 움직이던 웨이터들이 그를 발견하곤 가볍게 고개를 숙여 보였다. 인사도 받는 둥 마는 둥 무심히 지나치며 룸을 하나하나 살피던 그가 문득 뭔가를 발견하고 걸음을 멈췄다. 몸을 돌려 온전히 룸을 향해 돌아선 수현이 슬쩍 룸 넘버를 확인하곤 더 세밀히 안을 살폈다. 여자 셋에 남자 하나. 그것도 숙맥 기질이 다분한 골칫덩이었다. 지켜보는 수현의 눈이 가늘게 빛났다.

주문한 것들을 내려놓는 윤은의 손이 긴장으로 주춤거렸다. 하필이면 배정받은 룸이 여기라니 오늘 아주 제대로 재수 옴 붙은 모양이다. 윤은은 자신에게 내리꽂히는 은밀한 시선들을 느끼며 깊은 한숨을 내셨다. 일명 클럽의 진상들로 통하는 삼인방이었다. 난다 하는 기업들의 딸만 아니면 무시해 버리면 그만일 텐데 그도 힘들다. 자칫 심기를 건드렸다간 클럽이 시끄러워진다. 묵묵히 하는 대로 참아 내는 수밖에 달리 방법이 없다.

술잔을 내려놓는 윤은의 몸을 좌측의 여자가 뚫어져라 바라보았다. 그것도 위아래로 아주 적나라하게 훑어 내렸다. 슬쩍 몸을 앞으로 기울인 여자가 노골적으로 윤은을 응시하더니 슬며시 손으로 다리를 쓸어 올렸다. 흠칫 놀란 윤은이 컵에 담아내던 얼음을 떨어뜨리고 말았다. 그것도 하필이면 중앙에 앉은 여자의 허벅지 위였다. 당황한 윤은이 급히 냅킨으로 얼음을 집었다. 그런 윤은의 손목을 중앙의 여자가 붙잡았다. 윤은이 번쩍 고개를 들어 큰 눈으로 바라보자 여자의 눈이 음흉하게 번들거렸다.

"어딜 손대?"

"죄, 죄송합니다."

"남의 다릴 만져 놓고 고작 한다는 말이 죄송? 이거 성추행인 거 알지?"

"예? 아, 아니 그게 아니라."

"아니긴 뭐가 아니야. 방금 이렇게."

여자가 잡은 윤은의 손목을 끌어당겨 제 허벅지 위에 올려놓았다. 윤은의 눈이 더 커졌다. 뭐라 말을 잇지 못하는 사이 여자가 윤은의 손에서 냅킨을 빼내며 턱을 손가락으로 들어 올렸다. 가까이 얼굴을 들이민 여자에게서 짙은 향수와 역한 담배 냄새가 났다. 윤은은 찌푸려지는 얼굴에 애써 웃음을 띠었다. 윤은의 어설픈 미소에 여자가 방정맞게 까르르거렸다. 우측의 여자가 과일 하나를 집어 먹으며 귀엽다고 말했다. 잘근잘근 씹어 삼키는 포도가 꼭 저인 것 같아 윤은은 바르르 몸을 떨었다. 이 여자들 왠지 무섭다.

꿀꺽. 마른침을 삼키는 윤은의 목을 따라 여자가 손가락을 움직였다. 윤은의 셔츠 위에서 손을 멈춘 여자가 단추를 만지작거렸다. 툭 하고 단추가 풀리는 소리에 윤은이 눈살을 찌푸렸다. 가만히 고개를 내려 풀려나간 단추를 바라보았다. 이거 지금 뭐하자는 수작이야? 어이가 없어서. 헛웃음을 터트리며 고개를 들어 여자를 마주한 윤은이 다음 단추를 향해 내려온 여자의 손을 덥석 잡았다.

"손님 이러시면 곤란합니다."

"뭐가?"

"저는 접대부가 아닙니다."

"몸만 보자는데 그게 뭐 어때서?"

"전 스트립 그다지 즐기는 편이 아니라 사양하고 싶습니다만."

"실수를 했으면 손님 기분을 업시키려는 정성이라도 보여야 하는 거 아닌가?"

"그건."

"뭐하는 거야?"

뭐라 변명을 늘어놓으려던 윤은은 느닷없이 등 뒤에서 들려온 말에 번쩍 고개를 돌렸다. 저 양반이 여긴 왜 나타났데? 상황에 걸맞지 않게 생뚱맞은 눈으로 저를 바라보는 윤은을 무시하고 수현이 모델 포스로 간지 나게 천천히 걸어 들어왔다. 여자들의 시선이 순식간에 그에게로 몰린 것은 두말할 필요도 없었다. 그가 테이블 앞에서 우뚝 걸음을 멈춘 채 엉거주춤한 상태로 반쯤 엎드려 있는 윤은을 내려 보았다. 아주 거만한 눈길로.

"원하는 게 뭐야?"

눈은 여전히 윤은을 향한 채 여자들에게 물었다. 그의 등장에 눈을 빛내며 침을 삼키던 여자들이 음흉한 미소를 만면에 띄었다. 중앙의 여자가 윤은을 잡았던 손을 거뒀다. 그 틈을 타 재빨리 뒤로 물러선 윤은이 풀린 단추를 서둘러 잠갔다. 건조하게 그것을 바라보던 수현이 싱긋 미소를 피워 문 채 여자들을 돌아보며 말했다.

"언니들 스트립 좋아하는구나."

"와우. 눈치 빠른데."

"신참이야? 제법이네."

"잘생겼다. 딱 내 스타일이야."

"눈치는 이 정도면 월드스타급이고, 신참이라면 신참이고, 제법 생긴 게 아니라 이건 완벽한 거고, 잘생긴 건 맞는데 언니 스타일은 아니지."

하나하나 눈을 맞추며 거침없이 토해 내는 말에 여자들이 키득거렸다. 저 미친 잘난 체가 뭐가 좋다고 저 난리야. 윤은은 수현의 등을 향해 이죽거렸다. 그런 윤은에게로 갑자기 뭔가가 날아들었다. 반사적으로 그것을 받아 든 윤은의 눈이 휘둥그레졌다. 슈트 재킷. 방금 전까지 수현이 입고 있던 그것이었다. 윤은이 커진 눈을 들어 수현을 응시했다. 그가 막 셔츠 단추로 손을 옮기고 있었다.

"스트립하면 또 내가 일가견이 있는데."

수현이 첫 번째 단추를 풀자, 여자들이 눈을 빛내며 탄성을 질렀다. 연이어 두 개의 단추를 더 풀어낸 수현이 테이블 위에 탁 하고 손을 내려놓았다. 그의 탄탄한 근육이 슬쩍슬쩍 셔츠 사이로 보였다. 여자들의 표정만 봐도 알 것 같았다. 그 바디 참 탐스럽게 영글었구나. 윤은은 은근슬쩍 수현의 힙 라인을 감상하며 고개를 끄덕였다. 침 삼킬 만해.

"근데 말이야. 언니들 세상에 공짜는 없어. 그건 알아야지."

"재밌다 너. 그래, 그만하면 뭐 봐 줄 만해. 얼마?"

"얼말 거 같아?"

"좋아."

중앙의 여자가 백에서 지갑을 꺼내 수표 몇 장을 뽑아 들었다. 수현의 눈앞에서 그것을 흔들며 유혹하듯 입술을 모았다. 수표를 바라보던 수현이 눈에 힘을 주며 건조하게 말했다.

"장난해?"

"뭐?"

"그걸로 뭐하려고. 껌 값도 안 되는 종이 쪼가리를 흔들면서 거들먹거리지 말고 잘 들어."

시건방지게 말투를 바꾼 수현이 몸을 세워 거만하게 여자들을 노려보며 단추 하나를 채웠다. 여자들의 얼굴이 험악하게 일그러졌다. 뒤에 선 윤은이 꿀꺽 침을 삼켰다. 저 인간이 또 뭔 짓거리를 하는 거야. 걱정스레 바라보던 윤은의 눈이 움찔거렸다.

"단추 하나에 일억. 오늘은 날이 날이니까. 여기까진 서비스. 다음엔 그런 휴지 조각 들고 오지 말고 진짜 돈 가져와. 정확하게 십이 억. 그럼 스트립 확실하게 해 줄 테니까. 그건 언니 뒤나 닦아. 변비냐 냄새

엄청 구려."

"하아. 뭐 이런! 야!"

"이 새끼, 돈 거 아냐?"

"야! 여기 매니저 불러 당장!"

단추를 마저 채우고 윤은에게 다가와 슈트 재킷을 받아 걸친 수현이 흥분해 날뛰는 여자들을 돌아보며 혀를 찼다.

"매니저로 되겠어? 사장 불러야지. 레벨이 그것밖에 안 돼?"

"이씨! 야! 사장 불러!"

중앙의 여자가 삿대질을 하며 벌떡 몸을 일으켰다. 그런데 그게 왜 하필 자기냐며 윤은이 투덜거렸다. 내가 그렇게 만만해? 구시렁거리는 윤은의 머리를 툭 가볍게 내려치며 수현이 여자들을 향해 말했다.

"왜."

"왜는 몰라 물어? 너 같은 건 당장 모가지야. 사장 안 불러?"

"그러니까. 나더러 내 목을 치라고?"

"뭐?"

"싫은데. 여긴 내 놀이터야 니들이 나가."

"하아. 기가 막혀."

"기만 막혀? 다행이네 보통은 거품 물고 넘어가던데."

"야!"

바르르 치를 떨며 분노의 삿대질을 해 대는 여자들을 뒤로하고 귀를 휘적거리던 수현이 불쑥 윤은에게로 손을 뻗었다. 그리곤 윤은의 뒷덜미를 덥석 낚아채 그대로 문을 향해 걸어갔다. 졸지에 끌려가는 신세가 된 윤은의 몸 위로 과일들이 날아들었다. 분노로 바들거리던 여자들이 닥치는 대로 잡아 던진 것이다. 문을 열고 당당히 나서는 수현에게는 아무런 해를 가할 수 없었다. 얼굴로 날아든 바나나의 잔해를 떨어내며 윤은이 빠득 이를 갈았다. 젠장! 졸지에 염라대왕 방패막이 신세가 됐다.

"아씨! 이거 놔요."

"입에 걸레 물었냐? 말투가 왜 그래?"

"하아. 사돈 남 말."

"내가 왜 너랑 사돈이야."

잡힌 뒷덜미를 떨쳐 내려 버둥거리던 윤은이 미처 말을 끝내기도 전에 수현이 불쑥 기분 나쁜 투로 말했다. 이 사람 낚아채기 전문 아냐? 투덜거리는 윤은을 복도 끝 주방 출입구로 몰아넣은 수현이 뒤따라 안으로 들어서며 윤은을 거칠게 밀쳤다. 그에 비틀거리며 뒷걸음질 치던 윤은이 바닥에 널어놓은 과일 상자에 걸려 넘어졌다. 세척을 위해 물을 받아 두었던 통에 안착한 윤은이 입을 쩍 벌렸다. 축축한 게 아주 느낌 작살이다.

"너 이차도 뛰냐?"

"뭐?"

"까지 말고. 맞먹냐?"

"말도 안 되는 소릴 하니까 그렇죠. 내가 이차를 왜 뛰어요?"

"그런데 거기서 왜 노닥거려. 여자 궁하냐?"

"하아. 그걸 지금 말이라고."

"쉐프."

벌떡 몸을 일으키는 윤은을 깔끔히 무시하며 지나친 수현이 쉐프를 찾았다. 누가 봐도 쉐프임이 표가 나는 인물이 서둘러 그 앞에 나타났다. 수현이 그의 몸을 슥 한 번 훑고는 마찬가지로 주방을 훑었다. 그러더니 윤은이 넘어지면서 흩어진 사과를 하나 집어 올려 이리저리 살폈다. 그러다 불쑥 그것을 쉐프에게 던졌다. 놀라 사과를 받아 든 쉐프가 수현을 바라보았다.

"apple이 epple이 되면 안 됩니다. 무슨 말인지 아시죠?"

"예. 여긴 제 고유 영역입니다. 아무나 쉽게 손을 못 대죠."

"그런 것 같군요. 앞으로도 계속 그렇게 합시다. 모든 건 쉐프 책임 하에 이뤄지는 겁니다. 관리 철저히 해 주십시오."

"네, 명심하겠습니다."

뭔가 의미심장한 말을 주고받던 수현이 고개를 끄덕이며 식재료들을 천천히 살폈다. 만족의 미소를 띤 수현이 다시 발길을 돌렸다. 입구를 향해 걸어 나가던 수현이 윤은의 곁을 지나며 혀를 찼다. 바지의 물기를 털어 내는 윤은의 이마를 툭 밀치며 그가 시니컬하게 말했다.

"사내자식이 뭘 그걸 가지고 울상이야. 쪼잔하게."

"아아아!"

불시에 당한 습격이라 미처 방어를 못 한 탓에 또다시 물통 위로 떨어지고 말았다. 속옷까지 파고든 물의 서늘함에 윤은이 부르르 몸을 떨었다. 번쩍 고개를 든 윤은이 이미 수현이 사라지고 없는 입구를 향해 버럭 고함을 내질렀다.

"야! 내가 왜 사내자식이야! 어디가 어떻게! 이 망할 동태눈깔!"

때마침 주문한 안주를 가지러 주방으로 들어선 종석이 그런 윤은을 보며 퉁명스레 말했다.

"말투, 옷, 스타일 전부."

당연하다는 듯 말하고 문으로 사라지는 종석을 윤은이 넋 놓은 얼굴로 바라보았다. 하아. 허탈한 웃음을 터트리며 돌아보는 윤은을 향해 주방 식구들이 일제히 고개를 주억거렸다. 종석이 말이 맞아. 윤은은 고개를 절레절레 흔들며 그대로 통 속에서 사지를 늘어트렸다. 왜 다들 날 여자로 안 보냐고. 왜. 아, 미쳐.

2.
지옥행 편도를 타다

텅 빈 직원 탈의실 안에서 연신 구시렁거리는 소리가 들렸다. 중얼중얼 마치 염불을 외는 듯한 그 소리는 탈의실 구석진 곳에서 들려오고 있었다. 철벅이는 묘한 마찰음과 더불어 쾅 하고 거칠게 캐비닛 문이 닫히는 소리가 어우러졌다.

"아씨! 이게 말이 되냐고 말이!"

샤워 커튼 뒤쪽에서 터져 나온 투덜거림은 윤은의 것이었다. 구겨지다시피 처박혀 있던 유니폼을 꺼내 걸치며 윤은이 이를 빠득 갈았다. 손님이 난동을 부린 것도 아니고 직원끼리 싸움이 붙은 것도 아니었다. 사내자식 운운하며 되도 않은 소리를 지껄이던 동태눈깔 때문에 일어난 일이었다. 윤은은 억울했다. 바지를 꿰차고 지퍼를 올려 잠근 윤은이 셔츠를 팔에 걸치다 말고 캐비닛을 다시 열었다. 문에 달린 거울에 이리저리 제 몸을 비춰 보다 이내 한숨을 푹 내쉤다. 밋밋하긴 하다. 누군가 그랬다. 메추리도 가슴에 속하냐고. 쩝. 할 말 없다.

앞뒤 구분이 안 가는 저주받은 바디를 가진 것이 천추의 한이다. 체념의 한숨과 함께 고개를 흔든 윤은이 차근차근 단추를 채웠다. 그러다 또 입을 삐죽거린다. 단추 하나에 일억이라던 수현의 말이 떠올라서였다. 금단추도 그렇겐 안 한다. 얼마나 대단한 몸이기에. 비아냥거리며 입을 삐죽이던 윤은이 금세 쩝 하고 입맛을 다셨다. 뭐 힙 라인은 그런대로 봐 줄 만하더구만. 조끼까지 갖춰 입은 윤은이 샤워 커튼을 젖히고 밖으로 나섰다. 입구를 향해 몇 걸음 옮기다 말고 엉덩이 쪽 바지를 쓱쓱 당겼다. 속옷은 미처 준비하지 못한 탓에 갈아입지 못했다. 짜서 입기는 했는데 묘하게 달라붙는 그 느낌이 좀 찝찝했다.

뒤뚱거리며 걷다 문을 열고 나서면서 걸음을 바로 했다. 아무 일도 없는 듯 복도를 걸어 이층 계단으로 오르던 윤은이 문득 위를 올려 보았다. 이층 난간에 수현이 기대서 있었다. 유심히 뭔가를 살피는 듯 아래를 훑던 그의 눈이 윤은의 눈과 마주쳤다. 그가 무심히 시선을 옮겨 다른 곳을 응시했다. 헐. 누군 좋아 봤냐? 이죽거리며 다시 계단을 오른 윤은이 수현을 철저하게 무시하며 그의 곁을 스쳐 테이블 쪽으로 향했다. 등 뒤로 수현의 따가운 시선이 내려앉았다.

붉은 램프를 흔드는 여자들에게로 다가간 윤은이 자세를 낮춰 앉았다. 여자가 다른 쪽 테이블을 가리키며 귓속말을 전했다. 힐끔 남자들이 앉은 테이블을 살핀 윤은이 고개를 끄덕였다. 클럽의 꽃이 바로 부킹 아니던가. 윤은은 자신의 임무를 다하기 위해 만면에 접대용 미소를 띤 채 자리에서 일어섰다. 남자 테이블로 향하던 윤은의 팔을 누군가 붙잡아 세웠다. 멀뚱히 저를 잡은 손을 보며 고개를 올린 윤은의 눈에 미간을 찌푸린 수현이 보였다. 한쪽 입술이 움찔하는 것을 억지로 참으며 윤은이 건성으로 물었다.

"왜요?"

수현이 말없이 눈썹을 휘며 윤은을 위아래로 훑었다. 또 뭘 어쩌려고? 마뜩잖게 저를 올려 보는 윤은을 한참 어이없다는 듯 바라보던 수현이 그녀의 손목을 잡은 채 걸음을 옮겼다. 당황해 눈을 깜빡이던 윤은이 부킹 목표물을 그대로 지나치자 놀라 뒤를 돌아봤다. 아니나 다를까 부킹을 부탁했던 손님들의 표정이 좋지 않았다. 큰일이다. 수현에게 잡힌 팔목을 힘껏 잡아당기자 이번엔 쉽게 빠졌다. 앞서 걷던 수현이 우뚝 걸음을 멈추고 윤은을 돌아봤다.

"왜 그러는진 모르지만, 저 지금 일해야 합니다. 조금 있다 말씀하시면 안 되겠습니까?"

"일?"

윤은이 고갯짓으로 등 뒤 테이블을 가리켰다. 수현이 슬쩍 바라보곤 고개를 끄덕였다. 초롱초롱하게 눈을 빛내며 이쪽을 바라보는 여자들의 주문 사항이었던 모양이다. 들릴 듯 말 듯 혀를 차며 돌아서는 윤은의 정수리를 수현이 톡톡 두드렸다. 신경질적으로 돌아보는 윤은을 수현이 날카로운 눈으로 쏘아보자 윤은이 이내 꼬리를 내렸다.

"왜 그러십니까? 저 바쁩니다."

은근히 바쁨을 강조하는 윤은을 가소롭게 바라보며 수현이 엄지로 제 등 뒤를 가리켰다. 윤은이 힐끔 그 너머를 응시하자 수현이 그녀의 귓가로 입술을 내려 말했다.

"그것만 처리하고 내 방으로 와."

"예?"

"두 번 말 안 한다."

"아, 예."

무슨 소린가 해서 수현을 돌아보려던 윤은이 얼른 고개를 바로 했다. 시끄러운 음악 탓에 귓속말을 하는 거라지만 가까워도 너무 가까웠다. 몸을 세운 수현이 손끝으로 가라는 말을 대신했다. 부르르 고개를 턴 윤은이 몸을 돌려 남자들 테이블로 향했다. 대한민국 1% 미녀들만 엄선해 오는 길이라 너스레를 떨며 부킹을 권하는 윤은의 말을 흘려들으며 수현이 피식 싱겁게 웃었다. 휘 주변을 한 바퀴 둘러본 수현이 기찬에게 전화를 걸어 뭔가를 지시했다.

건수 하나를 올리고 시끄러운 스테이지를 떠나 복도로 접어든 윤은이 슬쩍 주변을 살폈다. 아무도 없는 것을 확인한 윤은이 엉덩이로 손을 뻗어 달라붙은 바지를 떼어 냈다. 그리곤 이리저리 옷을 정리한 후 조심스레 수현의 집무실 문을 두드렸다.

"들어와."

누군 줄 알고 반말을 해 대는지 고놈 참 버르장머리 없다, 속으로 투덜거리며 문을 밀었다. 수현이 책상에 앉아 건성으로 서류를 넘기고 있었다. 마른침을 꿀꺽 삼킨 윤은이 슬쩍 안으로 들어서 문을 닫았다. 힐끔 윤은 쪽을 돌아본 수현이 손짓으로 소파를 가리켰다. 주춤거리며 소파로 걸어간 윤은이 엉거주춤 엉덩이를 내려놓으려던 찰나 수현이 그것을 제지했다.

"스톱."

"예?"

"어딜 앉아."

윤은이 소파를 돌아봤다. 어디긴 어디야 소파지. 보면 몰라? 앉으라며. 입으로 내뱉지 못한 말을 초롱초롱한 눈망울에 담아 수현을 바라보았다. 눈빛을 읽지 못한 모양인지 수현이 손가락을 위로 올렸다. 스텐딥. 일어나란 소리다. 입을 삐죽이며 자세를 바로 하자 뭔가가 윤은의 면전으로 날아들었다. 순발력을 발휘해 그것을 잡은 윤은이 속으로 나이스를 외쳤다. 역시 운동신경 하나는 짱이다. 히죽 만족의 미소를 짓던 윤은의 눈이 잡은 것을 확인하는 순간 멍해졌다.

"이게 뭡니까?"

"보면 몰라?"

"이거, 빤쮸."

"왜, 내가 너무 배려 돋나?"

"예?"

"너 엉덩이 완전 구렸어. 알긴 아냐?"

헐. 그게 다 누구 덕인데. 아마 젖은 속옷이 바지에 달라붙어 그 부위가 적나라하게 드러났던 모양이다. 실내가 어두워서 괜찮을 줄 알았더니, 용케 알아본다. 쩝. 고개를 슬쩍 돌린 윤은이 입을 씰룩이며 음흉한 놈이라고 중얼거렸다. 탁 소리에 흠칫 놀라 돌아보니 수현이 보던 서류철을 책상 위에 내려놓았다. 아씨, 깜짝 놀랐네.

"갈아입어."

"예?"

"더 추해지기 전에 갈아입으라고."

"이거 남자 건데요."

"당연하지."

"이걸 입어요?"

"그래."

"여기서요?"

"자식이 누구 눈 버릴 일 있나. 저 뒤에 가서 갈아입어."

윤은은 제 눈앞에 쫘악 펼쳐 든 남성용 사각 팬티를 물끄러미 내려보았다. 뭐 못 입을 것도 없지. 젖은 것보단 낫잖아. 스스로를 납득시키며 수현이 말한 구석의 파티션으로 걸음을 옮기던 윤은이 문득 걸음을 멈췄다. 슥 뒤를 돌아본 윤은이 턱을 괸 채 서 있는 수현을 응시했다. 눈이 마주쳤는데도 수현은 시선을 거두지 않았다. 낮은 한숨을 쉬며 윤은이 툭 내뱉듯 물었다.

"거기 계속 있을 겁니까?"

"내 방이야."

"아, 예."

커튼 하나를 사이에 두고 시커먼 남자들이랑 옷을 갈아입으며 농담을 주고받는 일이 이미 일상이 된 지 오래였다. 파티션 있겠다, 눈앞에서 스트립을 하는 것도 아닌데 뭐 어때, 라고 생각하며 파티션으로 다가서던 윤은이 가만히 고개를 갸웃했다. 바보야. 그건 그냥 겉옷이잖아. 이 둔탱이! 남자 앞에서 옷을 갈아입는 일에 아무 거리낌이 없는 자신이 스스로 생각해도 너무 어처구니가 없었다. 남 탓할 일이 아니었다. 자기 자신조차도 여자라는 자각이 없는데 누굴 탓하랴.

"도 닦냐?"

시무룩하게 돌아보는 윤은을 향해 수현이 시니컬하게 말했다. 후우. 깊은 한숨을 내쉬며 터벅터벅 입구로 걸어가는 윤은을 수현이 건조하게 바라보았다. 윤은이 꾸벅 고개를 숙여 인사를 건네곤 돌아서 문손잡이를 붙잡았다. 그런데 문을 열고 나서려다 뭔가에 붙잡혀 다시 안으로 끌려 들어갔다. 눈앞에서 닫히는 문을 멀거니 바라보던 윤은이 목이 졸리는 갑갑함에 슬쩍 고개를 비틀었다.

"어디 가."

윤은의 뒷덜미를 붙잡은 수현이 문에 한쪽 팔을 기댄 채 비스듬히 서서 싸늘하게 물었다. 제 얼굴 옆에 바짝 얼굴을 들이민 수현을 윤은이 곁눈으로 힐끔거렸다. 이 사람이 날 물고기로 아나 왜 만날 낚시질이야! 속으로 버럭거리며 입을 꾹 다문 윤은이 팬티를 든 손으로 덥석 수현의 손을 잡았다.

"빤쭈 갈아입으러 갑니다. 좀 놓으십시오."

"여기서 입으라니까. 그 추한 꼴로 어딜 돌아다니려고."

"싫습니다. 제게도 초상권이라는 게 있습니다."

"뭐?"

"초상권!"

당당하게 낯짝을 들이밀며 초상권을 외쳐 대는 윤은을 가만히 바라보던 수현이 히죽 입꼬리를 말아 올렸다. 그리곤 잡았던 뒷덜미를 놓고 그녀를 문에 돌려세워 제 팔과 문 사이에 가뒀다. 이건 또 무슨 시추에이션? 멀뚱히 수현을 응시하던 윤은이 헉 하고 숨을 삼켰다. 수현이 불쑥 제 얼굴 가까이 얼굴을 맞댔다. 씨익. 입가를 끌어 올려 웃는 수현의 입술을 바라보다 슬쩍 눈을 돌렸다. 왜 이래? 부담스럽게? 이리저리 시선을 옮기던 윤은의 턱을 한 손으로 붙잡아 고정시킨 수현이 뚫어져라 그녀의 눈을 직시했다.

"야."

"……예."

"넌 팬티를 얼굴로 갈아입나?"

"……?"

"팬티 갈아입는 데 무슨 초상권? 쪽팔려? 난 네 엉덩이가 더 부끄럽다."

아, 초상권이 얼굴이었나. 그거나, 그거나. 얼굴 팔리는 건 마찬가지지. 따지기는. 부끄러운 엉덩이를 슬쩍 팬티로 가린 윤은이 흠 하며 헛기침을 했다. 잡았던 턱을 놓자 윤은이 목을 부러 소리 나게 움직였다. 그리곤 입을 삐죽이며 팬티를 든 손으로 목을 문질렀다. 괜히 머쓱해 딴짓이다. 턱 잡힌 거랑 목 아픈 거랑 무슨 상관인진 모르겠지만, 그

팬티 참 다용도로 쓰인다. 고개를 잘래잘래 흔든 수현이 뒤로 물러서며 손을 휘저었다. 낯짝이 제법 두껍더니 남 앞에서 옷 갈아입는 건 부끄러운 모양이다. 귀찮은 듯 가라는 말을 손짓으로 대신하는 수현을 향해 건성으로 고개를 끄덕인 윤은이 냉큼 문을 열고 사라졌다.

책상으로 돌아온 수현은 읽다 만 서류를 들척이다 고개를 갸웃하며 문을 돌아보았다. 그런데 왜 턱이 부드럽지? 수염을 깎아도 웬만해선 그 까칠함이 가시지 않는다. 보는 것과 만지는 것은 느낌이 달랐다. 수현은 제 턱을 쓸어 내며 갸웃거렸다. 그러다 문득 요즘 남자들이 깔끔함을 위해 레이저 시술도 한다는 신문의 가십을 떠올리며 혀를 찼다. 미소년 타입을 지향하는 쪽인가 보다. 왠지 곱상하게 생겼더라니. 고개를 저으며 몸서리를 친 수현이 다시 서류로 시선을 옮겼다. 하여튼 맘에 드는 게 하나도 없는 놈이야.

새벽을 넘어 동이 터 올 무렵이 되어서야 일이 끝났다. 피곤에 찌든 얼굴로 턱까지 내려앉은 다크를 유리에 비춰 보던 윤은이 다른 날보다 더 깊은 한숨을 내쉬었다. 금방 나갈 것 같던 진상 삼인방은 클럽이 끝날 때까지 온갖 진상을 다 부리고 떠났다. 기름에 불붙인 장본인은 두 발 뻗고 평온히 노닥거렸고, 매니저만 꽁무니 빠져라 들락거리며 수습을 위해 온갖 아부를 다 떨었다. 일명 클럽 F4라 불리는 웨이터들이 그녀들의 먹잇감이 되어 진상에 죽상이 될 때까지 시달렸다.

윤은은 제 앞을 지나치는 낯선 뉴 페이스들을 물끄러미 바라보았다. 무슨 시든 파처럼 사지를 늘이고 어그적 걸어가는 폼이 꼭 좀비 같았다. 윤은이 테이블을 정리하고 있던 철민을 툭 치며 물었다.

"누구야?"

"몰라 물어?"

"응? 첨 보는 얼굴인데? 신참인가? 언제 들어왔지?"

"신참은 무슨. F4야."

"헐."

비틀거리며 힘없이 걷는 그들은 이미 예전의 그 꽃돌이가 아니었다. 윤은은 고개를 설레 흔들며 혼잣소리를 중얼거렸다.

"쩐다."

"김치야? 왜 쩔어."

"헉."

갑자기 존재감을 드러내며 나타난 수현 때문에 덜컥 심장이 내려앉은 윤은이 뒤로 물러나며 숨을 삼켰다. 주춤주춤 거리를 두며 물러서는 윤은을 마뜩잖게 노려보던 수현이 사람들을 둘러보며 짧게 말했다.

"회식합시다."

돌아오는 반응이 시원찮았다. 피곤해 죽겠는데 무슨 회식이냐 눈빛이다. 느긋하게 팔짱을 끼며 눈을 맞추자 직원들이 슬금슬금 시선을 피했다. 피식. 싱겁게 웃던 수현의 눈이 윤은을 향했다. 쓱 시선을 돌리는 윤은을 향해 수현이 눈을 부릅뜨며 쏩 하고 잇소리를 냈다. 움찔한 윤은이 바로 반응했다.

"와우. 열라 고기 땡겼는데 잘됐다. 하하하."

어설프게 목소리를 돋우며 박수를 치는 윤은에게로 직원들의 시선이 몰렸다. 등 뒤에서 종석의 퉁명한 목소리가 들려왔다.

"미쳤네."

그래, 나 조금 미친 것 같아.

근처 고깃집으로 자리를 옮긴 직원들의 따가운 시선이 일제히 윤은을 향했다. 뭔가 인위적인 느낌이 물씬 풍기는 자리 배치에 윤은이 뭐라 반항할 새도 없이 직원들이 그녀를 가두었다. 정확히 수현과 마주한 위치에. 먹고 체하란 소리야 뭐야? 속으로 구시렁거리는 윤은을 종석이 뚫어져라 쳐다봤다. 앞에 놓인 반찬거리를 들척이던 윤은이 시선을 들어 멀뚱히 종석을 마주했다. 종석이 입을 달싹거렸다.

돌끼.

누군 아침부터 고기 뜯는 거 좋아서 그러나 왜 나보고 그래. 마주 투덜거리며 눈빛으로 불만을 토로하던 윤은의 머리 위로 종지부를 찍는 수현의 말이 떨어졌다.

"윤은 씨가 열라 고기가 땡긴다고 해서 특.별.히. 마련한 자리니까. 다들 맛있게 드십시오."

굳이 그걸 꼭 집어서 말할 필요가 있을까. 멀뚱히 저를 올려다보는 윤은을 향해 수현이 거만한 미소를 지어 보였다. 읍쓰. 미치겠네. 정말.

싸하던 분위기도 잠시, 막상 고기가 나오자 지쳤던 몸에 활기가 도는 듯 와자지껄 떠들며 모두 고기 굽기에 열중했다. 이럴 걸 뭣 하러 구시렁거리고 난리였는지 모르겠다. 정성 드려 구운 고기 한 점을 막 집어 입으로 가져가려는데 뭔가가 그것을 저지시켰다. 자신의 젓가락과 크로스한 또 다른 젓가락을 바라보며 윤은이 고개를 갸웃했다.

"이사님 먼저."

"하아."

추접스럽게 남이 먹으려는 걸 뺏어 먹다니. 성격 참 지랄 맞다. 슥 윤은의 젓가락을 따라 올라간 수현의 젓가락이 고기를 선점해 입으로 가져갔다. 고기. 고기. 내 잘 구워진 맛깔 난 고기. 쩝 입맛을 다시며 빈 젓가락을 문 윤은이 곧 허탈하게 한숨을 내쉬며 술잔을 들었다. 입술에 닿는 알코올의 알싸한 맛을 음미하려는 찰나, 수현이 톡톡 테이블을 두드렸다. 슥 올려 보는 윤은을 마주하며 그가 말했다.

"스톱. 내려놔."

"뭘요?"

"그거."

"왜요?"

"넌 오늘 내 운전기사니까."

"허걱."

툭 하고 들었던 술잔이 손에서 빠져나갔다. 제정신이야? 회식이라며. 회식인데 술을 못 마신다니. 그게 말이 돼? 전화만 때리면 당장 달려올 대한민국의 건실한 대리맨들이 얼마나 많은데. 왜, 아 왜!

"내가 할게."

수현의 옆자리에 앉은 기찬이 거들고 나섰다. 그에 씨익 미소를 지으며 다시 엎어진 술잔에 술을 채우던 윤은의 귀에 재수 없는 수현의 한마디가 날아와 박혔다. 제길. 귀를 틀어막던지 해야지.

"형."

"어, 알았어. 윤은아, 오늘은 네가 수고 좀 해라."

로봇처럼 삐걱이며 고개를 돌려 저를 바라보는 윤은의 시선을 애써 무시하며 기찬이 직원들을 향해 술을 권했다. 무슨 남자가 그렇게 쉬워. 뭘 포기를 일 초도 안 돼서 하고 그래. 이봐요, 형님. 그러지 맙시다. 고기는 참아도 술은 못 참는 거 아시잖아요. 허어. 나 죽네.

술을 앞에 두고도 먹지 못하는 윤은은 자신의 울컥하는 심정을 고스란히 담아 고기를 인정사정없이 난도질했다. 그런 윤은을 향해 수현이 칭찬이랍시고 한마디 했다.

"전생에 망나니였나 봐. 자르는 솜씨가 아주 예술이야."

"칼춤도 예술인데 보여 드려요?"

"됐어."

의미심장하게 눈을 빛내며 묻는 윤은의 말을 단칼에 자르며 수현이 술잔을 기울였다. 말 자르는 솜씨는 댁이 훨씬 낫구만 뭘. 난도질당해 구워진 고기를 젓가락으로 쿡 찔러 입에 넣다가 호들갑스럽게 뱉어 냈다. 뜨거웠다. 혀를 쏙 내밀며 그나마 차가울 거라고 생각되는 무절임을 척 갖다 댔다. 그 모습을 어이없다는 듯 바라보던 수현이 혀를 차며 고개를 저었다. 댁이 내 심정을 어떻게 알아. 울컥하고 뭔가 치밀어 오르는 것을 억지로 삼키며 윤은은 혀에 붙은 무절임을 아작아작 씹어 댔다. 술잔을 기울이던 수현이 문득 생각났다는 듯 윤은을 향해 물었다.

"아참, 팬티는 갈아입었어?"

"예."

"사각이라 시원할 거야. 특별히 통풍 잘되는 걸로 산 거야."

"아, 예."

수현의 말에 건성으로 답하며 고개를 주억거리던 윤은이 뭔가를 느끼곤 젓가락질을 멈췄다. 스윽 눈을 굴리자 제게로 몰려든 시선이 느껴졌다. 제기랄. 뜨악한 표정의 철민이 물고 있던 젓가락을 떨어트렸고, 종석이 고개를 끄덕이며 혼잣소리로 역시라고 중얼거렸다. 쉐프의 난 놈이란 말을 끝으로 윤은은 귀를 막았다. 아무 소리도 안 들려. 이건 꿈이야, 꿈. 악몽이라고.

윤은은 자신이 전생에 아마 엄청난 죄악을 저질렀나 보다고 생각했다. 그렇지 않고서는 결코 이런 일이 일어날 수는 없었다. 회식이다. 자고로 회식이란 술의, 술에 의한, 술을 위한 것이다. 그런데 그 축복받은 자리에서 술을 먹지 못하다니. 이런 된장 바를!

윤은은 콜라를 소주잔에 따라 원 샷 하며 수현을 노려보았다. 술과는 다른 싸한 통증이 목구멍을 타고 흘러들었다. 수현은 팬티 운운하던 그 잘나신 입으로 보란 듯이 소주를 들이켰다. 묘해진 분위기와 함께 윤은에게 쏠린 시선을 그는 그저 콧방귀 한 번으로 넘겨 버렸다. 수현이 건성으로 내뱉는 칠칠맞은 놈이란 말에 사람들이 고개를 주억거렸다. 찌릿하게 날아드는 윤은의 날카로운 시선에 종석이 뭐? 라고 이죽거림으로 반격했다. 당연한 사실을 당연하게 말하는데 그게 뭐 어떠냐는 식이다. 이 사람들 역시 날 여자로 안 봐. 아, 이 파고드는 처절한 배신감.

수현이 잘 익은 고기 한 점을 들어 입에 넣었다. 단정하게 고기를 씹는 그의 입에 시원하게 한 방 먹이고 싶었다. 윤은이 저도 모르게 불끈 거머쥔 집게를 수현이 시니컬하게 내려 봤다. 불타오르는 윤은의 시선을 직시한 그가 나지막이 말했다.

"뒤집어."

"……?"

"고기."

"아. 예."

쪽팔려 하는 윤은의 마음보다 고기 타는 것이 더 안타까운 수현이었다. 한숨을 양념 삼아 고기 굽기를 어언 한 시간 남짓하고 나서야 생애 처음으로 지루했던 회식이 끝났다. 수현을 배웅하는 무리에 섞여 스리슬쩍 같이 인사를 건네던 윤은은 예외 없이 그의 뒷덜미 낚아채기에 걸려 운전석에 착석하게 되었다.

"미안, 수고 좀 해 주라. 여기 내비에 찍힌 대로 가면 돼."

뚫어질 듯 쏘아보는 윤은의 시선을 애써 외면하며 기찬이 내비게이션을 작동시켰다. 자칫 옆얼굴이 뚫릴 뻔한 기찬이 서둘러 차에서 멀어지자 수현이 운전석을 툭툭 발로 걷어찼다.

"가."

"예."

기어 대신 좌석 레버를 당겨 뒤로 눕고 싶은 것을 억지로 참았다. 그럼 그대로 오징어포 되는 건데 안타깝게도 수현은 너무 멀쩡했다. 모든 사건을 기억할 정도로. 완전범죄를 꿈꾸기엔 상황이 너무 안 좋았다. 윤은은 크게 숨을 들이켜며 차를 출발시켰다. 난생처음 앉아 보는 꿈의 세단이었다. 시승감이 아주 끝내준다. 뒤에 염라대왕만 태우지 않았으면 금상첨화인데. 안타깝군.

강남이란 동네가 그렇지만, 내비가 알려 준 최종 목적지는 그야말로 상위 클래스만을 위한 거주지임이 확연히 드러나는 웅장함을 자랑하고 있었다. 들어서는 입구부터 벌어졌던 입은 차를 주차시킨 주차장까지 닫힐 줄을 몰랐다. 대박.

"입 닫아. 침 떨어져."

"쓱. 침은 무슨."

수현의 면박에 서둘러 입가를 닦은 윤은이 미러를 보며 이죽거렸다. 수현이 문을 열자 윤은도 내려 쪼르르 그의 곁으로 다가갔다. 나름 공손하게 차키를 내밀자 수현이 물끄러미 그런 윤은을 내려 보았다. 윤은이 고개를 기울이며 올려 보자 수현이 슈트 재킷 안주머니로 손을 넣었다. 그래도 나름 양심은 있나 보다. 대리비까지 챙겨 주려는 걸 보면. 아닌 척 은근히 기대에 찬 시선으로 응시하던 윤은의 눈에 드디어 주머니를 벗어나 자신의 손 위에 안착하는 수현의 길고 섬세한 손이 보였다.

새하얗고 긴 종이를 내려놓은 수현이 키를 챙겨 돌아섰다. 파랑도 아니고 초록도 아니고 노랑도 아니다. 히죽. 입이 귀까지 걸린 윤은이 빙글 돌아서 그것을 펼쳤다. 뭔가 난해한 글자들이 적혀 있었다. 종이에 작게 새겨진 글자를 읽던 윤은이 낮은 신음을 내뱉었다.

캐빈 아저씨네 유명 메이커 아래 오만 육천 원이라는 숫자가 선명하게 찍혀 있었다. 대체 이게 뭐야? 뭔가 트릭이 있는 건가? 형광등 불빛에 이리저리 그것을 비춰 보던 윤은의 귀에 수현의 건조한 목소리가 날아들었다.

"세상에 공짜는 없다. 갚아."

빙글 몸을 돌린 윤은의 눈에 시니컬한 웃음과 함께 거만하게 눈을 내리깐 수현의 모습이 보였다. 벽에 비스듬히 몸을 기댄 수현이 느른히 고개를 들어 비릿한 미소를 머금는 순간 엘리베이터 문이 닫혔다. 윤은의 눈이 부질없이 깜빡거렸다. 허공에 들렸던 손이 힘없이 뚝 떨어졌다. 종이를 잡고 있던 손이 부들거렸다. 수표인 줄 알았던 건 팬티 계산서였다. 허걱. 누가 사 달랬냐고. 그것도 남자 팬티를. 꽉 다문 윤은의 입에서 분노의 뿌드득 소리가 들렸다.

슬리퍼를 질질 끌고 옥상으로 올라온 윤은이 마루에 털썩 주저앉았다. 가지고 온 비닐을 뒤적여 캔 맥주를 꺼내 시원하게 한 모금 들이켰다. 종일 답답했던 속이 확 뚫리는 기분이었다. 크게 숨을 토해 내며 해실해실 실없는 웃음을 흘려 냈다. 벌렁 평상에 드러누워 하늘을 바라보았다. 해를 벗 삼은 구름이 흐릿하게 여기저기 흩어져 있었다. 타닥타닥 윤은이 발을 까닥거리자 슬리퍼가 박자를 맞춰 바닥에 부딪혔다. 발가락 사이로 바람이 넘실거렸다. 발가락을 꼼지락거리며 윤은이 머리 뒤로 깍지를 꼈다.

"하늘하고 가장 가까운 곳에 사는데. 왜 하필 하느님이 아니고 악마냐고. 하아."

"갑자기 무슨 악마 타령이야?"

불쑥 끼어드는 목소리에 윤은이 슬쩍 고개를 들었다. 긴 기럭지를 자랑하며 해를 등지고 선 동훈이 윤은의 발을 툭 차며 옆에 걸터앉았다. 동훈이 널브러진 비닐 안을 살피며 퉁명하게 말했다.

"잘한다. 대낮부터 술이나 퍼고."

"그러는 넌 대낮에 왜 여기 있냐?"

가벼움의 정의를 말하듯 존재감 없이 내려진 가방을 힐끔거리며 윤은이 물었다. 새 캔을 하나 따서 벌컥이며 동훈이 친절하게 답했다.

"남이사."

"헐."

한참 말없이 맥주를 마시던 동훈이 한숨을 내쉬며 윤은을 내려 봤다. 따사로운 햇살에 지그시 눈을 감은 윤은이 코를 골고 있었다. 동훈의 미간이 움찔거렸다. 베개 삼아 벴던 팔이 자연스레 아래로 내려와 티셔츠를 밀어 올리고 배를 벅벅 긁어 댔다. 당최 여자라는 자각이 있는 건지, 없는 건지. 아무 데나 널브러져 자는 건 이미 일상다반사가 되어 버린 지 오래였다. 쯧. 혀를 찬 동훈이 윤은이 마시다 만 맥주를 들어 마저 비워 냈다. 빈 캔을 바닥에 던져 발로 찌그러트렸다. 납작하게 눌러진 캔을 툭 걷어차자 멀리 구석으로 날아갔다. 캔 무덤에 추가로 입성한 캔이 짧은 비명을 질렀다.

나른하게 등 뒤로 팔을 뻗어 몸을 늘인 동훈이 목을 이리저리 움직이다 잠든 윤은을 돌아봤다. 세상모르고 곤한 잠에 취한 윤은이 몸을 모로 돌리며 뭐라 중얼거렸다. 고개를 갸웃거린 동훈이 몸을 낮춰 윤은의 입 가까이 귀를 내렸다. 뜨거운 숨결과 함께 윤은의 속삭임이 이어졌다.

"니미럴. 사각 빤쮸가 뭐가 그렇게 더럽게 비싸. 금 둘렀냐. 음냠."

동훈의 얼굴이 구겨졌다. 눕다시피 아슬아슬하게 자세를 잡느라 뒤틀린 몸이 통증을 호소했다. 욕이나 듣자고 힘들게 귀를 기울인 건 아니었다. 입을 이죽거리며 귀를 휘적거린 동훈이 에라 모르겠다, 가방을 베고 벌렁 드러누웠다. 힐끔 눈을 돌리자 윤은의 얼굴이 바로 곁에 있었다. 햇살은 따사로운 데 반해 바람이 조금 차가웠던 모양이다. 둥글게 몸을 만 윤은을 물끄러미 바라보던 동훈이 벌떡 몸을 일으켜 교복 재킷을 벗었다.

"배는 다 까 놓고. 잘한다."

투박한 말과 달리 윤은의 몸 위에 재킷을 덮어 주는 손길은 제법 자상했다. 잠결에도 포근했던지 배시시 미소를 머금는 윤은의 모습에 동훈이 싱겁게 웃었다. 고개를 절레절레 흔들며 손길을 거두던 동훈이 머뭇거리다 윤은의 이마 위로 흘러내린 머리카락으로 손을 뻗었다. 조심스레 머리카락을 넘기며 윤은의 반듯한 이마를 손끝으로 쓸었다. 엷은 미소를 떠올린 동훈이 작게 투덜거렸다.

"오늘은 왜 잔소리 안 하냐? 조잘조잘 잘만 나불거리더니."

동훈의 시선이 천천히 윤은의 얼굴을 더듬어 내려 입술에 머물렀다. 한참을 말없이 바라보던 동훈이 짙은 한숨을 토해 냈다. 벌렁 다시 드러누운 동훈이 피식거리며 혼잣소리를 내뱉었다.

"나도 학교 그만두고 너랑 같이 일할까? 적성에도 안 맞는 공부 그냥 때려치우지 뭐. 어때?"

장난처럼 물은 말에 윤은이 이죽거리며 뭐라 답했다. 동훈이 하늘을 올려다보며 윤은의 얼굴을 슬쩍 반대쪽으로 밀었다.

"이씨! 난 사각보다 삼각이 좋아. 다 죽었어."

뒤이어 난발할 육두문자는 사전에 차단하는 것이 정신건강에 좋다. 동훈은 재킷을 윤은의 얼굴 끝까지 끌어 올렸다. 오늘 일이 유독 고됐던 모양이다. 그냥 공부에 매진하는 편이 나으려나. 동훈은 쓰게 입맛을 다셨다.

　아침까지만 해도 네 명에 불과했던 좀비들이 기하급수적으로 늘어났다. 어그적어그적 턱까지 내려온 다크를 장착하고 실내를 돌아다니는 그들 사이에 윤은도 합세했다. 눈을 뜬 건지 만 건지 게슴츠레한 몰골로 흐느적거리던 윤은이 뭔가에 부딪혀 휘청거렸다. 그런 윤은의 팔을 누군가 붙잡았다.

　"아, 죄송."

　"뭐야? 왜 이래? 단체로 약 먹었어?"

　짜증스레 내뱉는 말투가 시건방진 걸로 봐선 아마도 이 사태의 주범이 아닐까 싶었다. 무거운 눈꺼풀을 밀어 올려 수현을 마주한 윤은이 건성으로 고개를 끄덕이며 인사를 대신했다. 그리곤 귀찮은 듯 제 팔을 잡고 있는 그의 손을 떼어 냈다. 테이블 세팅을 위해 자리를 옮기던 윤은은 채 몇 발자국 움직이지도 못하고 다시 붙잡혔다. 제 팔을 잡은 수현의 손을 힐끔 바라보곤 시선을 올려 눈을 마주했다.

　"왜요?"

　"대답 안 해?"

　"뭘요?"

　"다들 왜 이래?"

　"헐. 그걸 몰라 묻습니까?"

　"뭐?"

　"염라대왕께서 하사하신 술을 마시고 단체로 골로 갔습니다."

　"똑바로 말해."

　삐죽거리며 투덜투덜 말하는 윤은을 똑바로 돌려 세우곤 수현이 눈을 부라렸다. 그 살벌한 눈초리에 찔끔한 윤은이 어깨를 으쓱거리며 조금 나긋해진 투로 답했다.

"회식이었잖습니까. 불과 몇 시간 전에."

"정확히 열 시간 전에 끝났어."

"열 시간 만에 알코올이 해독되지는 않습니다."

"그렇게 많이 마시지도 않았잖아. 더군다나 넌 아예 한 방울도 안 마셨고."

"피곤은 사람을 가리지 않습니다."

"그놈의 피곤이 입은 가리는 모양이지?"

"네?"

"피곤하다면서 입은 참 잘도 나불거려."

"헐. 묻는 말에 충실히 답하는 겁니다. 그걸 나불이라고."

"됐고. 회복제 사다 뿌려."

"예?"

"꼭 두 번씩 묻지. 술 깨는 약 사다 나눠 주란 말이야. 이 답답아."

윤은의 이마를 꾹꾹 누르며 수현이 고개를 저었다. 입을 삐죽 내민 윤은이 뭐라 중얼거리자 수현이 고개를 기울이며 미간을 좁혔다. 슥 윤은의 앞머리를 집어 올린 수현이 인상을 찡그리며 고개를 드는 그녀의 얼굴에 불쑥 제 얼굴을 내렸다. 헉 하며 놀라 숨을 삼키는 윤은을 날카롭게 쏘아보며 수현이 으르렁거렸다.

"입."

"아야야. 입?"

"다물어."

"……"

입을 모으고 눈을 깜빡이는 윤은의 미간이 움찔거렸다. 무수한 구시렁거림을 담아낸 눈이 소리 없이 수현을 응시했다. 피식. 싱겁게 웃은 수현이 윤은의 머리를 놓으며 뒤로 물러섰다. 당겨졌던 부위를 슥슥 문지르며 윤은이 불만 가득한 눈으로 수현을 힐끔거렸다.

콧바람을 씩씩거리며 속을 삭인 윤은이 냉큼 손을 내밀었다. 윤은의 손을 무시하며 수현이 발길을 돌려 이층 계단으로 향했다. 윤은이 고개를 들어 계단을 반쯤 오른 수현을 바라보았다. 뭘 사라고 지시를 내렸으면 돈을 주든가. 이건 대체 뭐하는 시추에이션이야? 피곤해 죽겠다는 사람 세워 놓고 심부름 시키는 것도 열 불나 죽겠는데 돈까지 떼어먹어? 발끈한 윤은이 성큼성큼 빠른 걸음으로 수현을 뒤쫓았다.

"이사님!"

윤은의 부름에 수현이 걸음을 멈추고 뒤를 돌아보았다. 계단 끝에 있던 윤은이 그를 향해 다가섰다. 급히 계단을 밟아 오른 탓에 발이 삐끗했다. 중심을 잃고 크게 휘청거리며 미끄러지는 윤은을 수현도 미처 잡지 못했다. 순식간에 벌어진 일이었다. 그나마 몇 계단 오르지 않았던 게 다행이었다. 요란한 소리와 함께 바닥으로 미끄러져 내린 윤은에게로 모두의 시선이 몰렸다. 사지를 늘어뜨리고 엎어진 개구리 모양으로 누워 있는 윤은을 물끄러미 바라보다 이내 시선을 돌렸다. 움찔거리는 것이 그다지 큰 사고는 아닌 모양이었다.

혀를 차며 계단을 내려온 수현이 납작 엎드린 윤은의 곁에 내려앉았다. 부들거리며 몸을 떠는 것이 차마 부끄러워 일어나지 못하겠는 모양이다. 웃음이 비어져 나왔다. 하는 짓마다 어찌 이리 허당인지. 큭큭거리며 웃던 수현의 귀에 윤은의 퉁명스런 속삭임이 들려왔다.

"남의 아픔에 그렇게 대놓고 비웃지 맙시다."

"큭. 괜찮아?"

"괜찮아 보이십니까?"

"뭐 죽을 정돈 아닌 것 같은데. 일어날 수 있겠어?"

조심히 내려 보던 수현이 놀라 물러설 정도로 번쩍 고개를 들며 몸을 일으킨 윤은이 불쑥 손을 내밀었다. 낮게 웃으며 맞잡은 수현의 손을 윤은이 거칠게 쳐 냈다. 몸을 일으키다 말고 차갑게 윤은을 쏘아보았다. 잡아 주려고 내민 손이 아니었던 듯 윤은이 이죽거리며 다시 일어선 수현의 면전에 손을 내밀었다.

　"주세요."

　"뭘."

　"머니."

　"뭐?"

　"회복제 살 돈."

　미간을 찌푸리며 윤은을 바라보던 수현이 고개를 기울였다. 돈은 내놓을 생각도 않고 턱을 쓸어 내며 눈살을 찌푸리는 수현을 윤은이 마주 쏘아보았다. 벼룩의 간을 빼먹지. 설마 그것도 못 내놓겠단 말은 아니지? 잘근 입술을 깨무는 윤은의 얼굴 위로 수현의 손이 다가왔다. 이건 또 뭐야? 불신에 가득 찬 시선으로 바라보는 윤은의 왼쪽 눈썹 위를 수현의 손이 쓸어 냈다.

　"앗!"

　뭔가 화끈하며 통증이 일었다. 수현이 제 손에 묻은 피를 바라보며 미간을 좁혔다. 그리곤 윤은의 내민 손을 덥석 잡아끌었다. 계단을 성큼성큼 오르는 수현를 따라 이층으로 올라선 윤은은 어리둥절함에 명하니 눈만 깜빡거렸다. 정신을 차려 보니 어느새 수현의 집무실 소파에 앉아 있었다.

　"구급상자 어디 있습니까?"

　인터폰을 하던 수현이 곧 수화기를 내려놓고 서랍에서 뭔가를 꺼내 소파로 다가왔다. 자신의 존재감을 확실하게 드러내는 십자 마크를 단

구급상자가 탁자 위에 내려졌다. 뚜껑을 열고 소독약을 꺼내는 수현의 손을 윤은이 물끄러미 바라보았다. 대체 지금 뭘 하는 거야?

그에 답하듯 소독약에 적신 솜이 윤은의 이마에 닿았다. 따끔함에 윤은이 눈을 찌푸렸다. 연고를 손에 묻혀 이마에 바른 수현이 몸을 기울여 윤은의 곁으로 바짝 다가섰다. 눈앞에 닿은 수현의 하늘색 셔츠를 바라보며 윤은이 고개를 갸웃거렸다. 그와 동시에 윤은의 이마 위로 부드러운 바람이 일었다. 수현이 연고를 바른 부위에 바람을 불었다. 구급상자 안에서 뭔가를 찾던 수현의 입이 비스듬히 말려 올라갔다. 반창고를 고르는 수현의 손길이 신중했다.

"하여튼 칠칠맞아."

혀 차는 소리를 들으며 고개를 든 윤은의 눈앞으로 수현의 얼굴이 들어왔다. 반창고를 꾹 누르던 수현이 순간 멈칫하며 눈을 깜빡거렸다. 윤은의 도톰한 입술이 바로 제 입술 아래 있었다. 닿을 듯 말 듯 아슬아슬하게 멈춘 윤은의 입술이 옅은 숨을 흘려 냈다. 그에 수현의 입술이 간질거렸다.

"다쳤어요?"

"……어?"

"이마 까였어요?"

까였냐는 윤은의 말에 피식하며 웃은 수현이 자연스레 손을 거두고 멀어졌다. 구급상자를 닫고 일어서며 윤은의 머리에 알밤을 먹였다. 씩씩거리며 뭐라 중얼거리는 윤은을 매섭게 돌아보자 입을 다물고 삐죽거렸다. 돌아서 구급상자를 가져다 놓으며 수현이 히죽 웃었다.

"확실하게 까였어."

자리로 돌아오며 수현이 던지듯 말했다. 자리에 앉는 수현을 마주하고 윤은이 반창고에 가린 상처 부위를 더듬었다.

"헉. 많이요?"

"꿰맬 정돈 아니야."

"그럼 다행이고."

"넌 회복제 살 돈도 없나?"

"없어요."

지극히 간단명료한 윤은의 답변에 수현이 고개를 설레 흔들었다. 사와서 청구하면 어련히 줄까 하는 수현의 말에 윤은이 뭘 믿고? 라며 이죽거렸다. 지갑을 꺼내 돈을 건네며 수현이 윤은의 손을 찰싹 때렸다.

"그 정돈 좀 갖고 다녀."

"월급 많이 올려 주시면요."

"삭감 안 하는 걸 다행으로 알아."

"헐. 그건 만행입니다."

"꺼져."

"옙."

살벌한 수현의 눈을 슬쩍 피해 고개를 숙인 윤은이 서둘러 이사실을 나왔다. 복도를 걸어 나오며 반창고 위를 슥슥 문질렀다. 그래도 다쳤다고 치료도 해 주고 아주 나쁜 사람은 아니네. 싱글거리며 돈을 움켜쥔 채 계단을 내려오던 윤은이 종석을 발견하곤 손을 흔들었다. 윤은을 돌아보던 종석이 제 이마를 톡톡 두드렸다. 아마 이마에 붙인 반창고에 대해 묻는 모양이었다.

"아, 아까 넘어져서 다친 거야."

씩씩하게 내려선 윤은이 종석의 곁을 지나치며 말했다. 고개를 끄덕인 종석이 무심하게 한마디를 내뱉으며 내실 쪽으로 걸어갔다.

"엉덩이가 예술이다."

"응? 뭔 소리래?"

알 수 없는 말을 남기고 사라진 종석을 의아하게 바라보다 이내 어깨를 으쓱하며 입구를 향해 걸었다. 대형 거울 앞을 지나치던 윤은이 순간 주춤하며 걸음을 멈췄다. 뒷걸음질로 거울 앞으로 다가선 윤은이 물끄러미 이마에 붙은 반창고를 바라보았다. 윤은의 가지런한 눈썹이 휘었다.

"이런! 변태 자식!"

윤은의 이마 위에 부끄럽게 엉덩이를 깐 짱구가 붙어 있었다. 하고 많은 반창고 중에 하필이면 그런 것을 붙였을까. 수현의 까였다가 설마 짱구 엉덩이를 말하는 건 아니었을 테지. 눈을 게슴츠레하게 내리뜬 윤은이 손안의 지폐를 불끈 움켜쥐었다. 미간을 찌푸리자 짱구가 엉덩이를 씰룩거렸다. 젠장.

나간 정신도 번쩍 돌아온다는 기적의 음료를 나눠 주고 마지막 남은 것의 뚜껑을 돌려 따던 참이었다. 해실거리며 음료를 막 입으로 가져가려는 찰나 낚임의 고수가 때를 놓치지 않고 끼어들었다. 눈앞에서 순식간에 사라진 음료의 행적을 따라 고개를 돌린 윤은의 시야에 제 몫의 음료를 벌컥이고 있는 수현의 모습이 보였다.

"뭡니까?"

째려보는 윤은을 힐끔 내려 본 수현이 빈병을 도로 던졌다. 본능적으로 그것을 받아 든 윤은이 자취를 감춘 내용물에 눈을 게슴츠레하게 떴다. 뭐 이런 개떡 같은 경우가! 아무 대꾸 없이 저만치 멀어지는 수현의 뒤를 약이 바짝 오른 윤은이 뒤쫓았다. 뽀르르 곁으로 다가선 윤은이 투덜거리며 불만을 토로했다.

"벼룩의 간을 빼먹으십시오. 피곤에 찌든 불쌍한 아랫사람의 피 같은 회복제를 어떻게 그렇게 날름. 와아. 진짜 독하다, 독해."

순간 우뚝 걸음을 멈춘 수현이 갑자기 윤은의 손을 잡아 들어 올렸다. 그 기세에 헉 하고 숨을 삼킨 윤은이 흠칫하며 다른 팔로 얼굴을 가렸다. 한 대 치려는 것처럼 보이던 수현의 손은 부드럽게 자신의 옆머리를 쓸어 올렸다. 힐끔 팔을 내려 수현을 바라본 윤은이 허 하고 입을 벌렸다. 윤은을 비껴 난 수현의 시선은 제 모습을 담은 대형 거울로 향해 있었다. 이리저리 거울을 살피며 스타일을 가다듬던 수현이 무심히 던지듯 말했다.

"어이 벼룩."

"예?"

"인간도 아닌 벌레가 어떻게 회복제를 마셔. 그건 모순이야."

"헐."

"그리고."

턱을 쓰다듬던 손으로 윤은의 이마를 콕 누르며 그가 입꼬리를 끌어 올렸다.

"난 아직 네 간 안 빼먹었다."

삐죽 내민 윤은의 입술 위에 수현이 이마에서 그대로 미끄러트린 손가락을 올려놓았다. 기분 나쁘다는 듯 제 손을 툭 쳐 내는 윤은의 손을 수현이 낚아채 들어 올렸다. 결에 윤은의 몸이 수현의 몸에 맞닿았다. 놀라 나왔던 입이 절로 쏙 들어가 버렸다. 씨익. 입가를 틀어 올린 수현이 불쑥 고개를 내려 이죽거렸다.

"벼룩의 간은 말이야. 스스로 꺼내 바치게 만들어야. 그게 진짜인 거야."

다가온 만큼 얼굴을 물린 윤은이 미간을 찌푸렸다. 이건 또 무슨 헛소리야? 적나라하게 생각을 드러낸 윤은의 얼굴을 거만하게 내려 보던 수현이 피식 웃으며 팔을 놓았다. 입을 삐죽이며 팔을 이리저리 돌려 푸는 윤은을 한쪽으로 밀어낸 수현이 다시 앞머리를 손질했다. 가볍게 입바람을 불어 앞머리를 날린 수현이 방향을 틀어 복도를 걸어갔다.

"그런고로 네 간은 곧 제물이다. 잘 간직해."

바지 주머니에 손을 찔러 넣으며 수현이 홀로 남겨진 윤은을 향해 시니컬하게 말했다. 물끄러미 수현의 뒷모습을 바라보던 윤은이 어깨를 으쓱거렸다. 넌센스 타임도 아니고 뭔 알아듣지도 못할 말만 잔뜩 늘어놓고 거만스레 사라지는 수현이 어이없었다. 그래서 결국엔 뭐야. 먹은 건 절대 토해 내지 않겠다는 거잖아. 빌어먹을. 치사 빤스다. 쳇.

벌써 삼십 분째였다. 수현은 매니저를 불러 놓고 말도 없이 뚫어져라 쳐다보며 커피만 쪽쪽 빨아 대고 있었다. 프랜차이즈 유명 브랜드도 아니고 빨대 하나만 달랑 꽂힌 출처가 불분명한 허접한 커피를 그것도 참 경망스럽게 소리까지 내 가며 쪽쪽거리고 있었다. 대표로서의 품위라고는 눈곱만큼도 찾아볼 수 없는 모습에 매니저는 속으로 수현을 욕하며 혀를 찼다.

요란스레 빈 빨대 소리를 내던 수현이 그것을 툭 뱉어 내며 입술을 늘여 웃었다. 그에 불만 가득한 얼굴로 콧김을 뿜어내던 매니저가 어설픈 미소를 지어 보였다. 탁 소리가 나게 빈 컵을 탁자 위에 내려놓은 수현이 느른히 소파에 몸을 기대며 다리를 꼬았다. 그 거만함에 마뜩잖은 얼굴을 채 감추지 못한 매니저가 낮은 신음을 삼켰다.

"더럽게 맛없어."

웃는 낯으로 잘도 그런 말을 스스럼없이 뱉어 낸다. 매니저의 눈이 탁자 위의 빈 컵을 담아냈다. 컵에 새겨진 촌스러운 문양만 봐도 입맛 떨어지게 생겼다. 그렇다고 굳이 그걸 꼭 말로 할 필요는 없었다. 더군다나 한창 피크인 시간대에 책임자인 매니저를 불러야 할 만큼의 중차대한 일로 보이지도 않았다. 매니저가 불편한 심기를 드러내며 부러 헛기침을 했다. 수현이 건성으로 물었다.

"혹시 왜 그런지 아십니까?"

"노점 것이 다 그렇지요."

"노점이라. 뭘 보고 그리 판단하셨는지."

"뭘 보고라니 뻔한 걸."

"뻔하다라. 그 뻔함이 가장 위험한 겁니다. 눈으로 보이는 겉 포장에 속아 넘어가는 그 뻔함."

"네?"

"뻔함이 뻔뻔함으로 변질되는 건 순식간입니다. 그렇지 않습니까?"

"무슨 말씀이신지."

잔뜩 구겨진 얼굴로 되묻는 매니저를 향해 수현이 다리를 풀고 천천히 몸을 기울였다. 엷게 미소를 머금은 얼굴로 매니저를 직시하던 수현이 속삭이듯 은밀히 말했다.

"포장이 허접하다고 내용물이 허접하지 않듯이."

수현이 탁자 아래에서 또 다른 컵을 꺼내 올려놓았다. 스타로 시작하는 유명 커피 로고가 새겨진 컵이었다. 컵의 뚜껑을 열자 안이 반쯤 차 있는 것이 보였다. 수현이 먼저의 빈 컵에 그것을 따랐다. 수현이 다시 채워진 컵을 매니저의 눈앞에서 흔들어 보였다. 마뜩잖게 구겨지는 매니저의 미간을 눈에 담으며 수현이 그것을 도로 스타 컵에 부었다. 대체 뭐 하는 짓이야? 지켜보던 매니저의 입가가 파르르 떨렸다. 애써 화를 억누르는 기색이 역력했다. 수현이 더 깊이 고개를 들이밀며 능글맞게 웃었다.

"겉 포장이 죽여준다고 그 내용물도 죽여주게 좋은 건 아닐 수도 있다는 말입니다. 자칫하다간 눈 가리고 아옹 하는 뻔한 속임수에 미각마저 깜빡 속아 넘어갈 수도 있다는 말입니다. 정신 똑바로 차리지 않으면 완전 폭탄 맞는 겁니다. 뻥! 하고. 참 쉽죠? 술 취한 놈들 상대로 장난치는 거."

"흠. 당최 무슨 말씀인지."

부러 목을 돋우며 모른 척 발뺌을 하는 매니저의 모습에 수현의 미소가 더 짙어졌다. 수현이 매니저의 눈앞에서 빨대를 물어 커피를 쪽 빨아 당겼다. 입에 머금은 커피를 삼키고 빨대를 뱉어 냈다. 싱글싱글 장난스런 미소를 띤 수현이 손안의 컵을 이리저리 돌려 살피다 불쑥 물었다.

"이 안에 든 건 어떤 커피일 것 같습니까? 로고와 같은 매장의 커피? 아니면 길 커피?"

"흐음."

"품질 좋은 원두만 쓴다고 해 놓고 정작 질 나쁜 원두를 쓰면 그건 대체 누구 잘못일까요."

"……."

"분명 사장은 품질 좋은 원두를 구입하라고 경비를 지급했는데. 바리스타가 질 나쁜 원두를 구입해 속여 판다면 그건 대체 누굴 속인 걸까요? 손님? 아니면 사장? 둘 다? 왜?"

씨익. 입꼬리를 말아 올린 수현이 초점을 잃고 헤매는 매니저의 눈을 차갑게 직시했다. 웃고 있는 건 입뿐이었다. 정작 수현의 눈은 한 번도 웃은 적이 없었다. 날카로운 시선으로 질책을 담아 매니저를 주시할 뿐. 그제야 수현이 하는 말의 뜻을 알아차린 매니저가 쓴 입맛을 다셨다. 어느새 꽉 움켜쥔 주먹에서 땀이 베어 나왔다. 바짝 긴장한 탓에 이마에서도 식은땀이 흘러내렸다. 떨리는 손으로 힘겹게 손수건을 꺼내 이마를 닦아 내는 매니저를 뚫어져라 바라보던 수현이 웃음을 거두고 물러났다. 소파 깊이 몸을 묻으며 그가 한쪽으로 고개를 기울여 매니저를 바라보았다. 꿀꺽. 마른침을 삼킨 매니저가 낮은 기침을 했다.

"대체 얼마나 속여 처먹은 걸까? 그 바리스타는."

수현이 아무 일도 없었다는 듯 손에 든 컵의 빨대를 물어 천천히 커피를 머금었다. 고요한 정적이 내려앉은 수현의 집무실에 빨대로 음료 삼키는 소리만 가득했다. 당당하게 콧대를 세우고 거드름을 피우던 매니저가 숨소리마저 죽인 채 잔뜩 긴장해 굳어 있었다. 눈앞의 남자는 껍질만 번지르르한 낙하산이 아닌 모양이었다. 눈에 보이는 겉모습이 전부는 아니라는 말은 비단 수현이 예로 든 것에만 기인한 건 아니었다. 그 또한 본성을 숨긴 야수였다.

손님이 빠져나간 텅 빈 룸으로 들어선 윤은은 쟁반을 테이블 위에 올려놓고 소파에 털썩 주저앉았다. 정신없이 뛰어다니다 보니 온몸의 진이 다 빠져나갔다. 힘없이 축 늘어져 멍하니 지저분한 테이블을 바라보았다. 치워야 하는데 몸이 천근만근이라 말을 듣지 않았다.

스르륵 어느새 소파에 기댔던 몸이 늘어졌다. 단골이 주는 술을 조금 받아 마신 터라 취기도 약간 돌았다. 눈을 감고 한 팔은 눈 위에 한 팔은 배 위에 올려놓았다. 낮에 동훈이 옥상으로 소주를 공수해 왔다. 책가방에서 우수수 쏟아진 소주 팩을 둘이 사이좋게 나눠 마셨다. 공짜라고 대책 없이 마시는 게 아니었는데. 술에 강한 해독력을 보이는 윤은이라 해도 오늘은 피곤이 배로 느껴졌다.

"잠시 눈만 감았다 뜨는 거야."

졸린 듯 목소리마저 잠겨 들었다. 밖에서 들리는 시끄러운 음악 소리조차 자장가로 느껴질 정도였다. 호흡이 부드러워지고 윤은은 곧 잠에 빠져들었다.

바쁘게 걸음을 재촉하던 종석이 유독 조용한 룸 앞에 멈춰 서서 넘버를 확인했다. 윤은이 들락거리던 룸이었다. 손님이 한꺼번에 빠져나갈 시간이라 다들 정신이 없었다. 뒷정리에 여념이 없는 다른 룸들을 둘러보곤 싱겁게 웃었다. 무쇠 체력이라 뽐내며 나대더니 결국 뻗은 모양이다. 고개를 설레 흔들며 못 본 척 서둘러 주방으로 걸어갔다. 조금 쉬게 두지 뭐.

이층 난간에 팔을 올리고 아래를 내려 보던 수현이 고개를 갸웃했다. 유난스레 뛰어다니던 벼룩 하나가 눈에 보이지 않았다. 사각지대가 있나 고개를 빼고 살피다 이내 피식거렸다. 뭐, 어디 룸 청소라도 하고 있나 보지. 별스럽지 않은 일로 신경 쓴다 싶어 가볍게 혀를 차며 몸을 곧추세웠다.

취객 서넛이 궁상을 떨며 자리를 지키고 있는 것을 제외하곤 이미 자리는 다 비워졌다. 마무리만 하면 마칠 시간이었다. 부지런히 움직이는 직원들을 천천히 둘러보다 일층 바를 지나 비즈니스 룸 쪽으로 걸음을 옮겼다. 직원들이 눈인사를 건네며 곁을 지나쳤다. 그 많은 사람들 속에 윤은은 없었다. 긴 복도에 멈춰 선 수현의 입매가 슬쩍 비틀려 올라갔다. 환기를 위해 활짝 열려 있는 룸 사이에 굳게 닫혀 있는 문 하나가 그의 시야를 끌었다.

"어."

2번 룸 앞으로 다가서는 수현을 발견한 종석이 짧은 한 마디를 토해 냈다. 잠시 뭔가를 갈등하는 듯하던 종석은 이내 들고 있는 쟁반을 챙겨 다른 룸으로 들어섰다. 어차피 인생은 혼자 가는 거다. 괜히 끼어들어 정신 사나운 일 만들 이유가 없었다.

닫힌 문 앞에 멈춰 선 수현이 슬쩍 안을 살폈다. 지저분한 테이블이 그대로였다. 그런데 사람의 형체는 보이질 않는다. 혀로 볼을 부풀린 수현이 문손잡이를 잡아 비틀었다. 부드럽게 문을 열고 안으로 들어선 수현이 등 뒤로 문을 닫았다.

성큼성큼 테이블 앞으로 다가선 수현의 입가에 비릿한 미소가 머물렀다. 바지 주머니에 손을 찔러 넣은 수현이 한쪽 눈썹을 휘었다. 테이블 너머 소파 위에 널브러진 벼룩이 그의 레이더망에 딱 걸렸다. 입술을 비틀어 거만한 헛웃음을 토해 낸 수현이 테이블 위로 발을 올려놓았다. 어지러이 널린 술병과 잔을 비켜 테이블 끝에 도달한 수현이 가볍게 바닥으로 내려섰다. 벼룩이 세상모르고 잠에 취해 있었다. 겁도 없이.

수현이 윤은의 허리춤 가까이 발을 올렸다. 툭툭 허리를 발끝으로 건드렸다. 무반응. 수현이 혀로 나른히 입술을 훑었다. 이것 봐라? 피식. 싱겁게 웃은 그가 허리를 숙여 잠든 윤은의 얼굴을 뚫어지게 응시했다. 그가 만들어 낸 그늘이 윤은의 얼굴을 덮었다.

"어이. 벼룩."

고른 숨소리가 답을 대신했다. 쯧. 혀를 찬 수현이 윤은의 얼굴로 손을 내렸다. 눈을 가린 팔을 치우려다 말고 멈칫거렸다. 그가 고개를 갸웃하며 눈을 가늘게 내리떴다. 사내놈치고 입술이 참 붉다 느꼈지만, 입술만 도드라진 걸 보니 더 했다. 도톰하고 붉은 것이 꼭 잘 익은 과실을 연상시켰다. 탐스럽게 잘 익은 그것이 유독 수현의 눈길을 사로잡았다.

저도 모르게 팔로 향하던 손을 내려 윤은의 입술을 슬쩍 건드렸다. 부드럽다. 말랑한 젤리처럼 뭔가 묘한 느낌이 들었다. 손을 거둔 수현이 미간을 찌푸렸다. 기분이 이상했다. 쓰게 웃으며 고개를 흔든 수현이 이내 입술을 비틀어 올렸다. 허리를 펴 곧게 선 수현의 눈이 사악하게 빛났다.

얼굴 대신 배 위에 올려진 윤은의 손을 툭 쳐 낸 수현이 망설임 없이 털썩 내려앉았다. 씨익. 입꼬리를 말아 올린 수현이 팔짱을 낀 채 윤은의 얼굴 쪽으로 고개를 돌려 비스듬히 내렸다. 자신의 얼굴을 보고 기겁할 윤은의 반응을 기대하며 히죽거렸다. 갑자기 배 위에 가해진 충격에 헉 하고 숨을 삼킨 윤은이 반사적으로 튕겨 올라왔다.

"아야!"

반동으로 부딪힌 이마에서 불이 일었다. 이마를 감싸고 끙끙거리며 부스스 눈을 뜬 윤은의 시야에 얼어붙은 얼굴의 수현이 비쳤다. 꿈인가? 몽롱한 정신을 가다듬으며 몇 번 눈을 깜빡인 윤은이 스륵 수현 앞으로 고개를 내밀었다. 수현의 눈동자가 천천히 움직였다.

"여기서 뭐하십니까?"

고개를 갸웃한 윤은이 멍하게 물었다. 수현의 입술이 씰룩거렸다. 뭔가를 말할 듯하던 입이 굳게 닫혔다. 윤은을 바라보는 수현의 눈이 서늘하게 빛났다. 아! 박치기! 그것 때문에 수현이 뿔이 난 거라 생각했다. 화끈거리는 이마를 어루만지며 윤은이 입술을 오므렸다. 뭐 저만 아픈가? 뾰족이 내밀어진 윤은의 입술에 수현의 눈이 더 커졌다. 숨을 깊게 들이마신 수현이 뚫어져라 윤은을 노려보았다. 정확하게 그녀의 입술을. 이마가 아니고 입술? 왜? 윤은이 고개를 갸웃하며 손을 내려 입술을 더듬자 수현이 미간을 확 구기며 벌떡 일어섰다.

그제야 윤은은 수현이 제 다리 위에 앉아 있었다는 걸 알아챘다. 윤은이 일어나 앉으면서 배에서 미끄러져 허벅지에 안착한 것이다. 왜? 자세를 바로잡은 윤은이 양반다리로 앉아 이마를 긁적였다. 윤은은 우뚝 선 채 두 주먹을 불끈 쥐고 있는 수현의 뒷모습을 물끄러미 올려 보았다. 그러고 보니 배도 조금 당겼다. 뭐야. 지금 잤다고 배 때린 거야?

발끈한 윤은이 구시렁거리며 수현의 뒤통수를 노려보았다. 순간 홱 고개를 돌려 쏘아보는 수현의 눈빛에 놀라 입을 다문 윤은이 눈을 깜빡거렸다. 설마 속으로 구시렁거린 걸 들은 건 아니겠지? 찔끔한 윤은이 슬쩍 눈을 피하자 수현이 몸을 완전히 돌려 급작스레 등받이에 손을 짚었다. 윤은이 그 사이에 갇혔다. 눈을 말똥거리며 올려다보는 윤은을 수현이 사납게 노려봤다. 이빨을 드러내며 소리 없이 으르렁거린 수현이 죽일 듯 쏘아보던 시선을 내려 윤은의 입술을 담아냈다.

"하아."

헛웃음을 토해 내는 수현의 입술을 피해 윤은이 슬쩍 고개를 돌렸다.

"야, 돌려."

"넵."

윤은이 다시 수현을 올곧게 바라보았다. 여전히 윤은의 입술을 잡아먹을 듯 쏘아보며 수현이 이를 빠득거렸다.

"건방지게, 하아."

"그게."

"입 닫아."

"넵."

좀 잤기로서니 이렇게 잡아먹을 듯 화를 낼 건 뭔가 싶었다. 윤은이 입술을 쭉 밀어내자 수현이 눈을 부릅떴다. 그의 손 하나가 냉큼 윤은의 입술을 집어냈다. 윤은의 눈이 동그랗게 떠졌다. 지금 이게 대체 뭐 하는 짓이삼? 헐.

입을 대신한 말이 눈을 통해 쏟아졌다. 그에 아랑곳없이 사나운 시선 그대로 윤은을 노려본 수현이 나직이 서늘하게 말했다.

"주둥이 단속 잘해라, 벼룩. 죽는 수가 있다."

윤은의 눈썹이 요란하게 휘었다. 내가 뭘 어쨌다고? 반항의 기미가 물씬 풍기는 윤은의 눈을 직시하며 그가 바짝 다가섰다. 마주 보는 눈빛이 무척 시렸다. 윤은이 그 기에 눌려 스륵 시선을 피하자 그가 낮게 으르렁거렸다.

"지옥행 편도에 탄 걸 환영한다. 건방진 꼬맹이."

"……!"

"돌아오는 길도, 내릴 역도 없는 편도야. 각오해. 넌 죽었어."

수현이 으름장을 놓고는 입술에서 손을 뗐다. 화끈거리는 입술을 손으로 쓱쓱 문지르며 윤은이 눈꼬리를 내렸다. 지랄 같은 성격이다. 잠 좀 잤다고 이렇게 사람을 못살게 굴다니 정말 못돼 처먹었다. 속으로 투덜거리며 슬쩍 올려 보자 수현이 아랫입술을 잘근 깨무는 게 보였다. 참 색스럽게도 생겼네. 윤은의 눈길을 느낀 수현이 낮게 신음을 흘려내며 몸을 일으켜 세웠다.

내리깐 눈으로 이를 빠득거리며 윤은을 노려보던 수현이 몸을 돌려 그대로 룸을 빠져나갔다. 잠 한번 잘못 잤다가 오지게 당했다. 윤은은 수현이 사라진 문을 바라보며 설레설레 고개를 저었다. 툭. 소파에 몸을 기댄 윤은이 깊은 한숨을 내셨다.

"칫. 뛰어내리면 그만이지. 편도는 무슨."

아침부터 지대 꼬인다, 꼬여.

룸 밖으로 나온 수현은 거친 숨을 몰아쉬며 주먹을 꽉 움켜쥐었다. 그러다 문득 이질적인 게 닿았던 제 입술을 손으로 쓸었다. 부드러운 솜사탕 같은, 뭐라 설명할 수 없는 묘한 느낌이었다. 불쾌하면서도 설레는. 수현은 미간을 찌푸리며 고개를 기울였다. 벌떡 불시에 몸을 일으킨 윤은의 입술이 제 입술에 닿는 순간 수현은 숨을 멈췄다. 기가 막혀서.

하아. 낮은 한숨을 토해 낸 수현이 입술을 깨물며 짧게 혀를 찼다. 사고였다. 그저 단순한 사고.

성큼 걸음을 옮기던 수현이 몸을 돌려 윤은이 있는 룸을 노려보았다. 때마침 테이블을 정리해 나오던 윤은이 그와 눈이 마주치자 놀라 헉 하고 숨을 삼켰다. 머뭇거리며 주춤하던 윤은이 조심히 발을 옮겨 그의 곁으로 다가섰다. 그리곤 사납게 노려보는 수현의 시선을 애써 외면하며 곁을 지나쳤다. 수현이 중간에 버티고 서서 비켜 주지 않은 탓에 쟁반이 흔들렸다. 결에 플라스틱 재질의 컵 하나가 떨어져 내렸다. 카펫 위라 소리가 들리지 않은 탓에 윤은은 알아채지 못했다. 어렵게 빠져나온 윤은이 주방으로 사라지기 직전 수현이 바닥에 떨어진 컵을 주워 들어 강속구로 날렸다. 정확히 윤은의 뒤통수를 향해.

윤은이 사라진 주방에서 와장창 뭔가가 무너져 내리는 소리가 들렸다. 후우. 수현이 빈손을 가볍게 불었다. 그제야 피식 웃음을 흘린 수현이 건들거리며 걸음을 옮겼다. 나이스.

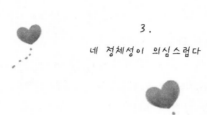

3.
네 정체성이 의심스럽다

열 개짜리 계란 한 판을 평상에 내려놓고 그중 하나를 꺼내 들었다. 윤은은 반듯했던 이마에 불쑥 튀어나온 불청객을 계란으로 꾹꾹 눌렀다. 그래도 사라지지 않고 버티는 그것의 도도함에 입을 삐죽 내밀었다. '코 안 깨진 게 어디야.' 주방 바닥에 대자로 엎어져 차마 일어나지 못하고 있는 윤은을 향해 종석이 위로랍시고 한 말이다. 하마터면 목이 꺾일 뻔했는데 다행이란다.

엎어지면서 종석이 밀고 오던 카트에 머리를 박았다. 그래서 바닥에 바로 얼굴을 박지 않았다. 그걸 다행이라고 말하는 종석의 구세주 삘 나던 얼굴이 떠올랐다. 은근히 계란을 잡은 손에 힘이 들어갔다. 제기랄.

"건 또 뭔 짓이냐?"

"왔나?"

"오늘은 땡이 아니다."

털썩 옆에 주저앉으며 동훈이 건성으로 말했다. 그에 윤은이 문지르던 계란을 다른 걸로 바꾸며 심드렁하게 받아 넘겼다.

"그러냐."

"뭐가 이렇게 관심이 없어? 잔소리 안 해?"

"먹혀야 하지. 입만 아퍼."

동훈이 물끄러미 윤은을 바라보다 계란 하나를 들어 톡톡 이빨로 깨 쪽쪽 빨아 먹었다. 비릿한 맛이 그다지 신선한 것 같지 않았다. 쓰게 입맛을 다신 동훈이 입술을 훔치며 윤은의 볼을 양손으로 잡아 돌렸다. 느닷없는 동훈의 행동에 눈썹을 휘며 바라보던 윤은은 다음 순간 몸을 바들 떨었다. 동훈이 사오정 나방 뱉듯 입을 벌려 썩은 냄새를 발산했다. 그나마 무사했던 코가 썩어 문드러질 것 같았다.

"야! 아 놔. 코 썩어 내려."

"계란은 먹는 거지 엄한 데 쓰는 거 아니다."

동훈의 손을 쳐 내며 윤은이 코를 틀어막았다. 느긋하게 등 뒤로 팔을 뻗어 기댄 동훈이 피식 웃었다. 별스럽지 않다는 듯 말하는 동훈의 태도에 버럭 화를 내며 윤은이 제 이마를 가리켰다.

"네 눈엔 누님 마빡에 멍든 게 안 보이냐!"

"어. 보여. 엉덩이에 날 뿔이 이마에 났네. 거 걸작일세."

"하아. 남의 아픔을 그런 식으로 취급하다니 넌 역시 용자다."

"별말씀을."

"헐."

아무리 문질러 대도 들어갈 기미가 보이지 않는 혹에 괜한 한숨을 내쉰 윤은이 들고 있던 계란을 톡 하고 깼다. 깨진 부위를 거둬 내고 막 입으로 가져가려는 찰나 동훈이 그것을 낚아채 냉큼 빨아 먹었다. 허무함에 입이 딱 벌어졌다.

"어째 주변에 있는 놈들이 죄다 날 못 괴롭혀 안달이냐."

"놈들? 왜 놈들이야? 나 말고 또 누가 괴롭혀?"

"그런 놈이 있다. 에고, 인생이 고달프다."

벌렁 뒤로 드러눕는 윤은의 배를 철썩 때리며 동훈이 짜증스레 말했다.

"야, 누구냐고. 그놈이."

"허걱. 너 요즘 너무 기어오른다? 감히 아녀자의 배를."

"니미. 아녀자는 개뿔. 누가 너 보고 여자래."

"그럼 남자냐?"

"……나도 몰라."

"……."

오 년을 한 건물에서 같이 산 놈도 성별을 모르겠다는 판국에 겨우 일주일도 안 된 사장이 어찌 알아챌까. 굳이 자기 입으로 저 여잡니다. 밝히는 것도 참 궁색하다. 어쩌다 이리됐을까. 아, 윤은 인생 참 거지 같다.

"동훈이 너 또 땡땡이야?"

앙칼진 인숙 씨의 목소리가 온 동네를 쩌렁쩌렁 울렸다. 하나 있는 아들놈이 하필이면 꼴통에 먹통이라니 이모 인생도 참 박하다. 고개를 설레설레 젓는 윤은과 달리 동훈은 별스럽지 않다는 듯 귀를 휘적거리며 거드름을 피웠다. 저러다 또 흠씬 두들겨 맞지.

"가라. 네 고향 안드로메다로."

"니미. 건 네 고향이지."

"헐. 결국 같은 동네란 말이지. 이런 썩을."

"미친. 난 너랑 달라."

물끄러미 발끈하는 동훈을 돌아본 윤은이 천천히 주먹을 들어 올렸다. 정확하게 동훈의 면전 앞까지 들어 올린 주먹 사이로 슬그머니 엄지가 삐져나왔다. 검지와 중지 사이로 수줍게 얼굴을 내민 엄지가 꼿꼿이 고개를 치켜들었다. Fuck you. 피식. 싱겁게 웃은 동훈이 반사라고 말했다. 아. 이것이 진정한 안드로메다식 인사법이란 말인가. 동족의식 참 징하다.

업무를 마치고 주차장으로 향하던 수현은 주머니 속 휴대폰 진동에 미간을 한껏 찌푸렸다. 보나마나 별 달갑지 않은 전화일 게 분명했다. 짧게 혀를 찬 수현은 휴대폰을 꺼내 발신인을 보지도 않고 통화 버튼을 눌렀다. 곧 짜증스런 코맹맹이 소리가 그의 귓속을 침범했다.

—오빠, 오랜만.

"……하아."

한숨이 절로 나왔다. 귀찮기로는 넘버 1, 2위를 다투는 놈이었다. 이마를 짚은 손이 찌푸려지는 미간을 억지로 눌러 폈다. 그의 낮은 한숨에 코맹맹이 소리로 탄성을 내질렀다.

—와우! 여전히 섹시한 숨소리야. 아, 좋아라.

"바빠. 끊어."

—왜 이래. 오랜만에 하는 통화를 이렇게 박하게 끊는 사람이 어디 있어.

"여기."

뚝. 사정없이 전화를 끊어 버린 수현이 신경질적으로 주머니에 휴대폰을 찔러 넣었다. 또다시 울려 대는 것을 깔끔히 무시하고 주차장으로 발길을 돌렸다. 밝은 햇살이 반지하 주차장까지 스며들었다. 차로 다가가 무선 키를 누르던 수현의 손이 우뚝 멈췄다. 차 위로 드리운 또 다른 형체가 그의 곁으로 다가와 뱀처럼 스르륵 기분 나쁘게 허리를 휘감았다.

"치워."

"너무한다 정말. 오랜만에 보는 약혼녀한테 이러기야?"

"입 닥쳐라. 난 너랑 그런 거 한 적 없다."

"부모님들이 정한 거야. 이변은 없어."

시뻘건 입술로 잘도 지껄이는 지수의 손을 수현이 거칠게 쳐 냈다. 화끈거리는 손등을 쓸어 내며 저를 얄밉게 쏘아보는 지수를 그가 차갑게 돌아보았다. 시니컬한 웃음을 입가에 단 수현이 혀로 입술을 느른히 핥았다. 시선을 거두고 차 지붕에 한 손을 올려 비스듬히 기댄 수현이 기가 막힌다는 듯 짧게 헛웃음을 터트렸다. 도도하게 눈을 치뜬 지수의 면전에 웃음기를 없앤 수현의 날카로운 한마디가 날아들었다.

"꺼져."

"술 한잔해. 귀국 기념으로."

차문을 열고 운전석에 오르려던 수현의 손을 잡고 지수가 말했다. 차가운 면박에도 아무렇지 않은 듯 생글거리며 웃고 있었다. 수현이 제 손을 잡은 지수의 손을 사납게 노려보았다. 그 눈길에 어깨를 한 번 으쓱한 지수가 쉽게 물러서지 않겠다는 듯 잡은 손에 지그시 힘을 줬다. 골치가 아픈 듯 이마를 문지른 수현이 찌푸려진 얼굴로 차를 고갯짓했다.

"땡큐."

그가 마음을 바꿀까 싶어 급히 조수석 쪽으로 달려간 지수에게 수현이 으르렁거렸다.

"뒤에 타."

"칫."

지수가 차에 올라타 엉덩이를 붙임과 동시에 차가 출발했다. 놀라 서둘러 문을 닫은 지수가 수현의 뒤통수를 째려보며 구시렁거렸다. 배려라고는 눈곱만큼도 없는 얼음덩어리 수현을 향해 지수는 온갖 욕설을 퍼부었다. 자신이 알고 있는 최고의 악담을 다 쏟아 내며 주먹을 불끈 움켜쥐었다. 룸미러에 비친 그의 얼굴은 무표정했다.

"그러니까 포기해."

"뭐?"

"지랄 맞게 성질 더러운 놈 끈덕지게 물고 늘어지지 말고. 착한 놈, 부려 먹기 좋은 놈 찾아서 떠나라고. 귀찮게 들러붙지 말고."

"어머. 그게 무슨 말이야. 오빠가 무슨."

"난 남자 싫어해."

뜬금없는 수현의 말에 지수가 고개를 갸웃하며 그를 응시했다. 어떤 의미로 싫다는 건지 감이 잡히지 않았다. 전면을 주시한 채 아무런 미동도 없던 그가 다시 입을 열었다.

"그런데 여자는."

그가 룸미러를 통해 지수를 직시했다. 지수가 눈을 반짝이며 앞으로 다가갔다. 때를 맞춰 신호에 걸린 차가 급히 멈췄다. 덕분에 지수가 앞좌석에 머리를 찧었다. 아픈 이마를 문지르는 지수의 귀에 수현의 시린 음성이 들려왔다.

"경멸해."

지수가 고개를 들어 그를 올곧게 응시했다. 이내 매끄럽게 입매를 끌어 올려 웃으며 자세를 가다듬은 뒤 그녀가 아무렇지 않게 말했다.

"알아."

그 원천이 어디인지도. 아무렇지 않게 고개를 끄덕이며 수긍하는 지수의 반응에 수현이 낮은 한숨을 내셨다. 수도 없이 반복되어 온 일이었다. 지수가 끈덕지게 달라붙어 징징거리던 그 어린 시절부터. 벽창호에게 아무리 뭐라고 소리친들 그게 먹혀들 리 만무했다. 그래서 떠났던 건데 지수의 스토커 기질은 여전했다.

"그중에 널 제일 경멸해."

"설마. 난 두 번째겠지."

룸미러를 통해 쏘아보는 눈길이 매섭다. 무슨 말을 해도 상처 입지 않겠다, 단단히 각오하고 나타난 모양이다. 지난 육 개월 동안 변한 건 비단 수현 혼자만은 아니었다. 어떤 독설에도 꿈쩍하지 않겠다는 강한 의지가 지수의 얼굴에 깃들어 있었다.

"거머리 스토커."

"칭찬 고마워."

"닥쳐."

"아, 날씨 좋다."

창문을 열어 손을 내민 지수가 기분 좋게 웃으며 말했다.

평상에 느른히 누워 일광욕을 즐기던 윤은은 요란스레 울려 대는 휴대폰의 멜로디에 슬쩍 한쪽 눈꺼풀을 밀어 올렸다. 저만치 나뒹구는 휴대폰을 멀거니 바라보다 다시 눈을 감았다. 끊길 줄 모르고 이어지는 멜로디에 인상이 팍 구겨졌다. 투덜거리며 몸을 굴려 휴대폰 가까이 다가간 윤은이 발신인을 확인하곤 그대로 폰을 내려놓았다.

바닥에 고이 내려놓은 휴대폰을 배로 질식사시키려 했으나 계획은 실패했다. 진동을 겸한 멜로디가 끊겼다 다시 이어지고 있었다. 입을 씰룩거리며 일어나 앉은 윤은이 구시렁거리며 폰을 귀에 안착시켰다.

"왜요."

—넌 전화 예절도 몰라? 왜요가 뭐야? 왜요가.

"헐. 이사님도 그다지 예절스럽진 않으십니다."

―닥치고.

"옙."

―여기 압구정 힐링이야. 튀어 와.

"허걱. 제가 왜요?"

―왜요, 라고 하지 말랬지. 튀어 오라면 와.

윤은은 휴대폰을 잡은 손에 불끈 힘을 주며 하늘을 향해 고개를 치켜 들었다. 치미는 울화를 억지로 눌러 삼키는 중이었다. 누굴 꼬붕으로 아나. 씰룩이는 입술에서 막 욕지기가 스멀스멀 터져 나오려던 참이다. 참아라. 참아야 한다. 더런 성질 표출하다 걸귀 되는 수가 있다. 스스로 를 다독거리던 윤은의 귀에 한숨 섞인 수현의 목소리가 스며들었다.

―팬티 값 퉁쳐 줄게. 대리 좀 해.

헐. 조건 참 오지게 끌린다.

"어디요?"

세수도 하는 둥 마는 둥 칫솔을 입에 문 채 대충 옷을 걸쳐 입고 분 노의 칫솔질을 간간이 했다. 운동화를 꿰차고 밖으로 나온 윤은은 통에 받아 놓은 물로 대충 입을 헹군 뒤 난간 위에 칫솔을 걸쳐 놓고 계단 을 뛰어 내려갔다.

이층 제 방 창에 기대 담배를 피워 물던 동훈이 바삐 걸음을 재촉하 는 윤은을 무심히 내려 보았다. 불을 붙이려다 말고 슬쩍 뒤를 돌아 벽 시계를 확인한 동훈이 필터를 도르르 혀로 굴렸다. 저만치 큰길로 접어 들어 미친 듯이 손을 흔들어 대는 윤은을 보며 툭 담배를 뱉어 냈다.

"저게 미쳤나 이 시간에 어딜 간다고 나서, 나서길. 잠이나 쳐 자지."

"미친 건 네놈이지. 누구더러 미쳤대."

휴지곽이 정확하게 동훈의 뒤통수를 때리고 바닥에 떨어졌다. 슥 뒤 를 돌아보자 인숙이 책상 위의 재떨이로 손을 뻗고 있었다. 뒷머리를 벅벅 긁으며 창밖으로 시선을 옮긴 동훈이 심드렁하게 말했다.

"인숙 씨, 그걸로 때리면 병원비만 나와."

"웃기시네. 넌 맞아도 피 한 방울 안 흘릴 놈이야. 석두도 이런 석두가 없다. 기네스북에 오르고도 남을 석두야."

"아니 다행이네."

"뭐야? 이놈이 진짜!"

"세상엔 대학 나와서 빌빌대는 놈 천지야. 공부 머리가 다는 아니란 말이지."

쾅! 책상을 내려치는 굉음이 귓전을 때렸다. 스텐도 찌그러질 수 있다는 걸 몸소 보여 주는 재떨이의 명복을 빌며 동훈은 창턱에 몸을 축 늘였다. 급기야 참을성의 한계를 느낀 인숙이 책상에 부딪혀 찌그러진 재떨이를 날렸다. 머리 위로 싸한 바람을 일으키며 재떨이가 창밖으로 날아갔다.

"전생에 뭐였기에 저리 사람 속을 끓이나 몰라. 입만 살아서는. 에휴, 내가 못살아."

건물이 떠나가라 닫힌 문 소리를 뒤로하고 피식 싱거운 웃음을 터트린 동훈이 혼잣소리처럼 툭 내뱉었다.

"나무늘보."

힐링 안으로 들어선 윤은은 영업시간이 아님에도 불이 켜져 있는 실내를 신기한 듯 바라보았다. 슬쩍 고개를 돌려 하품을 하던 바텐더가 윤은과 눈이 마주치자 어설픈 인사를 건넸다. 마주 고개를 끄덕이며 인사를 건넨 윤은의 눈에 반듯이 앉아 잔을 기울이는 수현의 모습이 잡혔다. 그리고 그 옆에 정신없이 늘어진 늘씬한 여자의 뒷모습도 함께 포착됐다.

"차 빼."

돌아보지도 않고 윤은의 존재를 알아챈 수현이 키를 던졌다. 결에 훌쩍 몸을 날려 키를 받아 든 윤은이 속으로 욕지기를 퍼부었다. 바텐더에게 뭐라 몇 마디를 건넨 수현이 수표 몇 장을 테이블 위에 올려놓고 일어섰다. 늘어진 여자의 존재가 궁금했지만 윤은은 습관상 아무 질문 없이 주차장으로 향했다. 일의 특성상 말하지 않는 것에 대해 묻지 않고 궁금증을 드러내지 않는 것이 몸에 밴 탓이었다. 차를 찾아 그 매끈한 몸매에 또 한 번 감탄사를 터트리며 눈을 빛냈다. 휘파람을 불며 운전석에 자리를 잡고 앉자 때를 맞춰 수현이 걸어 나왔다.

수현은 차에 타자마자 뒷좌석에 앉아 피곤한 듯 눈을 감고 시트에 몸을 기댔다. 룸미러로 슬쩍 바라보니 말을 걸었다간 한 대 맞고도 남을 포스를 풍기고 있었다. 입에 묵직한 지퍼를 채운 윤은이 눈치껏 조용히 차를 출발시켰다.

수현의 빌라 주차장에 차를 세운 윤은이 헛기침으로 말을 대신했다. 제법 크게 했는데도 수현은 아무런 기척이 없었다. 룸미러로 뒤를 살피자 팔로 눈을 가린 채 고개를 젖히고 있는 수현의 모습이 보였다. 안전벨트를 풀고 아예 대놓고 몸을 돌려 수현을 바라봤다. 술 냄새가 꽤 강하게 코를 찔렀다. 오늘 제대로 코가 고생하는군. 에효. 작게 한숨을 내쉰 윤은이 목을 돌워 가만히 수현을 불렀다.

"이사님. 이수현 이사님."

부름에 아무런 답도 않던 수현이 팔을 내려 한숨을 깊게 내셨다. 눈은 여전히 감은 채였다. 눈을 게슴츠레하게 내리뜬 윤은이 슬며시 입꼬리를 말아 올렸다. 슬그머니 뒷좌석 가까이 몸을 내민 윤은이 수현의 면전 앞에서 손을 휘휘 저었다. 고른 숨을 내쉴 뿐 무반응이다. 잠이 깊이 든 모양이다. 씨익.

"독사 머저리……."

"닥쳐."

"옙."

휘젓던 윤은의 손목이 수현의 손에 그대로 붙들렸다. 역시 그는 낚아채기의 귀재였다. 씁. 숨을 삼킨 윤은이 말없이 고개를 끄덕였다. 수현의 감겼던 눈이 스르르 떠졌다. 초점 없이 흐린 눈동자가 꽤 몽환적이다. 그 눈 가득 윤은을 담아내던 수현이 미간을 찌푸리며 눈을 감았다 떴다. 수현이 잡힌 윤은의 손에 자신의 검지를 쥐여 주었다. 멀뚱히 그의 손가락이 안착한 제 손을 바라보며 윤은이 고개를 갸웃거렸다. 그가 불쑥 고개를 가까이 디밀고 나직막이 속삭였다.

"열어."

"예?"

더 가까이 다가온 그의 입술이 눈앞에서 어른거렸다. 뇌쇄적인 입술이 술기운을 흘려 내며 달싹거렸다. 결에 윤은의 시야가 흐릿해졌다. 윤은이 어지러운 시야를 부르르 털어 냈다. 수현이 그런 윤은의 턱을 꽉 움켜잡았다. 손목이 자유로워진 대신 손안엔 그의 검지가 들어섰고 턱이 볼모로 붙잡혔다.

"네가 개야? 왜 털어 대. 어지러워, 하지 마."

"허걱."

그가 끝까지 손을 놓지 말라 으름장을 놓는 바람에 윤은은 차 키를 뽑아 든 채 곡예하듯 좌석을 넘어 뒤로 가야 했다. 회식 때는 끄덕도 없어 보이더니 오늘은 은근히 취한 모양이다. 그의 손가락을 잡은 채 느린 걸음에 보조를 맞췄다. 엘리베이터에 오르자 몸이 나른한지 수현이 벽에 기대 긴 한숨을 토해 냈다. 곁에 서서 층수가 변하는 걸 올려다보는 윤은의 모습을 수현이 고개를 비스듬히 기울여 바라봤다. 그러다 시선을 내려 제 손가락을 꼭 움켜쥔 윤은의 손을 물끄러미 응시했다.

"자식, 손이 보기보다 작네."

"네?"

무슨 말이냐는 듯 멍하니 돌아보는 윤은에게 시선을 맞추며 그가 툭 던지듯 말했다.

"내려."

때맞춰 열린 문 밖으로 그가 먼저 걸어 나갔다. 딸려 가다시피 걸음을 옮긴 윤은을 수현이 제 집 앞으로 이끌었다.

"Open the door."

"참나. 열려라, 참깨도 아니고."

"뭐?"

"어디요. 여기요?"

무슨 주문 외듯 문을 열라고 명령하는 수현의 말에 구시렁거리던 윤은은 그의 시니컬한 물음에 모른 척 딴청을 했다. 미심쩍은 눈을 거두지 않는 수현을 향해 씨익 억지웃음을 지어 보인 윤은이 서둘러 그의 검지를 지문인식기에 댔다. 삐리릭 소리와 함께 문이 철컥 하며 열렸다. 열린 문 안에서 뭔가 상쾌한 향기가 번져 나왔다. 취향이 생긴 대로라며 고개를 끄덕인 윤은이 안으로 들어서는 그를 향해 고개를 숙였다.

"그럼 쌤쌤으로 알고 저는 이만."

풍겨 나오는 향처럼 상쾌한 기분으로 돌아서 가려던 윤은의 뒷덜미가 뭔가에 걸렸다. 헉 하며 돌아보던 윤은의 몸이 그대로 안으로 빨려 들어갔다. 덥석 윤은을 낚아챈 수현이 그녀를 현관까지 질질 끌고 갔다. 느닷없이 당한 일에 정신을 못 차리고 허우적대던 윤은이 거실로 들어서는 그를 따라 서둘러 신발을 벗어 던졌다.

거실 중앙에 멈춰 선 그가 윤은을 소파 위에 짐처럼 내동댕이쳤다.

소파 위에 찌그러졌던 몸을 튕기듯 일으키자 그가 사나운 눈으로 내려 보며 으르렁거렸다.

"거기서 자. 조금 있으면 출근 시간이야. 몇 시간 자고 바로 가야 돼."

"집에 가서 자도 되는데요."

"안 돼."

"왜요?"

"운전해야지."

"헐."

"음주운전 불법인 거 몰라?"

"택시도 있는데."

"닥치고 누워 자."

"저 여기 불편한데요."

비교적 넓은 편에 속하는 소파였지만, 소파는 소파였다. 게다가 남자 집에서 덜렁 좋다고 누워 자기엔 여자로서의 자존심이 조금 걸렸다. 그래도 여잔데. 이건 좀 그렇잖아. 혼자 온갖 이유를 대며 고개를 휘젓던 윤은의 귀에 그녀의 입을 단박에 틀어막는 수현의 시니컬한 목소리가 날아들었다.

"그럼 같이 잘래? 내 침대에서?"

"아, 아니요."

"그럼 입 다물고 누워 자. 아니면 억지로 끌고 가서 잠들게 만들어 줄 테니까."

"옙."

주먹을 불끈 쥐어 보이는 수현의 모습에 윤은이 눈을 깜빡이며 고개를 끄덕이곤 얼른 소파에 드러누웠다. 피곤은 장사도 맥을 못 추게 만든다더니. 저도 모르게 잠에 빠져든 윤은의 몸 위로 이불이 덮였다. 세상모르고 곤히 잠든 윤은의 모습에 피식 웃음을 흘린 수현이 지끈거리는 머리를 꾹 누르며 돌아섰다. 괜히 지수의 농간에 걸려 도수 높은 술을 마셨다. 망할.

저벅저벅 멀어지는 발소리를 자장가 삼아 잠에 취한 윤은이 빙긋 웃음을 띠었다.

알람 소리에 잠에서 깬 수현은 느른히 기지개를 켜 몸을 풀었다. 침실을 나와 욕실로 향하던 그의 눈에 아직 잠에 빠져 있는 윤은의 모습이 비쳤다. 쿡. 싱겁게 웃음을 흘린 수현이 고개를 저으며 곧장 욕실로 들어섰다.

한참 깊은 잠에 빠져 있던 윤은은 낯선 인기척에 스르르 눈을 떴다. 눈에 익지 않은 풍경이 가물거리는 시야에 들어왔다. 고개를 갸웃하던 윤은이 뭔가를 포착하고 천천히 움직였다. 하얀 물체가 나타나 스무스하게 눈앞을 스쳐 갔다. 눈을 깜빡이며 자리에서 일어선 윤은이 그것을 따라 단 위로 발을 올려놓았다. 그것이 문도 없는 방 안으로 들어섰다. 따라 걸음을 옮긴 윤은이 입구에 멈춰 손등으로 눈을 비볐다.

"깼어?"

정신이 확 깨는 목소리였다. 눈을 번쩍 뜬 윤은이 숨을 급히 들이켰다. 목욕 가운을 걸친 싱그러운 수현이 피식 웃으며 저를 돌아보고 있었다. 말없이 침을 꿀꺽 삼키며 고개를 끄덕이자 그가 돌아서 가운을 벗었다. 툭. 제 머리 위로 던져진 가운 사이로 그의 나신이 보였다. 스르륵. 둘둘 말고 있던 이불이 떨어져 내렸다. 아, 그 탄탄한 엉덩이를 직접 눈으로 보게 될 줄이야. 윤은의 눈이 천천히 감겼다 떠졌다.

수현은 아무렇지 않은 듯 나신으로 수납장 사이를 거닐며 옷을 꺼내 걸쳤다. 그 자연스러운 행동이 윤은에겐 무척 자극적이란 사실을 미처 생각조차 하지 못한 수현이었다. 옷을 다 입은 수현이 그녀의 머리 위에 걸쳐진 목욕 가운을 거둬 가며 피식 웃었다.

"사내자식이 뭘 가려?"

소파 위에 목욕 가운을 던져 놓으며 현관을 향해 걸어가던 수현이 멍하니 선 채 꼼짝도 않는 윤은을 돌아봤다. 느릿하게 눈을 깜빡인 윤은이 혼잣소리처럼 중얼거렸다.

"……허걱의 결정체다."

수현이 그런 윤은을 향해 손가락을 까닥거렸다. 굼벵이 사촌이냐는 말이 곧 튀어나올 것 같았다. 못마땅하게 좁혀지는 그의 미간을 바라보며 한껏 어깨를 편 윤은이 서둘러 거실로 내려서며 말했다.

"네네. 갑니다. 가요."

"늦어."

"전 세수도 못 했습니다."

"나가서 해. 샤워장 있잖아."

"헐. 환장하겠네."

"뭐?"

"아우. 늦겠네. 키 주십시오."

호들갑스럽게 저를 스쳐 지나가는 윤은을 바라보며 수현이 고개를 갸웃했다.

"저거 혹시 남자 좋아하는 거 아냐?"

수현이 턱을 쓸며 의심의 눈초리로 현관문을 여는 윤은을 노려보았다. 따라 나오는 기척이 없자 윤은이 문 밖에서 빠끔히 고개를 내밀었다. 하나도 안 귀여워. 쳇. 콧방귀를 뀌며 수현도 현관을 빠져나갔다.

출근까지 함께했던 윤은이 저녁 내내 보이질 않았다. 어디 한 군데

서라도 눈에 띌 만도 한데 몇 시간째 코빼기도 보이질 않았다. 집무실을 나와 이리저리 클럽을 살피던 수현이 윤은이 담당인 룸 앞을 어슬렁거릴 때였다.

불쑥 문을 열고 나온 종석이 문 앞에 버티고 선 수현에 놀라 흠칫거렸다. 짐짓 헛기침을 하며 한 걸음 뒤로 물러선 수현이 모른 척 고개를 돌리자, 종석도 고개를 끄덕여 보이곤 자리를 뜨려 했다. 종석의 시선이 다른 곳을 향한 틈을 타 룸 안을 슬쩍 바라보았다. 손님이 들어 있었다. 제 손님도 받지 않고 대체 어디서 농땡이를 부리는 거야. 이놈 봐라.

"어이."

코너를 돌아가는 종석을 수현이 불러 세웠다. 종석이 돌아보자 수현이 손가락을 까닥여 가까이 오라는 신호를 보냈다. 조심스레 다가선 종석을 무심히 돌아보며 수현이 물었다.

"꼬맹이 어디로 튀었어?"

"예?"

"여기 담당."

수현이 턱으로 가리킨 룸을 물끄러미 바라보던 종석이 아! 하며 고개를 끄덕였다. 아마도 수현이 말하는 꼬맹이가 윤은을 지칭하는 말인 듯했다. 종석이 별스럽지 않게 건조한 말투로 답했다.

"마법에 걸렸답니다."

"뭐?"

"마법."

"영화 찍어? 걔가 해리포터야? 왜 마법에 걸려?"

눈살을 찌푸리며 도통 못 알아듣겠다는 투로 묻는 수현을 종석이 한심하다는 듯 바라봤다. 그 눈길이 거북해 수현이 얼굴을 굳히자 종석이 그제야 입을 열었다.

"한 달에 한 번 꼬박꼬박 걸리죠. 마법에."

"헛소리 집어치우고 똑바로 말해."

"생리휴가랍니다. 윤은이."

종석은 수현의 표정이 참 재미있다고 생각했다. 순식간에 다양한 표정을 담아내는 그의 얼굴을 바라보며 종석이 속으로 웃음을 흘렸다. 묘하게 흔들리던 눈빛이 드디어 종석을 담아냈다. 그가 입술을 혀로 축이며 차마 꺼내 묻지 못하겠다는 듯 힘겹게 입을 열었다.

"걔가 왜…… 그, 그."

"당연하죠. 윤은이 여자니까."

"하아."

"모르셨습니까?"

그것도 몰랐느냐 타박하는 말투다. 수현의 미간이 미세하게 움찔거렸다. 휘청. 몸을 비틀거리며 수현이 이마를 짚었다. 세대 7대 불가사의를 능가하는 미스터리였다. 차라리 외계인에게 납치당했다면 믿겠다. 생리휴가라니. 그게 말이 돼?

"그럼 전 이만."

물러서는 종석의 말은 귀에 들어오지 않았다. 그동안의 무수한 영상들이 그의 머릿속을 온통 혼란스럽게 만들고 있었다. 어지러운 듯 벽을 짚고 기대선 수현이 미간을 좁히며 혼잣소리처럼 중얼거렸다.

"걔가 어딜 봐서 여자란 거야. 빌어먹을."

테이블 사이를 부지런히 오가던 철민이 고개를 들어 무심히 이층을 살피다 그대로 멈춰 섰다. 곁에 몸이 부딪힌 종석이 뭐냐는 눈으로 철민을 스쳐 보며 지나치려 했다. 철민이 그런 종석의 팔을 붙잡아 세웠다.

"왜?"

바쁜 시간 때라 나오는 소리도 짧았다. 귀차니즘을 여실히 드러내는 종석의 질문에 철민이 턱 끝으로 이층을 가리켰다. 건성으로 올려 보던 종석의 시야에 난간을 잡은 채 이글거리는 눈으로 아래를 노려보고 있는 수현의 모습이 포착됐다. 그는 싸늘한 냉기를 뿜어내고 있었다. 하지만 노림의 대상이 불명확해 보였다.

"왜 저래?"

철민이 종석의 어깨를 가볍게 밀치며 물었다. 항상 냉철하게 사태를 주시하며 아무렇지 않게 비수를 꽂던 수현이었다. 저런 식의 감정 표현은 처음 보는 것이라 의아했던 모양이다. 종석이 수현을 응시한 채 툭 던지듯이 말했다.

"멘붕이네."

"뭐?"

"멘탈 붕괴."

"그게 뭐야?"

멍한 얼굴로 눈을 껌뻑이며 물어오는 철민을 종석이 건조하게 돌아봤다. 한심하단 듯 한숨을 내쉬며 걸음을 옮기는 종석을 철민이 뒤따랐다. 뭔데, 뭔데, 하며 끈질기게 들러붙는 철민을 향해 종석이 귀찮은 투로 설명을 덧붙였다.

"한계치를 넘어선 멘탈이 와르르 무너져 내렸단 말이지. 넉 다운. 오케이?"

힐끔 올려보자 난간을 움켜잡은 수현이 손을 바들거리는 게 보였다. 눈에서 살벌한 레이저가 쏘아져 나오는 것 같았다. 헉! 저러다 눈알 튀어나오겠네. 꿀꺽. 마른침을 삼킨 철민이 시선을 거두고 종석에게 바짝 붙어 소곤거렸다.

"왜 멘붕이 된 거래?"

"아마."

"아마?"

"윤은이 때문일 거야."

"윤은이가 왜?"

로비를 벗어나 룸 복도로 접어든 종석이 윤은의 담당 구역을 슥 훑어보곤 어깨를 으쓱했다.

"여잔 거 몰랐나 봐."

"에?"

무심히 돌아보는 종석의 눈길에 철민이 오버스럽게 정말? 하며 물었다. 고개를 끄덕이며 종석이 주방 쪽으로 방향을 틀었다. 따라 걸음을 옮긴 철민이 연신 고개를 갸웃거리며 혼잣소리처럼 중얼거렸다.

"신기하네. 여자 킬러같이 생겨서는 왜 여잔 걸 몰랐데? 하긴, 윤은이 좀 선머슴 같긴 하지. 그렇데 어떻게 알았데?"

"오늘 왜 안 보이냐고 묻기에 말해 줬지."

"응? 뭐라고?"

"생리휴가라고."

"헉."

아무렇지 않게 말하며 주방으로 들어서는 종석을 철민이 얼빠진 얼굴로 바라보았다. 잠시 뒤 철민이 천천히 엄지를 들어 올렸다. 역시 넌 직설화법의 대가였어. 존경 돋는다.

시끄러운 소음과 요란한 비트가 난무하는 클럽을 매서운 눈으로 노려보던 수현이 힘껏 난간을 내려치며 거칠게 몸을 돌렸다. 집무실을 향해 걸어가는 발걸음이 꽤 신경질적이다. 휴대폰을 꺼내 들어 단축 버튼을 누른 수현이 갑갑한 듯 셔츠 단추를 풀어냈다. 긴 신호음이 신경을 자극했다. 수현이 억눌린 숨을 잇새로 흘려 내며 빠득빠득 이를 갈았다.

—어. 수현아, 왜.

"그 자식."

—뭐? 누구?

문을 열고 들어선 수현이 책상에 기대서며 잠시 호흡을 가다듬었다. 흥분할 필요 없다. 릴렉스. 스스로를 다독이며 다시 입을 열었다.

"이력서 좀 찾아와."

—이력서? 직원 전체 이력서 말하는 거야?

"윤은. 그 자식 것만."

전화기 너머로 느껴지는 수현의 범상치 않은 기운에 기찬이 잠시 침묵했다. 그에 수현의 벼락같은 다그침이 이어졌다.

"빨리!"

—……어. 그런데 이유가 뭐야?

"닥치고 가져와."

—흠. 알았다.

뚝. 휴대폰을 거머쥔 손에 힘이 가해졌다. 질끈 아랫입술을 깨문 수현이 낮은 신음을 흘려 냈다. 하아. 기가 막혀서. 수현의 눈이 차게 식었다. 생리휴가라니. 말도 안 돼. 수현의 머릿속으로 건들건들 조심성이라고는 전혀 없는 윤은의 선머슴 같은 모습이 떠올랐다. 덜렁이에 가리는 것 전혀 없는 말투하며, 그 모습 어디 가 어떻게 여자라는 건지. 수현이 헛웃음을 터트리며 고개를 절레절레 흔들었다.

똑똑. 답 없이 조심스레 문이 열리고 기찬이 들어섰다. 사납게 노려보는 수현의 눈빛을 그대로 받아 내며 기찬이 싱긋 미소를 흘렸다. 뭐라 입을 열려는 기찬을 깔끔히 무시하며 수현이 그의 손에 들린 서류철을 낚아챘다. 거친 손길로 서류철을 들척여 내용을 확인하는 수현의 눈길이 꽤 살벌했다.

이력서에 붙은 사진 속 윤은이 환하게 웃고 있었다. 그를 시리게 쏘아본 수현이 이름 옆의 성별을 확인했다. 수현의 가지런한 눈썹이 꿈틀거렸다. 여자. 여자란다. 웃기고 있네. 콧방귀를 뀌며 그 아래로 시선을 내린 수현의 입에서 빠득 하는 소리가 들렸다. 하아. 주민번호가 2로 시작한다. 미친.

"알고 있었어?"

"뭘?"

느닷없는 수현의 질문에 기찬이 고개를 갸웃하며 되물었다. 돌아보는 눈빛이 사납다. 기찬이 웃음 띤 얼굴로 어깨를 으쓱거렸다.

"뭔데 그래? 윤은이 이력서는 왜?"

"이 자식 여잔 거 알았어, 몰랐어!"

"응? 그게 왜."

탁. 책상 위로 서류철을 던지듯 내려놓는 수현의 낯빛이 예사롭지 않다. 설마, 몰랐던 건가? 기찬이 믿을 수 없다는 눈으로 수현을 바라봤다. 정말?

"혹시 너 여태 몰랐어?"

놀랍다는 듯 웃는 낯으로 되묻는 기찬을 수현이 죽일 듯 노려보았다. 사리문 수현의 입에서 억눌린 음성이 흘러나왔다.

"클럽 웨이터가 여자라니 그게 말이 돼?"

"아."

하긴, 드문 일이긴 하다. 그래도 수현이 착각했다는 건 쉽게 믿기 어려웠다. 저 눈치 빠른 인간이 어떻게 그걸 몰랐지? 가볍게 웃음을 흘린 기찬이 이마를 긁적이며 별스럽지 않다는 듯 말했다.

"신선하잖아?"

"닥쳐."

"윤은이 그냥 좀 예쁘게 봐 줘라."

"돌았어? 뭘 예쁘게 봐 줘, 뭘."

"진정해. 뭐 그런 걸 가지고 그래. 여자가 있을 수도 있지. 게다가 윤은인 좀 특별하고."

"죽었어."

"뭐?"

이미 기찬의 말은 수현에게 들리지 않았다. 어느새 머릿속을 잠식한 영상들이 그를 미치고 환장할 상황으로 몰아가고 있었다.

입술. 입술. 입술……

알몸. 알몸. 알몸……

단순한 사고였다 흘려 넘긴 입맞춤이 제 입술에 그대로 잔영을 남기며 새삼스레 떠올랐다. 몇 시간 전, 서슴없이 윤은의 앞에서 알몸으로 돌아다닌 일까지 겹쳐 떠오르자, 이루 말할 수 없는 불쾌감이 그의 전신을 휘감았다. 여자라니! 빌어먹을!

어둠이 내려앉은 방 안에서 윤은이 벌떡 몸을 일으켰다. 몽롱한 눈으로 암막커튼이 쳐진 창 쪽을 바라봤다. 틈새로 스며드는 햇살이 아직 환했다. 다시 벌렁 드러누운 윤은이 손을 더듬어 휴대폰을 집어 들었다. 게슴츠레 뜬 눈으로 시간을 확인한 윤은이 팔로 눈을 가리며 낮은 숨을 토해 냈다.

"아직 대낮이네. 쩝."

직업의 특성상 밤낮이 뒤바뀐 생활을 하느라 낮에 잠을 청해야 했다. 머리만 붙이면 장소불문 잠에 빠져드는 윤은에게 잠탱이라는 닉은 당연한 것이었다. 헌데 오늘은 선잠에서 깨 버렸다. 악몽 아닌 악몽을 꾼 탓이었다.

"왜 하필 꿈에 염라대왕이 나오냐고. 꿈자리 사납게. 쯥."

잠은 다 잤다 생각하며 아쉬운 입맛을 다신 윤은이 다시 휴대폰 액정을 확인했다. 부재중 전화가 37통. 미간을 좁힌 윤은이 휴대폰을 더 가까이 들이대 뚫어져라 응시했다. 대체 누가 이리도 애절하게 저를 찾는단 말인가. 호오. 기대 서린 눈빛으로 목록을 확인하던 윤은의 눈이 가늘어졌다. 탁. 휴대폰을 뒤집어 내려놓은 윤은이 그대로 이불 밑으로 밀어 넣어 휴대폰을 질식시켰다. 사각 빤쭈라는 이름이 줄줄이 서른일곱 개나 나열되어 있었다.

"이러니 악몽을 꾸지."

나른히 기지개를 켠 윤은이 어슬렁어슬렁 옷을 추스르고 주방으로 나왔다. 싱크대를 뒤적여 라면을 찾아 꺼내고 물을 얹었다. 스륵. 뭔가 이상한 기운이 등골을 타고 스멀거렸다. 윤은의 미간이 꿈틀거렸다. 뭐지? 휙. 뒤를 돌아봐도 아무것도 없다. 다시 머리를 긁적이며 물이 끓어오르길 기다리는 윤은의 귀로 섬뜩한 이명이 들렸다.

'죽었어, 꼬맹이.'

저주를 퍼붓는 목소리의 주인공은 분명 망할 수현이었다. 스륵. 눈알만 굴려 주변을 살핀 윤은이 이내 어깨를 으쓱하며 한쪽 발로 다른 다리를 긁었다. 밥. 밥. 허기진 배에서 꼬르륵 아우성을 피워 댔다. 윤은의 눈에는 오직 보글보글 끓어오르는 라면만 보였다. 그까짓 악몽, 배고픔에 비할 바가 못 됐다.

"어디 가?"

부른 배를 벗 삼아 계단을 내려서는 윤은을 동훈이 불러 세웠다. 이층 입구에 비스듬히 기대선 폼이 꽤 불량스러웠다. 동훈을 아래위로 슥 훑은 윤은이 건성으로 물었다.

"땡이?"

"주말이야."

"고3에게 주말이라니. 참 신기한 일이군."

"낮에 돌아다니는 네가 난 더 신기하다. 좀비."

"난 좀 난 놈이거든."

"니미. 난 체는."

이죽거리는 동훈을 향해 안드로메다식 인사를 신랄하게 건네곤 냉큼 계단을 내려갔다. 일층 마당에서 왈왈거리는 멍군이에게 빵야! 손 총을 쏘아 주고 막 철문을 열려던 찰나 문이 다시 닫혔다. 윤은의 눈이 문을 막아선 팔을 따라 움직였다. 분명 등 뒤로 바짝 붙어 선 멍청이의 팔일 테지.

"어디 가냐고."

"냉큼 치웠거라."

문을 막고 선 팔을 탁 쳐 내자 동훈이 어깨를 덥석 잡아 돌렸다. 쓱 훑어보는 눈길이 불손했다. 동훈의 씰룩이던 입매가 달싹거렸다. 동훈의 거친 손길에 붙잡힌 어깨가 사정없이 흔들렸다.

"정신 차려. 아직 세 시도 안 됐어. 야, 너 혹시."

"아고, 어지러워. 좀 놔라, 놔."

"몽유병도 있냐?"

심각하게 물어오는 동훈의 미간이 급격히 좁아졌다. 흔들림이 멈춘 뇌를 안정시키고 윤은이 손을 뻗어 동훈의 볼을 쭉 잡아 늘였다. 가차 없이 날아든 손이 윤은의 손을 쳐 냈다.

"이씨! 어디다 손을 대!"

"아프냐? 그럼 꿈 아니다."

"하아. 야!"

퍽. 윤은의 손이 버럭거리는 동훈의 머리 위로 안착했다. 꿈틀거리는 동훈의 눈썹을 웃음으로 대면하며 윤은이 부스스 동훈의 머리카락을 흩트렸다. 동훈의 살며시 움켜쥔 손이 그대로 바지 주머니로 사라졌다. 시야를 내린 동훈의 머리가 더 아래로 숙여졌다. 바라보는 윤은의 입가에 엷은 미소가 머금어졌다.

"출근한다. 자식, 그렇게 누나가 걱정되냐?"

"누나는 무슨. 고작 세 살 차이면서."

"허걱. 세 살은 나이 차도 아니냐?"

"됐다 그래. 누나는 무슨. 정신레벨은 내가 위거든."

"헐. 그 무슨 궤변이냐."

"변 같은 소리하고 있네. 시간 감도 없는 게."

"헉. 난 단지 착실한 것뿐이고. 넌 오지랖에 모터 단 거고. 관심 꺼라. 간다."

윤은은 툴툴거리는 동훈을 뒤로하고 가벼운 발걸음으로 대문을 나섰다. 철문 사이로 멀어지는 윤은의 뒷모습을 가만히 지켜보던 동훈이 주머니에서 손을 빼 제 앞머리를 슥 문질렀다. 설핏 웃음이 떠오르는 듯하던 동훈의 입가가 심술궂게 비뚤어졌다. 누나는 무슨. 피도 안 섞인게. 동훈의 시야를 완전히 벗어난 윤은을 대신해 미친 듯 꼬리를 흔드는 명군이가 그의 심기를 건드렸다. 동훈이 거만히 내리뜬 시선으로 명군을 바라보며 주먹을 들어 올렸다. 그사이로 불손한 엄지가 삐죽이 튀어나왔다.

"굿 이브닝!"

명랑하게 인사를 건네며 들어서는 윤은을 종석이 무심한 시선으로 돌아보았다. 당번제로 돌아가는 불침번을 서느라 클럽에서 눈을 붙이던 참이었다. 종석이 피곤한 눈으로 시간을 확인했다. 네 시. 콧노래를 흥얼거리는 윤은을 무시하고 종석이 다시 눈을 감았다.

"오늘은 형이 당번이야? 세콤 있는데 왜 불침번을 세우나 몰라."

곁으로 다가선 윤은의 종알거림에도 종석은 무반응으로 일관했다. 주말 같은 피크엔 모든 것에 만반을 기해야 한다는 게 새로운 이사의 철칙이었다. 뭐 조심해서 나쁠 건 없었다. 게다가 수당도 꽤 좋았다. 몇 달에 한 번 돌아오는 불침번인데 굳이 마다할 이유는 없었다. 간간이 청하는 잠을 방해하는 불청객만 없다면.

"아직 아무도 안 왔어?"

묵묵부답인 종석을 힐끔 내려다본 윤은이 이내 고개를 끄덕이며 돌아섰다. 피곤한 모양이다 방해 말자 결론을 내리고 슬쩍 물러나 주변을 훑었다. 역시 착실한 종석답게 모든 게 이미 깔끔하게 정돈되어 있었다. 호오. 가볍게 입바람을 불어 능력자에게 경의를 표한 윤은이 직원 탈의실을 향해 걸음을 옮겼다. 멀어지는 발소리를 들으며 감았던 눈을 뜬 종석이 나직한 한숨을 흘려 냈다. 뭐, 별일 있겠어? 간단히 결론을 내린 종석이 다시 눈꺼풀을 내려놓았다.

하루 꼬박 제대로 된 잠을 못 잔 수현이 불과 몇 분 전 성난 발걸음으로 직원 탈의실을 찾았다. 벌컥 열어젖힌 문소리에 잠을 깬 종석이 가물거리는 시선으로 바라보자 수현이 그를 매섭게 노려봤다. 잠시 시선이 맞물린 것을 끝으로 시선을 거둔 수현이 뭔가를 찾아 탈의실 안을 쓱 훑었다. 관심사가 따로 있음을 눈치챈 종석이 조용히 탈의실을 빠져나가자 수현이 천천히 걸음을 옮겨 캐비닛에 붙은 이름을 하나하나 확인했다.

찾는 이름은 없었다. 하긴, 여자면 남자들과 같은 탈의실을 사용하긴 좀 그렇겠지. 막 돌아서 나오려던 수현의 눈에 탈의실과 어울리지 않는 촌스러운 샤워 커튼이 들어왔다. 발길을 되돌린 수현이 차갑게 눈을 빛내며 천천히 구석에 자리 잡은 샤워 커튼 쪽으로 다가섰다.

"촌스럽게 꽃무늬가 뭐야? 꽃무늬가."

정체모를 노란 꽃들이 정신 사납게 인쇄된 샤워 커튼을 걷고 안으로 들어서자 사람 하나가 겨우 설 만한 작은 공간이 나타났다. 그 앞에 수현이 찾던 캐비닛이 덩그러니 놓여 있었다. 수현이 손을 뻗어 이름표를 톡톡 두드렸다. 윤은. 여기 숨어 있었단 말이지. 수현의 손이 스윽 겉면을 타고 내려 손잡이에 머물렀다. 한껏 비틀어진 입매로 수현이 캐비닛을 열었다.

난잡하게 어질러진 캐비닛 안을 슥 훑던 수현의 시선이 한곳에서 멈췄다. 명세표가 붙은 채로 옷걸이에 걸려 있는 눈에 익은 물건을 수현이 손끝으로 집어 올렸다. 통풍성을 자랑하던 예의 그 남자 속옷이었다. 명세표를 내려 보는 수현의 눈썹이 꿈틀거렸다. 날림체로 휘갈겨 쓴 메모는 분명 윤은의 것일 테지. 씨익. 한쪽 입꼬리를 말아 올린 수현이 내용을 곱씹었다. 염라대왕이랑 통침.

문이 열리는 소리와 함께 누군가 안으로 들어서는 인기척이 났다. 콧노래를 흥얼거리는 게 기분이 매우 좋은 모양이다. 가까이 다가서는 발소리에 바깥쪽을 향해 돌아선 수현이 거만하게 팔짱을 꼈다. 곧 샤워 커튼 위로 그림자가 드리워졌다.

기분 좋게 커튼을 열어젖히던 윤은이 헉 하며 급히 숨을 삼켰다. 믿을 수 없게도 눈앞에 염라대왕이 서슬 퍼런 안광을 흩뿌리며 서 있었기 때문이다. 윤은이 커튼을 다시 쳤다가 걷었다. 염라대왕이 사라지지 않는다. 윤은이 멍하니 눈을 깜빡거렸다.

"굿 이브닝, 이사님."

어설픈 미소를 띠며 인사를 건네던 윤은의 몸이 순식간에 캐비닛 앞으로 이동했다. 등에서 느껴지는 아찔한 통증을 채 덜어 내기도 전에 귓전으로 쾅 하는 거친 굉음이 들려왔다. 수현의 손이 윤은의 오른쪽 얼굴 옆 캐비닛을 내려치며 안착했다. 스륵 눈을 돌린 윤은이 그의 긴 팔을 물끄러미 바라보았다.

"너."

낮게 가라앉은 수현의 목소리가 서늘한 기운을 물씬 풍겨 냈다. 뭐래? 왜 이래? 돌아보는 윤은의 얼굴에 어리둥절함이 깃들었다. 그 눈을 사납게 쏘아보며 수현이 입술을 달싹거렸다.

"여자야?"

"헉."

여자더러 여자냐니. 거 질문 한번 요상하네. 불만을 담아 게슴츠레하게 눈을 늘인 윤은이 입술을 삐죽거렸다. 부들거리는 입술을 잘근 깨문 수현이 뚫어져라 윤은을 직시했다. 그 눈길이 어찌나 날카롭던지 잘못한 것도 없는 윤은이 다 찔끔할 지경이었다. 자기가 착각해 놓고 왜 신경질이래? 헐. 얼굴이라도 꿰뚫을 것 같은 수현의 시선에 슬쩍 눈길을 피한 윤은이 한 걸음 옆으로 비껴 나려 은근히 자세를 낮춰 발을 움직였다.

"서."

"옙."

눈치 빠른 자식. 다시 바짝 긴장해 차렷 자세로 몸을 세운 윤은 가까이 수현이 얼굴을 내렸다. 윤은을 가두듯 수현의 다른 쪽 팔도 캐비닛에 안착했다. 슬쩍 자신을 가둔 팔로 눈을 돌리던 윤은이 얼굴 위로 흩어지는 수현의 거친 숨결에 도르르 시선을 옮겼다. 맞물린 수현의 시선이 따갑게 윤은을 노려보다 천천히 아래로 움직였다.

"어디가 어떻게 여자라는 거야?"

아. 비수 제대로 꽂힌다. 너무 그러지 맙시다. 자세히 보면 그래도 여성스러운 구석이 조금, 아주 조금 있을지도 모른단 말입니다. 그의 살벌한 기세에 눌려 차마 입 밖으로 내놓지 못한 말들을 윤은이 속으로 구시렁거렸다.

그러거나 말거나 수현은 눈앞의 윤은을 해부하듯 세밀히 살폈다. 스마트하게 자른 짧은 커트 머리, 반듯한 이마와 가지런한 눈썹, 그 아래 힐끔힐끔 불만을 담은 채 저를 바라보는 다소 큰 눈동자. 남자라면 좀 느끼할 만도 한데. 그래, 저 눈을 보고도 그런 느낌은 별로 없었다. 앙증맞게 자리 잡은 콧대와 그 아래 도톰하고 붉은 입술. 입술.

입술을 담아낸 수현의 눈이 미묘하게 꿈틀거렸다. 제길! 기분 나쁘게 붉다 했어. 쓰게 입맛을 다신 수현이 윤은의 매끈한 턱을 노렸다. 수현의 긴 손가락이 제 턱을 잡아 엄지로 쓸어 내자 윤은의 눈이 놀라 커졌다. 절로 벌어지는 입술을 심술궂게 꾹 누른 수현이 윤은의 큰 눈을 단숨에 질식시켰다. 살벌함이 윤은의 반항심을 내리눌렀다.

"왜 수염 자국이 없나 했어. 빌어먹을."

그게 왜 빌어먹을 일이야. 당연한 거지. 턱에서 미끄러져 내린 손이 목선을 타고 옷깃 위에 머물렀다. 그 손길을 피해 슬쩍 고개를 비튼 윤은의 가늘고 매끈한 목선이 수현의 시야를 사로잡았다. 옷깃을 들추려던 손길이 머뭇거렸다. 차마 더 움직이지 못하고 수현이 주먹을 불끈 쥐었다.

"이런 걸 어떻게 여자라고."

"헐. 보자보자 하니 이 양반이 정말."

"뭐?"

불끈해 휙 고개를 돌린 윤은의 입술이 수현의 입술 바로 앞에 머물렀다. 흠칫해 굳은 수현을 똑바로 직시하며 윤은이 그의 가슴 위에 손을 올렸다. 가만히 밀어내는 손에 수현이 주춤 뒤로 물러섰다. 불쾌한 시선으로 저를 바라보는 수현을 향해 윤은이 손가락 하나를 세워 들어 올렸다. 가운데 손가락을 치켜들고 싶은 욕구를 억누르며 검지를 세운 윤은이 그 손끝으로 저를 가리켰다. 싱긋 미소를 띤 윤은이 당당히 말했다.

"이것도 여잡니다. 뭣하면 확인시켜 드려요?"

"하아."

기막힌 듯 헛웃음을 터트리는 수현의 손을 윤은이 덥석 붙잡았다. 그에 수현의 눈이 부릅떠졌다. 잡은 수현의 손을 윤은이 생글생글거리며 천천히 제 쪽으로 이끌었다. 수현의 눈매가 불쾌감으로 파들거렸다. 가슴 위로 다가가던 손이 불쑥 목 위에 내려앉았다. 수현의 미간이 묘하게 꿈틀거렸다.

"없죠? 아담스애플. 여자 확실합니다."

윤은의 목에 닿은 수현의 손이 뜨겁게 부들거렸다. 반면 능글맞게 웃는 윤은의 얼굴엔 자신만만한 여유로움이 넘쳐흘렀다. 왜 가슴이라도 만져 보랄 줄 아셨나. 아쉽게도 내 가슴은 만져 봐도 별반 차이가 없어. 슬픈 현실이지. 저를 직시하는 수현의 날카로운 시선을 윤은이 어깨 으쓱거림 한 번으로 가볍게 맞받아쳤다.

미세하게 꿈틀거리던 수현의 미간이 조금씩 원래대로 돌아왔다. 멘탈 붕괴로 흔들리던 시선도 차분함을 담아냈다. 윤은의 당당하게 부릅뜬 눈을 마주하던 수현의 시선이 천천히 아래로 향했다. 결에 윤은의 시선도 따라 움직였다.

"혹시."

혹시 뭐? 제 가슴께에 머문 시선을 꺼림칙하게 바라보며 윤은이 눈썹을 휘었다. 수현의 차분하게 가라앉은 목소리가 윤은의 가슴 위로 내려앉았다.

"젠더?"

"네?"

마징가 제트도 아니고 무슨 젠더? 알아먹지 못할 말에 윤은이 퉁명스레 묻자 그가 혼자 결론을 내린 듯 고개를 끄덕이며 윤은에게 잡힌 손을 빼냈다. 그리곤 허공에 머문 윤은의 손을 낚아채 그대로 그녀의 가슴 위에 올려놓았다. 뭔가 불길한 예감이 들었다. 슬쩍 올려 뜬 눈에 수현의 비틀려 올라가는 입매가 보였다. 싱긋. 그의 매혹적인 입술이 작게 달싹거렸다.

"아! 트랜스 젠더도 가슴은 있지 참?"

"헉."

윤은의 몸이 휘청거렸다. 수현의 무너진 멘탈은 벌써 제 궤도를 되찾은 모양이었다. 저 도도하게 내리뜬 눈 좀 보라지. 윤은의 도발에 멘붕의 최고점을 찍기는커녕 수현은 시니컬하게 웃으며 제대로 비수를 꽂았다.

가슴. 슴가. 아킬레스건 파열.

비틀거리며 한쪽으로 쏠리는 윤은의 허리를 그가 붙잡아 세웠다. 수현이 우아한 동작으로 가슴께에 머물렀던 손을 옮겨 윤은의 턱을 들어 올렸다. 한껏 찌푸려지는 윤은의 얼굴을 무심히 바라보며 엄지로 그녀의 도톰한 아랫입술을 가만히 쓸었다. 그러다 잠시 멈칫거린다.

슬쩍 윤은의 불타오르는 반항심 가득한 눈을 직시하곤 입가를 살며시 끌어 올렸다. 구시렁거리듯 입을 삐죽이는 윤은을 향해 그가 그대로 고개를 내렸다. 손가락 하나를 사이에 두고 입술이 마주했다. 그가 낮은 숨을 내쉬자 그 숨결이 그대로 윤은의 입술 위로 흩어졌다. 결에 윤은의 얼굴이 조금 긴장해 굳었다. 수현이 그런 윤은을 비웃듯 나직하게 속삭였다.

"여자라는 증거가 겨우 아담스애플? 기가 막히는군. 그거 제대로 안 나온 남자도 많아. 너도 헷갈리지? 자신이 남잔지 여잔지. 그렇지? 대봐. 내가 납득 가능한 증거. 난 절대 너 여자로 인정 못 해."

쏟아지는 수현의 독설에 윤은의 입가가 파르르 떨렸다. 누가 저더러 여자로 인정해 달랬나? 속에서 울분이 치밀었다. 폭발하기 직전의 분화구처럼 뜨겁게 달아오른 입술이 수현의 손가락을 사정없이 깨물었다.

"악! 야! 놔! 놔!"

있는 힘껏 깨물어 시퍼런 이빨 자국을 남기고서야 윤은이 수현의 손가락을 뱉어 냈다. 아픈 손가락을 꽉 움켜쥐고 고통을 꾹 눌러 참는 수현의 얼굴을 윤은이 고소한 눈빛으로 쏘아보았다.

"아우, 나 참. 인정? 누가 인정해 달랬나? 내가 여자건 말건 댁이 무슨 상관인데? 납득? 증거? 왜 눈앞에서 스트립이라도 화끈하게 해줘? 그런데 어쩌지? 난 댁처럼 스트립 별로 안 좋아하는데. 나 여자로 인정 안 하는 사람 여기 천지로 널렸거든? 거기 하나 더 추가한다고 손해 볼 거 없으니까. 그냥 그렇게 살아. 웃기고 있네. 정말."

사납게 쏘아보는 수현을 그대로 밀치고 커튼 밖으로 나온 윤은이 허리에 척하니 손을 올린 채 크게 숨을 들이켰다. 긴 한숨을 토해 내며 마음을 다스린 윤은이 입구를 향해 걸음을 옮기다 다시 커튼을 걷었다. 한 손으론 허리를, 다른 한 손으론 이마를 짚고 선 수현의 손이 부들 떨리고 있었다. 윤은의 재등장에 그의 날카로운 시선이 거세게 날아들었다. 그에 질 수 없다 도도하게 턱을 치켜든 윤은이 수현의 얼굴을 똑바로 직시하며 친절하게 말했다.

"이사님은 남자 인정."

서서히 커지는 수현의 눈을 뒤로하고 윤은이 슬쩍 시선을 내려 그의 중심을 가볍게 콕 눈으로 찍어 줬다. 빠드득, 귓가로 수현의 이 가는 소리가 들렸다. 화가 단단히 난 모양이다. 왜 그래? 남잔 거 인정해 준다는데? 참, 별일일세. 살벌한 오라를 뿌리며 제게로 돌아서는 수현의 기세에 흠칫한 윤은이 뒤로 한 걸음 물러서며 엄지를 치켜들었다.

　"호오!"

　부러 오버스럽게 수현의 중심을 겨냥해 대단하단 리액션을 취해 줬다. 좋아할 줄 알았더니, 아니다. 그가 미친 뱅골 호랑이처럼 미간에 내천(川)자를 새기더니 윤은을 잡으려 거칠게 손을 휘저었다. 날렵하게 몸을 피한 윤은이 쏜살같이 탈의실을 빠져나갔다.

　문을 노려보고 선 수현이 거친 숨을 몰아쉬었다. 이렇게 쉽게 흥분하는 스타일이 아닌데, 왜 이렇게 됐을까? 정적이 내려앉은 탈의실에 홀로 남은 수현은 가만히 눈을 감고 생각에 잠겼다. 저걸 어떻게 해야 속이 시원하게 풀릴까. 차갑게 식은 이성이 곧 냉정을 되찾았다. 스륵 눈꺼풀을 밀어 올린 눈이 예리하게 빛났다. 민감해질 필요 없다. 그냥 무시하자. 저건 그냥 벼룩일 뿐이다. 아무것도 아니다. 그래, 아무것도 아니야.

　"무슨 상관이야. 저게 뭐가 됐든 내가 상관할 바 아니야."

　투명인간 취급 모드로 전환하기로 결정을 내린 수현이 차분하게 정돈된 정신으로 문을 열었다. 저 멀리 투명인간이 두두두 복도를 빠른 걸음으로 뛰어간다. 됐어. 너 같은 거 신경 안 써.

　"어떻게 됐어?"

　"뭐가?"

　"윤은이."

복도에서 마주친 철민이 궁금해 죽겠단 투로 종석을 다그쳤다. 주말이라 눈코 뜰 새 없이 바빠 뭐라 물어볼 틈도 없었다. 느껴지는 기류는 평소와 별반 다르지 않았다. 그런데 뭔가가 이상했다. 딱히 집어 말하긴 뭣했지만 분명 무슨 일이 있긴 있었다는 생각이 들었다.

"몰라."

"에이. 너 불침번이었잖아. 보니까. 셋이 있었던 것 같던데. 말해 봐. 뭐야?"

"나도 모른다니까. 정 궁금하면 직접 물어보든가."

"진짜 몰라?"

"몰라."

"흠."

미심쩍은 눈빛으로 종석을 바라보던 철민은 곧 입구에 손님이 왔다는 호출을 받고 자리를 떴다. 주문을 받아 자리를 뜨던 종석도 이리저리 바삐 움직이는 윤은을 멀거니 바라보았다. 다람쥐처럼 정신없이 움직이는 것이 꼭 잡히기 싫어 필사적인 표적 같았다. 종석이 눈을 들어 이층 난간을 올려다보았다. 무심한 듯 아래를 바라보고 있는 굳은 얼굴의 수현이 거기 있었다. 늘 그렇듯 그의 시선은 모든 것을 감시하듯 날카롭고 세밀했다. 평소 같았으면 간간이 윤은을 보며 히죽거렸을 수현이 오늘은 별스레 윤은만 피해 시선을 두었다. 마치 부러 피해 다니는 것처럼. 종석이 가볍게 한숨을 내쉬며 어깨를 들썩였다. 애들 싸움에 어른이 말려들 순 없지. 꽉 들어찬 스테이지를 빠져나가는 종석의 발걸음이 빨랐다.

"휴."

정신없이 바쁜 스테이지를 떠나 비즈니스 룸 쪽으로 들어선 윤은이 벽에 등을 기대선 채 긴 숨을 토해 냈다. 체력 하나는 타고났다 자랑삼아 늘어놓던 윤은이지만, 오늘 같은 날은 금방 녹초가 되곤 했다. 벌써 몇 번째 시비가 붙으려는 걸 뜯어 말리느라 체력이 한계치에 달한 것이다.

"으싸! 그래도 얼마 안 남았다. 아자!"

"얼마 안 남긴 세 시간도 더 남았구만."

"아, 형 쪽도 손님 만땅이지."

"말해 뭐해. 진상만 없으면 그나마 다행이지."

"그러게."

이내 복도에도 사람들이 넘쳐났다. 게워 내고 들이붓고, 다시 비워 내고의 연속이 시작된 것이다. 비틀거리는 사람들을 피해 종석과 함께 주방으로 들어선 윤은이 주문받은 메모지를 건네며 먼저 나온 안주를 집어 들었다.

"몸 사려 가면서 해. 너 요즘 살 많이 빠졌다."

테이블에 음식을 내려놓으며 쉐프가 돌아서는 윤은의 뒤로 걱정 한마디를 흘려 냈다. 양손에 든 안주를 번갈아 들어 보이며 몸으로 괜찮다는 말을 대신한 윤은이 다시 밝은 미소를 띠우고 주방을 나섰다.

서비스 넘치는 웃음을 달고 2번 룸으로 들어선 윤은이 테이블에 음식을 내려놓으며 손님을 향해 시선을 맞췄다.

"주문하신……."

처음 있던 멤버에서 남자 하나가 추가됐다. 남자는 중앙에 자리를 잡고 앉아 있었다. 잠시 그를 발견하고 말을 멈췄던 윤은이 다시 접대용 미소를 날리며 말을 끝맺었다.

"안주 나왔습니다."

슬쩍 시선을 피해 뒤로 물러서던 윤은의 발걸음이 그대로 멈췄다.

윤은의 낮은 시선으로 남자의 까닥이는 손가락이 보였다. 고개를 들자 남자가 비릿하게 웃으며 윤은을 뚫어져라 바라보고 있었다. 남자의 손가락이 다시 까닥거렸다. 보이지 않게 마른침을 삼키며 입술을 깨문 윤은이 허리를 펴 천천히 남자 곁으로 다가섰다.

클럽 블랙리스트 상위에 속하는 남자의 이름은 도한열. 진상 1%, 국내 재력 1%. 이래저래 함부로 할 수 없는 위험인물이었다. 한열이 블랙리스트에 오른 건 그의 남다른 성적 취향과 한 번 물면 먹고 버려야 직성이 풀리는 진드기 근성 때문이었다. 오죽하면 여자고 남자고 안 가리고 필만 꽂히면 그만이라는 소문이 따라다닐까. 그래서 클럽 내에선 F4 조차도 몸을 사리는 요주 인물의 최고봉으로 손꼽히고 있었다.

"예, 손님."

곁으로 다가선 윤은을 향해 한열이 제 앞에 놓인 글라스를 내밀었다. 슬쩍 눈치를 살피던 윤은이 잔을 받아 고개를 돌려 입을 댔다. 맛을 보라는 의미인 것 같았다. 별스럽지 않다. 딱히 양주에 일가견이 있는 것도 아니고 맛에 대해 평가할 이유도 없다.

"어때?"

"괜찮습니다."

"정말?"

"무슨 문제라도."

조심스레 묻는 윤은의 멱살을 한열이 불시에 잡아끌었다. 결에 바짝 한열의 면전으로 딸려간 윤은이 미미하게 미간을 찌푸렸다. 아슬아슬하게 맞닿은 한열과 윤은의 얼굴을 두고 사방에서 휘파람을 불어 댔다. 윤은이 표정을 감춘 채 속으로 욕지기를 퍼부었다. 한열의 시선이 제 입술에 닿자 윤은의 표정이 잠시 일그러졌다. 그에 한열의 입가가 한껏 비틀어졌다.

"이상하단 말이야. 맛이 묘하게 틀린데. 괜찮다네."

"네? 무슨 말씀이신지."

"네 입술도 그러려나?"

"손님."

한열의 다른 손이 윤은의 턱을 감쌌다. 윤은은 속으로 참을 인을 수십 번 그려 댔다. 섣불리 건드렸다간 클럽이고 뭐고 다 낭패만 당하고 만다. 될 수 있으면 심기를 건드리지 않는 선에서 타협점을 찾아야 했다.

"여자야, 남자야? 묘하게 끌리네."

"……."

"이건 가짠데. 넌?"

"가짜?"

"속이면 죽는댔지."

윤은의 손에 들린 글라스를 툭 쳐 내곤 그녀를 더 바짝 끌어당겼다. 불쾌감이 윤은의 온몸을 휘감았다. 바들거리는 주먹을 꽉 움켜쥐곤 애써 감정을 추슬렀다. 꿀꺽 마른침을 삼킨 윤은이 제 입술 가까이 다가선 한열의 입술을 경멸 어린 시선으로 바라보며 비교적 겸손하게 말했다.

"뭔가 실수가 있었나 봅니다. 매니저 불러드리겠습니다. 잠시."

윤은이 차마 잡고 싶지 않은 한열의 팔목을 붙잡아 지그시 눌렀다. 멱살을 잡은 손을 떼어 내려 했으나 쉽게 떨쳐지지 않았다. 한열의 웃음이 더 깊어졌다.

"담당 너잖아. 네가 책임져야지. 어딜 내빼려고."

"그게 아니라. 헉!"

윤은이 잡았던 팔을 비틀며 도리어 한열이 그녀의 손을 낚아챘다. 윤은의 등 뒤로 팔을 돌린 한열이 그녀를 그대로 소파에 밀쳐 눕혔다. 팔에 강한 통증이 일었다. 윤은의 얼굴에서 표정이 사라졌다. 제 얼굴 위에서 느른히 웃는 한열의 미소가 역겨웠다. 제기랄.

"술의 진위에 대해 다시 논해 보자고. 난 가짜, 넌 진짜. 어때 내기 한 판."

"하고 싶지 않습니다."

"해. 내가 하라면 하는 거야."

"싫습니다. 매니저와 얘기하십시오."

딱딱한 어투로 다소 경직되게 말하는 윤은을 재밌다는 듯 내려 보며 한열이 양주병을 들어 흔들었다. 그리곤 저를 경멸 어린 시선으로 바라보는 윤은을 향해 나직이 말했다.

"잔은 입술로 대신하지. 그게 부자연스러운 팔을 대신하기엔 딱 좋으니까."

"……니미."

"뭐?"

"이거 딱 놔 봐요. 안 도망 갈 테니까."

반쯤 터진 욕지기를 얼버무리며 딴청을 피웠다. 도전적으로 시선을 맞추며 건방지게 경고 어린 말투를 내뱉는 윤은을 한열이 호기롭게 내려 보았다. 고개를 갸웃 기울여 빛나는 눈으로 저를 바라보는 한열을 윤은이 발로 슬쩍 밀어냈다.

"좀 비켜 봐요. 마신다잖습니까. 하자구요. 입술 말고 정식으로 잔으로다가."

조금 물러서는 한열을 그대로 밀치며 자세를 바로잡고 앉은 윤은이 그의 손에서 양주를 빼 들어 나란히 놓은 스트레이트 잔에 따랐다. 탁하고 양주를 내려놓은 윤은이 잔 하나를 한열에게 내밀었다. 한열이 빙긋이 웃으며 잔을 받아 들자 윤은이 제 잔을 들어 보이곤 그대로 입 안에 털어 넣었다. 목이 타는 듯 쓰라렸다. 입술에 묻은 술의 잔해를 손등으로 닦아 내며 윤은이 빈 잔을 들어 보이자 한열이 피식거리며 단숨에 잔을 비웠다.

윤은의 손에서 잔을 빼낸 한열이 잔 두 개를 다시 채웠다. 그가 먼저 잔을 들어 비웠다. 타는 듯한 통증이 아직도 목 안을 갉아 대고 있었지만, 윤은은 아무렇지 않은 듯 잔을 들어 술을 머금었다. 여기서 지면 술 속여 판 클럽으로 낙인찍혀 그대로 매장당하는 거다. 머리가 핑 도는 게 뭔가 석연치 않았지만, 윤은은 굳건히 버텼다.

"좋은데요? 한 잔 더?"

싱긋이 웃으며 윤은이 잔을 들어 외쳤다. 아, 내 입을 찢고 싶다.

분주함에 분주함을 더하는 꽤 요란스런 움직임이 손님이 아닌 클럽 직원들에게서 포착됐다. 딱히 뭔가를 찾아 내려온 건 아니었다. 그냥 발길이 이리로 향한 것뿐이었다. 헌데 왠지 모를 불쾌감이 일어 기분이 그다지 좋지 않았다. 원인을 알 수 없는 불쾌함이었다. 때마침 눈앞을 어지럽히는 그 분주함이 수현의 심기를 살짝 건드렸다.

"뭐야? 지금이 정신 빼놓고 노닥거릴 타임인가?"

돌아보는 눈이 흔들린다. 양심은 있는 모양이다 속으로 비웃으며 수현이 한 발 다가서자 홍해 갈리듯 룸 하나를 둘러쌌던 직원들이 양옆으로 물러섰다. 뭔가 이상하다. 수현의 시선이 룸 넘버에 닿자 곁에 선 철민이 윤은이 담당이라며 넌지시 말했다. 스윽 내려 보는 시선이 날카롭다. 쓥. 입을 다문 철민이 고개를 틀어 룸 안을 바라보며 부러 탄식했다.

"아이고, 우리 윤은이 저러다 난리 나겠네. 어떡하냐."

윤은이 안에 들어 있다는 말에 수현이 철민을 제치고 룸을 들여다봤다. 틈새로 보이는 룸의 정경이 그야말로 가관이었다. 난잡하게 들러붙어 몸서리를 치는 인간들을 신랄하게 씹어 주고 시선을 옮긴 수현의 눈에 중앙에 앉아 있는 두 인물이 잡혔다.

주거니 받거니 참 잘 논다 싶었다. 비우는 족족 잔을 채워 무슨 시합이라도 하듯 마셔 댔다. 벌써 한쪽은 흥건히 취한 듯 보였다. 물론 흐물거리는 쪽은 윤은이었다. 손님이랑 도대체 무슨 헛짓거리야? 짜증이 확 치밀었다. 누군 속에서 열불이 터져 미치기 일보 직전인데 저는 술자리에 앉아 노닥거리기나 하고 환장하겠다.

"저거 돈 거 아니야? 왜 저기 앉아 있어?"

"앉아 있고 싶어 앉아 있겠습니까?"

"뭐?"

짜증스레 내뱉는 수현의 말에 딱딱하게 토를 달고 나선 건 종석이었다. 이 자식은 대체 뭐야? 날카롭게 노려보는 수현의 시선을 깔끔히 무시하며 종석이 다시 입을 열었다.

"장난 친 겁니다."

"그러니 돌았단 거잖아. 지금이 장난칠 때야?"

"술에 장난을 쳤습니다."

"뭐?"

"그걸 저놈이 알아챘고, 긴가민가한 윤은이 자식이 무마시키자고 저 짓을 하고 있는 겁니다. 미련하게."

수현의 미간이 한껏 찌푸려졌다. 술에 장난을 쳤다는 건 이미 수현도 알고 있는 사실이었다. 그래서 매니저를 불러 단단히 주의까지 주었다. 알아듣지 못했다면 그건 그의 명이 여기까지밖에 안 된다는 말이었다. 귀 먹고 머리 안 돌아가면 꺼져야지 별수 있나.

"도수가 높아서 암만 윤은이 주당이라도 오래 견디기 힘들 겁니다. 게다가 저놈."

"저 새끼가 뭐."

나가는 말이 곱지 않다. 다소 격한 수현의 반응에 종석이 잠시 말을 멈췄다가 이어 나갔다.

"킬럽니다."

"하아. 괜찮아. 저 자식 여자로 안 보여서 상관없어."

콧방귀를 뀌며 입술을 비틀어 올리는 수현을 종석이 건조하게 돌아봤다. 마주 돌아보는 수현의 눈썹이 뭐? 라는 의미를 담아 한쪽만 휘었다. 그에 종석이 덤덤히 말했다.

"저 자식, 성별 안 가린다는 소문이 파다합니다."

"……뭐?"

"끌리면 바로 킬이라던데."

그 말을 어떻게 그렇게 아무렇지 않게 할 수 있냐고 되묻지 못했다. 수현의 매섭게 치켜뜬 눈은 이미 룸 안의 한열을 죽일 듯 노려보고 있었다. 수현의 손이 룸의 손잡이를 움켜잡았다. 그가 막 문을 열고 뛰어들려는 찰나 윤은이 비틀거리며 자리에서 일어섰다.

"아주 깔끔…… 흡. 합니다. 딸꾹."

빈 병을 내려놓으며 히죽 웃는 윤은을 한열이 즐거운 눈으로 바라보았다. 재밌는 놈이네. 공술 한번 잘 마셨다 너스레를 떨며 자리를 털고 일어서는 윤은의 모습에 한열이 피식 싱거운 웃음을 흘렸다. 술은 거지같았는데 그나마 이놈은 봐 줄 만했다. 놈이라고 하긴 좀 뭐하지만. 히죽. 한열의 입매가 의미심장하게 밀려 올라갔다. 제법 즐거운 술자리였다. 꾸벅 인사를 건네며 딴지 걸기 있기 없기라며 해실거리는 윤은에게 됐다는 의미로 손을 휘저었다. 그에 반색을 하며 돌아선 윤은이 곧바로 문을 향해 걸어갔다. 한열이 비틀거리며 걷는 윤은에게 툭 던지듯 말했다.

"너 제법 재밌다. 또 보자."

니미. 누구 맘대로.

분명 좋알거리는 입이 그렇게 말했다. 눈치 보고 비위 맞추느라 설설 기는 놈들보다 훨씬 낫다. 문이 열리고, 우르르 몰려든 인파 속에서 저를 향한 살기 어린 시선이 느껴졌다. 문득 고개를 들어 마주한 잠깐의 눈빛이 꽤 살벌하다. 그 눈빛의 주인공에게 윤은이 와락 안겼다. 서둘러 닫히는 문을 끝으로 윤은의 모습은 보이지 않았다. 한열의 미소가 한층 더 야릇하게 비틀어졌다. 헤에, 이것들 봐라.

"윤은아, 괜찮아?"

"윤은, 정신 차려 봐."

걱정 어린 말 속에 입을 꾹 다문 채 침묵을 지키고 선 수현이 제 품에 얼굴을 묻고 기댄 윤은을 마뜩잖게 내려 보았다. 불편한 기색이 역력한 수현의 품에서 서둘러 윤은을 떼어 내려 철민이 윤은을 뒤에서 붙잡았다. 그에 수현의 시선이 윤은을 비껴 나 백허그를 시도하는 철민에게 닿았다. 시린 수현의 눈빛과 마주한 철민이 헉 하고 숨을 삼켰다. 수현이 윤은을 잡은 철민의 손을 쳐 내며 짜증스레 말했다.

"일 안 합니까? 벨 울리는 거 안 들려요? 빨리 움직여요!"

수현이 끝말을 맺기 전에 서둘러 제 일거리를 찾아 사람들이 일시에 흩어졌다. 혼잡했던 복도에 둘만 남았다. 긴 한숨을 토해 낸 수현이 머뭇거리다 윤은의 등에 손을 내렸다. 지그시 힘을 주자 더 바짝 윤은이 몸을 기대 온다. 여자 주제에 겁도 없이 넙죽넙죽 불법 양주나 받아 마시고 잘한다. 수현이 낮은 숨을 흘려 내며 가만히 눈을 감았다. 그의 입에서 한숨처럼 낮은 목소리가 흘러나왔다.

"있다, 가슴. 젠장."

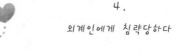

4.
외계인에게 침략당하다

히죽. 갑자기 머리를 치켜든 윤은이 하얀 이를 드러내며 배시시 웃었다. 곁에 화들짝 놀란 수현이 슬그머니 등에 댔던 손을 내렸다. 죄지은 것도 없이 뭔가 뜨끔했다. 초점 흐린 시선으로 수현을 지그시 바라보던 윤은이 갑자기 주먹을 들어 올렸다. 뭐? 때리기라도 하게? 못마땅하게 휘어지는 수현의 눈썹에도 아랑곳없이 당당히 주먹을 치켜든 윤은이 은밀하게 눈을 늘이고 그의 얼굴 가까이 제 얼굴을 디밀었다. 뭔가 미심쩍은 시선으로 내려 보던 수현의 시야에 검지와 중지 사이 삐죽이 고개를 내미는 것이 잡혔다. 불손한 엄지였다.

"하용. 안드로메다에 꺽. 온 걸 환영한다앙."

은밀하게 속삭이는 윤은의 입을 수현이 비뚤어진 시선으로 노려보았다. 꿈틀. 수현의 가지런한 눈썹이 모로 휘었다. 빠득, 이 가는 소리를 흘려 내던 입이 막 독설을 쏟으려는 찰나 윤은이 그의 어깨에 가만히 머리를 기댔다. 뜨거운 숨결이 목 언저리에 닿았다. 흠칫 놀라 돌아본 수현의 눈에 살짝 벌어진 윤은의 입술이 보였다. 도톰하고 빨갛게 잘 익은 열매가 눈앞에서 어른거렸다. 수현이 눈을 가늘게 늘이며 낮은 신음을 흘려 냈다. 잘근 제 입술을 깨무는 그 짧은 순간 윤은이 꺼억 하고 술에 전 트림을 토해 냈다. 곁에 수현의 입술이 파르르 경련을 일으켰다.

"그래, 그랬어. 그런 거였어. 하아. 넌 여자가 아니었어."

제가 무슨 짓을 저질렀는지 전혀 모르겠다는 듯 순진한 얼굴로 잠에 빠져든 윤은을 향해 수현이 이를 갈았다. 냠냠 입맛을 다시는 윤은을 서늘하게 내려 보며 수현이 거만하게 턱을 치켜들었다. 이어 그가 윤은의 정체성에 대한 정의를 내렸다.

"넌 재수 없게 지구에 떨어진 우주 고아였어. 외계인 주제에 인간 여자 흉내를 내다니. 건방지게."

다시 히죽 입가를 끌어 올리며 뒤로 고개를 젖혀 넘어가려는 윤은을 수현이 급히 붙잡아 안았다. 하마터면 뒤로 넘어질 뻔했다. 정신없이 흐느적거리는 윤은의 모습에 수현이 혀를 찼다. 어떻게 이렇게 무방비할 수가 있는지. 한심한 눈으로 윤은을 바라보다 이내 결심을 굳힌 듯 수현이 그녀의 허리를 잡고 자세를 낮췄다. 번쩍 윤은을 들어 어깨에 걸치고 피식 싱겁게 웃은 수현이 터벅터벅 복도를 걸었다.

복도 끝에서 잠시 망설였다. 자신의 집무실로 가자면 스테이지를 지나 이층으로 향하는 계단을 올라야 했다. 그럴 경우 사람들의 이목이 집중될 우려가 있었다. 오해의 소지가 다분한 장면이 수현의 머릿속에 그려졌다. 술에 취해 쓰러진 미소년 스타일의 웨이터를 제 집무실로 들쳐 업고 가는 상사라. 가히 그림이 좋지 않았다. 후우. 한숨을 내쉰 수현이 스윽 시선을 옮겨 반대편 복도 끝 코너를 바라보았다. 짧게 혀를 차곤 이내 방향을 돌려 복도를 되돌아갔다.

코너를 돌아 탈의실로 향하던 수현은 때마침 그곳에서 나오는 철민과 마주쳤다. 놀라 어설프게 고개를 숙이던 철민의 시선이 수현의 어깨에 매달린 윤은의 엉덩이에 꽂혔다. 헉. 그 한 마디가 모든 것을 대변해 주었다. 놀라 자빠지겠네.

"비켜."

비틀거리는 철민을 제치고 신경질적으로 탈의실 문을 열어젖힌 수현이 망설임 없이 안으로 들어섰다. 탕 하고 거칠게 닫히는 문을 철민이 넋 나간 표정으로 돌아보았다. 갑작스런 등장에 차마 수현 앞에서 내뱉지 못한 말이 입 안에서 맴돌았다. 윤은이가요. 생긴 건 그래도 여잡니다. 이사님. 걔 짐 아니라고요. 철민의 고개가 허무하게 가로저어졌다.

탈의실 안은 바쁜 바깥 상황을 대변하듯 난잡하게 어지럽혀져 있었다. 너저분한 옷가지들이 중앙의 긴 나무 의자 위에 마구잡이로 던져져 있었다. 좁은 탈의실엔 마땅히 윤은을 눕힐 만한 공간이 없었다. 그냥 던져 버릴까? 잠시 갈등하던 수현이 낮은 한숨을 내쉬며 커튼을 젖히고 윤은의 작은 공간 안으로 들어섰다. 훌렁훌렁 망설임 없이 벗어 던진 옷의 잔해로 보건대 바깥에 윤은을 그냥 두면 안 될 것 같았다. 전부 다 왜 그렇게 조심성이 없는지. 쯧.

윤은을 내려 벽에 기대 앉힌 수현이 가만히 잠든 윤은의 얼굴을 바라보았다. 뭘 그리 맛나게 먹는지 연신 입을 오물거렸다. 잠버릇 한번 맛깔나네. 툭. 손끝으로 볼을 건드려 보았다. 건드리는 대로 반대편으로 머리가 기운다. 얼른 손으로 얼굴을 받쳐 든 수현이 작게 안도하며 고개를 바로잡아 놓았다. 그러나 아무리 건드려도 깰 기미가 없다. 누가 업어 가도 모를 지경이 되어 버린 모양이다.

"하아. 대책 없는 놈."

낮은 한숨을 내쉬며 윤은의 이마에 알밤을 먹였다. 아픈지 살짝 미간을 찌푸리곤 뭐라 푸념 섞인 소리를 중얼거렸다. 윤은의 입술에 귀를 내린 수현의 얼굴이 살짝 굳었다. 빳빳이 얼굴을 들어 올린 수현이 날카롭게 윤은을 흘겼다. 맨 정신으론 차마 뱉어 내지 못할 욕지기를 윤은이 무슨 주술처럼 뱉어 냈다.

"너 지금 자는 거 아니지."

냠냠. 윤은이 난 아무것도 몰라요 모드로 돌입하자 바라보는 수현의 눈이 시리게 빛났다. 낮은 신음을 흘려 낸 수현이 윤은의 입술을 손으로 꼭 집어냈다. 말캉하고 부드러운 감촉이 손끝에 닿았다. 갑자기 손끝이 전기에 감전된 듯 찌릿해져 오자 수현이 놀라 잡았던 입술을 놓았다. 하아, 왜 이래? 제 손과 윤은의 입술을 번갈아 내려 보는 수현의 미간이 미묘하게 비틀렸다. 수현은 아직도 찌릿함이 남아 있는 듯한 손을 꼭 움켜쥐었다.

아무것도 아니라며 고개를 설레설레 흔든 수현이 일어나 나가려다 말고 다시 윤은을 돌아봤다. 탈의실의 경계는 커튼 하나가 고작이었다. 누군가 옷을 갈아입는 상황에서 잠결에 일어나 기어 나오기라도 하면…….뭔가 좋지 않은 광경이 머릿속에 떠올랐다. 혀로 볼을 부풀린 수현이 눈을 가늘게 늘이며 턱을 쓸었다. 그러다 짜증스레 혀를 차며 슈트 재킷을 벗어 냈다.

"영광인 줄 알아."

윤은의 곁으로 내려앉아 재킷을 덮어 주던 수현이 문득 무슨 생각이 들었던지 팔 부분을 교차해 등 뒤에서 꼭 묶었다. 한 번으론 부족하다 느낀 듯 두 번을 연거푸 묶은 수현이 그제야 만족스런 미소를 띠며 일어섰다. 아마 잠에서 깨어나더라도 쉽게 풀어내기는 힘들 것이다. 피식. 잠든 윤은의 머리 위로 싱거운 웃음을 떨어트리며 수현이 커튼 밖으로 모습을 감췄다.

가벼움의 결정체. 동훈의 가방이 평상에 내동댕이쳐졌다. 바로 곁에 털썩 주저앉은 동훈이 나른한 눈으로 주변을 훑었다. 너무 고요했다. 마치 아무도 없는 것처럼.

"야, 윤은."

대답이 없다. 불쑥 고개를 뒤로 젖힌 동훈이 길게 하품을 하며 커튼이 쳐진 창을 바라보았다. 잠들었나? 벅벅 목을 긁으며 고개를 기울인 동훈이 슬며시 자리에서 일어나 윤은의 집 쪽으로 걸어갔다. 자물쇠도 없는 문을 보며 쓰게 혀를 찬 동훈이 노크도 없이 문을 열었다.

"야, 자냐?"

잠시 망설이던 동훈이 은근히 안쪽으로 발을 옮기며 인기척을 냈다. 꽤 깊이 잠든 모양이다. 피식 웃으며 동훈이 스스럼없이 신발을 벗고 집 안으로 들어섰다. 주방엔 취사의 흔적이 전무했다. 밥도 안 먹고 내리 잠만 자는 건가? 주방과 붙은 방문을 슬쩍 고개를 빼 들어 살피며 헛기침을 했다. 여전히 아무 기척이 없다. 대체 어느 꿈나라를 헤매기에 사람이 온 것도 모를까. 둔탱이라며 윤은을 씹은 동훈이 문 쪽으로 조금 더 가까이 다가섰다.

방 안을 훑은 동훈의 미간이 한껏 찌푸려졌다. 벽 한쪽으로 밀어 놓은 이부자리가 윤은의 부재를 알려 주었다. 자고 있어야 마땅한 시각에 집에 없다. 얄궂게 혀로 볼을 부풀리며 동훈이 뒷주머니에서 휴대폰을 꺼내 들었다.

10시 24분. 잠탱이가 한참 꿈나라를 헤매고 있을 시간이었다. 그런데 없다. 또 좀비처럼 어딜 쏘다니는 거지? 잘근 입술을 씹으며 휴대폰 단축 버튼을 눌렀다. 긴 신호음 뒤에 전화를 받을 수 없다는 낯선 여자의 목소리가 들려왔다. 동훈의 입술이 이리 저리 삐죽하게 움직였다.

대체 어딜 간 거야.

"동훈이 너 또! 땡땡이지!"

인숙 씨의 앙칼진 음성이 이층 창밖으로 삐져나왔다. 온 동네방네 이젠 동훈의 땡이를 모르는 사람이 없었다. 지칠 만도 하건만 포기를 모르는 인숙 씨는 주인 없는 동훈의 방까지 침입해 목 놓아 소리쳤다. 곧 인숙 씨는 동훈이의 땡이에 대해 열변을 토했다. 진정성 가득한 욕지기까지 제대로 섞어 가며. 어째 동훈의 귀가를 귀신보다 더 빨리 알아챈다. 역시 우주 최강 레이더망이다.

한껏 숨을 들이켠 동훈이 아래층 인숙이 들릴 만큼 큰 소리로 외쳤다.

"인숙 씨! 성대 나가! 득음할 거 아니면 그만하셔!"

"에라이. 이 미친 자식아!"

더 드높아진 인숙 씨의 목소리를 귀 휘적거림으로 가볍게 흘려 냈다. 보이지 않는 하늘을 향해 낮은 한숨을 내쉰 동훈이 에라, 모르겠다, 그대로 방 안으로 들어가 대자로 드러누웠다. 고래고래 이어지는 인숙 씨의 외침도 어느새 잠잠해졌다. 소리쳐 봐야 목만 아프다는 사실을 이제야 실감한 모양이었다. 윤은의 체취가 느껴지는 이불을 베개 삼아 베고 누워 동훈은 억지로 잠을 청했다. 귀가가 조금 늦는 모양이다. 나른함이 쉬이 깊은 잠을 불러들였다. 한껏 숨을 들이쉰 동훈의 콧잔등이 살짝 구겨졌다. 아, 구리다 냄새. 이불 언제 빨았냐. 잠탱이.

유독 피곤했던 하루였다. 기절하듯 잠들었던 수현을 깨운 건 충성심 없는 벨소리였다. 잠결에 꿈틀거리며 손을 뻗어 휴대폰을 잡았다. 가물거리는 눈을 겨우 떠 발신인을 확인한 수현이 그대로 폰을 베개 안으로 밀어 넣었다. 질식해 꺼졌으면 좋으련만 끈질기게 울려 대던 벨소리는 죽었다 다시 살아나 미친 듯이 악을 질러 댔다.

잔뜩 찌푸려진 미간을 손으로 쓸어 올리며 수현이 휴대폰을 꺼내 손에 든 채 돌아누웠다. 미간을 쓸던 손으로 지그시 눈을 누르며 휴대폰을 귀에 댔다.

"네."

깊은 한숨과 함께 낮게 잠긴 목소리가 흘러나왔다. 말없이 듣기만 하던 수현이 뚝 끊긴 휴대폰을 툭 침대 위에 던지다시피 내려놓았다. 피곤으로 찌든 몸을 무겁게 일으킨 수현이 침대에 걸터앉은 채 손으로 마른세수를 했다. 언제나 그랬다. 의견을 묻지도, 동의를 구하지도 않는 일방적인 통보. 쓰게 웃은 수현이 자리를 털고 일어나 욕실로 향했다. 오늘 잠은 이걸로 끝인 모양이다. 배려심이라곤 눈곱만큼도 찾아보기 힘든 모친을 떠올리며 수현은 걸친 옷을 아무렇게나 벗어 던졌다.

안 회장의 내리뜬 시선이 수현을 간단히 훑었다. 입술에 닿은 찻잔 틈으로 수현을 살핀 안 회장이 잔을 내려놓으며 엷은 미소를 띠었다. 지난 6개월이 그리 헛되지는 않았던 모양이다. 분명 뭔가 수현을 변화시켜 놓았다. 다소 미미한 변화였지만 굳은 듯 정색을 하지도 않았고, 대놓고 싫은 기색을 드러내지도 않았다. 마주 앉은 상대방이 안 회장이 아니었다면 지금 그를 보고 충분히 불쾌감을 느꼈을 수도 있었다. 하지만 그녀는 오히려 만족의 미소를 머금었다.

"여행은?"

앞뒤 다 잘라먹은 간략한 물음에 수현이 입가를 올렸다. 안 회장에게는 눈길 한 번 주지 않은 채 제 앞에 놓인 찻잔을 들어 올리며 수현이 지극히 형식적인 답을 흘려 냈다.

"좋았습니다."

같은 공간에 있는 것이 갑갑했던지 차를 단숨에 들이켠 수현이 잔을 거칠게 내려놓았다. 늘 있는 일이라 대수롭지 않다는 듯 무심히 받아넘긴 안 회장이 소파에 등을 기대며 본론을 꺼냈다.

"약속은 지켜야지."

그제야 수현의 건조한 눈이 안 회장을 담아냈다. 쓰게 웃은 수현이 웃음기를 걷어 내며 단조롭게 말했다.

"이미 지키고 있습니다."

"클럽은 당연한 거고, 다른 하나를 말하는 거다. 괜히 말을 돌리는 구나."

여유롭게 받아치는 안 회장의 태도에 수현이 미세하게 미간을 찌푸렸다. 갑갑함을 견뎌 내지 못한 수현이 셔츠 단추 하나를 풀어냈다. 안 회장의 눈에 이채가 띄었다. 자기 절제 하나는 죽어라고 하던 아이였다. 사소한 티끌 하나 용납 못 하는 모난 성격이 조금 틀어졌다. 우습기도 하지.

"그건 제가 알아서 한다고 말씀드린 걸로 압니다."

"그랬지. 그래서 여태 기다린 것 아니냐."

"여태? 고작 이 주? 그게 참고 기다렸다고 말할 수 있는 시간입니까?"

"내겐 긴 시간이야. 난 바쁜 사람이다."

"하아. 네, 그렇죠. 그래서 하나뿐인 아들 약혼도 그렇게 일 처리하듯 하시려는 것 아닙니까. 참 대단한 분이십니다."

"고맙구나."

"칭찬 아닙니다."

"내가 네게 칭찬 들을 나이는 아니지."

살벌하게 오가는 눈빛이 공기를 질식시키는 것 같았다. 희박한 공기를 느끼며 수현이 깊이 숨을 들이쉬었다. 그러다 설핏 마주친 능구렁이 같은 안 회장의 눈에 환멸을 느껴 자리를 박차고 일어섰다. 그런 수현을 안 회장이 차분히 가라앉은 눈으로 올려 보았다.

"관여 마세요. 그건 제가 알아서 합니다."

"공증이라도 받아 놓을 걸 그랬구나. 이리 발뺌할 줄 알았다면."

"발뺌 아닙니다. 합니다, 약혼."

"그렇다면 다행이구나."

"단 지수랑은 안 합니다."

낮게 으르렁거리듯 경고성 어린 말을 토해 내는 수현을 안 회장이 차게 바라보았다. 그럼? 눈으로 묻는 안 회장의 시린 얼굴에 수현이 미간을 좁혔다. 선뜻 답을 내놓지 못하는 걸로 봐선 딱히 다른 대상이 있는 것 같진 않았다. 그에 다소 표정이 풀린 안 회장이 시선을 거두고 찻잔을 집어 들었다.

"그건 두고 봐야겠구나."

"죽어도 안 합니다."

강한 의지를 드러내는 수현의 말에 안 회장은 찻잔에 입술을 묻고 가만히 웃었다. 불뚝 같은 반항심도 여전했다. 그게 또 한편으론 흐뭇했다. 찻잔을 내려놓은 안 회장이 느릿하게 고개를 끄덕였다.

"카운트다운은 비교적 빨리 끝나는 법이다."

"사랑은 시간으로 살 수 있는 게 아닙니다."

사랑 운운하는 수현의 입술을 안 회장이 묘하게 바라보았다. 단 한 번도 사랑이란 것을 입에 담지 않았던 수현이다. 그 입에서 사랑이 흘러나왔다. 시답잖은 정의와 함께. 안 회장의 얼굴에 야릇한 미소가 떠올랐다. 변했다. 그리고 지금도 변하고 있다. 대체 뭐가 저 아이를 변화시키고 있는 거지? 단호하게 저를 내려 보는 수현을 신기한 듯 바라보던 안 회장의 입이 드디어 벌어졌다.

"해 봐. 그 시간으로 살 수 없다는 사랑이란 게 어떤 건지. 내게 증명해 봐."

말도 안 되는 지시다. 입을 꾹 다문 수현이 가볍게 고개를 숙여 보이곤 이내 입구로 걸음을 옮겼다. 문손잡이를 잡아 비트는 수현의 등 뒤로 안 회장의 주술 서린 말이 날아들었다.

"과연 네가 그런 사랑을 할 수 있을지 의문이지만 말이다."

손잡이를 잡은 손에 지그시 힘을 주며 수현이 벌컥 문을 열어젖혔다. 장담은 하지 못한다. 그런 사랑 할 이유도, 하고 싶은 마음도 없었으니까. 그에겐 여자 자체가 불필요한 존재였다. 여자 따위 거치적거리기만 할 뿐이다. 복도를 걷는 그의 등 뒤로 매서운 칼바람이 불었다.

"왜?"

윤은은 지끈거리는 머리를 손바닥으로 지그시 누르며 살벌한 오라를 뿌려 대는 동훈을 마주했다. 씩씩거리며 클럽을 찾은 동훈이 다짜고짜 윤은의 손을 잡아 입구로 끌고 나온 참이었다. 주차장 모퉁이에 자리를 잡고 앉은 윤은이 꺼지듯 한숨을 내쉬며 빠드득거리는 동훈을 올려다봤다. 얘, 대체 왜 이러냐?

"안드로메다에 폭동이라도 일어났냐? 너 안색이 그지 같다."

"니미. 입 닥치고 얼른 말해."

"헐. 입 닥치고 어떻게 말을 하냐."

"아, 됐고. 어서 말 안 해?"

"뭘?"

"너 외박했잖아."

허걱. 외박이라니. 동훈의 늘어난 코 평수를 가늠해 보며 윤은이 허하고 입을 벌렸다. 가히 정신세계가 안드로메다 장로급이다. 슬쩍 눈가를 좁힌 윤은이 흥분한 동훈을 발로 툭툭 차며 고개를 절레절레 흔들었다.

"네가 말하는 외박의 정의가 대체 뭐냐?"

"니미, 너 집에 안 들어왔잖아."

"난 밤에 일해."

"낮에 집에 없었잖아!"

버럭거리며 가까이 다가서서 매섭게 직시하는 동훈을 윤은이 물끄러미 올려다보았다. 낮에 집에 없으면 그게 외박인가. 무심히 이마를 긁적인 윤은이 바로 머리 위로 다가온 동훈의 얼굴에 헉 하고 마른 숨을 삼켰다. 왜 이렇게 흥분해서 난리야. 별스럽게.

"아그야, 일을 하다 보면 이런 일도 있고 저런 일도."

"너, 술 마셨어?"

"헐. 그게 어제오늘 일도 아니고."

"그래서 안 들어왔어?"

"어이, 왜 이래."

벽을 짚어 두 팔 사이에 윤은을 가둔 동훈이 이를 드러내며 낮게 으르렁거렸다. 이것들이 죄다 들짐승을 잡아먹었나 왜 이렇게 으르렁거려? 짧게 혀를 찬 윤은이 제 얼굴 가까이 다가온 동훈의 얼굴을 손으로 슬쩍 밀어냈다.

"술은 너랑 제일 많이 마시거든. 좀 떨어져. 안 그래도 더워 죽것다."

모로 돌아간 고개를 다시 획 돌리며 동훈이 윤은의 목 언저리로 고개를 내렸다. 무슨 탐지견처럼 코를 킁킁거리며 목에 뜨거운 숨결을 뿜어내는 동훈의 느닷없는 행동에 윤은이 헐 하며 진저리를 쳤다.

"이 무슨 개 같은 행동이냐?"

"네게서 낯선 남자의 냄새가 난다."

"……"

"누구야?"

"참 광고가 사람 여럿 버려 놨다. 냄새는 개뿔. 부비부비할 놈 있어나 봤음 좋겠다."

"아니야. 여기도."

"어이, 거기서 스톱."

막 윤은의 가슴께로 코를 들이대던 동훈이 등 뒤로 살벌하게 내리꽂히는 낯선 목소리에 몸을 굳혔다. 남자다. 그것도 듣기 좋은 중저음의 목소리를 가진 젊은 남자. 동시에 고개를 돌린 윤은과 동훈의 눈에 차를 주차시키고 나오는 수현의 모습이 비쳤다.

"어이, 고삐리. 여긴 네가 있을 장소가 아니지."

"저거야?"

"뭐?"

건방지게 수현을 향해 손가락을 치켜든 동훈이 이를 뿌득거리며 윤은에게 물었다. 저거라니, 뭐가 저거네? 동훈의 저거라는 간단명료한 지명에 윤은이 고개를 갸웃거렸고, 동시에 수현의 표정이 차게 식었다.

"저거? 누가 저거야?"

가까이 다가선 수현이 동훈의 손가락을 제 손에 가둬 누르며 빙긋이 웃었다. 움켜잡는 압력이 생각보다 강했다. 그에 동훈의 표정이 티 나게 일그러졌다. 반항심 가득한 눈으로 저를 노려보는 동훈을 마주 보며 수현이 느릿하게 입가를 비틀어 올렸다.

"당신 윤은이한테 무슨 짓 했어."

"짓?"

"쟤 몸에서 당신 냄새가 나잖아!"

빠득거리며 악에 받친 소리를 내지르는 동훈을 가소롭다는 듯 내려 보던 수현이 슬쩍 고개를 돌려 멍한 얼굴로 앉아 있는 윤은을 바라보았다. 저도 뭐가 뭔지 모르겠다는 듯 눈이 마주치자 어깨를 으쓱해 보인다. 아닌 초저녁에 홍두깨라고. 갑자기 찾아와 남자의 냄새 어쩌고저쩌고 말도 안 되는 소리를 늘어놓는 동훈에 저도 황당했던 모양이다.

"그래?"

"니미. 난다니까!"

윤은에게서 시선을 거둔 수현이 흥분해 날뛰는 동훈을 물끄러미 응시했다. 이 혈기왕성한 왕또라이는 대체 누구야? 눈썹을 휘며 뭔가 생각하던 수현이 이내 간단히 결론을 내렸다. 아마 외계인 2호나 3호쯤 되는 모양이라고. 그러니 윤은이 자식을 붙들고 반쯤 정신 나간 짓을 하고 있지. 감히 저를 두고 저것이라니. 죽고 싶어 환장한 놈 아니면 외계인이 틀림없다. 잡았던 손을 불시에 놓아 밀치며 수현이 피식 웃었다. 비틀거리며 뒤로 밀린 동훈이 뭐라 바락거리며 덤벼들려는 찰나 수현이 성큼 윤은 앞으로 다가섰다.

"내 체취가 얘한테서 난단 말이지?"

저를 향해 고개를 내린 수현을 윤은이 멍한 시선으로 올려다보았다. 대체 무슨 말도 안 되는 소리들을 늘어놓는 건지 알아들을 수가 없었다. 안 그래도 어떤 미친놈이 슈트로 저를 꽁꽁 묶어 놔서 거기서 빠져나오느라 온갖 난리 부르스를 다 쳐 댔다. 그 통에 몸이 여기저기 부딪혀 삭신이 말도 아니게 쑤셔 댔다. 쉬고 싶어 죽겠는데. 이놈이고 저놈이고 대체 왜 이렇게 잡아먹자고 들이대는 건지 모르겠다. 미치겠네, 정말.

"어디? 여기? 아니면 여기?"

도발. 완벽한 도발이었다. 윤은의 양옆으로 손을 짚어 허리를 숙인 수현이 그녀의 목덜미에 가만히 얼굴을 내렸다. 수현의 뜨거운 숨결이 윤은의 목을 간지럽혔다. 여기, 하며 내뱉는 나직한 말이 꽤 자극적이다. 경직되어 저를 바라보는 윤은의 눈을 잠시 제 눈에 잡아 가두곤 이내 다시 고개를 그녀의 가슴 위에 내려놓았다. 수현이 부러 뜨거운 숨결을 흩어 내며 깊이 숨을 들이켰다. 그에 윤은의 가슴이 파르르 진동했다. 슬쩍 눈동자를 들어 올린 수현이 동그랗게 떠진 윤은의 눈을 향해 비릿한 미소를 흘려 냈다.

"야! 너 이 새끼! 죽었어!"

터진 욕지기를 뿜어내며 동훈이 무섭게 덮치려는 순간 윤은의 허리를 한 손으로 낚아챈 수현이 빙글 몸을 돌려 피했다. 헛손질로 비틀거리며 벽에 부딪힌 동훈을 가소롭다는 듯 돌아본 수현이 윤은을 안은 채로 코너를 돌아 입구로 향했다. 발끈해 주먹을 움켜쥐는 동훈의 귓가로 수현의 차가운 경고가 날아들었다.

"따라오면 죽는다. 미성년자 출입 금지야. 꺼져."

"야, 이씨! 손 안 떼!"

"내 직원이야. 불청객 고삐리나 꺼져."

"하아. 저 새끼가 진짜. 와아!"

고삐 풀린 망아지처럼 나대던 동훈이 쇼크를 먹었는지 씩씩거리며 엄한 발길질을 해 댔다. 뭔가가 부서지는 소리를 끝으로 클럽 안으로 들어선 윤은이 불편한 듯 몸을 비틀어 그의 손을 떨쳐 냈다. 멀찍이 물러난 윤은이 못마땅해 짧게 혀를 찼다. 가까이 다가서며 수현이 짜증 어린 말투로 툭 내뱉었다.

"너 자꾸 이상한 놈들 불러들이면 죽는다."

"헐. 제일 이상한 놈이 누군데."

"뭐?"

"아이고, 오늘도 손님 열나게 많겠네. 빨리 준비해야지."

부러 딴청을 피우며 서둘러 자리를 뜨는 윤은을 수현이 시리게 쏘아보았다. 절로 새어 나오는 헛웃음과 함께 수현이 고개를 저었다. 하여튼 입은 잘도 살아 나불거린다. 저 꼴통. 스테이지로 들어서는 윤은을 눈으로 좇던 수현이 저도 모르게 찌푸렸던 미간을 스르륵 풀었다. 피식. 싱긋 입가에 즐거운 미소가 머물렀다: 그래도 밉상은 아니야. 걸음을 옮기던 수현이 문득 뭔가를 떠올리곤 낮은 신음을 흘리며 이마를 짚었다. 이어 탄식처럼 가라앉은 음성이 수현의 입에서 흘러나왔다.

"봤다. 가슴골."

조심스럽게 노크를 하자 안에서 들어오라는 허락이 떨어졌다. 매니저는 크게 숨을 들이쉬며 어깨를 활짝 폈다. 괜히 쫄 필요 없다. 그래봐야 수박 겉핥기에 불과하다. 알아본 바에 의하면 뭔가를 깊이 파고들 위인이 아니었다. 저러다 금세 시들해져서 나가떨어질 테니. 조금만 참으면 된다. 그렇게 스스로를 세뇌시키며 문을 열고 들어섰다.

수현이 문을 등진 채 책상 앞에 서 있었다. 흠. 낮은 기침으로 존재감을 알린 매니저가 수현 가까이로 걸음을 옮겼다. 뒤로 바짝 다가서 다시 한 번 목을 돋우어 인기척을 냈다. 그럼에도 수현은 뭐가 그리 바쁜지 아는 척도 하지 않고 오직 서류에만 코를 박고 있었다. 눈코 뜰 새 없이 바빠 모드를 연출 중이다. 그러면 사람을 왜 호출한 건지. 괜히 바쁜 사람 시간만 뺐고 이 무슨 헛짓거리인가 참 개념 없는 놈이다. 속으로 수현을 열심히 씹던 매니저의 면전으로 불쑥 뭔가가 들이닥쳤다.

"치우랬죠."

"예?"

"왜 내 말 무시합니까?"

매니저의 시선이 살벌하게 저를 노려보는 수현의 얼굴에서 눈앞의 물건으로 옮겨졌다. 호박색 액체가 출렁이는 양주병이 천박하게 흔들리고 있었다. 그를 보는 매니저의 눈이 낮게 찢어졌다. 꿀꺽. 마른침을 삼킨 매니저가 부러 아무렇지 않음을 가장해 건조하게 말했다.

"무슨 말씀인지 당최 알아듣지 못하겠습니다."

"못 알아들어요?"

"허참. 왜 그러시는지."

발뺌하는 매니저의 말에 수현이 씨익 사악하게 입꼬리를 말아 올렸다. 지금 해 보자 이거지? 하아. 기막힌 웃음을 터트리며 수현이 느른히 혀로 볼을 부풀렸다. 긴장한 것이 역력한 얼굴로 나 귀먹었음, 난청이야, 아무 소리도 안 들려, 강하게 부인하는 매니저를 수현이 예리하게 내려 봤다. 수현의 매끈한 입술이 부드럽게 달싹거렸다.

"모르겠다라. 재미있군."

저도 모르게 시선을 피한 매니저가 슬쩍 눈치를 살피며 마른침을 꿀꺽이는 폼이 찔끔하긴 한 모양이다. 수현이 양주병을 잡았던 손을 활짝 펼쳤다. 그에 양주병이 바닥으로 떨어지며 파삭 깨어졌다. 제 발 바로 옆에 낙하해 파편을 뿌려 대는 그것에 매니저가 눈을 부릅떴다. 자칫했다간 파편에 상처를 입을 수도 있었다. 올려 보는 눈길이 제법 독기를 품었다. 가소롭겠지. 새파랗게 어린것이 감히 저를 농락한다. 기가 차고 코가 막히고 뭐 별의별 것들이 다 치밀어 오르겠지. 그러면 받아치든가. 그렇게 죽일 듯 노려보지 말고. 뭔가 내가 납득할 만한 걸 들먹여 보란 말이야. 이 멍청한 양반아.

한쪽만 끌려 올라간 수현의 입술이 묘하게 비틀렸다. 그것이 저를 향한 비웃음인 줄 알면서도 매니저는 마땅히 대들지 못하고 눈을 부릅뜬 채 낮은 신음만 흘려 댈 뿐이었다. 바리스타를 예로 들어 비꼬던 수현의 말이 떠올랐다. 가벼운 경고라 여겼는데. 스치는 바람이 아니었던 모양이다. 쓰게 입맛을 다신 매니저가 제 발등에 튄 양주를 불쾌한 듯 노려보았다. 한 번 묻으면 쉽게 떨쳐지지 않는 지독한 흔적처럼 지금 수현이 제 오랜 경력에 오물을 튀기고 있었다. 매니저의 꽉 다문 입술이 파르르 떨렸다.

파삭. 또 다른 양주병이 바닥에 떨어졌다. 그에 매니저의 미간이 한껏 구겨졌다. 그것은 소리 없이 강한 흔적을 남기며 지독한 악취를 풍겨 댔다. 마치 매니저의 시커먼 속내처럼.

"이봐. 그 정도로 말하면 아무리 사오정이라도 조금은 알아들어. 당신처럼 무턱대고 독나방을 뿌려 대진 않는다고. 사오정은 순진하기라도 하지. 당신은 뭐야? 썩을 대로 썩은 고인 물? 치우란 말이 가소로웠던 모양이지? 이런 걸 겁도 없이 숨겨 놓고 팔 정도로."

와장창 큰 소음을 일으키며 수많은 양주병이 와르르 바닥으로 떨어져 내렸다. 처음 돌아서 서류를 살피는 듯 보였던 수현은 책상 위에 수거해 놓은 불법 양주를 보고 있던 참이었다. 바텐더가 감춰 놓은 것만 가져온 것인데도 박스에 담긴 게 스물도 넘었다. 감춰 두고 쉬쉬하면 모를 줄 알았나 보다. 말 그대로 수현을 호구로 안 것이다.

바닥을 흠뻑 적신 양주에 매니저의 몸이 굳은 듯 꼿꼿해졌다. 입가에 시니컬한 미소를 단 수현이 그런 매니저의 귓가로 입술을 내렸다. 그리곤 나긋하고 부드럽게 말했다.

"모든 속임수를 알아챈 사장이 그 바리스타를 어떻게 했을 것 같습니까."

스륵 눈동자만 굴린 매니저의 눈이 수현을 향했다. 마주한 수현의 눈이 마치 시커먼 속내를 다 꿰뚫는 듯 예리하게 파고들었다. 매끈하게 말려 올라간 수현의 매력적인 입술이 왠지 모르게 사악하게 느껴졌다. 수현의 입술을 담아낸 매니저의 눈동자가 불안하게 흔들렸다.

"죽였을까? 아니면."

"……."

"지가 못 견뎌 기어 나가게 두고두고 괴롭혔을까? 원두 갈아마시듯 그렇게."

"……흠."

살벌하게 조여 오는 숨 막힐 듯한 경고가 이번에는 확실히 귓속을 파고들어 머릿속에 전달됐다. 죽임을 당하든가, 죽든가. 아니면 닥치고 시키는 대로 하든가. 매니저는 저를 향해 빙긋이 웃으며 파편에 베인 상처를 핥아 내는 수현을 그제야 두려움이 깃든 시선으로 바라보았다. 안 회장이 그냥 심심풀이로 발령을 낸 것은 확실히 아닌 모양이다. 인정한다. 판단 미스였다. 수현의 번뜩이는 두 눈에서 안 회장의 일면을 발견한 매니저가 짓눌린 신음을 토해 냈다.

"마지막 경고야. 다음은 없어."

불안한 매니저의 눈이 답 없이 깜빡거렸다. 느른히 미소를 피워 물고 한 발 물러선 수현이 건조하게 마지막 말을 내뱉었다.

"피 말라 죽기 싫음 이젠 좀 제대로 알아서 하시죠. 봐주는 것도 한계란 게 있는 겁니다. 원년멤버? 그거 이익 앞에선 아무 소용도 없는 겁니다. 나가는 문은 아시죠? 보는 눈은 똑바로 달려 있을 테니."

멀쩡한 병들을 발로 툭툭 밀치며 서랍장 앞으로 걸어가는 수현을 매니저는 차마 고개 들어 바라보지 못했다. 어쩌면 안 회장보다 더 독한 놈일 수도 있겠다. 비틀거리며 문을 나서는 매니저의 입에서 짙은 신음이 흘러나왔다. 아마 앞으로는 숨쉬기 운동도 눈치 보며 해야 할지도 모른다.

"멍청한 놈. 그것 하나 제대로 못 숨기고."

바를 매섭게 노려보며 매니저는 분노를 가득 담아 빠드득 이를 갈았다. 그깟 눈속임쯤이야 자신 있다더니 이렇게 개망신을 시킬 줄이야. 당장 바텐더부터 갈아치워야겠다. 제 잘못을 인정하기보다는 타인의 실수에 더 격분하는 매너저였다.

"2번 룸 담당 불러와."

입구를 지키던 철민이 눈앞을 스치는 인물에 헉 하고 놀란 숨을 삼켰다. 클럽 안으로 사라지는 남자의 등을 멍하니 넋 놓고 바라보다 이내 정신을 수습하고 안으로 뛰어 들어갔다. 요주의 인물 한열이 떴다. 그것도 윤은을 콕 집어 지명하면서. 뭔가 또 큰일이 벌어지지 싶었다. 한열의 야릇한 표정이 심상찮게 번뜩이고 있었다. 마치 먹잇감을 노리는 맹수 같았다. 달리듯 빠른 걸음으로 홀을 향하던 철민보다 한열이 더 빨리 홀로 들어섰다. 멍하게 한열의 뒷모습을 바라보던 철민의 눈에 남들보다 월등한 그의 다리가 들어왔다. 철민이 입을 씰룩이며 코 평수를 넓혔다. 젠장. 그래, 네 다리 길다.

정신없이 스테이지를 오가던 윤은은 갑자기 허리를 휘감아 오는 낯선 손길에 화들짝 놀라 몸을 비틀었다. 한 손으로 쟁반을 받치고 있던 터라 하마터면 그것을 다 쏟을 뻔했다. 가까스로 중심을 잡고 선 윤은이 터져 나오려는 욕지기를 삼키며 등 뒤의 인물을 확인했다. 한열이 뜨겁게 저를 직시하고 있었다. 빙긋이 웃는 한열의 낯짝에 토가 쏠렸다. 이건 또 뭐하자는 수작이야? 곱지 않은 시선을 애써 누그러트리며 속으로 욕지기를 쏟아 냈다. 때마침 지나가는 종석에게 쟁반을 건네며 윤은이 한열의 팔을 제 몸에서 떼어 냈다.

"직원에게 함부로 손대시면 안 됩니다. 필요한 게 있으시면 말씀을 하십시오. 손님."

정색해서 말하는 윤은을 깔끔히 무시하며 한열이 엷게 입술 끝을 틀어 올렸다. 윤은의 허리에 감았던 팔을 묘하게 내려 본 한열이 곧 시선을 거두고 룸을 턱으로 가리켰다.

"따라와."

자기 집 개도 아니고 오라면 오고 가라면 가는 그런 쉬운 존재로 보이나? 내가? 건조하게 룸 쪽을 바라본 윤은이 가볍게 한숨을 내쉬며 정중히 거절했다.

"죄송합니다만, 지금 제가 조금 바빠서 말입니다. 다른 직원을 보내 드리겠습니다."

윤은의 말이 끝나기가 무섭게 종석이 그 사이에 끼어들었다. 척하면 척이다. 하는 꼴이 참 우습다. 누굴 치명적인 바이러스쯤으로 낙인찍은 모양이다. 격리 수용이라도 하겠다는 건가? 시크한 웃음 한 번으로 가볍게 종석을 무시한 한열이 그대로 자리를 벗어나려는 윤은의 팔을 낚아채 룸 쪽으로 끌고 갔다. 기막힌 웃음이 윤은의 입에서 가감 없이 터져 나왔다.

"손님, 이러시면 곤란합니다."

"여기 네 담당이잖아. 아니야?"

한열이 가리킨 룸의 넘버를 멍하니 올려 보며 윤은이 한숨을 내쉬었다. 클럽 안에 룸이 2번만 있는 것도 아니고 왜 하필 그다지 좋을 것도 없는 이곳에 저를 끌고 왔을까. 짧게 혀를 차며 미간을 좁히던 윤은의 등을 한열이 가볍게 밀었다. 따라 룸으로 들어선 한열이 문을 닫는 소리가 등 뒤에서 들렸다. 예약으로 이미 세팅이 끝난 룸을 보며 윤은이 잘근 입술을 깨물었다. 제 손으로 준비한 것들이었다. 제기랄, 하필이면 예약한 놈이 한열일 줄이야. 돌아가는 모양을 보아하니 자신의 생각이 맞아떨어지는 것 같았다. 멍하니 서 있는 윤은의 어깨를 한열이 툭 치며 지나쳤다.

중앙 자리에 털썩 주저앉은 한열이 사선 자리에 잔 하나를 놓으며 윤은에게 앉으라는 눈짓을 보냈다. 한열이 제 앞에도 잔 하나를 놓았다. 그리곤 독한 양주를 서슴없이 따는 모습을 윤은이 건조하게 바라보았다. 놀고 자빠졌네. 속으로 신랄하게 욕지기를 퍼부은 윤은이 자세를 바로 해 곧게 서며 지극히 사무적인 말을 흘려 냈다.

"여자가 필요하신 거라면 다른 곳을 추천해 드리겠습니다. 죄송하지만, 저희 클럽엔 접대부가 없습니다."

"지랄한다."

"지랄은 손님이 먼저 하셨습니다."

"뭐?"

"웁스. 속으로 한다는 게 그만 못 들은 걸로 하십시오."

싱긋. 입을 한껏 찢어 형식적인 웃음을 짓다가 이내 얼굴을 굳혀 정색하는 윤은을 한열이 뚫어져라 직시했다. 큭. 거 참 재밌네. 속내를 감추는 듯하면서 제 할 말은 또 다한다. 그런 행동이 상대방을 얼마나 자극하는지 정작 본인은 잘 모르는 모양이다. 그럼 어디 한번 제대로 자극받아 봐? 야릇하게 입꼬리를 말아 올린 한열이 양주를 스트레이트가 아닌 글라스에 채우며 은밀하게 속삭이듯 말했다.

"지랄 제대로 한번 해 봐? 보고 싶어?"

윤은의 숨이 깊어졌다. 그런다고 진짜 지랄을 하겠다고 하면 어떡해. 동그랗게 뜬 눈으로 한열을 내려 보며 열심히 머리를 굴렸다. 과연 저놈의 지랄을 그냥 눈 뜨고 지켜볼 것이냐. 아니면 눈 딱 감고 비위 한 번 맞춰 주고 말 것이냐. 윤은의 얼굴에 깃든 고민을 읽은 듯 한열이 다른 글라스를 채워 옆자리에 놓으며 명령조로 말했다.

"앉아. 그냥 가볍게 술만 마시자는 거니까. 감칠맛 나게 스트레이트로 말고 글라스로 깔끔하게 끝내자고."

"깔끔의 정의가 참 뭣합니다."

"목 아파. 안 잡아먹을 테니까. 앉아."

"헐. 어디 맹수가 잡아먹겠다고 처음부터 덤빈답니까? 살금살금 간을 보다 확 덮치지."

끝까지 기어오른다. 은근슬쩍 넘어갈 만도 한데 여직 버티고 선 채 자꾸만 사람을 자극한다. 자꾸 그러면 위험할 텐데. 비릿하게 입술을 틀어 올린 한열이 턱을 쓸어 내며 위험스럽게 말했다.

"하아. 뭐 덮쳐 주길 바란다면야. 마다할 이유는 없지."

은밀하고 색스러운 눈길로 몸을 천천히 훑어 내리는 한열의 눈빛에 윤은이 그제야 한풀 꺾인 투로 잘라 말했다.

"각설하고 딱 이번만입니다. 깔끔하게 여기서 끝내십시오."

"원 나잇이 원래 내 철칙이지."

웃고 있네. 부러 들으라고 구시렁거리는 윤은의 말에 한열이 불쾌감을 드러내며 미간을 구겼다. 그 입 참 험하네. 그에 어깨를 들썩인 윤은이 낮은 한숨을 내쉬며 잔 앞으로 다가가 앉았다. 그 모습을 지켜보던 한열이 비릿하게 웃으며 제 잔을 비워 냈다. 빈 잔을 흔들어 보이는 한열의 모습에 꿀꺽 마른침을 삼킨 윤은이 제 앞에 놓인 잔을 들어 입에 댔다. 확실히 양주는 체질에 맞지 않는 모양이다. 냄새부터 강하게 속을 뒤집는다. 젠장. 먹고 죽기야 하겠어? 후우. 깊게 숨을 내쉰 윤은이 천천히 잔을 기울였다. 입안으로 스며든 술이 윤은의 몸 안으로 사라지는 것을 한열이 말없이 바라보았다. 가는 허리 가는 목. 아담이 건네준 애플을 말끔히 삼켜 버린 밋밋한……. 엷게 미소를 피워 문 한열의 눈이 가늘게 빛났다.

"이사님!"

노크도 없이 벌컥 문을 열고 들어선 철민을 수현이 건조하게 바라보았다. 때마침 나가려던 참이라 자칫했다간 문에 부딪혔을 수도 있는 상황이었다. 한 발만 더 내딛었다면 말이다. 간발의 차를 곱씹으며 마뜩잖게 혀를 찬 수현을 철민이 다그쳤다.

"어서요. 어서."

"왜 호들갑이야?"

"윤은이가. 아, 그 자식이."

흥분해 두서없이 말하는 철민을 한껏 쏘아보며 수현이 대수롭지 않게 받아쳤다.

"그 자식이 뭐. 말을 똑바로 해. 뭘 그렇게 버벅거려?"

"변태 새끼가 윤은이 끌고 갔어요!"

철민을 밀어내며 밖으로 나가려던 수현의 눈이 스르륵 철민의 얼굴로 향했다. 돌아보는 눈길이 아까보다 더 살벌해 마주 보던 철민이 흠칫했다. 수현의 입이 마음과 달리 느릿하게 움직였다.

"어떤 변태 새끼."

"……예?"

"그런 놈이 한둘이야? 어떤 새끼냐고."

"그 얼마 전에 윤은이 술 먹인, 도한열이라고."

"하아. 그 미친 새끼가 또 왔어?"

"예."

"내가 그 자식 출입 금지 시키라고 했지."

"그, 그게 그러기엔 너무 거물이라."

"닥치고 어디야."

"2번."

철민의 말이 채 끝나기도 전에 수현이 서둘러 복도를 빠져나갔다.

순식간에 시야에서 사라진 수현의 모습에 철민이 무섭다 혀를 내둘렀다. 어째 저놈이 그놈보다 더 위험해 보였다. 이거 긁어 부스럼 만든 건 아니지 모르겠다. 허. 확실히 위험한 놈투성이다. 철민의 고개가 태양열 인형처럼 절레절레 흔들렸다.

살벌한 오라를 뿌리며 스테이지를 지나 룸으로 향하는 수현을 종석이 급히 뒤따랐다. 맹렬히 2번 룸 앞으로 다가선 수현이 막 문을 열려는 찰나, 종석이 그의 손을 붙잡았다. 돌아보는 수현의 눈빛이 예사롭지 않았다. 그가 잇새로 억눌린 음성을 내뱉었다.

"놔."

"이사님 먼저 놓으십시오."

"까불지 말고 꺼져."

"흥분은 애들이나 하는 겁니다."

"뭐?"

"윤은이 믿으십시오."

"하아. 그 허접이를 어떻게 믿어. 또 무슨 짓을 저지를지 어떻게 알아서."

"어떤 일 말씀입니까. 걱정하시는 게 클럽입니까, 아니면 윤은이입니까."

손잡이를 놓은 수현이 종석의 손을 뿌리치며 돌아섰다. 차갑게 내리뜬 시선이 꽤 매서웠다. 종석을 바라보는 수현의 눈이 묘하게 휘었다. 천천히 숨을 내쉰 수현이 비릿하게 입가를 끌어 올리며 목을 느슨하게 풀었다. 그에 종석도 차분히 수현을 응시했다.

"클럽은 대표가 책임지는 거야. 너 같은 조무래기들이 아니라."

"그럼 확실하게 대처하십시오. 뒷말 나오지 않게."

단단한 시선으로 저를 응시하며 확답을 요구하는 종석의 눈빛에 수현이 투박하게 내뱉었다.

"재수 없는 새끼. 넌 너무 기어올라."

"충언입니다."

"됐어. 꺼져."

종석이 고개를 숙이며 한 발 물러섰다. 짧게 혀를 찬 수현이 노크와 동시에 손잡이를 돌렸다. 예의는 지켰다. 했잖아, 노크. 불시에 들이닥친 건 아니란 말씀. 열린 문 안으로 여유롭게 소파에 기대앉은 한열과 힘겹게 술잔을 들이켜는 윤은의 모습이 보였다. 한 걸음 룸 안으로 들어서는 수현의 눈빛이 서늘하게 빛났다.

"으."

입가를 쓸어 내는 윤은의 얼굴이 한껏 찌푸려졌다. 역시 양주는 체질에 안 맞다. 진저리를 치며 고개를 저었다. 소주가 딱인데. 씁. 쓰게 입맛을 다시며 잔을 내려놓던 윤은의 손 위로 다른 손이 겹쳐졌다. 의아한 시선으로 올려본 시야에 시리게 눈을 내리뜬 채 저를 노려보고 있는 수현이 잡혔다. 헐. 염라대왕 행차시다.

"너 여기서 뭐하냐."

"그, 그게 저기."

"이건 또 뭐야?"

불청객의 등장에 잔뜩 심기가 틀어진 한열이 날카롭게 수현을 노리며 사납게 물었다. 그에 천천히 고개를 돌린 수현이 몸으로 윤은을 홱 밀쳐 한열의 시야를 차단시켰다. 윤은의 옆자리에 털썩 주저앉은 수현이 비릿하게 웃으며 윤은의 손에서 글라스를 빼 들었다. 그리곤 저를 불쾌하게 쏘아보는 한열을 향해 능글맞게 웃으며 잔을 내밀었다.

"여기 대표입니다. 클럽에 관해 말씀하실 게 있으시다면 저와 하시죠. 이놈은 좀 바빠서 말입니다."

"아. 그 안 회장님."

메사 새 대표가 안 회장의 아들이라는 소문을 떠올리며 한열이 아는 체를 했다. 안 회장의 이름이 거론되는 것을 가장 싫어하는 수현이었다. 못 들은 척 깔끔히 무시하며 그가 본론을 꺼냈다.

"뭐가 불만이십니까?"

"불만?"

"이 녀석과 전에도 한 번 대작하신 걸로 아는데. 여긴 직원이 손님과 마주 앉으면 안 된다는 규칙이 있습니다. 그래서 아주 혼쭐이 났었죠. 지난번에."

제게 날아드는 수현의 따가운 시선에 윤은이 스륵 얼굴을 반대편으로 돌렸다. 그게 뭐 하고 싶어 그런 건가? 삐죽이는 윤은의 입을 눈에 담으며 수현이 툭 발끝으로 그녀를 걷어찼다. 그에 쑥 들어간 입을 만족스레 바라보던 수현을 한열이 불렀다.

"그냥 술 한잔 마시잔 건데. 그게 이렇게 대표까지 나설 일인가?"

"술친구가 필요한 거라면 제가 대신하죠. 밖에서 아주 난리가 나서 말입니다. 저놈 담당이 좀 많습니다."

"오늘 하루 매상 내가 다 책임지지."

"그렇다고 대작은 안 되죠. 지키라고 있는 규칙인데."

"그럼 내가 사지."

"뭘…… 말입니까?"

욕지기가 터져 나오려는 걸 가까스로 참아 내며 수현이 건조하게 물었다. 누가 들어도 뻔한 말이었다. 발끈해 일어서려는 윤은의 다리를 수현이 지그시 눌렀다. 아우, 미치겠네. 기막힌 듯 혼잣소리를 또 들으라고 중얼거린 윤은이 생수병을 따 벌컥벌컥 들이켰다.

"저놈, 이름이 윤은?"

윤은의 명찰을 지그시 응시하며 한열이 의미심장하게 웃었다. 니미. 개나 소나 부르라고 붙인 명찰인가.

빠득거리는 윤은의 목소리를 귓등으로 넘기며 수현이 비스듬히 입꼬리를 말아 올렸다. 한열을 향한 시선을 거두지 않은 채 수현이 손을 올려 윤은의 명찰을 거머쥐었다. 우둑 소리가 나도록 명찰을 뜯어낸 수현이 그것을 그대로 제 잔 속에 빠트렸다. 슥 돌아보는 윤은의 눈이 동그랗게 떠졌다. 살짝 굳은 얼굴로 저를 바라보는 한열을 직시하며 수현이 잔에 양주를 가득 채웠다.

"누가 뭐라고?"

빙긋이 웃으며 윤은의 명찰이 든 잔을 들었다. 독한 양주를 단숨에 비워 낸 수현이 미간을 살짝 구기며 혀로 입술을 쓸어 냈다. 지켜보던 한열의 입술이 묘하게 비틀려 올라갔다.

"이런. 내가 먼저 마셔 버렸는데 어쩌지?"

다시 윤은의 이름 위에 술을 채우며 수현이 한열을 향해 몸을 살짝 기울였다. 그리곤 한열만 들을 수 있도록 은밀하게 속삭였다.

"윤은인 못 산다고 이 새끼야."

채워진 잔을 들어 한열의 눈앞에서 천천히 비워 냈다. 입술에 닿은 윤은의 명찰을 보란 듯이 혀로 핥았다. 한열의 얼굴이 험악하게 일그러졌다. 그러다 뭔가 생각이 바뀐 듯 제 잔을 채워 느긋이 비우며 한껏 입술을 비틀어 올렸다. 그 도발 확실히 받아들여 주지. 아주 재밌어지고 있어. 치얼스. 끝내주게 치열할 쟁탈전을 위하여.

뒤에 앉은 윤은은 그 모습을 보지 못했지만 이미 그전부터 넋 나간 표정을 하고 있었다. 불꽃 튀는 눈싸움의 현장을 외면한 채 멍한 얼굴로 앉아 있는 윤은의 눈이 명찰이 있던 포켓을 내려 봤다.

헐. 염라대왕이 가슴 만졌어.

거나하게 취한 수현에게 붙들려 운전석에 앉은 윤은이 깊은 한숨을 내쉬며 그를 돌아봤다. 얼마나 마셨는지 술 냄새가 차 안 가득 넘쳐났다. 시트에 몸을 기댄 채 눈을 감고 있는 수현을 윤은이 한심하다는 듯 바라보았다. 무식하게 마실 때 알아봤어. 쯧쯧.

"이사님, 저 오늘 대리 뜁니다. 저도 술 마셨다고요."

"내가…… 더 마셨어."

"헐. 안전운전 운운하던 사람이 할 소린 아니라고 봅니다. 대리 불러 드려요?"

"네가 해."

"아, 진짜. 지금 운전 안 된다니까요."

"싫어……."

"예?"

"내 공간에 다른 놈 들어오는 거……. 싫다."

"헐. 나는 다른 놈 아닌가?"

"넌 사람 아니니까."

"허걱. 그럼 전 뭡니까?"

"외계인."

"히익. 어떻게 알았데."

안드로메다에 첩자가 있었나? 술에 취해 횡설수설하는 수현의 말을 곧잘 받아넘기며 윤은이 고민 아닌 고민을 했다. 안 되면 기찬이라도 불러야겠다. 휴대폰을 꺼내 든 윤은의 귀로 꿈결같이 잔잔한 수현의 목소리가 스며들었다.

"넌 남자도, 여자도 아니니까. 괜찮아. 외계인이라서. 괜찮……아."

단축 번호를 누르려던 윤은이 낮게 숨을 내쉬며 입맛을 다셨다. 어느새 깊이 잠이 든 수현의 모습을 물끄러미 바라보며 혀를 찼다. 사람 참 귀찮게 한다. 아닌가? 외계인을 귀찮게 하는 건가? 아무튼 기차이 안 된다면 다른 대리라도 불러서 집에 데려다 놔야겠다. 당신이 잠든 사이에 완전 범죄를!

역시 우리나라의 건실한 대리맨들은 초스피드하게 움직인다. 하긴 이 동네 특성상 널리고 널린 게 대리맨들이다. 부름과 거의 동시에 달려온 대리맨을 반가이 맞으며 윤은이 내비를 가리켰다.

"여기로 가면 됩니까?"

도착지를 확인하고 묻는 대리맨에게 윤은이 바짝 다가서서 은밀하게 속삭였다.

"네. 저기 이 사람 깨면 안 되니까. 조심해서 가 주세요."

"아, 예."

바로 옆에 들이민 윤은의 얼굴에 흠칫 놀란 대리맨이 멀찍이 물러서며 고개를 끄덕였다. 슬쩍 돌아본 수현은 여전히 인사불성이었다. 독한 양주를 둘이서 세 병이나 비웠으니 안 죽은 게 다행이다. 부드럽게 주차장을 빠져나가는 차에 안도의 한숨을 내쉰 윤은이 그제야 편히 시트에 몸을 기댔다. 피곤이 몰려와 절로 하품이 났다. 취기도 오르고 눈꺼풀도 자꾸만 무겁게 내려앉았다. 절대 잠들면 안 된다 윤은이 애써 눈을 부릅뜨며 비비적거렸다.

덜컹. 가속 방지 턱을 넘으며 차가 조금 흔들렸다. 그에 놀란 윤은이 눈을 동그랗게 치떴다. 꿀꺽. 마른침을 삼킨 윤은의 고개가 천천히 옆으로 돌아갔다. 제 어깨에 내려앉은 수현의 머리가 눈에 들어왔다. 깬 건가 싶어 숨을 죽이고 살폈다. 아직 깨진 않은 모양이다. 안도의 한숨을 내쉰 윤은이 수현의 머리로 손을 뻗다가 그대로 굳었다. 수현의 머리가 제 쪽으로 더 깊숙이 들어왔다. 이어 들리는 평온한 숨소리에 윤은이 들었던 손을 내려놓았다. 억지로 밀어냈다간 오히려 그를 깨울지도 몰랐다.

묵직하게 느껴지는 수현의 머리에 윤은이 고개를 갸웃 기울였다. 싱그러운 향기가 코끝으로 스며들었다. 킁킁. 윤은이 코를 씰룩거렸다. 무슨 샴푸를 쓰기에 이렇게 냄새가 좋지? 저도 모르게 수현의 머리카락에 코를 박았다. 제 목에 옅은 숨을 흘려 내며 뒤척이는 수현의 작은 움직임에 윤은이 지레 움찔해 헉 하고 숨을 삼켰다. 목 언저리가 간질거렸다. 까짓것 편히 자라 그러지 뭐. 윤은이 선심 쓴다 생각하며 제 어깨를 기꺼이 헌납했다.

알싸한 알코올 냄새에 섞인 수현의 상쾌한 향수 냄새가 코끝으로 스며들었다. 아까와는 또 다른 향기였다. 독하게 코를 자극하는 남자들의 그렇고 그런 향수와는 달리 뭔가 시원하게 느껴졌다. 동훈이 말했던 수현의 냄새가 이건가 싶었다. 피식. 윤은의 얼굴에 옅은 미소가 떠올랐다. 부드럽게 제 볼을 간질이는 수현의 머리카락 때문이었다. 간질간질한 게 꼭 강아지 털 같다. 거참 머릿결 한번 예술이다. 슬쩍 손가락 끝으로 머리카락을 건드렸다. 감칠맛 나게 손에 착 감기는 것이 왠지 쓰다듬고 싶은 욕구가 물씬 솟구쳤다. 스멀스멀 손을 움찔거리던 윤은의 귀에 대리맨의 목소리가 날아들었다.

"도착했습니다."

이런 정직한 내비 같으니라고. 오작동 한 번 없이 깔끔하게 위치를 가르쳐 준 내비를 슬쩍 째려봤다. 창밖으로 시선을 옮기자 눈에 익은 수현의 오피스텔이 윤은을 거만하게 내려 보고 있었다. 확실히 대리맨의 스피디함은 타의 추종을 불허한다. 윤은이 조심히 수현을 시트에 기대 놓고 차에서 내려 대리비를 지급했다. 생돈 나갔다. 나중에 꼭 받아야지. 무사히 대리 기사를 보낸 윤은이 뒷좌석의 수현을 돌아보았다.

이젠 또 수현을 어떻게 깨울지 그게 문제였다.

뒷문을 열고 수현의 팔을 슬쩍 흔들자 그가 화들짝 놀라며 눈을 떴다. 곁에 윤은도 놀라 움찔했다. 뭘 제대로 건드리지도 않았는데 일어나? 잔 거 맞아? 의심스러운 눈빛으로 저를 바라보는 윤은을 흐린 시야로 돌아보다 그가 눈자위를 지그시 눌렀다. 아무래도 온전히 정신이 든 건 아닌 모양이었다. 휴우. 다행이다.

"도착했습니다. 내리시죠."

다소 건조하게 말한 윤은이 한 켠으로 비켜서며 말했다. 비틀거리며 차에서 내린 수현의 검지를 윤은이 슬쩍 붙잡았다. 열쇠는 챙겨야지. 수현은 제 손이 윤은의 손에 볼모로 잡힌 걸 전혀 모르는 눈치였다. 차문을 닫고 윤은이 엘리베이터를 향해 걸음을 옮겼다. 터벅터벅 느린 걸음으로 윤은을 따라 엘리베이터에 오른 수현이 피곤한 듯 벽에 기대섰다. 지끈거리는 머리를 손으로 누르려는 듯 팔을 올리다 말고 수현이 눈을 깜빡이며 끌려오는 낯선 것을 멀뚱히 바라보았다. 이게 뭐지? 의아함 가득한 그의 귓속으로 냉랭한 윤은의 목소리가 스며들었다.

"뭡니까?"

제 앞으로 바짝 당겨진 윤은이 미간을 찌푸리며 저를 올려다보고 있었다. 윤은이 잡고 있던 손을 끌어 올렸던 모양이다. 유니폼이 아닌 외출복을 걸친 윤은을 수현이 묘하게 내려 보았다. 그의 눈이 겉으로 드러난 윤은의 가는 팔에 닿았다. 고개를 돌리자 윤은의 부드러운 살결이 얼굴에 닿았다. 곁에 놀란 윤은이 잡았던 손을 놓고 물러나려다 도리어 수현에게 팔목이 붙잡혔다. 닿을 듯 더 가까이 끌어당겨진 윤은이 눈을 동그랗게 떴다. 하아. 수현이 짙은 한숨을 내뱉자 그의 뜨거운 숨결이 고스란히 살결 위로 흩어졌다.

"허걱. 환장하겠네."

수현의 나른한 눈이 윤은을 담아냈다. 삐죽이 입술을 내밀어 불편한 기색을 드러낸 윤은을 그가 가만히 내려 보았다. 그가 느릿하게 눈꺼풀을 내렸다 올리며 한숨 같은 말을 흘려 냈다.

　"술 냄새 나."

　"헐."

　누가 누구한테 하는 말이래. 기막힌다. 정말.

　"얼마나 마신 거야? 술쟁이."

　"허어. 건 당신 술 냄새거든요."

　"네 팔에서 나."

　그가 고개를 살짝 틀어 윤은의 가는 팔에 코를 대고 숨을 들이켰다. 그걸 지금 말이라고 하는 건가? 윤은의 눈이 한껏 가늘어졌다.

　"어우, 내가 미쳐! 봐요. 이렇게 하아 하면."

　발끈한 윤은이 맞닿은 그의 목 부위에 입김을 불었다. 흠칫 수현이 몸을 떠는 것이 보였다. 뭐라 입을 열려다 말고 윤은이 제 얼굴로 불쑥 다가오는 수현의 얼굴을 놀라 바라보았다. 수현의 다른 손이 윤은의 턱을 들어 올렸다. 이건 또 무슨 수작이래? 스륵 눈동자를 굴린 윤은의 눈에 수현의 매혹적인 입술이 들어왔다. 조금 더 가까이 윤은의 입술 위로 입술을 내린 수현이 나직하게 투덜거렸다.

　"외계인 주제에 왜 이렇게 입술이 붉어? 외계인 주제에 왜 이렇게……."

　윤은의 눈이 깜빡거렸다. 제 입술 위에 닿은 수현의 입술이 달싹일 때마다 간질거렸다. 조금 입술을 물린 수현이 낮게 내리뜬 눈으로 야릇하게 윤은의 입술을 담아냈다. 그러다 또다시 입술을 살며시 맞물린다. 살짝 맞닿은 입술을 달싹이며 그가 투덜거렸다.

　"맛있게 보여. 먹고 싶게."

　평소와 다른 대범하기 그지없는 수현의 행동에 윤은이 싱겁게 웃었다. 이 양반 참 색스러운 주사가 있구만. 피식. 고개를 절레절레 흔들며 물러서려던 윤은을 그가 더 강하게 붙잡았다. 턱을 만지작거리던 손이 어느새 허리를 바짝 휘감았다. 허, 어이가 없다. 주사도 이만하면 좀 과하지? 어차피 술에 취해 제정신 아닌데 이거 그냥 한 대 치고 말아? 눈썹을 휘는 짧은 순간 수현이 윤은의 입술을 지그시 눌러 왔다. 윤은의 커다란 눈이 신호등처럼 깜빡거렸다. 놀라 벌어진 윤은의 입술을 순식간에 파고든 수현의 혀가 마치 맛을 보듯 그녀의 치열을 핥았다. 멍하니 눈을 깜빡이며 서 있는 윤은에게서 입술을 거둬 내며 그가 단정 짓듯 말했다.

"거봐, 너한테서 술맛 나잖아."

"……허얼."

미쳐도 단단히 미쳤다. 색스럽기는, 젠장 아주 징하다, 징해. 기어이 윤은에게서 나는 술 냄새다 박박 우겨 대는 수현을 그래, 너 잘났다 다 독이며 엘리베이터에서 끌어냈다. 복도에 내려선 수현이 덥석 윤은의 어깨에 팔을 둘렀다. 안 그래도 술에 취해서 무게가 배로 느껴져 힘들어 죽겠는데 아주 죽어라, 죽어라 한다. 질질 끌다시피 수현의 집 앞까지 걸어온 윤은이 거친 숨을 몰아쉬며 그의 손을 잡았다. 피식. 바람 새는 웃음소리를 수현이 윤은의 귀에 흘려 냈다. 그리곤 돌아보는 윤은의 이마에 콩 하고 이마를 찍으며 그가 나직이 속삭였다.

"자식, 좋냐?"

뭐가, 대체 뭐가 좋다는 말이야! 당신 눈엔 미친 듯이 흐르는 내 비지땀이 안 보이는가! 발끈해 뭐라 쏘아붙이려는 윤은의 입술을 그가 또 냉큼 깨물었다. 헉. 깨물었다. 삐죽이 튀어나온 윤은의 입술을 덥석 깨문 수현이 이어 쪽쪽 맛나게 그것을 빨아 댔다. 이 양반이 이게 사탕인 줄 아나.

빠직. 빠직. 윤은의 이마 위로 심줄이 돋아났다. 윤은이 잡은 수현의 손이 리듬을 타며 흔들렸다. 장난하삼? 좋아 잡은 줄 아는 모양이다. 열쇠 주제에 건방지게.

"어후. 진짜!"

머리를 뒤로 한껏 물린 윤은이 반동을 이용해 수현의 이마로 돌진했다. 박 깨지는 소리가 들리고, 이어 단말마의 비명이 뒤따랐다. 물론 수현의 것이었다. 슥슥 이마를 문지르며 신경질적으로 수현의 손을 잡아끌어 검지를 차출해 낸 윤은이 지문인식기에 손가락을 댔다.

삐리리 소리와 함께 문이 열렸다. 참, 귀가 한번 오지게 힘들다. 쓰게 입맛을 다신 윤은이 문을 열고 수현의 손을 당겼다. 문 안으로 밀어 넣고 닫을 작정이었는데 미는 것부터가 힘들었다. 꿈쩍도 않는 수현을 돌아보자 잔뜩 미간을 구긴 채 불편한 심기를 여지없이 드러내고 있었다. 헉스. 좀 심했나.

"죽었어, 외계인."

"헐. 무슨 그런 살벌한 말을."

주춤주춤 뒤로 물러서던 윤은의 발이 그대로 허공에 떠올랐다. 헐크가 강림이라도 했는지 번쩍 윤은을 들어 올려 어깨에 걸친 수현이 거침없이 현관으로 들어섰다. 대롱대롱 매달린 채 거실로 옮겨진 윤은이 사태를 파악하고 버둥거렸다. 갇히면 죽는다.

"시, 신발! 신발은 벗어야죠. 잠깐만."

현관에 내려놓는 순간 튀어야지 벼르고 있던 윤은을 수현이 거실 소파에 내던지며 그 위를 덮쳤다. 꿀꺽. 묵직하게 짓누르는 수현의 무게감에 윤은이 눈을 동그랗게 떴다. 설마 지금 날 올라탄 거야? 니미. 내가 말이야? 왜 올라타고 지랄이야. 발끈해 벗어나려 몸을 뒤틀자 수현이 짙은 신음을 토해 낸다. 그 색스럽고 유혹적인 묘함에 윤은이 잠시 넋을 놓은 사이, 야릇한 미소를 머금은 수현의 얼굴이 불쑥 다가왔다. 헉. 놀래라.

수현의 혀가 날름날름 윤은의 입술을 핥았다. 질척이며 입술을 자극하는 혀의 능숙한 놀림에 윤은이 스륵 입술을 벌렸다. 가지런한 치열을 핥으며 스며든 수현의 혀가 마치 롤러코스트를 타듯 신나게 윤은의 입 안을 탐했다. 대체 이게 뭐하는 짓이삼.

껌뻑. 껌뻑. 윤은의 큰 눈이 덧없이 깜빡거렸다.

"으음. 맛있어."

엷은 신음과 함께 흘려 내는 수현의 말에 번쩍 정신이 든 윤은이 살짝 그의 혀를 깨물었다. 움찔 몸을 떤 수현이 멈칫거리는 사이, 간신히 그의 품에서 빠져나온 윤은이 급히 거실 바닥으로 내려섰다.

"아으. 아퍼."

유혈 사태 안 벌어진 걸 다행으로 아셔. 빠득 이를 갈며 수현의 미친 주사에 욕지기를 퍼부었다. 바닥을 기다시피 움직여 현관 쪽으로 방향을 튼 윤은이 막 몸을 일으키려 할 때였다. 수현이 윤은의 발목을 잡아챘다. 순식간에 바닥과 다시 조우한 윤은이 날카롭게 수현을 노려봤다. 퍽. 윤은의 머리 위로 운동화 한 짝이 날아왔다. 윤은이 아직 신고 있던 것이었다.

"신발은 벗고 들어와야지. 에티켓도 몰라."

"헉. 미쳐."

슝. 날렵한 소리와 함께 포물선을 그리며 날아가는 운동화 한 짝을 피해 윤은이 급히 얼굴을 감쌌다. 스멀스멀 다리를 타고 뭔가가 몸 위로 올라오고 있었다. 지금이 납량특집 찍을 땐가? 천천히 가렸던 팔을 내리자 싱글거리며 웃고 있는 수현의 얼굴이 보였다. 그가 사악하게 입가를 끌어 올리며 염라대왕 삘 가득한 말투로 명령했다.

"도망가면 죽어."

"차라리 죽으라는 말이 더 정겹다. 헐."

수현이 커다란 손을 뻗어 윤은의 얼굴을 고정시켰다. 야릇하게 입술을 핥은 혀가 위험스레 다가왔다.

"맛있겠다."

"하지 마."

버둥거리는 윤은의 다리를 제 다리 사이에 꽉 옭아매고 마치 맛있는 먹잇감을 취하듯 즐겁게 윤은의 입술을 머금었다. 다시는 대리 안 한다. 이 미친 주사쟁이!

미친개도 이렇게 독하지는 않을 거다. 꽤 긴 시간 수현은 윤은의 입술을 먹고, 먹고 또 먹었다. 덕택에 윤은의 입술이 홍두깨 마누라 입술처럼 부어올랐다.

알람소리에 잠이 깬 수현은 눈을 감은 채 손을 더듬어 자명종의 OFF버튼을 눌렀다. 지끈거리는 머리를 손으로 누르며 낮은 한숨을 토해 냈다. 술을 너무 많이 마신 모양이다. 숙취를 느끼며 힘겹게 몸을 일으킨 수현이 느린 걸음으로 방을 빠져나왔다.

온몸이 욱신거리고 찝찝한 걸로 봐선 제대로 샤워도 못 하고 잠이 든 것 같았다. 전날 입었던 셔츠도 풀다 만 채였다. 이런 적이 없었는데. 깊은 한숨을 내쉬며 셔츠 단추를 풀어헤친 수현이 욕실을 향해 걸음을 옮겼다. 거침없이 훌훌 옷을 벗어 던진 수현이 욕실로 들어섰다.

인기척을 느낀 뭔가가 소파 아래에서 불쑥 나타났다. 가물거리는 시선으로 옷을 벗어 던지는 수현을 물끄러미 바라보던 그것이 다시 털썩 이불과 함께 바닥에 드러누웠다. 몰라, 만사가 다 귀찮다. 몸이 솜방망이처럼 무겁게 늘어졌다. 피곤해 죽을 지경이었다.

수현은 차갑게 쏟아져 내리는 물줄기에 쌓인 피로를 털어 냈다. 아무래도 술이 너무 과했던 것 같다. 욱해서 경쟁하듯 마시는 게 아니었는데. 실수했다.

개운하게 샤워를 마치고 나온 수현이 허리에 목욕 타월을 두른 채주방으로 걸어갔다. 젖은 머리를 털어 내다 말고 냉장고 문을 열었다. 갈증이 일었다. 생수를 병째 따서 들이켜던 수현이 뭔가를 발견하고 그대로 동작을 멈췄다.

소파 아래서 뭔가가 스멀스멀 일어서더니 저를 향해 굼벵이 걸음으로 다가왔다. 둘둘 말린 이불은 분명 제 것이었다. 침입자다. 미간을 구기며 그것을 노려보던 수현이 꿀꺽 그제야 입에 머금은 물을 삼켰다. 이불 속에서 불쑥 손이 나와 수현에게서 생수를 뺏어 갔다.

이어 이불 속에서 머리로 추정되는 것이 나타났다. 부스스하게 헝클어진 머리와 퀭한 눈을 한 윤은이 벌컥벌컥 그가 마시던 생수를 들이켰다. 수현의 미간이 미묘하게 꿈틀거렸다. 물기를 머금은 윤은의 입술이 도드라지게 수현의 눈길을 붙잡았다.

꿈.

꿈에 외계인이랑 입을 맞추는 묘한 장면이 있었다. 별 희한한 꿈이라며 혀를 차고 말았는데. 그게 왜 저 입술일지도 모른다는 생각이 드는 걸까? 저도 모르게 마른침을 꿀꺽 삼키던 수현을 윤은이 올곧게 직시했다. 입술에 묻은 물기를 혀로 핥아 내며 윤은이 히죽 웃었다. 다크가 턱까지 내려온 게 조금 섬뜩했다.

"굿 잠?"

시니컬하게 웃으며 눈앞에 주먹을 들어 보이는 윤은을 수현이 멍하게 바라보았다. 수현의 눈이 천천히 깜빡거렸다. 그사이 윤은의 꽉 움켜쥔 주먹 사이로 불손한 엄지가 고개를 내밀었다. 파르르 떨리는 수현의 입술을 가늘게 늘인 눈으로 쏘아보며 윤은이 입을 씰룩거렸다.

"외계인 가슴은 함부로 만지는 게 아니지. 없는 듯 보여도 나름 감
각은 섬세하거든."

"뭐?"

멍하게 묻는 수현의 말에 윤은이 제 가슴 위를 가리켰다. 유니폼의
명찰이 있는 부위였다.

"그리고 이건 먹는 게 아니야. 알아?"

"……."

"아놔. 입술 다 뜯기는 줄 알았네."

붉혀 오른 입술을 매만지며 윤은이 뾰족하게 수현을 쏘아보았다. 굳
은 얼굴로 제 입술을 바라보는 수현의 몸을 윤은이 위아래로 훑었다.

"스트립 진짜 좋아하나 보네? 그래도 오늘은 웃통만 까셨네."

곁을 스치며 생수를 벌컥이는 윤은을 수현은 차마 돌아보지 못했다.
배고파 죽겠다 냉장고를 뒤적이는 윤은의 말을 들으며 수현은 허리춤
을 불끈 거머쥐었다. 아래는 절대 안 돼. 그러다 또 문득 억울한 생각
이 들어 울컥했다.

"제대로 만져 보지도 못했는데. 젠장."

혼잣소리처럼 작게 웅얼거리며 수현이 윤은의 명찰을 잡아뗐던 손을
쏘아보았다. 하려면 좀 제대로 하던가. 쯧.

"헐. 뭔 냉장고에 물만 한가득이래? 자기가 무슨 물먹는 하마인가?"

생수병과 이온음료로 가득한 냉장고의 실태에 윤은이 혀를 내둘렀
다. 인간이 어찌 먹지 않고 살 수 있단 말인가. 하마도 물만 먹고 살지
는 않는다는 그 불편한 진실을 왜 저 인간은 모르고 있는가. 윤은은 허
기진 배를 움켜쥐고 냉장고 문을 닫았다.

주방을 아무리 둘러봐도 먹다 남은 빵 조각 하나 찾아보기 힘들었

다. 겉만 번지르르했지 속은 텅 빈 강정 같은, 이 럭셔리의 모순 같으니라고. 윤은은 짧게 아쉬움의 입맛을 다시며 거실로 내려섰다.

털썩.

소파에 힘없이 널브러져 고개를 뒤로 젖혔다. 건전지 OFF. 어제부터 먹은 거라곤 빈속에 들이부은 양주뿐이었다. 속이 쓰리다 못해 녹아들고 있었다. 댁은 남의 입술 먹고 배부른지 몰라도 난 죄다 뺏겨서 배가 무지 고프단 말이야. 뭘 좀 내놔 보라고, 이 양반아. 속으로 투덜거리며 수현을 씹어 댔다. 때마침 옷을 갈아입고 나오던 수현이 윤은과 눈이 마주치자 멈칫했다. 그러다 짐짓 아무렇지 않은 척 헛기침을 하며 거실로 내려섰다. 내 집에서 내가 왜.

"배고파요."

윤은이 배를 문지르며 힘없이 말했다. 곁으로 다가선 수현이 가만히 턱을 쓸었다. 그냥 봐도 배고파 보인다. 몰골이 한 오 년은 숙성된 숙자 씨 레벨이었다. 부러 불쌍한 척 오버할 필요도 없었다. 게다가, 부풀어 오른 입술이 어째 피딱지도 앉은 것처럼 보였다. 누가 참 오지게 물어뜯은 모양이다. 쓱. 잘근 입술을 짓씹은 수현이 낮은 신음을 흘려냈다. 그게 누군지 알 것도 같았다.

"일단."

음식을 배달시켜 본 적도 없고 뭘 만들어 먹은 적도 없다. 그럴 필요성도 못 느꼈고. 나가서 먹는 수밖에 없는데 도저히 저 몰골로 함께 다닐 자신이 없었다. 후. 한숨을 내쉰 수현이 욕실을 가리키며 말했다.

"좀 씻어."

배고프다 징징거리던 윤은이 스윽 몸을 반쯤 일으켜 앉으며 그를 요상하게 바라보았다. 더러워서 씻으라는데 그게 뭐. 수현이 윤은의 눈을 마주하며 눈썹을 휘었다. 그에 윤은이 하아, 하고 깊은 한숨을 내쉬더니 도도하게 턱을 치켜들었다. 꽤 도전적이다. 뭘 어쩌라고.

"이렇게 씹어 먹고도 모라자서 또?"

"뭐?"

벌떡 몸을 일으킨 윤은이 눈을 게슴츠레하게 뜨고 한 발 한 발 그를 향해 다가섰다. 뭔가 구석으로 몰리는 기분을 느낀 수현이 뒤로 물러서려다 말고 몸을 곧추세웠다. 단숨에 바로 코앞까지 다가선 윤은이 발을 돋워 올리곤 그의 면전에 제 입술을 쭉 내밀었다. 결에 버티고 섰던 그의 상체가 절로 뒤로 밀렸다.

"잘근잘근 잘도 씹더만. 내 입술이 무슨 안주라도 되는 줄 아셨나? 아파 죽는 줄 알았네."

"내, 내가?"

"그럼 내가 내 입술을 이렇게 물어뜯었겠어요?"

"……음."

눈앞에 어른거리는 윤은의 입술을 마주하자 저도 모르게 꿀꺽 침이 넘어갔다. 그에 화들짝 놀란 수현이 눈을 깜빡이며 윤은의 눈치를 살폈다. 이 무슨. 저도 적잖이 당황한 눈치다. 그에 윤은의 눈이 더 가늘어졌다. 번쩍 정신을 차린 수현이 헛기침을 하며 시선을 돌렸다.

"배, 배고프다며. 나가서 먹어야 되니까. 씻고 와."

"언제는 회사 가서 씻으라면서요?"

"그 몰골로 나갔다간 식당에 발도 못 디뎌."

"이게 다 누구 때문인데."

"그 거지 같은 몰골을 내가 그랬단 거야?"

투덜거리며 욕실 쪽으로 향하던 윤은이 우뚝 걸음을 멈추고 다시 그를 돌아보았다. 그리곤 양손의 검지를 척 들어 머리 위로 올리더니 제 머리카락을 돌돌 말았다. 대체 저게 뭐하는 짓이야? 눈썹을 휘며 묘한 눈으로 바라보는 수현을 향해 윤은이 건조하게 말했다.

"삐리리리. 너희 별은 어디냐? 넌 대체 어디서 왔냐? 외계인 입술은 왜 이렇게 달아. 안테나 뻗었다. 응답하라."

"뭐야, 그게."

"생각 안 나요?"

비비 꼰 머리를 쭉쭉 잡아당기며 묻는 윤은의 눈빛이 너무 당당했다. 수현은 머릿속으로 스멀스멀 떠오르려는 영상을 애써 꾹꾹 억눌렀다. 차마 그게 자신이 새벽에 윤은을 붙잡고 부린 추태라는 걸 인정하고 싶지 않았다. 그가 뻑뻑한 목을 천천히 움직였다.

"안 나."

"헐."

"얼른 씻어. 배 안 고파?"

"씻어요, 씻어. 아침에 미친개가 다녀갔나 보네."

저를 두고 하는 말임에도 뭐라 화를 내지 못했다. 그런 일이 없었는데, 술을 먹어도 주사는 고사하고 여자가 곁에 오는 것도 질색해서 마다하던 그였다. 그런데 어째서. 이건 도저히 있을 수 없는 일이었다. 정말 미쳤나 보다.

그나마 씻고 나오니 인간다운 모습은 되찾았다. 수현은 어지러운 속내를 감추며 앞서 현관을 나섰다. 복도를 걸어 엘리베이터로 이동하는 내내 그는 말이 없었다. 엘리베이터에 올라 그가 뒷벽에 기대서고 윤은이 버튼 앞에 섰다. 수현의 눈이 물기를 머금은 윤은의 머리에 닿았다. 제대로 말리지 않아 젖은 머리카락 끝에 물방울이 맺혔다. 떨어질 듯 말 듯 대롱대롱 매달린 그것이 자꾸만 수현의 시야를 붙들었다. 움찔거리던 수현의 눈이 급기야 층수를 확인하려 고개를 든 윤은의 행동에 커다랗게 떠졌다. 그리고 다음 순간 저도 모르게 윤은의 머리카락을 붙잡았다. 작은 움직임에 물방울이 톡 하고 떨어지려 했다. 결에 그의 손이 윤은의 목에 닿았다.

"왜요?"

윤은이 그의 손이 닿은 부분을 만지며 휙 돌아보았다. 자신의 손 위에 겹쳐진 윤은의 손이 꽤 따스했다. 빼야 하는데 빼기가 싫었다. 윤은이 고개를 갸웃하며 머리카락을 만지작거렸다. 그 아래 수현의 손도 같이 매만져졌다.

"뭐 묻었어요?"

"아, 아니. 물이."

"아, 괜찮아요. 이렇게 털면 돼요."

대수롭지 않게 머리를 탈탈 털어 대는 윤은을 수현이 물끄러미 바라보았다. 윤은의 손이 멀어지자 수현이 손을 거뒀다. 손가락 끝에 맴도는 온기가 묘한 느낌을 불러일으켰다. 수현은 손을 꼭 쥐었다가 그대로 바지 주머니에 밀어 넣었다.

주차장에 도착한 윤은이 수현을 향해 손을 내밀었다. 스윽 펼쳐진 손을 내려 본 수현이 건조하게 물었다.

"뭐?"

"키요."

"됐어. 내가 해."

"오, 웬일이래?"

"말하는 거 봐라. 자꾸 잘라먹지."

"히이. 좋아서 그러죠."

"좋아?"

운전석 문을 열다 말고 그가 의아해 물었다. 실실거리며 뒷문으로 다가선 윤은이 어깨를 으쓱하며 말했다.

"처음으로 편하게 가잖아요. 아우, 기분 업이다."

"별게 다 업이다."

운전석에 오른 수현이 시동을 켜며 백미러를 바라봤다. 윤은이 뒷좌석에 올라 휘파람을 불고 있었다. 조금만 더 업 되면 '김 기사 운전해.' 하는 말도 안 되는 멘트를 날릴 기세다. 미간을 슬쩍 찌푸린 수현이 윤은을 향해 손가락을 까닥거렸다.

"왜요?"

"앞으로 와."

"에?"

"어디서 내가 운전하는데 건방지게 뒤에 앉아. 얼른 앞으로 와."

"쳇. 그냥 좀 가면 되지."

투덜거리며 윤은이 앞으로 오자 그제야 슬며시 미소를 띤 수현이 부드럽게 차를 출발시켰다. 기찬을 제외하고 운전대를 맡긴 사람은 없었다. 늘 혼자 먹던 식사에 누군가를 동행한 것도 처음이었다. 그런데 왜 낯설거나 불쾌함이 없는지 수현은 그에 대해 깊이 생각하지 않았다. 일상처럼 윤은이 곁에 있는 게 별스럽지 않았다. 본인이 미처 생각하지 못한 변화였다.

옥상에서 하얀 도넛이 생성되고 있었다. 허공에 동그란 도넛이 둥둥 떠다녔다. 그 근원지가 어디인지는 따로 생각하지 않아도 알 수 있었다. 술도 모자라 담배까지. 거기가 무슨 청소년 탈선의 현장이냐? 부른 배를 기분 좋게 두드리며 옥상으로 향하던 윤은이 쯧, 혀를 차며 계단 끝에 올랐다.

"학교 때려치웠냐?"

이른 시간은 아니었지만, 그렇다고 고3이 출몰할 시간 대는 더더욱 아니었다. 평상에 앉아 느른히 고개를 움직여 저를 돌아보는 폼이 꽤 반항적이다. 그래 고3의 끝자락에 반항 한번 오지게 해 봐라. 그것도 고딩이라는 전제하에 통하는 것이니까. 씨익. 싱겁게 웃고는 털썩 동훈의 옆에 주저앉았다.

꽤 심각한 얼굴로 무게를 잡고 있던 동훈이 후우, 하고 담배 연기를 윤은에게로 날려 보냈다. 그 탓에 격하게 기침을 하며 손을 휘저은 윤은이 동훈의 뒤통수를 세게 후려쳤다. 이 자식이 안 그래도 염라대왕이랑 맞장 뜨고 오는 길인데 또 만나게 하려고 하네. 누굴 골로 보내려고 나쁜 자식.

"이씨. 아파!"

"폼만 잡아라, 폼만. 남까지 저승길 동무로 만들지 말고."

"니미. 외박한 주제에 어디서 훈계질?"

"헐. 눈에서 레이저 나오겠다."

"또 그 자식이지."

"허걱. 너 어디서 신내림받았나?"

"썩을. 너한테서 또 그 자식 냄새 나잖아!"

"헐. 개 코네."

"야!"

"씻고 바를 게 없어서 쪼매 썼다. 캬아, 화장품도 겁나 좋은 거 쓰더만."

황홀한 표정으로 제 볼을 감싸는 윤은을 동훈이 매섭게 노려봤다. 분노의 콧김을 쏟아 내며 코 평수를 한계치까지 늘인 동훈이 파르르 치를 떨었다. 씻었단다. 그것도 놈의 화장품이 즐비한 곳에서. 남성용 화장품을 바르고 좋다고 자랑하는 인간은 아마 세상천지에 윤은 하나밖에 없을 것이다. 여자로서 최소한의 자각도 없는 인간. 저런 허술한 인간을 어떻게 이 험한 세상에 그냥 내버려 둘 수가 있냔 말이다. 세상 무서운 것도 모르고 남자만 득시글거리는 곳에서 일하는 것도 내내 마음에 걸렸다. 그 험악한 곳에서 저 여린. 뭐 여린 건 아니지만, 아무튼 여자가 혼자 감당하긴 힘든 일이었다.

"너 당장 거기 그만둬."

"얼레."

급히 담배를 비벼 끄고 윤은을 와락 붙잡아 흔들며 동훈이 결의에 찬 목소리로 말했다. 멀뚱히 바라보는 윤은을 뜨겁게 직시하며 동훈이 다시 입을 열었다.

"내가 너 책임진다. 이제 그런 일 그만둬."

"헐."

"학교도 이제 막바지야. 안 가도 퇴학 안 당해. 뭐 돼도 상관없고. 내가 대신 너 먹여 살릴 거야."

불끈 주먹을 움켜쥐는 동훈을 위아래로 훑으며 윤은이 비교적 담담하게 말했다.

"어이, 교복이나 벗고 말해."

"알았어."

역시 놈은 어쩔 수 없는 안드로메다 동지였다. 그렇다고 그 자리에서 교복 재킷을 획 벗어 던지는 동훈의 모습에 윤은이 고개를 절레절레 흔들었다. 행성에 연락해서 귀이개 좀 성능 좋은 걸로 보내 달라고 해야겠다. 도대체가 말귀를 못 알아듣는다. 저래서 어디다가 쓰누. 쯧쯧. 삐까 삐까 삐까. 윤은은 수현이 했던 것처럼 손가락에 머리카락을 돌돌 말아 안테나를 뻗었다. 이러면 좀 효과가 있으려나. 제발 안드로메다에 연락이 닿아야 할 텐데.

"야! 이 얼빠진 새끼야! 하다 하다 이젠 수능까지 땡이를 쳐!"

이층 문 열리는 소리가 아주 강렬하게 들렸다. 여느 때와 다른 강렬함이었다. 두두두. 이어 뭔가 육중한 것이 옥상으로 올라오는 무시무시한 소리가 들렸다. 헉. 사령관 행차시다. 동시에 눈이 마주친 동훈과 윤은이 벌떡 자리에서 일어났다. 날렵하게 옥상 계단을 뛰어 내려가는 동훈을 뒤로하고 윤은이 서둘러 집으로 들어섰다. 인숙 씨 오늘 제대로 열 받았다. 동지 명복을 빈다. 윤은이 문고리를 꼭 붙잡고 날렵하게 성호를 그었다. 기도가 먹히지 않은 모양이다. 얼마 후, 동훈의 돼지 멱따는 소리가 동네 가득 울려 퍼졌다.

스테이지 분위기가 오늘따라 한층 더 업그레이드되어 있었다. 무대 중앙에 조명을 받고 있는 인물의 현란한 기교와 춤 때문이었다. 일명 클럽의 여왕이라고 불리는 여신의 등장에 스테이지가 후끈 달아올랐다.

"우와. 몸매 쩐다, 쩔어."

테이블 사이를 오가던 철민이 슬쩍 종석의 어깨를 치며 엄지를 치켜올렸다. 철민이 눈짓으로 가리킨 무대를 무심히 올려 본 종석이 건성으로 한마디를 내뱉었다.

"의학의 힘이야."

"헉, 진짜?"

"궁금하면 물어보든가."

이동하는 종석을 따라 아쉬운 듯 돌아선 철민이 쩝 하고 입맛을 다셨다. 뭐 조형이면 어때 크면 장땡이지. 히죽 웃으며 다시 돌아본 철민이 종석의 어깨를 잡으며 헉 하고 숨을 삼켰다. 건조하게 잡힌 어깨를 내려 보던 종석의 귀에 낯선 목소리가 들려왔다. 귀에 바짝 입을 대고 말을 하느라 뜨거운 호흡이 그대로 스며들었다.

"여기 이수현 이사님 계시죠?"

여자의 얼굴과 마주한 종석보다 곁에 선 철민의 얼굴이 더 붉었다. 덤덤히 한 발 옆으로 물러선 철민이 사무적인 말투로 물었다.

"무슨 일이십니까?"

아무 기색 없이 저를 바라보는 종석의 모습에 지수가 엷게 웃었다. 여긴 꽤 이상한 종자들이 많은 모양이다. 스테이지의 뜨거운 시선들이 일제히 저에게 쏠려 있는데 저를 눈앞에 마주하고도 무반응이라니. 딱 누구와 느낌이 닮았다.

매끈하게 입매를 말아 올린 지수가 부러 더 색스럽게 몸을 꼬아 대며 한 발 가까이 다가섰다. 바로 코앞으로 다가선 지수의 모습에 거친 숨을 들이켠 것 또한 철민이었다. 풍만한 가슴골이 그대로 드러나는 탑 드레스 차림의 지수는 황홀 그 자체였다. 사내라면 침을 흘리고도 남을 미모와 몸매를 가지고 있음에도 눈앞의 남자는 아무 반응이 없었다. 세상에 딱 하나뿐일 거라고 생각했는데. 저를 무시하는 인간은.

"약혼녀예요. 이사님 어디 계시죠?"

"헉. 약혼녀."

도도한 지수의 말에 놀라 숨을 삼킨 것 역시 철민이었다. 철민이 이층을 손으로 가리킨 것과 달리 종석은 시큰둥하게 반응하며 돌아섰다.

"그럼 저보다 더 잘 아시겠습니다. 그럼 전 이만."

"하아. 뭐 저런."

"저기 이사님 집무실은 이층입니다."

미련 없이 돌아서 멀어지는 종석 대신 철민이 눈을 반짝이며 수현의 행적을 알렸다. 그에 가볍게 고개를 끄덕인 지수가 획 몸을 돌려 스테이지를 가로질렀다. 이층 계단을 오르는 지수를 눈으로 좇으며 철민이 낮게 휘파람을 불었다.

"윤은아, 나 금방 이사 약혼녀 봤다."

주방으로 들어선 철민이 호들갑을 떨며 말했다. 막 안주 접시를 들어 나르려던 윤은이 호오, 하며 놀랍다는 반응을 보였다. 그에 더 신이 난 철민이 손 모양을 곁들여 가며 지수의 몸매에 대해 찬사를 덧붙였다.

"이야. 이 가슴이 아주 빵빵한 게 완전."

"오, 죽여주네."

"말도 마. 나 숨넘어가는 줄 알았다."

"보기만 해도 숨넘어갈 정도면 엄청난 거네?"

"그렇지. 이렇게, 이렇게."

"일해, 일."

호기심 가득한 눈으로 이야기에 열중인 둘을 갈라놓으며 종석이 시니컬하게 말했다. 별스럽지 않은 일로 호들갑을 떤다는 식으로 던지듯 말하며 종석이 주방을 빠져나가자, 윤은이 이어 혀를 쏙 내밀며 그 뒤를 따랐다. 혼자 남은 철민이 입을 삐죽이며 괜히 그런다 투덜거렸다.

"가슴 얘기는 윤은이 앞에서 하는 게 아니지. 아무리 멍청해도."

턱. 테이블 위에 음식을 내려놓으며 쉐프가 위협적으로 말했다. 그제야 아! 하고 멍청하게 감탄사를 터트린 철민이 제 머리를 콩 하고 쥐어박았다. 이런, 윤은이 가슴에 대못 박았다. 윤은이도 여잔데 자꾸 깜빡깜빡하곤 한다. 실수다, 실수.

"뭐야?"

"오빠가 안 찾으니 내가 왔지. 뭐긴 뭐야?"

"너 더 이상 볼일 없다고 했지."

"왜 이래? 어머님도 만났다면서."

느닷없는 지수의 등장에 수현이 불쾌감을 여실히 드러냈다. 그가 앞은 책상에 지수가 요염하게 걸터앉아 살짝 몸을 틀어 허리를 숙였다. 볼륨감이 도드라져 보이는 자세였다. 꽤 불편할 텐데도 별 기색 없이 얼굴엔 색스러운 미소를 띠고 있었다. 부러 수현의 눈앞에 가슴을 들이밀어 가슴골을 그대로 드러냈다. 나름 유혹하느라 애쓰는 모습이었다.

"넌 절대 아니라고 말씀드렸어. 그러니까 미련 떨지 마."

"약혼할 거잖아."

"너랑은 아니야."

"후우. 결국엔 하게 될 걸? 시베리아보다 더 차가운 오빠 옆에 어디 무서워서 다른 여자들이 오려고나 하겠어?"

더 깊이 허리를 숙여 면전에 얼굴을 가까이 내린 지수를 수현이 차갑게 쏘아보았다. 감히 제게 여자는 저 하나뿐이라 단정 짓는 오만을 일삼다니. 건방지게. 수현의 입가가 비릿하게 말려 올라갔다. 그에 아랑곳없이 생긋 웃는 지수의 모습에 수현이 피식 싱거운 웃음을 터트렸다. 해 보자 이거지?

자리를 박차고 일어난 수현이 성큼성큼 방을 나섰다. 그에 놀라 몸을 비틀거린 지수가 서둘러 수현의 뒤를 쫓았다. 몸을 뒤틀어 자세를 취하느라 허리가 욱신거렸다. 지수의 사정이 어떻든 상관하지 않고 계단을 거침없이 내려선 수현이 곧장 룸 쪽으로 발걸음을 옮겼다. 고개를 갸웃거리며 뒤따르던 지수의 눈에 방금 룸을 나오는 웨이터 하나가 보였다. 수현이 그 웨이터의 손을 잡아끌어 다짜고짜 지수 앞에 세워 놓았다.

"여기 있어."

수현이 득의양양한 얼굴로 피식 웃으며 말했다. 대체 무슨 말을 하는 건지 못 알아듣겠다는 듯 지수가 고개를 갸웃거렸다. 난데없이 끌려온 윤은도 수현을 올려 보며 눈을 깜빡거렸다.

"뭐?"

"예?"

둘이 동시에 의문을 드러냈다. 수현이 잡은 손을 놓고 그대로 윤은의 목을 휘감았다. 격하게 감겨 오는 그의 팔에 윤은이 컥 하고 숨을 삼켰다. 뭐냐며 팔을 잡아 빼려는 윤은의 귀에 나직한 수현의 목소리가 날아들었다.

"여자."

그래, 나 여자야. 그걸 굳이 이 글래머스한 여인네 앞에서 말해야겠어? 저 봐, 못 믿겠다는 눈치잖아. 그러게 왜 그래. 이봐요, 염라대왕님 이런 장난은 좀 사양할게. 보아하니 그 약혼년가 뭔가 하는 양반인가 본데 그냥 둘이서 즐거운 시간 보내세요. 괜히 가만히 있는 사람 괴롭히지 말고.

무수히 많은 말을 속으로 하며 윤은은 굳건하게 목을 감싼 수현의 팔을 떨쳐 내려 아등바등거렸다. 지수가 도저히 믿을 수 없다는 의심의 눈초리로 적나라하게 윤은을 쏘아보았다. 내 이럴 줄 알았어. 투덜거리며 안 놓으면 깨물기라도 하겠다 입을 벌리던 그때, 수현이 휙 윤은의 몸을 여자에게로 돌려세웠다. 다음. 수현의 다른 손이 우아하게 윤은의 가슴을 가리켰다.

"이래 봬도 가슴도 있어."

"헐."

젠장. 아주 광고를 해라. 광고를. 아우, 쪽팔려.

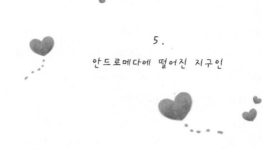

5.
안드로메다에 떨어진 지구인

사람은 누구나 가슴이 있다. 심지어 거기가 가슴이다 콩알만 한 증거까지 심어 놓았다. 단지 여자와 남자가 조금 다른 점이 있다면 볼륨감. 뭐, 요즘은 여자보다 더 볼륨 죽이는 남자들도 있지만. 그래도, 그래도! 이건 정말 너무하잖아!

자랑스럽게 제 가슴을 향해 삿대질을 해 대는 수현의 손을 윤은이 잡아먹을 듯 맹렬히 노려보았다. 목을 휘감은 팔만 아니었어도 아주 작살을 내는 건데. 윤은이 머릿속 생각을 몸으로 표현하려 아등바등거리는 사이, 지수가 한 걸음 가까이 다가섰다. 그리곤 유심히 윤은의 가슴을 바라보았다. 꽤 심도 깊게 살핀 지수가 또다시 고개를 갸웃거렸다. 지수가 귀여운 척 검지로 지그시 아랫입술을 누르며 물었다.

"어디?"

"헉."

이 사람들이 쌍으로 사람 염장을 지르네. 씰룩 입술을 파르르 떤 윤은이 뭐라 입을 열려는 찰나, 그보다 앞서 수현이 발끈하며 말했다.

"잘 봐, 유심히 보면 있어. 아주 앙증맞은 이만 한 사이즈의 가슴이."

"염병."

제 가슴 앞에 시선을 모으고 열성 어린 설명을 곁들이는 잡것들의 행태에 윤은이 드디어 욕지기를 터트렸다. 수현이 큰 손을 최대한 오므려 작게 말고 있었다. 차마 그것보다 작다는 말은 못 하고 윤은이 탁하고 거칠게 수현의 손을 쳐 냈다. 그에 조금 당황한 듯 수현이 슬쩍 화르륵 타오르고 있는 윤은의 눈치를 살폈다. 눈치 없는 여자 인간이 또 말도 안 되는 질문을 내던졌다.

"음. 이 미소년이 여자란 말이지?"

"그래. 여자야."

"아이고, 환장하겠네."

미소년 운운하는 지수의 말에 더 이상 상대하기 싫다는 듯 수현이 단호하게 말했다. 둘 사이에서 부글부글 끓어오르는 용광로처럼 이글거리던 윤은이 기가 막혀 헛웃음을 터트렸다. 탄식이 절로 새어 나왔다. 누가 내 성 정체성에 대해 알려 달래? 왜들 이러셔. 여전히 못 믿겠단 투로 말하는 지수를 향해 수현이 짜증스런 투로 종지부를 찍었다.

"거의 티도 안 나지만, 골도 있어. 확실히."

"그래?"

"그래."

"미친다. 진짜."

옥신각신하는 사이 느슨해진 수현의 팔을 있는 힘껏 떨쳐 낸 윤은이 구겨진 유니폼을 탈탈 털어 정돈하곤 지수를 향해 정중히 고개를 숙였다. 곁에 얼떨떨해진 수현과 지수가 멍하니 윤은을 돌아봤다. 당당하게 고개를 든 윤은이 아주 진지하게 말했다.

"죄송합니다, 손님. 제가 지금 가슴을 잠시 사물함에 두고 왔습니다. 너무 버거워 가끔 두고 다닌답니다. 참 안습하게도. 제가 지금 무지 바빠서 그걸 보여 드리진 못합니다. 겁나 큰데. 언제 기회 되면 한번 보여 드리도록 하겠습니다. 그럼 즐거운 시간 되십쇼."

간을 놓고 다닌다고 뻥치던 토끼처럼 제 가슴도 떼어 놓고 왔다 진지 모드로 말한 윤은이 터벅터벅 둘 사이를 가로질러 복도 끝으로 걸어갔다. 그 모습이 어찌나 당당하던지 진짠가, 하는 생각까지 들었다. 남겨진 둘은 그저 멍하니 윤은의 동선을 따라 시선을 옮겼다. 먼저 정신을 차린 지수가 까르르 숨넘어가는 웃음을 터트렸고, 차마 웃음을 터트리지 못한 수현의 입가가 연신 씰룩거렸다. 어이, 외계인. 그 겁나 큰 가슴 나도 좀 보여 줘 봐. 엄청 보고 싶네.

"아, 참참. 깜빡했다. 이사님?"

코너를 돌려다 말고 윤은이 수현을 부르며 우뚝 멈춰 섰다. 그에 수현이 고개를 끄덕였다. 설마 파이팅을 외치려는 건 아닐 테고. 불끈 거머쥔 손을 허공에서 흔들어 대던 윤은이 히죽 웃었다.

"즐."

"하아."

수현만 알 수 있는 수신호. 불손한 엄지가 거만하게 고개를 내밀었다. 대체 뭘 어떻게 즐기란 건지. 그리곤 웃음기를 거둔 얼굴로 냉큼 코너를 돌아 주방으로 사라졌다. 낮은 신음을 흘려 내는 수현을 지수가 실실거리며 올려 보았다. 그래, 우스워 죽겠지. 그래도 넌 아니야. 차라리.

차갑게 지수를 돌아보던 수현이 순간 눈썹을 묘하게 휘며 윤은이 사라진 곳을 바라보았다. 하아. 차라리? 차라리 뭐? 설마 외계인이랑 뭘 하겠다는 건 아니지? 어이, 정신 차려, 이수현. 넌 지극히 정상적인 지구인이라고. 그래도……. 허, 그래도 뭐? 이런, 외계인에게 세뇌당했나 보다.

비틀. 뭔가에 충격을 받은 듯 휘청거리며 고개를 흔든 수현이 지수를 외면한 채 걸음을 옮겼다. 입술 좀 물어뜯은 게 뭐라고, 가슴 좀 만진 게 뭐라고, 난 느끼지도 못했단 말이다. 몸 좀 보여 준 게 뭐 어떻다고. 그게 뭐.

제길. 뭘 이렇게 많이 했어.

스테이지를 거쳐 이층 계단으로 올라선 수현의 고개가 푹 숙여졌다.

"야, 여자의 승가는 대체 뭐냐?"

"니미. 몰라 묻냐?"

"알면 묻냐?"

"하긴 가슴 없는 네가 어찌 그걸 알겠냐."

"닥치고. 묻는 말에나 답해."

평상에 나란히 누워 오징어를 씹어 대던 동훈이 벌떡 몸을 일으켜 앉으며 진지하게 말했다.

"상징이지, 상징."

"상징?"

"여자의 자존심이란 말씀."

"헐. 그럼 난 존심도 없는 아무개냐?"

"아니지."

"아니야?"

동훈의 기대 서린 말에 벌떡 일어나 앉은 윤은이 눈을 빛내며 다음 말을 기다렸다. 그에 피식 싱겁게 웃은 동훈이 깊게 허리를 숙이며 은밀하게 속삭였다.

"넌 여자에 대한 새로운 정의를 만든 특별 케이스지."

"뭐?"

"절벽도 여자가 될 수 있다."

씹던 오징어로 놈의 건방진 주둥이를 때려 주고 싶었다. 이미 알록
달록 얼굴을 여러 빛깔로 물들인 동훈이 슬쩍 손을 들어 손가락 두 개
를 쫙 벌렸다. 그 손가락 분지르기 전에 얼른 거둬라. 씨익, 마주 사악
하게 입꼬리를 말아 올린 윤은이 입에서 오징어를 빼냈다. 그리곤 복식
호흡으로 다져진 겁나 큰 목소리로 외쳤다.

"인숙 씨! 동훈이 탈출했어!"

"야!"

외출 금지령이 떨어진 동훈이 몰래 옥상으로 탈출을 시도했음을 안
드로메다 사령부에 고했다. 역시, 지상 최고의 레이더망을 겸비한 인숙
씨가 초특급 스피드로 이층 문을 박차고 나왔다. 다시 한 번 도주를 시
도하던 동훈이 삼색이를 들고 나타난 인숙 씨에게 붙잡혔다. 이어 보리
타작보다 더 흥이 돋는다는 동훈이 타작이 시작되었다.

찰싹. 찰싹. 그 슬리퍼 소리 참 찰지다. 윤은은 육두문자를 남발하는
동훈을 외면한 채 맛나게 오징어를 질겅거렸다. 아따. 날씨 참 좋다.
속이 다 뻥 뚫리는 시원한 소리였다.

부르르, 저릿하게 몸을 흔드는 휴대폰 진동에 윤은이 별생각 없이
통화 버튼을 눌렀다. 그러나 희희낙락거리며 쾌활하게 멘트를 날리던
윤은의 얼굴이 그대로 굳었다. 누구라고 밝히는 것도 아니고, 그냥 뭐
해? 하고 묻는 수현의 건방진 전화 매너에 윤은이 입을 씰룩거렸다. 나
가는 말이 고울 리 없었다.

"왜요."

—말투 봐라.

"내 말투가 어때서 상큼하구만."

─헛소리 집어치우고. 나와라.

"오늘 휴무거든요?"

─밥 먹자.

"어디요?"

밥 먹자 한마디에 벌떡 일어나 슬리퍼를 꿰차고 집으로 어슬렁 걸어가는 윤은을 인숙 씨에게 귀가 잡혀 끌려 내려가던 동훈이 매섭게 노렸다.

"야! 너 또 어디 가!"

"남 이사 어딜 가든 말든 네가 무슨 상관이야?"

"아놔. 또. 인숙 씨, 윤은이랑 내가 어떻게 남이야."

"허긴. 이웃사촌이긴 하지. 그리고 너 윤은이한테 자꾸 기어오르지 말랬지? 세 살이나 많은 누나더러 말끝마다 너, 너. 그러다 한 방에 훅 간다. 주둥이 단속 잘해."

"아, 또. 이거 뭔가 오해가 있네. 안드로메다에선 말이야. 세 살은 그냥 까는 거야. 친구. 오케이?"

질질 끌려 이층 문 앞까지 내려온 동훈이 인숙 씨 앞에 동그랗게 손가락을 말아 보였다. 그를 물끄러미 바라보던 인숙 씨가 삼색이로 사정없이 동훈의 등짝을 내려쳤다.

"안드로메다 좋아하고 있네. 그것보다 먼저 지옥 순회부터 하자."

"헉. 인숙 씨. 이런다고 살 안 빠져. 운동을 하려면 좀 더 효율적인 걸 해 봐. 엄한 놈 패지 말고."

"훗. 네가 잘 모르나 본데. 너 쫓아다니느라 5킬로 빠졌다. 이젠 팔뚝 살 뺄 차례야. 협조 좀 하자?"

"인숙 씨. 뭔가 잘못 알고 있는 거야. 팔뚝 살은 그렇게 빼는 게 아니야."

그러게 아무리 그래도 수능은 좀 쳐 주는 시늉이라도 하지 그랬어. 쯧쯧. 동훈의 처절한 비명 소리를 들으며 윤은은 열심히 이를 닦았다. 대충 세수를 마친 윤은이 덜렁덜렁 나가려다 말고 문 앞에 걸린 조그만 거울을 바라봤다. 턱을 이리저리 돌려 살피다 이내 쯧, 하며 가볍게 혀를 찼다. 이리 예쁜 것을 왜 지구인들은 인식하지 못할까. 참으로 통탄할 일이로세.

요모조모 뜯어보며 자아도취에 빠졌던 윤은이 문득 입술에 시선을 꽂으며 고개를 갸웃했다. 생채기는 곧 아물었다. 물어뜯긴 흔적은 이제 남아 있지 않았다.

'맛있어.'

수현의 달콤한 속삭임이 귓속을 맴돌았다. 머릿속을 헤집는 불손한 영상에 휘휘 손을 휘저은 윤은이 다시 신발을 벗고 방으로 들어섰다. 책상 서랍을 뒤적이자 언제 받았는지 모를 립글로스가 데굴데굴 굴러다녔다. 망설이다 냉큼 집어 거울 앞에 섰다. 엷게 한 번 발랐을 뿐인데 뭔가 어색했다. 에잇. 손등으로 문질러 흔적을 없앤 윤은이 후우 낮은 숨을 토해 내며 어깨를 으쓱했다. 이게 낫다. 윤은다워.

대강 위치만 말했을 뿐인데 큰길로 내려가는 길목에 벌써 수현의 차가 와 있었다. 어딜 가나 눈에 띄는 차라 금방 알아볼 수 있었다. 하긴, 저 차 대리를 얼마나 뛰었는데 못 알아볼 리가 없지.

톡톡. 창문을 두드리자 차창이 내려갔다. 운전석의 수현이 고개를 끄덕여 타라는 말을 대신했다. 잠시 망설이던 윤은이 이내 보조석 문을 열고 차에 올랐다. 잠시 머쓱한 분위기에 어설픈 미소를 흘린 윤은이 안전벨트를 채우려 슬쩍 잡아당겼다.

"어라?"

"왜."

뭔가 걸린 듯 안전벨트가 잘 안 당겨졌다. 그에 수현도 윤은을 돌아보며 벨트를 살폈다. 반쯤 당겨지다 자꾸만 휘감겼다. 고개를 갸웃한 윤은이 고리 부분을 살피는데 수현이 안전벨트를 풀고 그녀 쪽으로 몸을 기울였다.

"도와줘?"

"아, 아니요. 괜찮습니다. 남는 게 힘인데."

"힘으로만 되는 게 아니……."

요령이 중요하다 말하려던 수현이 말을 삼켰다. 본인 말대로 남는 게 힘밖에 없음을 증명하듯 윤은이 있는 힘껏 벨트를 당겼다. 그에 휘리릭 풀린 벨트가 지나치게 많이 당겨졌다. 결에 수현의 얼굴로 그대로 직진한 윤은이 사고를 쳤다. 어째 입술이 제법 잘 아물었다 했다. 찰나의 순간 수현의 입술 위에서 아슬아슬하게 멈춘 윤은의 입술이 움찔거렸다.

"배가 많이 고픈가 봐."

"하하."

"그래도 날로 삼킬 건 아니지?"

"설마."

"외계인이니까. 그럴 수도 있지."

맞닿은 윤은의 입술을 가만히 내려 보며 수현이 나직이 속삭였다. 입술이 달싹일 때마다 본의 아니게 상대방의 입술을 간질였다. 그 묘한 느낌이 심장으로 슬금슬금 스며들어 강아지풀처럼 간지럼을 태웠다. 심장이 간질간질거렸다. 윤은이 꿀꺽 마른침을 삼키자 수현이 스륵 고개를 기울였다. 윤은의 눈이 나른하게 내리떠진 수현의 눈을 응시했다.

"밥 같이 먹자."

"사 준다면서요. 그럼 당근 콜이지."

"혼자 못 먹겠어."

"헐. 애도 아니고."

"너랑 먹다가 혼자 먹으니까 재미없어."

"밥을 재미로 먹나?"

"지루해. 그래서 혼자 먹기 싫어졌어. 책임져."

"허걱. 별 걸 다 책임지래."

쪽. 가볍게 입술을 내민 수현이 윤은의 입에 입맞춤을 했다. 놀란 윤은이 눈을 동그랗게 뜨자 그가 히죽 웃는다. 그리곤 아무렇지 않은 듯 자세를 바로잡아 시동을 걸었다.

"벨트."

"아, 예."

"오늘 밥값, 그걸로 퉁치자고."

"에?"

"잊었어? 세상에 공짜는 없다."

"헐."

시선을 정면으로 옮긴 수현이 느른히 웃었다. 입을 삐죽이며 저를 흘깃거리는 윤은의 모습이 꽤 만족스러웠다. 혼자 식당에 앉아 밥을 먹으려다 그대로 수저를 내려놓고 나온 길이었다. 앞에서 실실거리며 맛나게 먹던 윤은이 내내 떠올랐다. 그땐 정말 밥이 맛있었는데. 히죽. 저도 모르게 떠오른 웃음에 멈칫거렸다. 그러다 또 눈앞에서 함박 웃으며 이렇게 맛있는 건 처음이다 즐거워하던 모습이 떠올라 피식거렸다.

그래서 전화를 걸었다. 맛있는 밥을 먹고 싶어서. 누군가와 함께 밥을 먹는다는 게 이렇게 즐거운 일이란 걸 수현은 알지 못했다. 늘 혼자 먹는 것에 익숙했던 그였다. 어린 시절부터 줄곧 그래 왔고, 그것에 예외는 없었다. 간혹 어쩔 수 없는 회식도 그나마 윤은이 마주 앉아 있어 즐거웠다. 그랬다. 묘하게 재미있었고 맛있었다.

입술. 그 오밀조밀한 걸 맨 정신으로 맛볼 수 있는 기회가 생겼다. 본의 아닌, 윤은이 만든 사고 같은 우연이었지만 그래도 간질거리는 그 느낌이 왠지 싫지 않았다. 문득 고개를 돌린 수현의 눈에 안전벨트에 휴전선처럼 양쪽으로 갈린 윤은의 가슴이 보였다. 귀엽다.

흠. 시선을 거둔 수현이 저번 지수의 일도 사과할 겸 조심스레 말을 꺼냈다.

"저, 그 가슴 말이야."

"입 닫죠."

"내가 그러려고 그랬던 게 아니라."

"됐다니까요. 여기서 접읍시다. 슴가 야그는."

딱 잘라 말하는 윤은을 슬쩍 곁눈질해 보던 수현이 숨을 깊이 들이쉬며 입을 열었다.

"그게 콤플렉스면 수술이라는 방법도 있고."

"됐거든요."

"뭐, 아니면 만져서 키우는."

돌아보는 윤은의 눈빛이 예사롭지 않았다. 거기서 그쳤어야 했는데 수현이 제 의지를 배반하고 나불거리는 입을 미처 제어하지 못했다.

"정 사람이 없으면 내가."

"니미. 차 저기 세워."

꿀꺽. 윤은의 보기 드문 살벌한 말투에 수현이 마른침을 삼켰다. 이런, 잘못 건드렸다.

수현이 얼떨결에 윤은이 말한 곳에 차를 세웠다. 어렵게 채운 안전벨트를 단번에 풀어내고 차에서 내린 윤은이 씩씩거리며 차문을 거칠게 닫았다. 그냥 사과도 할 겸 윤은의 콤플렉스를 조금 덜어 주려는 취지에서 꺼낸 말이었는데 도가 조금 지나쳤다. 자신의 거름망 없는 입을 탓하며 수현도 차에서 내렸다.

이판사판, 뭐라도 잡히는 대로 때려 부술 기세로 성큼성큼 인도를 따라 걸어간 윤은이 멈춰 선 곳은 이상하게도 고구마 자판 앞이었다. 선뜻 다가서지 못하고 멀찍이 따라가던 수현이 그에 고개를 갸웃거렸다. 설마 저걸 다 엎으려는 건 아니겠지? 이미 윤은의 괴력은 차 안에서 증명됐다. 굳이 엉뚱한 곳에 힘쓸 필요는 없는데.

후우. 깊이 심호흡을 하며 조금 더 가까이 다가서자 아는 사인지 고구마를 선별하던 주인이 윤은의 인사에 웃으며 고개를 끄덕이는 게 보였다. 다행이군. 대놓고 엎지는 않겠어.

"아저씨, 이거 두 개만 잠시 빌려요."

"어? 그래."

윤은이 각기 다른 상자에 있던 고구마 두 개를 집어 들고 돌아섰다. 그 곁에 다가서던 수현이 급히 멈춰 섰다. 윤은이 고구마도 태워 버릴 것 같은 강렬하게 불타는 눈빛으로 그를 쏘아보았다. 움찔한 수현이 슬쩍 시선을 피하며 낮게 헛기침을 했다.

"후우. 내가 당신 이만한 거시기를."

수현의 눈앞으로 가늘고 작은 고구마 하나가 불쑥 나타났다. 네가 말한 거시기가 설마 그 거시기는 아니겠지. 뜨악한 눈으로 고구마를 바라보고 선 수현의 귀로 윤은의 분을 삭이는 입바람 소리가 들렸다. 윤은이 거친 호흡을 가다듬으며 그것을 바짝 눈앞에 들이밀었다. 윤은의 시선이 잠깐 그의 중심에 닿았다가 눈으로 옮겨졌다. 그에 슬쩍 휘는 수현의 눈썹을 외면하며 윤은이 고구마를 과하게 조물거렸다.

"이렇게, 이렇게 열나게 조물거려서."

작은 고구마가 사라지고 팔뚝만 한 크기의 고구마가 대신 나타났다. 수현의 미간이 미미하게 꿈틀거렸다.

"이만하게 키워 준다고 뻥치면 당신 기분이 어떨 것 같아."

비유가 참. 고구마를 내려 보는 수현의 눈이 가늘어졌다. 만져서 키워 준다. 그게 또 그러네. 뭔가 야릇해. 수현의 눈에 묘한 웃음기가 떠올랐다. 흥분한 윤은의 얼굴이 조금 달아올라 홍조를 띠었다. 부끄러워 달아오른 얼굴은 절대 아니다. 평범한 여자라면 저렇게 대놓고 남자 앞에서 고구마를 빗대 남자의 거기를 논하지는 못할 텐데. 역시 윤은은 난놈이었다.

피식. 새어 나오는 웃음을 참지 못하고 터트린 수현이 주먹으로 입을 가린 채 부러 낮게 기침을 했다.

"좋아."

"뭐요?"

"좋다고, 난."

"헐. 누가 좋냐고 물었어요? 내 말뜻은 그게 아니잖아요. 이만한 걸 이만하게 만든다니까? 이게 말이 돼?"

"뻥 아니야. 말 돼. 충분히 가능해."

"허걱."

윤은의 눈이 깜빡거렸다. 믿을 수 없다는 듯 두 개의 고구마를 번갈아 보던 윤은이 고개를 돌려 주인을 응시했다. 이게 사실이냐 묻는 윤은의 눈빛에 적잖이 당황한 주인이 시선을 외면하며 작게 고개를 끄덕였다. 헐. 고구마가 털썩 아래로 떨어졌다. 데굴데굴 굴려 제 발치에 떨어진 고구마를 주워 빙긋이 웃은 수현이 주인에게 값을 치렀다. 충격이 컸던지 넋이 나간 얼굴로 멍하게 서 있는 윤은의 팔을 수현이 덥석 잡았다. 마치 제 것이 아닌 양 잡힌 팔을 물끄러미 바라보는 윤은의 모습이 꽤 재미있었다. 순진하긴.

"밥 먹자니까."

윤은을 다시 차에 태운 수현이 자꾸만 씰룩거리는 입매를 애써 누르며 차를 돌아 운전석에 착석했다. 반격을 가하려 시도한 일 같았지만 오히려 윤은이 자기 수에 휘말린 셈이다. 정신을 못 차리고 있는 윤은을 대신해 수현이 안전벨트를 채우려 몸을 기울였다. 몸이 닿자 그제야 느린 반응을 보이며 윤은이 수현을 바라보았다. 찰칵. 벨트를 채운 수현이 물러나지 않고 빙긋이 웃으며 시선을 맞췄다.

즐거운 듯 싱글거리는 수현의 얼굴을 멀뚱히 바라보다 윤은이 곧장 시선을 내렸다. 윤은의 시선이 수현의 중심에 닿았다. 윤은다운 직설적인 눈빛에 수현이 조금 긴장했다. 윤은이 쯥, 하고 잇소리를 내며 손으로 턱을 감쌌다. 윤은의 눈이 심각하게 번뜩거렸다.

"호오. 실로 놀라운 사실이로군."

세기의 발견에 버금가는 흥미로운 사실을 지금에야 알았다는 듯 윤은의 눈이 호기롭게 빛났다. 설마 그걸 직접 해 보겠단 말은 아니지? 예사롭지 않은 윤은의 눈빛에 찔끔한 수현이 조심스레 물러나 제 벨트를 채웠다. 쉽게 거둬지지 않는 윤은의 따가운 눈빛을 애써 외면하며 수현은 열심히 운전에 열중하려 애썼다. 미치겠다.

잠시 뭐가 잠잠하다 싶어 슬쩍 시선을 돌린 수현의 눈이 화등잔만하게 커졌다. 때마침 신호에 걸려 급브레이크를 밟은 수현이 놀란 가슴을 쓸어내렸다. 윤은이 제 가슴을 두 손으로 받치고는 심각하게 내려다보고 있었다. 대체 지금 뭘 하고 있는 거지?

"이것도 잘하면 엄청나게 커질 수 있단 말이군. 흐음."

"픕."

"어떻게 만져야 되지?"

"하하."

갑자기 가슴 삼매경에 빠진 윤은 때문에 수현이 그대로 웃음을 터트렸다. 그러거나 말거나 제 가슴을 추켜올리느라 바쁜 윤은의 표정은 무척 심각했다. 저러다 가슴 마사지의 달인이 탄생할지도 모르겠다. 그건 남자가 해 주는 게 더 효과적이라니까. 아, 미치겠다. 정말. 저 감당 못할 엉뚱함이 자꾸만 좋아진다.

큭큭대느라 정신없는 수현과 가슴 키우기에 지대한 관심을 가지기 시작한 윤은을 태운 차는 도로 한복판에서 움직일 줄을 몰랐다. 신경질적인 경적 소리도 그들의 귀엔 들리지 않는 모양이다. 윤은의 중얼거림에 가까운 혼잣소리와 수현의 키득거리는 웃음소리가 차 안을 가득 메웠다.

"오오. 이것은 말로만 듣던 전복!"

눈앞에 차려진 해산물들을 향해 윤은이 경이로운 탄성을 터트렸다. 간혹 횟집에서 회식을 하는 경우는 있었어도 이렇게 호화로운 일식집은 처음이었다. 나오는 음식마다 정갈하고 맛깔스러워 보였다. 젓가락을 입에 문 윤은이 연신 감탄하며 눈을 빛냈다.

"먹자."

"네! 잘 먹겠습니다."

게 눈 감추듯 윤은의 입 안으로 사라지는 음식들을 바라보며 수현이 흐뭇한 미소를 머금었다. 저 가감 없는 행동들도 참 좋다. 헤실거리며 음식을 취하던 윤은이 롤 하나를 냉큼 집어 입에 넣었다. 오물오물. 입 안으로 번지는 상큼함에 행복을 느꼈다. 세상엔 참 맛난 게 많구나.

음식에 심취해 말 한 마디 않는 윤은을 부드러운 시선으로 바라보던 수현이 들고 있던 젓가락을 내려놓고 슬며시 손을 뻗었다. 제 얼굴로 다가오는 수현의 손을 윤은이 무심히 바라보았다. 입가에 내려앉은 수현의 손이 조심스레 뭔가를 떼어 냈다.

"어, 뭐 묻었어요?"

"칠칠맞게."

"헐. 먹다 보면 그럴 수도 있죠. 입은 하난데 이걸 다 넣으려고 해 봐요. 간혹 튕겨 나오는 놈도 있지."

"하여튼 한마디도 안 지지. 좀 천천히 먹으면 되잖아."

"천천히 먹고 있는 겁니다."

"하아. 스피드 올리면 아주 볼만하겠다."

"뭐. 지금 보여 드려요?"

"됐어."

피식. 싱겁게 웃으며 다시 젓가락을 들던 수현이 문득 싱글거리는 윤은을 바라봤다. 이상하게 윤은과 함께 있으면 그 자리가 어디든 불편하지도, 어색하지도 않다. 오히려 뭔가 생기까지 넘쳐흐른다. 난생처음 살아 있다는 기분이 들었다.

지구라는 별에 자신이 존재하고 있다는 사실이 그에겐 언제나 불편했다. 숨을 쉬고 살아간다는 게 귀찮을 만큼 남자가 싫고, 여자가 경멸스러웠다. 그런데 윤은을 마주하고 있으면 인간 자체에 대한 혐오감이 모두 사라지고 만다. 윤은이라는 존재에 대해선 그 모두가 예외였다. 윤은 너 정말 안드로메다에서 온 거야?

"왜 하필 거기야?"

"예?"

"클럽. 여자가 있기엔 삭막하고 힘들잖아. 나이도 어리고."

"난 좋은데. 이상해요?"

"그냥 궁금해서."

"뭐, 사람들도 좋고, 일도 좋고."

어깨를 으쓱하며 회를 집어 오물거리는 윤은을 수현이 물끄러미 응시했다. 별스럽지 않다 무마하는 느낌이 들어 수현도 더 이상 묻지 않

174

았다. 말하기 싫다는데 굳이 들춰내는 취미는 없다. 고개를 끄덕인 수현도 윤은을 따라 젓가락을 놀렸다.

하아. 안드로메다 성인의 위는 참으로 위대했다. 윤은이 먹는 대로 따라 집어삼키던 수현이 급기야 포화 상태에 이른 배를 움켜쥐고 바닥에 벌렁 드러누웠다. 졌다.

you win.

"대체 저 요상한 그림은 뭐냐?"

테이블 세팅을 하다 말고 철민이 종석에게 다가와 물었다. 힐끔 고개를 들어 철민이 궁금해하는 장면을 바라본 종석이 퉁명하게 말했다.

"원초적 본능."

"뭐?"

다소 원색적인 종석의 발언에 철민이 눈을 동그랗게 뜨고 되물었다. 그에 종석이 손을 들어 눈앞에 이질적인 인물들을 차례로 가리켰다.

"저건 어미."

술 상자를 번쩍 들어 나르는 윤은이 타깃이었다.

"저건 밥 달라고 조르는 새끼."

다음 윤은의 뒤를 졸졸 따라다니는 낯선 모습의 수현을 가리키며 종석이 새끼라고 했다. 입을 쩌억 벌리며 놀라 돌아보는 철민을 향해 그가 설명을 덧붙였다.

"필요한 게 있으면 졸라야 나오지. 안 그래?"

"그게 왜 원초적 본능이야?"

"지극히 원초적인 걸 원할 테니까."

툭 던지듯 말하고 돌아서는 종석의 뒷모습을 철민이 멍한 눈으로 바라보았다. 지극히 원초적인, 그게 대체 뭐냐고. 스륵. 눈을 돌린 종석의 시야에 윤은의 머리를 쓱쓱 문지르며 장난을 거는 수현의 모습이 보였다. 대체 어디가 어떻게 원초적이라는 거야? 철민의 고개가 갸웃 기울었다.

"아, 참. 하지 말라니까요."

"그거 딴 놈 시키라니까."

"여기 한가한 딴 놈이 어디 있어요?"

"한가하진 않아도 힘 남아도는 놈은 있을 거 아냐."

"헐. 갑자기 왜 이런데? 만날 하던 일이거든요. 아, 좀 비켜 봐요. 무거워."

자꾸만 앞을 가로막으며 머리를 헝클고 볼을 꼬집어 대는 수현 때문에 윤은은 좀처럼 앞으로 나아갈 수가 없었다. 안 그래도 무거워 죽겠는데 사람을 괜스레 괴롭히고 막아서니 힘이 배가 들어 완전 죽을 맛이었다. 후우. 깊게 한숨을 내쉰 윤은이 급기야 손에 들고 있던 박스를 수현의 손에 넘겼다. 얼떨결에 그것을 받아 든 수현이 뭐라 말을 하기도 전에 윤은이 팔과 목을 휘휘 돌리며 서둘러 자리를 벗어났다.

"어이, 외계인."

"아이고. 한가한 딴 놈 겨우 찾았네."

부러 들으라고 하는 말이다. 저 싹퉁 바가지. 힘든 일 좀 덜어 주려고 했더니 그걸 제게 떠넘기고 쏜살같이 내뺐다. 누가 저 혼자 놀랬나? 같이 좀 놀자는 말이지.

"하아."

낮게 한숨을 내쉰 수현이 스윽 시선을 옮겨 멍하게 서 있는 철민을 불렀다. 저를 부르는 소리에 그제야 정신을 차린 철민이 급히 뛰어왔다. 수현이 박스를 넘기며 턱으로 주방을 가리켰다.

"수고."

"아, 예."

윤은을 도와주는 거야 뭐 어렵지 않다. 이사가 시키는 일, 그래 뭐 할 수도 있다. 하지만, 그렇다고 일시키고 저들끼리 노는 건 보고 싶지 않다. 철민의 눈이 게슴츠레하게 늘어졌다. 뭐 마려운 강아지처럼 곧장 쪼르르 윤은을 쫓아 걸음을 옮기는 수현이 매우 못마땅했다. 폼이 딱 놀자, 놀자, 나랑 놀자 조르는 철부지다.

"네가 말한 원초가 저런 원초는 아니겠지. 흠."

포스 쩔던 수현의 모습은 온데간데없고 연신 윤은을 상대로 장난칠 기회만 노리는 지극히 초딩적인 수현만 남아 있었다. 왜 저리됐데? 멘붕이 쇼크로 이어진 건가? 종석의 윤은 생리휴가 발언에 멘붕이 됐다더니. 정신이 조금 오락가락하는 모양이다. 쯧쯧.

"어디 가?"

수현의 장난을 피해 입구로 나오던 윤은이 그림자를 드리우며 나타난 인물을 멀거니 올려 보았다. 도한열. 윤은의 미간이 살짝 구겨졌다. 아직 클럽 영업시간도 아닌데 왜 나타났데. 후우. 깊은 숨을 내쉰 윤은이 어깨를 활짝 펴며 싱긋 웃었다. 뭐 굳이 피할 필요는 없지.

"약국 갑니다."

"약국."

"갑자기 속이 뒤틀려서 말입니다."

"갑자기?"

"네. 좀 비켜 주시겠습니까."

말의 뉘앙스가 꼭 저를 봐서 그렇단 것처럼 들렸다. 피식. 싱겁게 입 끝을 올려 웃은 한열이 저를 비켜 지나가려는 윤은의 앞을 팔로 가로막았다. 멈춰 선 윤은이 건조한 시선으로 그를 돌아보았다.

비열하게 말려 올라간 한열의 입가를 바라보며 윤은도 마주 입술을 비틀어 올렸다. 이봐요, 손님. 아직 영업시간 전이걸랑요? 조금만 벗어나면 클럽 밖이고 괜히 시비 걸지 맙시다. 도전적인 윤은의 시선을 마주한 한열이 불쑥 그녀의 얼굴로 고개를 내렸다. 물러서지도, 놀라는 기색도 없다. 당돌하기 그지없는 윤은의 배짱에 한열이 만족스러운 듯 히죽 웃었다.

"빠져나가 봐."

"헐."

다른 손도 마저 뻗어 벽을 짚으며 그 사이에 윤은을 가뒀다. 스륵 얼굴을 기울인 한열이 깊이 숨을 들이켰다. 음미하듯 한껏 윤은의 향취를 들이켠 한열이 눈을 감았다 떴다. 그 모습에 윤은이 기가 막힌 듯 헛웃음을 터트렸다. 수현이 가까이 있을 때는 이렇게 역겹진 않았는데 이놈은 떨어지라고 한 대 치고 싶은 심정이다. 윤은이 저도 모르게 주먹을 불끈 쥐었다.

"Sit down."

귀에 익숙한 음성에 윤은이 냉큼 아래로 내려앉았다. 팔 하나가 다가와 윤은을 잽싸게 끌어당겼다. 갑자기 시야에서 사라진 윤은이 눈 깜짝할 사이에 자신에게서 벗어났다. 팔을 거두고 돌아선 한열이 목을 뻐근하게 움직이며 시린 눈을 옮겼다. 어느새 나타난 수현이 윤은을 제 뒤에 감추고 있었다. 수현이 기분 나쁘다는 듯 투박하게 말했다.

"뭡니까?"

달갑지 않은 등장에 사납게 수현을 쏘아보며 한열이 시리게 내뱉었다.

"그건 내가 묻고 싶은 말이군. 지금 뭐하자는 거야?"

잔뜩 불편한 심기를 드러내는 한열의 모습에 비릿하게 입가를 끌어올린 수현이 다소 업무적인 투로 시간을 되새겼다.

"아직 영업시간 전인데. 여긴 무슨 일입니까."

"그 애 이리 내."

한열이 등 뒤의 윤은을 가리키며 손가락을 까닥거렸다. 두말할 필요 없다는 듯 귀찮음을 역력하게 어필했다.

"하아."

기가 막힌다. 대체 어디서 배워 먹은 버르장머린지 윤은을 향한 놈의 손가락을 확 분질러 버리고 싶었다. 사람이 물건인가? 헛웃음을 터트린 수현이 순식간에 웃음기를 거두고 한열을 직시했다. 그냥 여기서 저걸 죽이고 말아? 스멀스멀 밀려드는 분노를 가만히 곱씹으며 수현이 한열을 시리게 노려보았다. 살벌한 눈빛은 가히 상대방을 충분히 죽이고도 남음이 있었다. 마주한 한열의 눈빛도 그에 못지않았다.

"말 듣지? 문 닫기 싫으면."

그걸 지금 협박이라고 하는 건가? 한열의 비열한 말에 수현이 히죽 웃었다. 시건방도 통하는 상대에게 떨어야 효과가 있는 거다. 비릿하게 입가를 틀어 올린 수현이 아무것도 안 들린다는 듯 귀를 휘적거렸다. 그에 발끈한 한열의 입가가 파르르 떨렸다.

슬쩍 고개를 내밀어 동태를 살피는 윤은의 손을 수현이 지그시 잡아 눌렀다. 쓰게 혀로 입술을 핥는 수현의 모습이 꽤 위험스러워 보였다. 뭘 하려고? 불안한 눈으로 수현을 돌아보자 그가 천천히 윤은에게 고개를 돌렸다. 씨익. 웃는 폼이 다소 위협적이다. 수현이 다시 한열을 차갑게 바라보았다.

"혹시 자신을 셔터맨으로 착각하는 거 아닌가? 문을 지가 왜 닫아."

"뭐? 셔터맨? 지금 해 보자는 거야?"

"해를 왜 봐. 눈 아프게. 정 보고 싶으면 너나 보든지. 난 다른 거 보느라 무척 바빠서 말이야."

반말을 아주 살벌하게 내뱉으며 수현이 능글맞게 웃었다. 자신이 말한 다른 것을 알려 주기라도 하려는 듯 수현이 윤은의 잡은 손을 살짝 흔들었다. 바라보는 한열의 눈에 불꽃이 튀었다. 아주 도발을 제대로 하려고 작정한 모양이다. 건드려서 피차 좋을 게 없을 텐데. 한열이 천천히 손을 뻗어 윤은을 가리켰다. 고개를 모로 기울인 윤은이 불쾌한 듯 눈썹을 휘었다. 윤은이 참을 수 없다는 듯 손가락을 들어 마주 삿대질을 했다. 역시 기대를 저버리지 않는 특이한 성격이다. 재밌어. 수현이 손가락을 까닥거렸다.

"이리 와. 형아가 재밌게 놀아 줄게."

감미로운 목소리로 꼬드김을 남발하는 한열의 모습에 수현과 윤은이 동시에 헛웃음을 터트렸다. 누굴 철부지 어린애로 아나. 발끈해 앞으로 나서는 윤은을 수현이 잡아 다시 제 뒤로 감췄다. 그런다고 가만히 성질 죽이고 있을 윤은이 아니었다.

"아 놔. 이거 놔 봐요. 아니, 어떻게 놀아 줄 건진 물어봐야지."

"그거 물어봐서 뭐하게. 같이 놀 것도 아니잖아. 무시해."

"재밌게 놀아 준다잖아. 얼마나 잼나나 들어나 보자니까요."

둘이 투닥거리는 폼이 꽤 다정스럽다. 지켜보던 한열의 심기가 한껏 뒤틀렸다. 사람을 세워 놓고 아주 염장을 제대로 지른다. 불끈 주먹을 움켜쥔 한열이 성큼 다가서 윤은의 다른 팔을 낚아챘다. 둘이 동시에 한열을 돌아봤다. 그러거나 말거나 한열이 잡은 윤은의 손을 끌었다.

"원하는 게 뭐든 다 들어 줄 수 있으니까. 말만 해."

헐. 끌려가는 윤은이나 다른 손을 잡아끄는 수현이나 황당하기는 마찬가지였다. 누굴 골빈 멍청이로 아나. 강남의 메카에서 지독하게 강남스러운 뻴로 가자, 다 사 줄게, 를 외치는 한심한 한열을 둘이 안습한 시선으로 바라봤다. 겨우 한다는 말이 그거야? 기대 이하다. 뜨악한 얼굴로 올려 보는 윤은의 적나라한 표정에 한열이 의아해 눈썹을 휘었다. 뭐 내가 잘못 말했어?

"큭. 웃기는군."

수현이 대놓고 한열을 비웃었다. 안 그래도 무시당한 것 같아 끓어오르던 가슴에 수현이 불을 붙였다. 한열이 시니컬하게 내뱉었다.

"웃겨? 뭐가 웃겨."

"아, 말하는 삘이 빌딩이라도 통째로 사 줄 기세라."

"하아. 왜 못 할 것 같아?"

발끈한 한열의 말에 둘이 눈을 빛내며 동시에 외쳤다.

"진짜?"

"정말?"

급격한 반색에 한열의 미간이 미세하게 움찔거렸다. 뭔가 위험한 기운이 물씬 풍겼다. 말린 건가? 한열의 눈썹이 모로 휘는 걸 보며 수현이 피식 입꼬리를 끌어 올렸다. 잡힌 손을 번쩍 들어 올리며 올레를 외치는 윤은을 제 쪽으로 당겼다. 철없기로는 둘째가라면 서러울 인물들이다. 절레절레 고개를 흔든 수현이 아직 사태 파악을 제대로 못 하고 갸웃거리고 있는 한열을 바라봤다. 수현의 시선을 느낀 한열이 가는 눈으로 마주 노려봤다. 그래서 네가 날 이겨 보겠다고? 어림도 없는 소리.

"헛소리 집어치우고 영업시간 삼십 분 전이지?"

"그래서?"

거만하게 주머니에 손을 집어넣은 한열이 윤은을 능글맞게 바라보며 나 좀 잘났어 포스로 말했다.

"여기 오늘 내가 다 사지."

"허걱."

또 돈지랄이다. 뻑 하면 뭘 사니 마니 시건방을 떨어 대는 한열의 말에 윤은이 헉 하고 입을 벌렸다. 당최 저 끝도 없는 난 체는 어떻게 해야 막을 수 있단 말인가. 한열의 재력이 아니라 시건방에 고개를 절레절레 흔드는 윤은이었다. 그를 오해한 한열이 도도하게 턱을 치켜들었다. 완전 반했지? 거짓말아이다. 이 정돈 기본이야. 빌딩은 못 사 줘도 이건 할 수 있다. 오만한 눈빛이 말을 대신했다. 쩐다.

"은아."

갑자기 윤은의 팔을 잡아당겨 옆에 세우며 수현이 허리를 휘감았다. 다정하게 이름을 부르는 수현의 목소리에 윤은이 고개를 갸웃거렸다. 외계인도 아니고 꼬맹이도 아니다. 은이란다. 세상 오래 살고 볼 일이다. 놀라 올려 보자 그가 빙긋이 웃으며 바짝 윤은을 품에 끌어안았다. 허걱. 갑자기 왜 이래?

"우리, 문 닫고 오늘 그냥 놀자."

"예?"

"오픈 전부터 날파리가 막 날아다니잖냐. 그냥 닫아."

"어…… 그게."

한열을 날파리라 낙인찍은 수현이 윤은을 향해 불쑥 고개를 내렸다. 윤은의 눈을 마주한 수현이 싱그러운 미소를 흘렸다. 이런 살인 미소는 또 처음일세. 눈을 깜빡이며 저를 바라보는 윤은의 입술에 제 입술을 맞물리며 수현이 작게 속삭였다.

"놀자. 내가 가르쳐 줄게."

"뭘……요?"

"가슴 키우는 법."

"헐."

싱긋. 윤은의 입이 곧 육두문자를 남발하려는 듯 벌어지는 틈을 타수현이 부드럽게 그녀의 입술을 탐했다. 술에 취해 무작정 입술을 집어 삼키던 것과는 확연히 다른 느낌이었다. 뭔가 부드럽고 뭔가 감미로운. 느린 템포로 깜빡이며 스륵 감긴 수현의 눈을 응시하던 윤은이 전염된 듯 따라 눈꺼풀을 내려놓았다.

한열이 주먹을 꽉 움켜쥔 채 바들거렸다. 감히 누구 앞에서 헛짓거리야! 빠득 이를 갈며 다가서는 한열을 수현이 가볍게 밀쳤다. 제 몸에 닿았다 멀어지는 수현의 건방진 손을 노려보며 한열이 헛웃음을 터트렸다. 이것 봐라.

빙글 몸을 돌려 조금씩 안쪽으로 멀어지는 수현의 모습을 한열이 차가운 시선으로 좇았다. 윤은의 등을 쓸어내리던 손을 뻗어 한열을 향해 가운데 손가락을 흔들어 보인 수현이 곧 벽을 더듬어 셔터 버튼을 눌렀다. 서서히 내려지는 셔터 사이로 윤은과 수현의 키스신이 펼쳐졌다. 그를 지켜보던 한열의 잇새로 빠득빠득 분노 서린 이 갈림 소리가 들려왔다. 이대로 네가 이겼다고 생각하면 오산이지. 두고 봐. 배로 갚아 줄 테니. 한열의 눈이 시리게 빛났다.

엄지를 치켜세우고 용광로로 사라진 터미네이터처럼 수현은 꿋꿋하게 가운데 손가락을 세웠다. 셔터가 완전히 내려지는 그 순간까지.

윤은은 꿈속을 거닐고 있었다. 아주 달콤하고 부드럽고 감미로운, 신세계의 판타스틱을 경험하고 있었다. 부드럽게 혀를 휘감아 오는 말캉한 것이 희한하게 입 안에서 찰진 떡방아 소리를 냈다. 고놈의 떡 참 맛나겠다. 윤은은 맛있어 보이는 떡을 냉큼 깨물었다. 입 안에서 타인의 신음 소리가 들렸다. 어라? 이건 또 무슨 소리지? 떡이, 떡이 아닌 모양이다.

"아."

슬그머니 눈을 뜨자 살짝 미간을 찌푸린 수현의 얼굴이 보였다. 그와 동시에 입 안의 떡이 사라졌다. 수현이 손으로 입을 가리고 억눌린 신음을 토해 냈다. 혹시 그 떡이 방금 전 그 떡인가? 헐.

머쓱해 눈을 힐끔거리며 바라보자 수현이 키득 웃었다. 키스라곤 수현이 맛나다고 술 취해 물어뜯었던 게 처음이었다. 피해 다니는 윤은을 수현이 끈질지게 붙잡아 입을 맞춰 댔다. 밀어내면 달라붙고, 도망치면 쫓아오고, 그렇게 그날 윤은은 피곤에 절은 배추 신세가 됐었다. 수현의 표현대로라면 숙자 씨 사촌쯤 되는 것 같았지만. 아무튼 그게 유일하게 윤은이 기억하는 키스의 전부였다.

"살짝만 깨물어. 진짜 먹으려고 덤비지 말고."

"헐. 누가! 안 먹어요."

"진짜?"

"진짜."

수현이 윤은의 머리를 부드럽게 헝클었다. 뭔가 예전보다 확실히 다른 느낌이었다. 예전이 원숭이 이 잡듯 맹렬한 포스였다면, 지금은 뭔가 따스하게 내리쬐는 햇살같이 부드러운 느낌이다. 수현의 손이 거둬진 자리를 윤은이 더듬었다. 손끝으로 따스한 온기가 전해졌다. 뭐지?

"그럼 이번엔 빨아 먹기다. 천천히."

"에?"

"고기 아니고 사탕이라고 생각해."

"뭐가 뭐라고요?"

히죽. 매끄럽게 올라간 수현의 입술이 그대로 윤은의 입술을 덮었다. 이어 입 안으로 스며드는 수현의 혀에 윤은이 눈을 동그랗게 떴다. 이게 어떻게 사탕이야. 말캉말캉한 것이 꼭…… 마시멜로 같다. 아, 먹고 싶어. 부드럽게 휘감는 수현의 혀를 윤은이 야금야금 머금었다. 그러다 또 이빨로 잘근 씹어 버리고 말았다. 하. 짧은 신음성이 수현의 입에서 흘러나왔다. 윤은이 수현의 씹던 혀를 냉큼 놓았다. 아, 실수.

"너."

"아, 죄송."

"큭. 배 많이 고프구나?"

"오오."

그러고 보니 너무 피곤해 밥도 거르고 잠만 자다 나왔다. 거 참 귀신이네. 어찌 알았대. 윤은이 이마를 긁적이며 고개를 갸웃 기울이자 수현이 손을 잡고 안으로 끌었다. 셔터도 내렸겠다. 오랜만에 거나하게 회식이나 하지 뭐. 클럽 털자.

"쉐프한테 맛난 거 만들어 달래자."

"예?"

"오늘 직원들 클럽 데이다. 신나게 놀아 보자고."

"헐. 진짜 문 닫을 거예요?"

"응."

"허걱. 하루 매출이 얼만데. 그럼 안 되죠."

"그게 뭐."

"예?"

"날파리 방충제로 날렸다 치지 뭐."

"헐. 통도 크셔. 그러다 잘려요."

"그럼 더 좋구."

"에?"

"놀자. 놀자. 은아. 응?"

마치 소풍이라도 가자는 듯 마주 잡은 손을 흔들어 대며 수현이 졸라 댔다. 이 사람 뭘 잘못 먹었나. 갑자기 왜 이런데? 아, 그러고 보니 매번 왜 남의 입술을 제 맘대로 먹어? 내가 쉽나? 어, 좀 쉬웠네. 헐.

생각이 없어, 생각이. 신이 나서 걸어가는 수현을 유심히 바라보던 윤은이 갑자기 우뚝 멈춰 섰다. 그에 수현도 덩달아 멈춰 서며 윤은을 돌아봤다.

"왜?"

"근데 왜 내 입술 맘대로 먹어요?"

"먹어?"

"덥석덥석 물었잖아요."

"하아. 그건 먹는 게 아니고 맞추는 거야."

"뭐래. 입이 퍼즐인가? 끼워 맞추게?"

뭔가 단단히 잘못 인식이 되어 버린 모양이다. 스물둘. 알만큼 알 나이인데. 일하는 장소가 클럽인 만큼 남녀의 육체적 대화에 대해 도가 터야 정상인데 윤은은 뭔가가 결핍되어 있었다. 고구마도 그렇고. 남다른 성교육이 절실히 필요해 보인다. 재밌네. 웨이트리스가 성에 대한 지식이 결핍되어 있다니. 윤은이 아니었으면 가식 떨지 말라고 일침을 놓았을 일이다.

"은아, 넌 가슴 키우기보다 먼저 키스에 대해 배울 필요가 있겠다."

"게서 가슴이 왜 나와요?"

"아, 미안."

게슴츠레해진 윤은의 눈빛에 움찔한 수현이 냉큼 꼬리를 내렸다. 윤은이 못마땅하게 바라보긴 했지만 그래도 더 달려들진 않았다. 다행이다.

스테이지 안으로 들어서자 철민이 둘을 힐끔거렸다. 나갈 때는 나 잡아 봐라 포스더니 지금은 손에 손 잡고 춤이라도 한판 출 기세다. 뭐가 있긴 있어. 게슴츠레하게 눈을 내리뜬 철민이 턱을 쓸며 낮은 신음을 흘렸다. 심각하게 둘에게서 원초적인 뭔가를 찾으려 골똘히 생각에 잠긴 철민을 종석이 툭 치고 지나갔다. 철민의 넋 놓음에 대한 나름 배려 돋는 일침이었다. 아무 일 없었다는 듯 멀어지려는 종석을 철민이 불렀다.

"어이, 친구."

"난 널 친구로 둔 적 없다."

"흠. 그렇군. 난 늘 자네를 둘도 없는 친구로 여겼는데. 안습이야. 뭐 아무튼. 자넨 지금 눈앞을 어지럽히는 저 작태에 대해 어떻게 생각하나. 자네의 의견을 한번 말해 보게."

종석이 스테이지를 거쳐 홀의 중심으로 걸어오는 윤은과 수현을 바라보았다. 툴툴거리는 윤은과 히죽거리며 윤은에게 찰싹 달라붙어 뭐라 열성적으로 말을 늘어놓는 수현의 모습이 꽤 다정해 보였다. 테이블 세팅을 마치고 돌아선 종석이 간략하게 자신의 생각을 말했다.

"놀고 있군."

논다, 논다. 이사랑 여직원이 일터에서 손잡고 논다. 이건 대체 어떻게 받아들여야 하는 것인가. 멍하게 눈을 깜빡이며 저를 돌아보는 철민의 모습에 종석이 엷은 한숨을 내쉬었다. 뭐가 그렇게 궁금한 게 많은지. 아마 철민은 전생에 은밀하게 궁궐 곳곳을 누비며 나불거리던, 입만 발랑 까진 수다쟁이 무수리였을 것이다. 고개를 잘래잘래 흔들며 돌아서던 종석의 시야에 급기야 윤은에게 입술을 쭉 내밀며 히죽거리는 수현의 기막힌 모습이 잡혔다. 그를 무심히 바라본 종석이 퉁명스레 말했다.

"정 궁금하거든. 세상에 이럴 수가나 신세계 특종, 이런 데 한번 제보해 보든가."

나름 농담이라고 던진 말에 철민이 혹하며 들러붙었다.

"오! 뭐라고?"

종석이 호기심 가득한 눈으로 저를 올려다보고 있는 철민을 물끄러미 내려 봤다. 정말 그게 궁금해? 눈으로 묻자 용케 알아듣고 고개를 열성적으로 끄덕인다. 후우. 한숨을 내쉰 종석이 주방으로 걸음을 옮기며 말했다.

"우리 이사가 달라졌어요."

"아!"

손뼉을 치며 옳다구나 고개를 끄덕이는 철민을 멀거니 바라보며 종석은 생각했다. 역시 철민은 농담이 안 통하는 놈이었다. 다시는 저놈을 상대로 농담은 하지 말아야지. 철민이 들었으면 그게 농담이냐 버럭거렸을 말임을 정작 종석 자신은 알지 못했다.

날씨가 제법 많이 추워졌다. 눈이 내릴 것 같은 먹먹한 하늘을 멍하니 바라보며 윤은이 일명 깔깔이라 불리는 옷을 입고 평상에 널브러져 있었다. 둥둥둥. 윤은의 시야 가득 수현의 붉은 입술이 떠다니고 있었다. 고개를 갸웃거리다 손을 뻗어 몽상을 잡아 본다. 잡힐 듯 잡히지 않는 그것이 윤은의 가슴을 간질거렸다.

"잠탱이, 고구마 사 왔다."

감금에서 풀려난 동훈이 어슬렁거리며 옥상에 나타났다. 품에는 내용물이 고구마로 추정되는 종이봉투가 들려 있었다. 윤은이 스륵 고개를 돌려 봉투를 멀거니 바라봤다. 자랑스럽게 고구마를 들고 다가선 동훈이 윤은의 차림새를 보고 혀를 찼다.

"그 거지 같은 건 또 어디서 주워 입었냐?"

"일층 삼촌이 줬어. 추운 덴 이게 최고래."

"니미. 그런다고 그걸 냉큼 껴입냐?"

"왜. 따습고 좋구만."

"너 꼭."

"꼭?"

"배추벌레 같아."

허공에서 눈이 마주치자 윤은이 눈썹을 슬쩍 휘었다. 그에 동훈이 도도하게 턱을 들고 쌍으로 눈썹을 들었다 놨다. 뭐, 본 대로, 느낀 그대로 말한 건데. 미묘한 신경전 끝에 윤은이 천천히 주먹을 들었다. 동훈도 경건하게 고구마를 한쪽 가슴에 꼭 붙이고 다른 손을 꽉 움켜쥐었다. 마주 선 주먹이 건방진 인사를 건넸다. 즐. 이런 찌찌뽕스러운 동지 같으니라고.

"고맙다, 동지."

입꼬리를 끌어 올리며 윤은이 시니컬하게 말했다. 동훈이 주먹을 내리며 별스럽지 않다는 듯 어깨를 으쓱거렸다. 윤 옆에 자리를 잡고 앉은 동훈이 고구마 하나를 그녀에게 내밀었다. 멀뚱히 그것을 바라보던 윤은이 입을 이리저리 삐죽거렸다. 그것을 고구마가 작아 그러는 거라 오해한 동훈이 쯧, 혀를 차며 다른 것을 내밀었다.

"겁나, 밝히는 놈. 자, 더 큰 거."

"헐."

"잘 까서 먹어."

대화 참 오지게 건전스럽다. 이런 놈이랑 있으니 내가 점점 무뎌지는 거야. 콧소리를 흥얼거리며 건넨 것보다 더 큰 고구마를 냉큼 주워 드는 동훈을 윤은이 한심스레 바라봤다. 지극히 단순한 새끼. 그래, 먹고 죽은 귀신 때깔도 곱다더라. 많이 먹어라.

윤은이 제 주먹보다 큰 고구마를 바라보며 깊은 한숨을 내쉬었다. 고구마가 고구마가 아님을 이제 깨달아 버린 윤은은 쉽사리 고구마를 까지 못했다. 이걸 어떻게 까. 하지만 생각과 달리 먹을 것을 향해 자연스레 반응한 손이 고구마를 벗겼다. 훌러덩. 그래도 맛나게 보인다.

"앗, 뜨거."

뽀얀 속살을 드러낸 고구마에서 뜨거운 김이 모락모락 피어올랐다. 아직 열기가 가시지 않은 걸 보니 식기 전에 눈썹 휘날리게 달려온 모양이다. 기특한 것. 막상 입에 넣으려니 조금 망설여졌다. 성급하게 입에 물었다가 뜨거워 뱉고 나니 고구마가 더 야해 보인다. 뜨거운 김을 솔솔 피워 내는 것이 왠지 볼을 붉히며 아잉 새침을 떠는 것처럼 보였다. 윤은이 고구마를 앞에 두고 볼을 긁적이며 바라보고만 있자 동훈이 보기 드문 자상함을 곁들여 말했다.

"뜨거울 땐 이렇게 조금씩 빨아 먹어 봐. 색다른 맛이 나."

그래, 거참 색다르것다. 동훈의 입속으로 사라졌다 나올 때마다 다이어트를 하고 있는 고구마를 윤은이 은근한 눈길로 바라봤다. 고구마를 고구마로 봐야 하건만, 뭔가 야시시하다. 뽀얗게 김을 내뿜는 고구마 위로 목욕 가운을 벗어 던지던 수현의 모습이 겹쳐졌다. 오호.

"뭐 하냐?"

뜨악하게 돌아보는 동훈의 시선에 윤은이 눈을 깜빡거렸다. 고구마가 윤은의 손에 떡이 되어 있었다. 그야말로 고구마를 떡 주무르듯 조물거렸던 모양이다. 허걱. 너무 심취했어.

"니미. 먹기 싫음 말지. 그걸 떡을 만드냐?"

"걸. 왜 줘."

"뭐?"

"싫어. 안 줘."

"니미. 줘도 안 먹어. 더럽게 손에 다 붙었잖아!"

남은 고구마를 품에 고이 안고 벌떡 일어선 동훈이 씩씩거리며 계단을 내려갔다. 쩝. 입맛을 다신 윤은이 손에 붙은 고구마를 할짝이며 중얼거렸다.

"너무 주무르면 터지는구나."

샤워를 하던 수현은 문득 등골이 오싹해지는 느낌에 몸을 부르르 떨었다. 뜨거운 물이 온몸을 노곤하게 풀어 주고 있었건만 난데없이 추위가 엄습했다. 고개를 절레절레 흔든 수현이 샤워를 마무리하고 욕실을 나섰다. 막 내린 커피의 은은한 향기가 콧속을 파고들었다. 쓰게 입맛을 다신 수현이 목욕 타월을 더 힘껏 여미며 거실로 나섰다.

기찬이 여유롭게 커피를 마시며 손을 흔들어 보였다. 출장이라 한동안 잠잠하더니 갔던 일이 잘 끝난 모양이다. 당당하게 제 집처럼 거실에서 커피를 마시고 있는 기찬을 보며 수현은 지문 인식기를 바꿔야겠다고 생각했다. 예고 없이 들이닥치는 일은 이젠 사양이다. 외계인만 빼고.

"무슨 일이야?"

드레스 룸으로 들어선 수현이 옷을 꺼내 입으며 건조하게 물었다. 커피를 내려놓으며 기찬이 자리에서 일어나 드레스 룸 쪽으로 다가왔다. 문에 기대선 기찬이 어느새 옷을 갈아입은 수현을 향해 낮은 휘파람을 불었다. 역시 스타일 하나는 죽여준다.

"남자 싫댔지."

"큭. 네가 남자만 싫어하냐? 세상사람 다 싫지."

가볍게 웃으며 농담 식으로 던진 말인데, 아무 대답이 없다. 시비조로 쏘아붙일 만도 한데 무반응이다. 기찬이 의아함에 턱을 쓸어내리는 사이 수현이 드레스 룸을 빠져나왔다. 시크함의 대명사 수현이 콧노래를 흥얼거린다. 기찬이 잘못 들었나 싶어 귀를 휘적거렸다.

"수현아, 나 환청이 들린다."

"병원 가 봐."

"헉."

놀란 듯 눈을 부릅뜨며 기찬이 몸을 휘청거렸다. 어찌 저 입에서 남을 걱정하는 말이 나올 수 있단 말인가. 휴대폰을 챙겨 들던 수현이 기찬을 돌아봤다. 여전히 콧노래를 흥얼거리던 참이다. 그에 기찬이 더 몸을 비틀거렸다. 눈썹을 휜 수현이 퉁명하게 물었다.

"왜 그래? 어디 아파?"

"어, 나 많이 아픈가 봐."

털썩. 바닥에 주저앉은 기찬의 곁으로 다가서며 수현이 손목시계를 확인했다. 수현의 차가운 손이 기찬의 볼에 닿았다. 기찬이 헉 하고 또다시 놀란 숨을 삼켰다. 수현은 절대 남의 몸에 손을 대지 않는다. 제 몸에 누군가의 손길이 닿는 것도 극도로 싫어한다. 그럼 대체 저건 누구지? 의구심 가득한 눈길로 저를 바라보는 기찬의 시선을 깔끔히 무시하고 고개를 살짝 기울인 수현이 손을 거두며 말했다.

"열은 없는데. 미안한데 병원까진 못 데려다 주겠다. 형 혼자 갈 수 있지?"

"수현아."

일어서려는 수현의 팔을 급히 붙잡으며 기찬이 침을 꿀꺽 삼켰다.

"응?"

"병원은 네가 가야겠다."

"뭐?"

"너 나 없는 사이에 뭐 잘못 먹었냐? 혹시 누가 이상한 약 같은 거 먹이고 그런 건 아니지?"

"닥쳐."

"허. 그렇지. 그러니까 안심이 돼."

"하아."

허리를 펴고 일어난 수현이 헛웃음을 터트렸다. 기껏 걱정해서 말해 줬더니 약 먹었냐는 말이나 하고 무슨 마조히스트도 아니고 닥치란 말에 안심이 된다니 참 미친다. 고개를 절레절레 흔든 수현이 혀를 차며 돌아섰다.

"나, 나가."

"수현아!"

다급히 몸을 일으켜 불러 세우는 기찬을 깔끔히 외면하고 수현은 곧장 현관문을 나섰다. 오늘은 윤은이 사는 안드로메다에 가 볼 생각이다. 다 하지 못한 키스와 기타 등등의 수업도 겸해서 그녀가 사는 안드로메다에 대해 관찰도 해 봐야겠다. 윤은이 사는 곳이 무척 궁금했다. 즐거운 마음으로 엘리베이터에 오른 수현의 귀에 제 이름을 애타게 부르는 기찬의 목소리가 들려왔다. 닫힘 버튼을 누르는 수현의 손가락이 스피드하게 움직였다. 타면 죽어.

별나라에서 쎄리가 찾아왔어요.

별 희한한 노래가 다 있다. 잠결에도 피식거린 윤은이 가물거리는 눈을 겨우 떠 멋들어지게 노래를 뽑아내고 있는 제 휴대폰을 바라봤다. 언제 휴대폰 벨소리가 바뀌었지? 고개를 갸웃하며 발신인을 확인하자 고구마가 뜬다. 허걱.

"네."

—어디야?

"집이죠. 아직 출근 전이잖아요."

—그러니까. 집이 어디냐고.

"전에 근처에 와 봤잖아요."

—큰길에서 쭉 올라가서 전신주. 거기서 어디로 가?

"꺾어서 5미터만 오면 돼요."

193

길게 하품을 하며 반쯤 일어나 앉은 윤은이 목을 벅벅 긁다 말고 동작을 멈췄다. 윤은의 눈이 느리게 몇 번 깜빡거렸다. 뭐지? 이 불길한 예감은?

"은아! 어이 윤은!"

"……허얼."

수현의 목소리가 전화기 밖에서도 들렸다. 번쩍 정신이 든 윤은이 급히 삼색이를 꿰차고 밖으로 뛰어나왔다. 난간으로 곧장 달려간 윤은이 민첩하게 아래를 살폈다. 손을 입에 모아 제 이름을 열심히 부르고 있는 수현의 모습이 포착됐다. 하아. 이게 꿈이야, 생시야? 왜 고구마가 저기 있지? 뜨악해 바라보는 윤은을 발견한 수현이 반갑게 손을 흔들었다.

"뭡니까? 여기 왜 왔어요?"

"마저 가르쳐 주려고."

"뭘요?"

"입술 사용법."

"에?"

"키스에 의한, 키스를 위한. 키스의 사용법."

"허걱."

그걸 왜 여기까지 와서 해? 고개를 갸웃하는 윤은의 머릿속으로 수현의 말캉한 혀가 떠올랐다. 흐음. 출장 강의라. 턱을 문지르며 저를 내려 보는 윤은을 애타게 바라보던 수현이 이어 한 자 한 자 힘을 주어 강조했다.

"가.슴.도. 옵.션.으.로. 키.워. 줄.게."

"헐."

그걸 지금 원+원 행사라고 떠드는 건가? 미치겠네. 아주 동네방네 방송을 해라, 방송을. 뜨악하게 수현을 바라보는 윤은의 귀에 부서져라 창문을 여는 소리가 들렸다.

"니미! 걔 가슴을 네가 왜 키워 줘! 너 죽었어!"

곧 창문 밖으로 튀어 나갈 기세로 동훈이 바락바락 고함을 내질렀다. 동지, 너마저 이러기냐? 얼레. 경사 났네, 경사 났어. 서로 키워 주겠다고 달려들고. 아주 난리가 났네, 났어. 겁나 커지겠네. 그 어디 버거워서 들고 나 다니겠냐? 미쳐. 환장하겠다, 정말.

6.

쉿, 안드로메다엔 비밀이 없다

삼자대면이 뭔 라면 이름이냐고 묻는다면 일단 냄비에 물부터 부어 보라 말하고 싶다. 죄다 넣고 한번 끓여나 보게. 국이 되든 물이 되든 라면이 되든 제발 증발이라도 해서 죄다 없어졌으면 좋겠다.

윤은은 땅이 꺼져라 한숨을 내쉬며 제 옆에 마주하고 앉은 두 골칫덩이를 한심하게 바라봤다. 이건 정말 말도 안 된다. 대체 남의 가슴을 가지고 왜 자기네들이 갑론을박을 펼치는 건지 모르겠다. 서로 바라보는 눈길이 마치 세기에 다시없을 명승부라도 펼칠 기세다. 됐다고요. 난 괜찮다고요. 그냥 내버려 둬도 혼자 잘 키울 수 있단 말이 목구멍까지 치고 올라왔다. 이마를 긁적인 윤은이 먼저 동훈의 허벅지를 툭툭 두드리며 다독거렸다.

"걱정 말고 내려가. 누나가 알아서 할게."

"니미. 저것부터 보내."

욕지기가 아주 입에 붙어서 일상어처럼 쏟아져 나오는 동훈을 윤은이 얇게 노려봤다. 이런 걸 이웃사촌이라고 곁에 두니 저도 모르게 입이 걸어진 모양이다. 아무리 별세계 사람이라도 위아래는 좀 구분을 했으면 좋으련만 안드로메다에서도 덜떨어져 낙오된 동훈에게 그건 참 어려운 일일 듯싶었다. 그냥 포기하고 말자. 이내 미련 없이 고개를 돌린 윤은이 실실거리는 웃음을 달고 있는 수현을 바라봤다. 거만함의 선두 주자답게 앉아 있는 폼부터가 남달랐다.

"이건 분명한 직권남용입니다."

"나도 쉬는 날이야."

윤은이 짐짓 무게를 잡고 말하자 수현이 뚝 잘라 말했다. 그래서 쉬는 날이면 쉬어야지 여긴 왜 온 거냐고.

"헐. 그러면 푹 쉬시지. 쉬는 날 왜 부하 직원의 집을 기습하는 겁니까? 무슨 가정방문도 아니고. 별스럽게."

삐죽 내민 윤은의 입술을 수현이 뜨겁게 돌아봤다. 그에 슬금슬금 뒤로 물러난 윤은이 머쓱함에 이마를 긁적였다. 둘의 묘한 낌새에 미간을 찌푸린 동훈이 뭐라 입을 열기도 전에 수현이 먼저 달콤하게 말했다.

"또 말해 줘?"

"예?"

"왜 왔는지?"

"왜 왔었……."

그의 눈길을 받으며 말을 그대로 읊어 대던 윤은이 침을 꿀꺽 삼켰다. 어떻게 그걸 깜빡할 수가 있는지 본인이 생각해도 참 어이가 없다. 이렇게 난감스러울 때가. 제 입술을 향한 수현의 뜨거운 눈길이 그제야 와락 가슴에 와 닿았다. 입술 사용법 어쩌고 했었지, 참. 수현의 입꼬리가 호선을 그리며 가까이 다가올 즈음 난데없이 넓적한 손바닥 하나가 나타났다.

"어디다 주둥이를 갖다 대!"

"아직 안 댔는데."

폭발할 듯한 안광을 내뿜으며 화르륵 타오르는 동훈을 멀거니 돌아보며 윤은이 입을 삐죽거렸다. 돌아보는 눈길이 매우 험악하다. 뭐, 내가 뭘 잘못 말했나? 빠득, 이 가는 소리를 내며 동훈이 주먹을 불끈 쥐어흔들었다.

"넌 주둥이 꽉 다물어."

"허걱."

"너나 다물고 꺼져, 인마. 새끼가 버릇없이 누나한테 대들어."

"뭐!"

가소롭다는 듯 동훈을 내려 보며 수현이 시니컬하게 내뱉었다. 그에 발끈한 동훈이 벌떡 일어나려다 발이 꼬여 그대로 평상 아래로 나뒹굴었다. 동훈이 충격에 파리처럼 팔을 파르르 떨었다. 떨어지면서 팔꿈치를 부딪친 모양이다. 제법 아플 텐데. 바라보는 윤은의 미간이 절로 찌푸려졌다.

"꼬맹이, 이미 은이 입술은 내가 접수했다. 괜히 끼어들지 말고 가서 공부나 해."

접수. 키스를 그렇게 말하는 거였던가. 돌아보는 윤은의 어깨를 부드럽게 감싸 안으며 수현이 히죽 웃었다. 멀뚱거리는 윤은의 눈이 뭐라 다른 말을 흘리려는 듯 꿈틀거리자 수현이 손을 허리로 내려 불끈 힘을 주었다. 경기하듯 파들거리던 동훈이 기적처럼 벌떡 몸을 일으켰다. 놈의 손엔 삼색이 두 짝이 잘 장전된 총알처럼 쥐어져 있었다. 지금 그걸로 뭘 하겠다는 건 아니지? 동훈의 등 뒤로 분노의 오라가 서서히 피어올랐다.

"죽인다!"

"허걱!"

입을 향해 득달같이 달려드는 동훈을 수현이 능숙하게 피했다. 윤은을 안은 채 빙글 몸을 돌려 평상을 벗어난 수현이 쌩하니 반대편 평상 아래로 낙하하는 동훈을 건조하게 바라봤다. 찰싹하며 바닥에 달라붙는 삼색이의 찰떡 같은 소리가 경쾌하게 울려 퍼졌다. 엄청 아프겠다.

"흥분은 어린것들의 전유물이지."

도도하게 턱을 치켜들고 턱을 쓸어 대던 수현이 느긋하게 말하며 발길을 돌렸다. 윤은의 허리를 잡은 채로 자연스레 계단을 향해 걸어가던 수현이 불쑥 걸음을 멈췄다. 그리곤 스윽 윤은을 훑어보다 깔깔이 상의에서 낮은 신음을 흘려 냈다. 무릎 나온 트레이닝복이야 그렇다 치고 군바리의 전유물인 깔깔이는 대체 어디서 구해 입은 건지. 쯧, 가볍게 혀를 찬 수현이 피식 웃으며 윤은의 머리를 쓰다듬었다. 뭐 어때. 어차피 외계인인 걸.

"어? 어디 가요?"

"훼방꾼 없는 곳으로."

"에?"

"가자."

"자, 잠깐만."

계단을 내려와 거리를 내달리는 그들의 등 뒤로 동훈의 피 터질 듯한 괴성이 들려왔다. 그러다 인숙 씨보다 네가 먼저 득음하겠다. 동훈의 목소리를 애써 귓등으로 넘긴 윤은이 설레설레 고개를 저었다. 이추운 날 창문은 왜 열고 저마다 고개를 내밀고들 계시는지. 유달리 반짝이는 시선으로 구경에 열을 올리고 있는 동네 사람들의 이목을 피해 어쩔 수 없이 타의 반, 자의 반으로 수현의 손에 이끌려 같이 달렸다. 윤은의 한숨이 깊어졌다. 에고, 이제 어떻게 얼굴 들고 다니냐. 망할.

"뭐 좋아해?"

차에 시동을 걸며 수현이 물었다. 좋아하는 거야 많지. 싫어하는 걸 묻는 게 더 간단할 텐데. 속으로 구시렁거리며 안전벨트를 채운 윤은이 어깨를 으쓱거렸다. 윤은의 심드렁한 반응에 슬쩍 돌아본 수현이 한쪽 손을 들어 윤은의 뺨을 쓸었다. 그에 흠칫한 윤은이 멀거니 그를 돌아보았다. 왜 이래?

"난 너 좋아해."

"……허걱."

벨트에 목 졸릴 뻔했다. 놀라 삐끗한 윤은이 벨트를 잡아 몸을 일으키며 괴상한 눈으로 수현을 돌아보았다. 지옥행 편도가 어쩌고, 벼룩이 어쩌고, 잡아먹을 듯 난리치던 위인이 왜 이러나 싶었다.

입맞춤. 처음은 그렇게 이름 붙이기도 뭣한 저돌적인 물어뜯김이었다. 그래, 그건 그저 술에 취해서 한 실수라 치고, 두 번째는 클럽에서 미친 돌끼를 내쫓기 위해 그런 거라 생각했다. 뭐 조금 이상한 느낌은 들었지만, 좋아해서 한 거라고 여기진 않았다. 그런데 이건 또 무슨 전개지?

"왜, 못 믿어?"

"당근이죠."

"왜?"

"약혼녀 있잖습니까."

"누가 누구 뭐라고?"

"헐. 모르쇠로 일관하기엔 좀 그렇죠? 직접 눈으로 보기까지 했는데?"

"내 입으로 한 말인가? 그게?"

"그건 아니지만."

간질이듯 윤은의 뺨을 쓰다듬던 손이 종알거리는 그녀의 입술에 닿았다. 윤은답지 않게 말이 멈춰졌다. 문득 돌아보는 시선이 맞물렸다.

신호라는 게 참 절묘한 타이밍에 차를 세우기도 한다. 그 잠깐의 순간 수현이 윤은의 입술을 훔쳤다. 멀뚱히 눈을 깜빡이는 윤은의 머리를 부드럽게 쓸어내리며 수현이 감미롭게 말했다.

"내가 먹고 싶은 입술은 이거 딱 하나야."

싱그럽게 웃으며 저를 향해 윙크를 건네는 수현을 물끄러미 바라보다 윤은이 머쓱해 고개를 갸웃거렸다. 뭔가 낯이 이상하게 간질거렸다. 수현의 입술이 닿았던 곳을 손으로 더듬으며 윤은이 혼잣소리처럼 중얼거렸다.

"먹고 싶다고 덥석덥석. 내 입술이 무슨 마트용 맛보긴가?"

"좋으니까 먹는 거야."

"헐. 좋고 싫고가 무슨 고기 뒤집듯 그렇게 쉬워요?"

"솔직할 거니까."

"네?"

"외계인한텐 뭐든 솔직할 거야. 좋은 건 좋다 싫은 건 싫다. 가식 없이 진실하게 대할 거야."

"……헐. 두 번 솔직했다간 아주 날 잡아 먹겠다고 덤벼들겠네."

"오, 그것도 좋다."

"허걱."

급하게 차를 멈춰 세우고 저를 향해 불쑥 달려드는 수현 때문에 윤은이 놀라 숨을 급히 삼켰다. 언제 벨트는 풀었는지 덮치듯 몸을 기울여 오는 수현으로 인해 윤은의 몸이 좌석과 일심동체가 되기 일보 직전이었다.

찰칵. 뭔가 풀리는 소리와 함께 수현이 빙긋이 웃으며 윤은의 입술에 가볍게 입을 맞추고 물러섰다. 이건 무슨 고삐 풀린 망아지처럼 시도 때도 없이 입술을 머금는다. 얼떨떨함을 감추지 못하고 멍해 있는 윤은을 두고 수현이 먼저 차에서 내렸다. 윤은의 눈이 차를 돌아 조수석으로 걸어오는 수현을 좇았다.

"내려."

손수 문을 열고 저를 향해 친절히 손을 내미는 수현을 힐끔 올려 보며 윤은이 고개를 갸웃했다. 정말 내리라는 건가? 윤은의 눈이 럭셔리와 우아함을 몸소 보여 주고 있는 눈앞의 건물을 담아냈다. 돈깨나 있다는 사람들이 드나드는 꽤 유명한 레스토랑이었다. 윤은의 가지런하던 눈썹이 모로 길게 휘었다. 내리라면 못 내릴 것도 없지만, 거참 취향 한번 독특하네.

행여나 수현이 손을 놓을까 더 불끈 힘주어 그의 손을 맞잡은 윤은이 당당한 포스로 차에서 내렸다. 그와 동시에 주변의 시선이 일제히 윤은과 수현에게 쏠렸다.

점심시간. 꽤 번잡한 레스토랑의 입구로 자다 일어난 듯 부스스한 머리와 꼬질한 때깔의 깔깔이, 여기가 무릎이요 친절히 제 위치를 되새겨 주는 트레이닝복. 그에 종지부를 찍는 삼색이 슬리퍼를 꿰찬 윤은이 들어섰다. 시선을 끌어 모으기엔 충분히 파격적인 패션이었다.

"여기 고기가 아주 죽여줘."

"아, 예."

"일단 배부터 채우자."

"그럽시다, 뭐."

조금의 망설임도 없이 레스토랑을 향해 걸어 들어가는 수현의 모습에 윤은이 속으로 놀란 숨을 삼켰다. 진짜 이대로 들어가서 먹겠다고? 입구를 지키던 매니저를 비롯해 모두의 눈이 휘둥그레졌다. 뭔가 제지를 가하리라 여겼던 윤은의 예상은 깔끔하게 빗나갔다. 처음 놀람으로 당황해하던 직원들의 시선은 일시에 걷어졌다. 놀람의 극치였다. 대한

민국에 이렇게 철저한 서비스 정신을 가진 곳이 있다니. 거지도 이런 상거지가 없는데, 어떻게 아무렇지 않게 대할 수가 있는지 도리어 윤은이 의아스러울 뿐이었다.

"오랜만에 오셨습니다."

매니저가 반가이 인사를 건네며 수현과 윤은을 안내했다. 예약석이란 안내판이 버젓이 놓인 창가 좋은 자리로 둘을 안내한 매니저가 매너 돋게도 윤은의 의자를 빼 주었다. 잠시 멈칫하다 이내 어설픈 웃음을 건네며 윤은이 엉덩이를 걸치자 매니저가 미소를 띠며 슬쩍 의자를 밀어주었다. 살아생전 이런 대접은 처음이었다. 세상 오래 살고 볼 일일세. 헐.

"하여튼 눈썰미 하나는 타고났다니까."

고개를 절레절레 흔들며 혀를 내두르는 수현의 말에 매니저가 말없이 웃으며 고개를 끄덕였다. 좀체 간파하기 어려운 윤은의 정체를 어떻게 단박에 알아차렸는지 맨인 블랙 저리 가라의 뛰어난 인지능력의 소유자다. 인정.

"뭐 먹을래?"

수현이 메뉴를 뒤척이며 물었다. 매니저가 건네준 메뉴판을 슥 훑어본 윤은은 게슴츠레하게 눈을 늘이고 알아볼 수 없는 글자는 외면한 채 그림에만 집중했다. 그리곤 서슴없이 제일 양 많고 맛있어 보이는 것을 콕 집어냈다. 매니저가 고개를 끄덕이자 수현도 이내 같은 걸로 달라며 메뉴판을 접었다. 기타 등등 잡스러운 주문을 끝낸 수현이 물을 벌컥이는 윤은을 넌지시 바라보았다. 수현의 입가에 엷은 미소가 떠올랐다. 어떠한 상황에서도 굴하지 않는 저 당당함이 눈부시다. 누가 그의 생각을 읽었다면 당장에 귀 옆에 동그라미를 그렸을 것이다. 눈이 삐어도 단단히 삐었고, 머리가 돌아도 한참을 돌았다고. 그래도 좋은 걸 어떡해.

"왜요?"

"좋아서."

저를 보며 실실 웃는 게 영 제정신은 아닌 것 같아 묻자 냉큼 좋단다. 대체 뭐가 좋다는 건지. 나사가 빠져도 수두룩이 빠지고도 남았을 수현의 헤실거리는 얼굴을 보며 윤은은 물을 들이켰다. 숙자 씨랑 밥 먹기 부끄럽다고 씻고 나가자 할 때는 언제고 그보다 더한 꼴로 앉아 있는 저를 보고 계속 바보처럼 웃기만 한다. 어제 뭘 잘못 먹었나?

"뭐가요?"

"다."

"픕."

머금었던 물이 그대로 배출되었다. 저 양반 정말 뭘 잘못 먹은 모양이다. 흐르는 물을 손으로 쓸어 내는데 자리에서 벌떡 일어난 수현이 냅킨으로 섬세하게 윤은의 턱과 손을 닦아 냈다. 허걱. 왜 이러지.

"저기요. 혹시 어제 뭘 잘못."

"생각했지."

"응."

물기를 닦아 낸 수현이 윤은의 곁에 내려앉은 채로 지그시 올려 보았다. 그 눈길이 무척 따스하고 부드러워 윤은은 덜컥 겁이 났다. 또 무슨 말도 안 되는 소릴 늘어놓으려고 이러나 싶었다. 아니나 다를까. 수현이 윤은의 손을 덥석 잡으며 불쑥 얼굴을 디밀었다. 헉. 어쩌라고.

"외계인같이 엉뚱한 녀석. 여잔지 남잔지 구분도 안 가게 묘한 놈 어디가 어떻게 예뻐서 내가 이러나 나도 머리 빠지게 고민해 봤지. 이상해. 보면 그냥 기분이 좋아, 자꾸만 건드리고 싶고 눈이 가고 깨물고 싶을 만큼 사랑스러워. 이유. 그래, 이유. 그게 뭔지 나도 한참 머리 아프게 생각했어. 그런데 이유가 없어. 그냥 좋아. 이유 없이 네가 좋아.

그게 내가 내린 결론이야. 그럼 안 되나?"

"허얼."

"그래서 솔직하기로 했어. 넌 외계인이니까. 거추장스러운 격식 따위 겉치레, 밀당 같은 거 전혀 필요 없을 테니까."

"난 이사님 좋아한 적 없는데요."

지극히 솔직한 놈. 피식. 싱겁게 웃은 수현이 냅킨으로 윤은의 입가를 찍으며 동시에 짧게 입을 맞췄다. 윤은의 눈이 동그랗게 떠졌다. 자리로 돌아가 앉는 그를 눈에 담으며 고개를 갸웃 기울인다. 짐짓 모른 척 에피타이저로 나온 음식을 바라보던 수현의 입가가 살짝 밀려 올라갔다.

"싫은 것도 아니잖아."

"얼레. 저 거만한 자신감은 어디서 나오는. 헉. 실수."

"됐어, 인마. 벌써 뱉은 말. 실수는."

"싫은 건……. 음. 뭐지?"

분명 싫다고 단호하게 말하려 했는데 그게 선뜻 입에서 내뱉어지지 않았다. 싫었다가 맞는 말이라는 걸 깨달은 건 수현이 샐러드를 찍어 윤은의 입술 앞에 내밀었을 때였다. 덥석 거리낌 없이 받아먹는 윤은을 보며 수현이 거보란 듯이 저도 한입 샐러드를 머금었다.

"밀어낸 적 없잖아."

"그걸 좋다고 해석하기도 애매하죠."

"좋아지고 있단 걸로 결론 내."

"헐. 그 자기중심적인 결론은 대체 누구를 위한 거랍니까?"

"둘 다."

역시 모든 건 사진 빨이었다. 양 많고 맛있어 보이던 주 메뉴는 맛있다에서 그쳤다. 양은 정말 손바닥만 한 크기여서 배를 채우기엔 턱도 없이 적어 보였다. 실망감에 절어 포크와 나이프를 집어 들던 윤은의 눈앞에서 접시가 허공을 날았다. 놀란 윤은이 전광석화처럼 포크를 날려 고기를 내리찍었다. 하마터면 접시가 홍해처럼 둘로 갈라지는 기적을 볼 뻔했다. 내던져도 안 깨진다는 잘난 접시가 아니었다면 당장 그렇게 되고도 남았을 것이다. 그 포스가 어찌나 살벌한지 접시를 들어 가져가던 수현의 눈이 번쩍 뜨였다.

"왜."

"그건 제가 할 말이죠. 남의 것에 눈독들이지 맙시다. 간에 기별도 안 가게 생겼구만."

살벌하게 고기를 쏘아보는 윤은의 눈빛에 잠시 넋을 놓았던 수현이 이내 큭큭거리며 웃었다. 그에 윤은의 미간이 보기 좋게 찌푸려졌다. 뭐래? 왜 저래?

"썰어 주려고 그런 거야. 안 먹어."

"정말?"

"설마 이걸 한 번에 다 먹으려던 건 아니지?"

"에이 설마."

슬며시 포크를 거두긴 했지만, 양심은 찔렸다. 사실 한 입에 넣고 씹어도 되겠다. 썰기를 포기하려던 참이었다. 칼질도 해 본 놈이 한다고. 불판에 올려진 고기만 잘라 본 윤은이었다. 어설픈 건 하지 않는 게 좋다는 신념을 가진 만큼 본인에게 솔직한 편이었다. 뭐 잘라 준다는데 마다할 이유 있나?

고기를 자르면서도 슬쩍슬쩍 웃음을 비추는 수현으로 인해 심기가 조금 틀어졌던 윤은은 이내 그마저도 깔끔히 잊어버렸다. 제 앞으로 다시 안착한 접시의 고기가 저를 향해 유혹의 눈길을 보내고 있었다. 먹어 줘. 먹어 줘.

"오호. 어느 놈부터 먹어 볼까나."

"나."

덥석 하나를 집어 입에 넣는데 수현의 야릇한 목소리가 날아들었다. 스륵 눈을 들어 올리자 수현이 유혹하듯 매끄럽게 입술을 끌어 올리고 혀를 내밀어 더듬는 모습이 들어왔다. 꿀꺽. 고기가 녹듯이 입 안으로 사라졌다. 고기 하나를 더 집어넣으며 윤은이 히죽 웃었다.

"그럼 먹기 좋게 구워서 드러눕든가."

"정말?"

"……."

일억 운운하던 셔츠 단추로 손을 움직이는 수현을 보며 윤은은 입을 허 벌렸다. 사람이 미치면 저리 되는가 싶었다. 새롭게 알게 된 자신의 치명적 매력에 대해서도 다시 한 번 생각하게 되었다. 당최 그게 뭐기에 사람을 저렇게 폐인으로 만들 수 있는 건지. 동네 바보가 오빠하고 따라붙겠다.

"이건 뭐지?"

순식간에 사라진 고기를 아쉬워하며 쩝 입맛을 다시던 윤은의 눈에 호일에 곱게 싸여 뽀얀 속살을 드러내고 있는 둥근 형태의 사이드 음식이 들어왔다. 제 몫의 고기를 윤은의 접시에 덜어 내며 수현이 친절하게 말했다.

"오븐에 구운 고구마."

쨍강. 윤은이 입에 물고 있던 포크가 접시 위로 낙하했다. 허, 하고 입을 벌린 윤은의 눈이 놀랍다는 듯 고구마를 바라보고 있었다. 그게 그렇게 놀랄 일인가? 피식. 가볍게 웃으며 물을 머금던 수현의 귀로 경이로움을 담은 윤은의 목소리가 날아들었다.

"오오. 고구마도 오븐에서 구울 수 있는가!"

"뭘 그런 걸 가지고 놀라……고."

"오호!"

호기롭게 고구마를 바라보는 윤은의 눈이 뭔가 섬뜩했다. 수현은 등줄기를 타고 스멀거리며 올라오는 한기에 부르르 몸을 떨었다. 포크에 찍힌 고구마가 마치 제 그것처럼 느껴져 수현은 저도 모르게 다리를 오므렸다. 아니나 다를까. 생크림을 곁들인 고구마를 혀로 할짝이던 윤은의 눈이 테이블 아래 가려진 수현의 그곳으로 날아들었다.

"흐음."

저도 모르게 시선을 외면한 수현이 겸연쩍은 듯 손으로 얼굴을 더듬으며 낮은 신음을 흘렸다. 왜 하필 고구마가 사이드 메뉴로 나왔을까. 무심결에 한 주문을 후회하며 수현이 깊은 한숨을 내쉬었다.

"어머! 오빠!"

세상에서 저를 오빠라고 부르며 악착같이 들러붙을 수 있는 유일한 존재. 지수의 간드러지는 콧소리를 짜증스레 흘려 내며 수현이 신경질적으로 혀를 찼다. 스토커질도 이 정도면 꽤나 수준급이다. 제 취향과는 판이하게 다른 곳인데 어떻게 알고 찾아왔을까. 빠득 이를 갈며 돌아보자 도도하게 고개를 치켜든 지수가 빤히 저를 보고 웃으며 서 있었다.

"꺼져."

"점심?"

"귀 먹었어? 꺼지라고."

"어머, 벌써 끝나가네. 나도 마침 후식 들려던 참이야."

"야."

벌떡 자리에서 일어서려는 수현을 깔끔히 외면하며 지수가 윤은을 향해 반갑게 손을 흔들어 보였다. 입술에 묻은 생크림의 잔해를 혀로 훑어 내던 윤은이 어설프게 마주 웃어 보이자 지수가 서슴없이 엉덩이를 들이밀며 윤은을 옆자리로 밀어냈다. 결에 제 접시와 멀어진 윤은이 삐죽이 입술을 내밀었다.

"간단하게 커피? 아님 아이스크림?"

"꺼지라고 했지?"

"난 아이스크림. 여기 수제라 맛이 좋아."

발끈하는 수현은 돌아보지도 않고 윤은을 향해 턱을 괴고 앉은 지수가 능글맞은 미소를 띠었다. 맛있는 수제 아이스크림에 혹한 윤은이 눈을 빛내며 저를 응시하자 지수가 빙긋이 입가를 끌어 올리며 손을 들었다. 직원이 곁으로 다가오자 지수가 윤은을 향해 다정히 물었다.

"자긴 뭐로 할래? 겁나 큰 가슴?"

"헉."

정작 들고 다니기 버거운 가슴을 보란 듯 팔로 받치고 앉은 지수가 윤은을 향해 더 은밀히 다가왔다.

"오늘은 들고 왔어? 사물함에 넣어 둔 겁나 큰 가슴 말이야."

"헐. 장착이 버거워서 주로 두고 다닙니다만."

"풋. 푸하하하."

그게 그렇게 웃을 일인가. 남의 아픈 곳을 아무렇지 않게 콕콕 집어 건드리는 큰 슴가 씨? 게슴츠레해진 윤은의 눈이 뚫어져라 지수의 가슴을 째려보았다. 기우뚱. 몸이 한쪽으로 기운다 싶더니 어느새 다가온 수현이 윤은의 어깨를 잡아당겼다. 이봐, 이봐. 입 그냥 다물지? 새빨간 수현의 입술이 윤은의 저지에도 불구하고 달싹거렸다.

"내가 곧 만들 거야. 그런 짜가 말고 진짜로. 열나게 수작업해서."

"허걱."

다물라, 다물라, 그 입 냉큼 다물라! 수현의 품에 안긴 윤은의 소리 없는 발악이 둘 사이에 벌어진 설전에 급기야 거품을 물 지경에 이르렀다. 이건 정말 지옥이야. 생지옥.

수작업으로 될 가슴이면 저는 벌써 수박 두 개는 되고도 남았을 거라며 빈정거리는 지수의 말을 윤은은 못 들었다 귓등으로 훌쩍 넘겨 버렸다. 수박 두 덩이를 가슴에 달고 다니느니 차라리 나름 작지만 앙증맞은 제 가슴이 훨씬 나았다. 그걸 어떻게 달고 다녀 허리 박살 나겠네. 헐.

"그래, 참 좋겠다. 따로 에어백이 필요 없어서."

"뭐?"

"아참. 그거 짜가였지? 이런 조심해. 터지면 수습 불가야."

"오빠!"

짜가라는 말이 걸렸던지 지수가 눈을 흘기며 가슴을 추슬렀다. 은근히 걱정하는 걸 보니 확실히 진품은 아닌 모양이다. 보란 듯 드러내 놓은 지수의 가슴골을 바라보며 윤은이 호기심을 가득 담아 눈을 빛냈다.

"오, 경이롭군."

"신경 꺼. 짜가야."

"오빠 정말 이러기야?"

"그러니까 꺼지랬지. 왜 들러붙어서 난리야?"

새침하게 말하는 지수를 향해 이를 드러내며 수현이 짜증스레 말했다. 그에 싱긋 아무렇지 않은 듯 웃으며 어깨를 들썩인 지수가 휴대폰을 꺼내 흔들며 의미심장한 눈빛을 보냈다.

"자꾸 이러면 이른다."

지수의 손에 들린 휴대폰을 건조하게 바라보며 수현이 시니컬하게 웃었다. 그걸 지금 협박이라고 하느냐 날카롭게 쏘아붙이지도 않았다. 전 같으면 바로 반응이 왔어야 하는데 이상하게 조용한 수현의 모습에 지수가 오히려 고개를 갸웃거렸다.

"가자."

디저트로 나온 아이스크림을 금세 다 비우고 아쉬운 듯 숟가락을 빨고 있던 윤은의 머리를 수현이 부드럽게 쓰다듬었다. 윤은이 고개를 들어 저를 바라보자 수현이 손을 잡아 일으켰다. 협박이 통하지 않는 수현을 향해 뾰족하게 입술을 내민 지수를 투명인간 취급하며 자리를 뜨던 수현이 갑자기 몸을 돌렸다. 그러면 그렇지. 지수의 입가에 거만한 미소가 떠오르려는 찰나 수현이 천천히 주먹을 들어 올렸다.

　"아차차. 깜빡했다."

　"응?"

　"즐."

　안드로메다의 유명 인사가 수현의 주먹 사이로 불손하게 얼굴을 내밀었다. 선뜻 그 의미를 알아채지 못하고 고개를 갸웃하는 지수를 향해 수현이 비릿한 미소를 덤으로 날려 주었다. 그리곤 미련 없이 윤은의 허리를 감싸 안고 유유히 레스토랑을 빠져나왔다. 최고급 럭셔리 레스토랑에서 고품격 원피스를 입은 에스 걸 지수가 깔깔이 외계인 윤은에게 밀렸다. 다시는 되새기고 싶지 않은 기억이었다. 사람들의 시선을 깔끔히 무시하며 도도하게 레스토랑을 빠져나온 지수는 쏜살같이 제 차를 향해 달려갔다.

　지수는 그날 이후 다시는 그곳을 찾지 않았다.

　"저대로 둬도 되나?"

　"뭐가?"

　"약혼녀가 이른다는데?"

　"그게 뭐."

　대수롭지 않게 말하며 수현이 차를 출발시켰다. 협박이 먹히지 않는 위인인 건 알겠는데, 그래도 좀 위험하지 않나? 이마를 긁적이며 수현을 돌아보자 피식 싱겁게 웃는다. 지금이 웃어야 할 타이밍인가?

"내버려 둬. 어차피 나랑은 상관없는 일이니까."

"흠."

본인이 상관없다는데 굳이 따지고 들 이유도 없다. 금방 관심을 거두고 창밖을 주시하던 윤은이 심심한 듯 창에 입김을 불었다. 하얗게 서린 입김 위로 뭔가를 끄적거리는 윤은을 넌지시 바라보다 수현이 궁금해 물었다.

"뭐야?"

"통신 중이요."

"응?"

"지구 언어 아니니까. 무시하세요."

"하아."

한참 뭔가를 적던 윤은이 이내 잠잠해졌다. 봄도 아닌데 춘곤증이 찾아온 모양이다. 곤하게 잠이 든 윤은을 바라보며 수현이 피식 낮은 웃음을 흘렸다. 힐끔 시계를 확인한 수현이 톡톡 가볍게 핸들을 손가락으로 두드렸다. 뭔가를 생각하는 듯 혀로 볼을 부풀렸다가 슬쩍 잠든 윤은을 내려 보곤 슬며시 입꼬리를 말아 올렸다.

"통신 접수. 가자, 안드로메다로."

미끄러지듯 부드럽게 차를 주차시킨 수현이 조심조심 운전석에서 내려 보조석으로 다가갔다. 안전벨트를 풀고 잠든 윤은을 품에 조심스레 안아 올린 뒤에야 겨우 낮은 숨을 내쉬었다. 엘리베이터의 층수가 오를수록 수현의 심장도 업그레이드되었다. 두근거리는 심장 소리가 행여나 잠을 방해할까 수현의 신경은 온통 윤은의 감긴 눈꺼풀에 집중되어 있었다.

이윽고 현관으로 들어선 수현이 벽에 몸을 기댄 채 깊은 안도의 한숨을 내쉬었다. 역시 한 번 잠에 빠지면 누가 업어 가도 모른다던 잠탱이의 전설은 사실이었다. 오랜만의 휴식이었다. 아무런 방해도 받지 않고 둘만 있고 싶었다.

늘 윤은의 침대 역할을 하던 소파를 그대로 무시하고 자신의 침실로 들어선 수현이 조심히 윤은을 침대에 내려놓았다. 윤은이 기지개를 켜듯 몸을 꼼지락거리자 수현이 지레 놀라 침대 아래로 몸을 숨겼다. 꿈틀거리며 몸을 뒤척인 윤은이 다시 잠잠해졌다.

"후우."

고개를 들어 잠든 윤은을 확인한 수현이 웃음기 머금은 한숨을 내쉬었다. 긴장한 모양이다. 저답지 않은 행동이 저도 우스워 혼자 큭큭거렸다. 외계인 납치 성공.

"푹 자고 일어나서 또 밥 먹자."

침대 옆에 턱을 괴고 앉은 수현이 나지막이 자장가처럼 중얼거렸다.

기찬은 공기를 무겁게 짓누르는 정적에 질식할 것만 같았다. 갑갑한 목 주변을 매만지던 기찬이 달각이는 작은 찻잔 소리에 이내 동작을 멈췄다. 안 회장의 사소한 움직임에 바짝 긴장해 곤두세우고 있던 신경이 즉각 반응을 나타냈다. 찻잔을 내려놓은 안 회장이 내리깐 시선을 그대로 두고 입을 열었다.

"클럽은?"

"변함없습니다."

"그래?"

"예."

천천히 들어 올린 시선이 기찬의 눈을 직시했다. 그에 꿀꺽 마른침을 삼킨 기찬이 어설픈 미소를 지어 보였다. 무표정한 얼굴로 느긋하게 소파에 등을 기대며 안 회장이 손끝으로 턱을 쓸었다.

"그럼 안 되는 거 아닌가?"

"예?"

"안 된단 말 무슨 뜻인지 몰라?"

심중을 파악하기엔 애매한 표현이었다. 낮은 신음을 흘려 내며 기찬이 안 회장의 안색을 살폈다. 건조하기 이를 데 없는 얼굴로 저를 날카롭게 바라보는 시선이 매우 직설적이다. 뭘 어쩌라고. 피하고 싶지만 올가미처럼 옭아맨 시선이 어쩔 수 없이 숨통을 조인다.

"그게. 저."

"멍청한."

"흠. 죄송합니다."

"그놈이 있는데 변화가 없으면 뭔가 잘못됐다는 뜻 아닌가?"

"아."

바보같이 멍한 감탄사를 내뱉는 기찬을 안 회장이 마뜩잖게 바라보았다. 수현을 클럽에 박아 놓은 안 회장의 의도를 기찬은 파악하지 못했다. 그저 삭막하기 이를 데 없는 수현의 정신세계를 조금 순화시키고자 그곳에 보내지 않았을까 막연히 생각하고 있을 뿐이었다.

남자를 싫어하고 여자를 경멸한다는 말은 사람 자체가 싫다는 뜻이었다. 수현이 입버릇처럼 말하는 그것들의 근본 원인이 바로 그의 모친 안 회장에게 있었다. 그러나 정작 안 회장은 한 번도 그에 대해 가타부타 이유를 물은 적도, 질타를 한 적도 없었다.

무관심.

사람에게 그보다 더한 잔인함은 없다는 걸 그녀는 잘 알지 못했던 것 같다. 낳아 놓았으니 제 할 도리는 다했다는 듯, 아비도 없이 그렇게 홀로 두었다. 무거운 침묵과 고독 속에 어린것을 버려두었다. 온갖 루머와

잔혹한 시선 속에 사생아라는 낙인이 찍혀 따돌림을 당해도 방관했다. 각자의 인생일 뿐이라고 그렇게 생각했다. 아들이 아닌, 하나의 또 다른 인간으로만 여겼다. 그것이 어떤 비극을 만드는지 깨닫지 못한 채.

수현이 성인이 되고 세상과 단절하기 시작하자 그제야 사태의 심각성을 깨달은 안 회장이 부랴부랴 수습하고 나섰다. 하지만, 사생아라는 타이틀을 안겨 준 아버지도 이미 수현에겐 아무런 의미를 부여할 수 없는 존재가 되어 있었다. 그저 성적 욕구에 의해 의미 없이 씨를 뿌려 대는 종족일 뿐. 사람이 싫었다. 지독한 탐욕에 눈이 멀어 자식도 외면하는 여자라는 존재는 더더욱 경멸스러웠다. 어린 수현에게 안 회장은 어머니라는 의미 이전에 늘 차갑고 냉정한 타인의 눈빛으로 자신을 내려 보던 거대한 존재. 다가서기조차 거북스러운 그런 존재로 각인되어 버렸다.

보이지 않는 거미줄에 걸려 안 회장의 시야에서 벗어나지 못하던 수현이 어느 날 반항을 시작했다. 하지만 그 모든 것이 허망했다. 아무리 발버둥 쳐도 안 회장의 그늘을 벗어날 수는 없었다. 숨이 막혔다. 그러다 돌연 수현이 여행을 가겠노라 선포했다. 절대 놓아줄 것 같지 않던 안 회장이 의외로 순순히 고개를 끄덕였다. 단, 돌아오면 그땐 안 회장의 지시에 따라 일을 시작할 것과 약혼에 대한 조항이 걸렸다. 수현은 흔쾌히 수락했다. 돌아오지 않으면 그만이니까.

수현이 돌아왔다. 그리고 안 회장이 계획해 놓은 시나리오대로 클럽을 맡았다. 그럼 어떤 변화라는 것이 있어야 했다. 둘 중 그 어느 것이라도.

"요즘 윤은인 어때?"

선뜻 말을 꺼내지 못하고 한 템포 늦게 반응하는 기찬을 안 회장이 날카롭게 담아냈다.

"잘 지내고 있습니다."

"그래? 다행이군."

"무척 밝은 아이라 모두들 좋아합니다."

"모두라."

혼잣소리처럼 중얼거리는 안 회장의 말을 들으며 기찬은 등줄기로 식은땀을 흘렸다. 혹여 누가 괜한 말을 전한 것은 아닌지 걱정이 앞섰다. 수현과 윤은이 부쩍 가까이 지내는 것에 대해 물으면 별스럽지 않은 일이다 둘러대야겠다 생각했다.

맞잡은 손안에 땀이 밸 무렵 안 회장이 찻잔을 들었다. 다시 찾아든 정적이 이번에는 무척 고마운 기찬이었다. 알면서 묻지 않는 것인지, 몰라 그러는 것인지 정확한 판단은 여전히 어려웠다. 능구렁이 같은 저 시커먼 속내는 과연 그 누가 알아챌 수 있을까. 고개 숙인 기찬을 내려보는 안 회장의 눈이 은밀하게 빛났다.

어느 결에 저도 잠이 들었던 모양이다. 무겁게 내려앉은 눈꺼풀을 힘겹게 밀어 올린 수현이 가물거리는 시선을 바로잡으려 눈을 비볐다. 그러다 문득 제 눈앞에 있는 묘한 물체에 고개를 갸웃 기울였다. 둥글고 잘록한, 무척 묘한 형태였다. 몇 번 눈을 깜빡이다 그제야 그것이 무엇인지 깨닫고 놀라 눈을 크게 떴다.

"외계인 엉덩이."

몸부림이 꽤 격렬했던 모양이다. 내려놓을 때만 해도 얌전히 침대 중앙에 있던 것이 어느새 침대 옆에 앉아 잠들었던 수현의 눈앞으로 바짝 다가와 있었다. 제법 탄탄하고 몽실해 보이는 것이 만지면 촉감이 좋을 것 같다. 스륵 저도 모르게 뻗치는 손에 흠칫 놀란 수현이 닿을 듯 말 듯 한 거리에서 손을 멈췄다. 엉덩이가 씰룩거린다.

뿡.

간결한 음과 함께 야릇한 향취가 코끝을 스쳤다. 외계인은 점심때 고구마를 먹었다. 참고 싶었으나 참지 못한 수현이 급히 방을 빠져나갔다. 재빨리 베란다로 뛰어가 창을 열고 한껏 맑은 공기를 들이마셨다. 가스에 질식사할 뻔했다. 노랗게 메주처럼 뜨던 얼굴이 그제야 제 색을 되찾았다. 고개를 절레절레 흔든 수현이 난간을 잡은 채 비틀거렸다.

"하아. 설마 일부러 그런 건 아니겠지?"

지나친 생각이다. 피식. 싱겁게 웃은 수현이 쿡 하고 낮은 웃음을 또 한 번 터트렸다. 방귀가 독하긴 했지만, 소리는 꽤 귀여웠다. 짱구 엉덩이를 닮았다. 윤은의 이마에서 씰룩이던 짱구 엉덩이 밴드를 떠올리며 수현이 킥킥거렸다. 아, 귀여워.

방문을 열자 아직 곤하게 잠든 윤은의 뒷모습이 보였다. 역시 일부러 그런 건 아닌 모양이었다. 스며들 듯 방 안으로 들어선 수현이 까치발로 조심조심 침대 옆으로 다가가 앉았다. 모로 누워 자던 윤은이 대자로 몸을 뻗었다. 냠냠거리는 입술이 참 맛깔스럽게 보였다. 슬금슬금 침대 위로 몸을 움직인 수현이 윤은 곁에 천천히 누웠다. 숨결이 고스란히 얼굴에 닿았다.

"잠탱이 맞네."

손을 뻗어 보드라운 뺨을 어루만졌다. 간지러운 듯 어깨를 으쓱하더니 이내 그도 귀찮은 듯 콜콜거린다. 목을 타고 흘러내린 손길이 아담스애플이 없음을 당당하게 주장하던 부위를 쓰다듬었다. 그래도 이것보단…… 수현의 시선이 미끄러지듯 윤은의 가슴에 닿았다. 엷은 미소가 절로 머금어졌다.

"봐. 있잖아. 가슴."

평지는 아니다. 그래도 언덕이 있었다. 그럼 된 거지.

"내가 기필코 최고 사양으로 키워 줄게."

몸을 반쯤 일으킨 수현이 윤은의 가슴께로 손을 뻗었다. 만지려던 건 아니었다. 단지 장난스럽게 마치 주술을 걸 듯 '켜져라'를 중얼거릴 참이었다. 아무리 그래도 잠든 사람을 허락도 없이 만지는 건 좀 아닌 건 같았다. 혼자 큭큭거리며 가슴 위에 손 그림자를 만들어 꼼지락거렸다. 한참 집중해 놀던 수현이 갑자기 움직인 윤은 때문에 비틀거렸다.

중심을 잃은 수현의 몸이 순식간에 윤은의 몸 위로 내려앉았다. 덮치듯 제 위로 무너진 뭔가에 깜짝 놀란 윤은이 스르륵 눈을 떴다. 처음 몇 번 눈을 깜빡이는 동안은 무슨 일이 일어난 것인지 감을 잡지 못했다. 그러다 점점 밝아진 시야로 확연히 드러난 수현의 얼굴에 윤은의 미간이 찌푸려졌다.

"……뭡니까?"

바닥을 짚었던 손을 들어 어색한 인사를 건넸다. 머쓱해 어설프게 올라간 입꼬리가 파들거렸다. 딱 못된 장난하다 들킨 개구쟁이 폼이었다. 마주 바라보는 윤은의 눈썹이 모로 휘었다. 윤은이 잠든 사이 벌인 일들에 대해 발뺌을 하기엔 너무 확실한 증거가 눈앞에 펼쳐져 있었다. 수현의 입술이 윤은의 가슴에 버젓이 닿아 있던 것이다. 없는 듯 보여도 분명히 감각은 섬세하다고 나름의 존재 유무를 표명했던 그 가슴 위였다. 마주한 수현의 시선이 흔들렸다.

"하하. 깼어?"

"수작업이라며."

삐죽이 튀어나온 윤은의 입술이 한껏 가늘어진 눈매와 함께 날카롭게 수현을 향했다. 의도한 일은 아니었지만 어쩌다 입술이 윤은의 가슴에 닿아 무척 난처한 상황이 되어 버렸다. 슬쩍슬쩍 윤은의 눈치를 살피던 수현이 이윽고 변명이랍시고 입을 열었다.

"구(口)작업도 같이하면 더 효과가 좋을 것 같아서."

"니미."

아무리 무던하기로 소문난 윤은이래도 이건 도저히 용납하기 어려웠다. 거기가 어디라고 함부로 주둥이를 갖다 댄단 말인가. 얼마나 섬세하고 예민한 부원데! 구(口)작업 좋아하네.

"죽었어."

미처 불손한 엄지가 고개를 내밀기도 전에 주먹이 먼저 수현의 턱을 강타했다. 억 소리를 내며 침대 위로 쓰러진 수현의 몸 위로 냉큼 올라탄 윤은이 한 손으론 멱살을 거머쥐고, 다른 한 손을 쫙 펼쳐 움찔거리며 말했다.

"조심해, 당신. 그러다 고구마 터지는 수가 있어."

"하아."

"난 이미 예습도 마쳤거든. 일발 장전."

"헉."

하필이면 앉은 부위가 그 부위였던 게 화근이다. 불뚝 솟아오른 중심이 제 의도와 다르게 힘차게 꿈틀거릴 찰나 윤은이 위협이랍시고 손을 쥐었다 폈다 했다. 시각적 효과까지 더해지니 수현의 중심이 주체할 수 없을 만큼 용솟음쳤다.

"흐음."

제 아래서 일어나는 미묘한 변화에 화들짝 놀란 윤은이 번쩍 엉덩이를 들어 올려 수현의 중심을 바라보았다. 그리곤 놀랍다는 듯 탄성을 질렀다.

"오오! 조물거리지도 않았는데 고구마가 커졌어!"

"하아."

외계인과의 사랑은 확실히 뭔가가 달랐다.

제 중심을 적나라하게 바라보고 있는 윤은의 눈이 너무 부담스러워 수현이 슬쩍 다리를 꼬아 모로 누웠다. 그를 따라 윤은의 고개도 비스듬히 기울었다. 뭘 그렇게 뚫어져라 직시하는지 윤은의 눈길이 너무 뜨거워 이마에 식은땀이 절로 맺혔다.

"어떻게 그럴 수가 있지?"

"끄응. 그럴 수도 있어."

"어떻게?"

후우. 한숨을 내쉰 수현이 기우뚱거리는 윤은을 제 옆에 나란히 눕혔다. 호기심 가득한 윤은의 눈이 반짝 빛을 발했다. 잠시 난감함에 미간을 좁힌 수현이 톡 하고 윤은의 콧등을 손끝으로 두드렸다. 그에 윤은의 눈이 중앙으로 모아졌다. 건드리면 건드리는 대로 반응하는 윤은이 너무 유쾌했다. 윤은에겐 심각한 분위기도 반전시켜 사람을 기분 좋게 만드는 묘한 매력이 있었다.

"그건 천천히 가르쳐 줄게."

"에? 왜요?"

"순서라는 게 있거든."

"순서?"

"함부로 덥석 건드리면 고구마가 막 화내."

"에?"

"그러면 어떻게 되는 줄 알아?"

그건 또 뭔가 하는 물음표가 윤은의 얼굴에 떠올랐다. 생각이 고스란히 드러나는 얼굴도 재미있다. 수현이 빙글 몸을 굴려 윤은의 몸 위에 올라탔다. 순식간에 수현의 아래에 깔린 윤은이 눈을 부릅떴다. 윤은의 얼굴 가까이 제 얼굴을 내려놓으며 수현이 나직이 말했다.

"와락. 한 입에 잡아먹으려고 덤빌지도 몰라."

"……?"

"그럼 아파서 안 돼. 외계인 울리는 나쁜 고구마가 될 순 없지. 천천히 예쁘게 맛있게 물들여서 먹을 거야. 고구마도 덜 큰 것보단 맛있게 잘 익은 게 좋잖아? 안 그래?"

무슨 말인지 못 알아듣겠다는 듯 눈알을 이리저리 굴리는 윤은이 귀여워 삐죽이 튀어나온 입술을 덥석 취해 버렸다. 무방비 상태로 늘어져 있던 윤은의 손이 꿈틀거렸다. 수현의 입맞춤이 깊어질수록 꼼지락거림도 커져 갔다. 급기야 수현의 혀가 제 치열을 훑고 입 안으로 밀고 들어왔을 때는 참지 못하고 그의 얼굴을 두 손으로 붙잡았다. 지그시 눈을 감은 수현을 뚫어져라 바라보며 윤은이 손에 힘을 가했다. 숨을 쉴 수가 없었다. 입 안을 꽉 채우며 삼킬 듯 강도를 더하는 수현이 너무 버거웠다.

아무리 밀어내도 꿈쩍도 않는다. 나쁜 고구마 구경도 하기 전에 세상 하직할 판이다. 머리가 핑글핑글 돌았다. 아찔한 감각이 발끝을 통해 서서히 온몸을 감전시키고 있었다. 이러다 감전사하는 거 아냐? 생명의 위협을 느끼며 수현의 볼을 쭉 잡아 늘이던 윤은의 시야로 스르륵 밀려 올라가는 수현의 눈꺼풀이 보였다. 촉촉이 물기를 머금은 눈동자가 저를 담아내고 있었다. 손에서 힘이 빠져나가 잡았던 볼을 놓쳤다. 뭐지?

"하아. 아파."

벌어진 틈 사이로 수현이 짙은 호흡을 토해 냈다. 아파서 눈물이 맺혔던 모양이다. 벌겋게 달아오른 수현의 볼이 꽤 색스러웠다. 뜨겁게 흘러내는 호흡도 뭔가 몽환적이다. 윤은의 속눈썹이 파르르 떨렸다. 수현의 눈 속에 비친 제 모습이 평소에 저와는 조금 달라 보여 계속 빠져들 듯 그의 눈동자를 바라보았다.

"그래도 이번엔 안 깨무네?"

장난스레 눈을 찡긋하며 타액이 묻은 입술을 혀로 핥는다. 그 입술이 꼭 잘 익은 체리 같았다. 아, 체리 맛 나는데. 꿀꺽. 수현의 눈동자에서 입술로 시선을 내린 윤은이 마른침을 삼켰다. 고거 참 맛나겠다. 생각이 그대로 행동으로 나타나는 윤은이었다. 싱긋 웃고 있던 수현의 입술이 윤은의 입술에 먹혔다.

물고, 빨고, 핥고. 본능에 충실한 윤은의 입맞춤이었다. 주춤. 당황해 머뭇하던 수현이 이내 윤은을 품에 바짝 끌어안고 그녀의 입맞춤에 응했다. 그가 부드럽게 입술을 머금었다 빨아 대자 곧 윤은이 반응하며 따랐다. 배움에 충실한 자세 아주 좋아.

"어라?"

"응?"

키스를 하다 말고 윤은이 갑자기 입술을 떼고 멍하니 눈을 깜빡거렸다. 수현이 다시 입술을 대려 하자 손바닥으로 그를 저지시킨다. 그러더니 다른 손으로 이마를 긁적이며 고개를 갸웃거렸다.

"헐. 체리 먹어 버렸다."

"어?"

"왜 먹었지?"

"체리?"

벌떡 수현을 밀치고 일어난 윤은이 성큼성큼 방문을 열고 나섰다. 곧장 주방으로 간 윤은이 냉장고에서 생수를 꺼내 단숨에 들이켰다. 볼이 자꾸만 화끈거렸다. 갈증이 계속 일었다. 따라나선 수현이 곁으로 다가서자 불쑥 그의 면전으로 생수를 내밀었다. 얼결에 받아 든 수현이 생수를 조금 마시자 볼을 한껏 부풀린 윤은이 그를 뚫어져라 바라보았다. 꿀꺽. 물을 넘기던 수현이 눈치를 보며 생수를 닫았다.

"왜?"

"거기 무슨 짓 했죠?"

"뭐?"

윤은이 물기를 머금은 수현의 입술을 가리키며 뾰족하게 말했다. 대체 입술에 무슨 짓을 했다는 거지? 엄지로 쓱 입술을 문지르자 지켜보던 윤은의 눈이 가늘어졌다. 의아해 되묻는 수현을 향해 윤은이 콧방귀를 뀌며 눈을 흘겼다.

"혹시, 약 같은 거 바른 거 아닙니까?"

취조하듯 묻는 윤은의 말투가 조금 우스웠다. 쿡 웃는 수현을 얄밉게 쏘아보며 윤은이 입을 삐죽거렸다.

"요망한 체리. 감히 날 유혹했어."

"요망한 체리?"

"맛있게 변신해서 날 막 유혹했잖아요. 먹어, 먹어 하고."

"하아. 요망한이라."

식탁 위에 생수를 내려놓으며 윤은 곁으로 바짝 다가서자 그녀가 지레 움찔하며 뒤로 물러섰다. 야릇한 미소를 지으며 한 발 한 발 다가서는 수현이 조금 위험해 보였다. 또 뭘 하려고? 등 뒤로 냉장고의 찬 기운이 느껴졌다. 더 이상 물러설 곳이 없어 스륵 고개를 돌려 시선을 피하자 수현이 손끝으로 턱을 들어 시선을 맞췄다. 그가 혀로 제 입술을 핥으며 색스럽게 말했다.

"요망한 체리는 더 요망한 것도 잘하는데."

"에?"

"이런 것도. 또 이런 것도."

하아. 뜨거운 숨결을 윤은의 여린 살결 위로 흘려 내며 수현이 그녀의 귓불을 빨았다. 찌릿. 또다시 발끝이 전기에 감전됐다. 저도 모르게 발가락을 그러모은 윤은이 미간을 찌푸리자 그가 그 위에 입술을 지그시 눌렀다. 얼굴 위로 흩어지는 숨결을 미처 느끼기도 전에 목 언저리를 스친 수현의 입술이 윤은의 쇄골을 조금씩, 조금씩 물들이기 시작했다. 그에 윤은의 입에서 엷은 신음이 흘러나왔다. 놀란 윤은이 손으로 입술을 막자 수현이 싱긋 미소를 지으며 그 손등에 입을 맞췄다.

"좋아해."

두근. 미세한 진동이 심장에서부터 울려 퍼졌다. 저를 응시하는 수현의 눈동자를 바라보며 윤은이 눈을 깜빡였다. 매력적으로 말려 올라간 수현의 입꼬리가 시야를 사로잡았다. 요망한 체리가 자꾸만 끌린다. 대체 무슨 짓을 한 거지? 저게 자꾸만 먹고 싶어진다. 이거 정말 큰일일세. 체리가 유혹하듯 속삭였다.

"너도 그랬으면 좋겠다."

싱긋이 미소 띤 얼굴로 윤은을 따뜻하게 바라보던 수현이 그녀의 이마에 입을 맞췄다. 동그랗게 뜬 눈으로 저를 올려 보는 모습이 너무 예뻐서 미칠 것만 같았다. 그냥 삼키면 큰일 나겠지? 외계인이 놀라 안드로메다로 튈지도 몰라. 노력할게. 네게도 내가 예뻐 보일 수 있도록. 간절함을 담아 또 한 번 윤은의 손등에 입을 맞췄다.

"요망한 체리는 맘껏 먹어도 배탈 안 나."

"헐. 그건 두고 봐야 알죠."

"두고 보긴 할 거야?"

"……에?"

"싫진 않다는 거지?"

"……."

도르르. 윤은의 눈동자가 굴러 간다. 생각할 여지가 있다는 것만으로도 거부는 아니란 뜻인 것 같아 조금이나마 안심이 되었다. 고구마에 이어 요망한 체리까지 점점 몸이 먹는 걸로 바뀌는 것 같았지만 그것도 좋았다. 뭐 어쨌든 먹을 수는 있잖아? 맛도 좋고.

"나는 점점 맛있어질 거야. 네가 먹고 싶어서 참을 수 없을 만큼."

왠지 그 말이 사실이 될 것 같은 불길한 예감이 들었다. 이 무슨 말도 안 되는 저주란 말인가. 사람을 잡아먹다니. 게슴츠레하게 눈을 늘인 윤은이 슬그머니 손을 들어 귀를 팠다. 난 아무것도 못 들었어. 저건 먹는 게 아니야. 먹으면 안 돼. 절대로.

부정하듯 고개를 내젓는 윤은을 지그시 바라보며 수현이 제 입술을 색스럽게 손가락으로 쓸어내렸다. 그 손길이 그대로 그의 목을 스쳐 쇄골을 지나 슬쩍 풀어헤쳐진 셔츠 사이로 뻗어 갔다. 허걱. 억짜리 단추가 풀려 나가기 직전 윤은이 그의 손을 덥석 움켜잡았다.

"스톱! 스트립은 혼자 즐기시죠."

"큭. 오키."

제스처만 취할 생각이었는데 단숨에 말려든다. 역시 보면 자제가 어렵다는 뜻인가? 제 손 위로 겹쳐진 윤은의 손을 부드럽게 감싸며 수현이 가볍게 입을 맞췄다. 불안스레 모로 휘어지던 윤은의 눈썹이 곧 제자리로 돌아왔다. 수현의 입술이 그 위로 내려앉은 탓이었다. 다리미가 따로 없네. 쩝. 너무 뜨거워.

뭐, 거부감이 들 정도로 싫진 않다. 요망한 체리 당분간 두고 보겠어. 눈 위로 슬며시 다가서는 요망한 체리를 마지막으로 윤은이 가만히 눈꺼풀을 내려놓았다. 두근. 정체를 알 수 없는 짜릿한 전기가 심장을 찔렀다. 아주 미미하게.

톡톡. 한열은 휴대폰 액정을 노려보며 손가락으로 그것을 두드렸다. 누군가에게 먼저 연락을 한다는 건 그에게 있을 수 없는 일이었다. 더군다나 사람을 써서 연락처를 알아 대는 귀찮은 짓거리도 처음이었다.

그래도 포기할 수 없는 끌림이 있는 걸 어쩌란 말인가. 놈은 중독성 강한 불량식품 같았다.

머리 아픈 고민은 그의 성격과 맞지 않았다. 그는 망설임 없이 통화 버튼을 눌렀다. 방정맞은 요란한 음악 소리가 딱 그 녀석을 떠올리게 했다. 절로 입가에 미소가 머물렀다. 이 녀석은 어떤 식으로 전화를 받을까? 그런 사소한 것까지 궁금해지기 시작했다. 한참 전화벨이 울리고 잠에 취한 녀석의 목소리가 들려왔다.

"뭐요?"

큭. 윤은답게 생뚱맞다. 슬쩍 손목시계를 확인한 한열이 느긋이 소파에 등을 기대며 윤은의 목소리에 귀를 기울였다. 잠결인 듯 입맛 다시는 소리가 꽤 감칠맛 나게 들려왔다.

"뭘 그렇게 맛있게 먹어?"

"……음냠. 만두, 떡볶이, 순대…… 냠냠."

먹어 본 적 없는 메뉴다. 그다지 좋을 것 없는 불량식품이라며 애초에 입조차 대지 못하게 했던 것들이다. 삼삼오오 모여 히히덕거리던 급우들의 주 군것질거리이기도 했다. 그 속에 끼여 자유로운 학창 시절을 보내지 못했던 한열에게 질투와 부러움의 대상이 되기도 했던. 물론 아무도 모르는 비밀이었지만. 짧은 기억의 파편을 멀리 밀어내며 낮은 한숨을 내쉬었다.

"어이…… 나 좀 심심한데."

보고 싶다. 대차게 대들던 모습이 자꾸만 눈앞에 어른거린다. 부스스하게 머리를 털어 대던 그 선머슴 같은 털털한 모습도. 뭐냐 너, 왜 자꾸만 사람을 흔들어. 뭐라 답해 줄 만도 한데 잠이 들었는지 아무런 말이 없다. 고른 숨소리가 전화기를 타고 고스란히 한열의 귀로 스며들었다. 참 달게도 잔다.

"야, 나같이 잘나신 놈 전화 받고도 잠이 오냐?"

투덜거리며 뭐라 쏘아 주면 좋겠다. 건드리면 건드리는 대로 반응하던 평소 모습대로. 정말 보고 싶다. 윤은의 평온한 숨소리를 들으며 가만히 눈꺼풀을 내려놓았다. 자고 싶다. 그러고 보니 요 며칠 제대로 잠을 잔 적이 없는 것 같다. 쫓기듯 일에 매진하느라 잠다운 잠을 자 본적이 없다. 조금만 느슨하게 긴장을 풀면 물어뜯으려 달려들 더러운 승냥이들이 시시때때로 그를 노리고 있었다. 숨이 막혔다. 바짝 곤두선 신경이 그의 인내심을 야금야금 갉아 대고 있었다.

어쩌면 그래서였는지도 모른다. 미친 듯이 윤은을 갈망하고 찾았던 이유가. 사막의 오아시스처럼 그의 목마름을 일시에 해소시켜 줄 청량한 생명수. 그게 윤은인 것만 같았다. 아주 잠깐의 휴식 시간이 아깝지 않을 만큼 윤은은 효과 좋은 피로회복제 역할을 충실히 해 주었다. 좋다. 잠든 네 숨소리조차.

"보고 싶다, 투덜이."

윤은의 템포를 따라 숨을 고르던 한열이 곧 깊은 잠에 빠져들었다. 날카롭게 곤두선 신경이 불면증을 야기시켰다. 하지만 지금은 그마저도 윤은의 평온한 자장가에 멀찍이 발을 물렀다. 스르르 잠든 한열의 머리가 어깨 위로 떨어진 휴대폰 쪽으로 기울었다. 잠결에도 윤은의 흔적을 찾아 자연스레 몸이 움직였다.

어두운 실내에서 선글라스라니 그다지 효과적이지 못한 행동이다. 굳이 이유를 대자면 멋을 내려고 그럴 수도 있고, 다분히 튀고 싶은 개인적 취향일 수도 있었다. 하지만 그 대상이 수현이라는 것에는 조금 아이러니한 생각이 들 수밖에 없었다. 사람들의 시선이 일시에 제게 닿자 머쓱한 듯 수현이 곧장 이층으로 올라갔다. 그 뒤를 적나라한 시선들이 좋았다. 코너를 돌아 황급히 사라지는 수현을 끝까지 지켜보던 철민이 고개를 갸웃하며 중얼거렸다.

"눈병이라도 났나?"

"금방 나을 눈병은 아닌 거 같은데."

"헉. 그럼 전염병?"

몸을 사리며 움찔거리는 철민을 건조하게 돌아본 종석이 한심하다는 듯 고개를 저었다. 전염성 강한 눈병이었으면 애초에 저렇게 나타나지도 않았을 테지. 다른 건 다 제쳐 두고 윤은에게 옮길까 무서워서라도 집에서 두문불출했을 것이다. 그런 간단한 것도 유추를 못하다니. 옆에서 부르르 몸을 떠는 철민을 피해 종석이 뒤로 물러섰다. 눈병보다 바보병이 더 무섭다.

선글라스에 감춰서라도 출근을 감행해야만 했던 눈병의 근원을 슬쩍 돌아보며 종석이 싱겁게 웃었다. 안주용으로 들여온 체리를 죽일 듯 노려보는 폼이 뭔가 일이 있기는 있었던 모양이다. 체리라면 사족을 못쓰던 녀석이 돌변해 원수라도 만난 듯 째려보는 폼이 범상치 않았다. 박스를 든 채 저주라도 퍼붓는지 연신 뭐라 중얼거리는 윤은에게로 종석이 다가섰다.

"그런다고 체리가 죽지는 않아."

"어, 형."

"체리가 건방이라도 떨었어?"

"흠. 가슴을 키워 준대."

살인적인 눈빛으로 체리를 쏘아보며 말하는 윤은을 종석이 의아하게 바라보았다. 체리가 가슴을 키워 줘? 대체 그게 무슨 말이지? 명석한 종석으로서도 유추 불가능한 말이다. 탐스러운 체리를 향해 요망한 것이라며 적나라한 육두문자를 난발하는 윤은이 조금 무서워 보였다. 대체 체리가 왜 그런 요망한 짓을 저질렀는지는 알 수 없지만, 그것이 수현의 눈병과 아주 깊은 관련이 있어 보였다.

"영업 준비 안 해? 뭘 멀뚱히 서서 잡담이야?"

요즘 가뜩 심기가 불편한 매니저가 직원들을 들쑤시며 신경질을 부려 댔다. 매니저의 날카로운 눈길이 종석과 윤은을 향하자 짐짓 아무 일도 없었단 듯 서둘러 자리를 벗어났다. 매니저가 자르겠다고 벼르던 바텐더는 결국 제 마음대로 자르지도 못했다. 엄청난 비자금을 조성해 주던 불법 양주도 클럽에서 자취를 감췄다. 클럽이 깔끔해져 봤자 그게 그거지. 세상에 비리 없는 곳이 어디 있느냐고 투덜거리며 쥐 잡듯 괜히 직원들을 괴롭히는 매니저였다.

"매니저는 왜 안 자른대?"

매니저의 잔소리를 피해 주방으로 숨어든 철민이 종석에게 바짝 붙어 투덜거렸다. 누구나 가지는 의문이었다. 수현의 성격상 자르고도 남음이 있는 위인이었건만, 어찌 된 일인지 매니저는 몇 번 경고를 받았음에도 여전히 클럽에 잔류하며 그 직책을 유지했다.

창립 멤버라는 타이틀이 여직 작용을 하는 모양이라고 생각은 하고 있지만, 그래도 너무 봐준다는 뒷말도 나오고 있던 터였다.

"허튼소리 말고 귀 닫고, 입 닫고 일이나 열심히 해. 그게 여기 불문율인 거 몰라?"

쉐프가 큰 칼로 도마를 내려치며 딱 잘라 말했다. 살벌한 분위기 조성용으론 아주 안성맞춤인 행동이었다. 움찔한 철민이 입을 꾹 다물며 슬쩍 눈치를 살폈다. 상사에 대해 궁금한 것이 있어도 모른 척 넘어가야 하는 것이 직원의 도리다. 특히나 이 바닥은 함부로 입을 나불거려선 안 된다. 손님에 관한 것도, 상사에 관한 것도 묵인이 관례다. 그래야 오래 살아남을 수 있었다.

"기러기는 쉽게 죽을 수가 없는 거야."

"응?"

스쳐 지나 듯 종석이 툭 말을 내뱉었다. 기러기가 뭘 어째? 궁금증이 가득한 눈으로 주방을 나서는 종석을 애타게 바라보던 철민의 뒤통수로 사과 하나가 날아들었다. 강한 충격에 몸을 휘청거린 철민이 눈물이 맺힌 얼굴로 휙 돌아보자 쉐프가 눈앞에서 사과를 칼로 두 동강 냈다. 입 닥치고 일해라. 무언의 협박에 입을 삐죽 내밀며 아픈 뒤통수를 매만졌다. 만날 나만 갖고 그래.

피크 타임을 틈타 쥐새끼 하나가 숨어들었다. 아무리 단속을 해도 소용이 없었다. 출입을 통제할 확실한 명분도 없었고 특별히 소동을 일으키지도 않았다. 친구들과 함께 룸에 자리를 잡은 한열이 거만한 자세로 앉아 윤은을 맞았다.

주문을 받으러 들어온 윤은이 깊게 한숨을 내쉬며 정중히 고개를 숙였다. 중앙 자리에 다리를 꼬고 앉아 턱을 쓸어 대던 한열이 피식 싱거운 웃음을 터트렸다. 주문은 동행이 대신했다. 윤은이 주문을 받고 자리를 뜨는 순간까지도 한열은 아무런 말도 하지 않았다. 무심히 시선을 거두고 윤은을 외면했다.

룸을 나오는 윤은을 걱정스레 지키고 섰던 철민이 반겼다. 별일 없다는 듯 어깨를 으쓱이며 윤은이 가볍게 웃어 보이자 그제야 안도의 한숨을 내쉬며 손가락으로 오케이 표시를 해 보인다. 이제 관심을 끈 모양이다. 그렇게 간단히 단정 지으며 서로 각자 볼일을 보기 위해 자리를 떴다. 하긴 저런 거물급 양반이 하찮은 클럽 직원에게 오래토록 관심을 가진다는 것 자체가 우스운 일이었다. 괜히 긴장했다.

윤은이 과일 안주를 들고 룸으로 들어섰다. 기본 세팅된 것 외에 특별히 신선한 과일로 주문을 했기에 더 신경을 써서 내오는 참이었다. 과일이 담긴 큰 접시를 내려놓자 한열이 꼬았던 다리를 풀고 허리를 굽혔다. 안주가 마음에 들지 않는 듯 미간을 구긴다. 뭐 그런 걸로 또 시비를 거시겠다고? 후우. 참 더티하게 나온다 정말.

아무 내색 없이 접시를 내려놓고 물러서는 윤은의 손을 한열이 덥석 잡아챘다. 스륵 눈길이 마주치자 한열이 입꼬리를 묘하게 비틀어 올렸다. 그리곤 먹기 좋게 썰어진 바나나를 하나 집어 올려 윤은의 눈앞에서 흔들었다.

"자르지 않은 걸로 내오라고 했을 텐데."

"그럼 까 드시기 힘드실 텐데요."

"까는 건 여자들이 알아서 할 거야. 그런 건 여자들이 참 잘하거든."

"뭐 정 그러시다면."

"아니면 서비스 정신을 발휘해 네가 좀 까 주든가."

"헐. 전 까는 거 전문이 아니라. 사양하겠습니다."

"왜? 제법 잘 깔 거 같은데."

한열의 눈이 끈적하게 윤은을 훑었다. 그 눈이 천천히 아래로 향하자 윤은의 미간이 절로 찌푸려졌다. 윤은이 손을 들어 한열의 면전에서 딱 하고 손가락을 부딪쳤다. 딱! 거기까지. 최면을 깨우듯 레드 선을 외치며 한열의 손을 제 손목에서 거둬 낸 윤은이 몸을 곧게 세운 뒤, 깊은 숨을 들이켜곤 바닥에 한쪽 무릎을 세워 앉았다. 한열과 눈높이를 맞추기 위해서였다. 마주한 윤은의 입술이 살며시 밀려 올라갔다.

"말은 확실히 잘 까는데. 한번 적나라하게 까 드려도 되겠습니까?"

"됐어. 내가 말한 건 바나나야. 요구 사항은 그것뿐이야."

"긴 바나나. 뭐 드리죠. 그게 뭐 어렵다고. 직접 까 드신다는데 못 드릴 이유가 없죠. 드립니다, 드려요."

고개를 끄덕이며 일어서려는 윤은의 어깨를 지그시 누르며 한열이 불쑥 고개를 내밀었다. 가까이 다가선 한열의 얼굴에 강한 거부감이 일었다. 또 뭘 하려고? 한열이 가만히 윤은의 모습을 담아냈다. 미치게 보고 싶던 얼굴이다. 절로 웃음이 묻어나게 만드는 기분 좋은 얼굴. 자꾸만 건드려 보고 싶게 만드는 저 눈빛도 마음에 든다. 씨익. 한열의 입가가 장난스럽게 말려 올라갔다. 모로 휘는 윤은의 눈썹을 재밌다는 듯 바라보던 한열이 고개를 틀어 나직하게 그녀의 귀에 말을 흘려 냈다.

"바나나가 뭘 상징하는지는 알지?"

"헐. 바나나에 상징도 있답니까? 처음 알았네. 그래서 특별히 긴 바나나가 드시고 싶은 겁니까? 가져다 드릴 테니 손 좀 치워 주십시오."

"모른 척하는 건가. 아님 진심 모르는 건가?"

"바나나는 바나나일 뿐. 안주가 될 수 있다는 것 말고는 달리 알고 싶지 않습니다만."

"남자의 심벌이 되기도 하지."

"……헐. 심벌?"

"거기 말이야. 거기."

이것 참. 클럽 생활 삼 년 만에 바나나에 대해 특별히 제 해석해 주는 손님을 다 만나고 이거 영광일세. 윤은의 눈이 슬쩍 잘게 토막 난 채 접시에 누워 있는 바나나에 닿았다. 그러고 보니 좀 처참하군. 보고 있으면 섬뜩하기도 하겠네. 그래서 긴 바나나를 찾았나? 흘끔 눈을 들어 한열을 마주하자 그가 알겠냐는 듯 눈을 늘이며 비식이 웃었다. 뭐, 얄궂은 장난 좀 쳐 보겠다는 심산 같은데 못 맞춰 줄 건 없지만 그 대상이 한열이라는 게 유독 기분 나빴다. 맞장구를 쳐 줘, 말아? 올곧게 눈을 마주한 윤은이 정중하게 말했다.

"자르지 않은 긴 바나나로 교체해 드리겠습니다."

"어이. 내 말 못 알아들어?"

"접수 됐다니까요. 긴 바나나."

"하하. 음담패설 뭐 이런 거 술 안주로 꽤 어울리잖아. 그거 하자고."

"술은 손님이 드시는 거니. 음담패설용 안주는 적절히 알아서 자체 제작해 주심이 마땅할 것 같습니다만."

적절하게 끊고 돌아서려는 윤은의 어깨를 한열이 잡아 은근히 힘을 가했다. 저를 좀 봐 달라는 나름의 투정이었다.

"나랑도 놀잔 말이야. 그놈이랑만 놀지 말고."

"여기가 놀이턴가? 웃기고. 아차차. 실수. 이건 삭제 요망입니다."

자존심 하나는 세계 최강을 자랑하는 한열이었다. 그런 한열에게 셔터 아웃이 얼마나 충격적이었을까. 아직도 그 충격에서 헤어 나오지 못한 듯 보이는 한열이 끈질기게 윤은을 잡고 늘어졌다. 아마도 꼬장을 제대로 부릴 모양이다. 내 이럴 줄 알았지. 그렇다면 짧고 굵게 한 방으로 가는 수밖에 없다. 깊게 한숨을 내쉰 윤은이 바나나를 집어 한열의 앞에서 꾹 움켜잡았다. 떡이 되어 뚝뚝 떨어져 내리는 바나나의 잔해를 한열이 비릿하게 내려 봤다. 바나나가 묻은 손을 쫙 펼쳐 혀로 맛을 본 윤은이 고개를 절레절레 흔들었다.

"역시."

"역시?"

"고구마가 더 맛있어."

"뭐?"

의아해 묻는 한열의 얼굴을 바라보며 윤은이 여유롭게 냅킨을 집어 손을 닦았다. 탁, 간결한 소리를 내며 냅킨을 내려놓은 윤은이 어깨에 올려진 한열의 손을 툭 가볍게 쳐 냈다. 내쳐진 손을 바라보는 한열의 눈이 시렸다. 윤은이 한열의 면전에 버젓이 검지를 세웠다. 한열의 시선이 거기에 닿자 제법 심각하게 입을 열었다.

"바나나는 길기만 하죠."

"당연한 거 아니야?"

"그런데 고구마는 틀리죠. 굵고 단단하고 크기도 아주 다양합니다."

"무슨 말이야?"

"신토불이. 우리 것이 확실히 좋다는 말입니다. 바나나보단 고구마. 그게 진리입니다."

"뭐?"

갸웃하며 고개를 비트는 한열을 그대로 두고 윤은이 몸을 일으켰다. 그리곤 주먹을 불끈 쥐어흔들었다. 그 사이로 삐죽이 고개를 내미는 불손한 엄지에 한열의 눈이 가늘어졌다. 뭐 하자는 거야 지금? 그의 표정이 일그러지는 걸 건조하게 바라보며 윤은이 단호하게 말했다.

"고구마는 싹도 납니다. 위대한 생명력이죠."

"하아."

"대세는 바나나가 아니라 고구맙니다. 이상 음담패설 종료."

주먹을 그대로 배에 정중히 내리고 고개를 숙여 보인 윤은이 망설임 없이 돌아섰다. 멀어지는 윤은의 거리만큼 뒤늦게 터진 한열의 웃음소리가 커졌다. 룸을 나서는 윤은의 모습을 끝까지 눈에 담아내며 한열이 미친 듯 웃음을 터트렸다. 고구마에 대한 새로운 해석. 볼수록 재미난 놈이다. 이러니 더 놈이 눈에 밟히는 거다. 정말 별스럽게 눈길이 가는 녀석이다.

후우.

문을 닫고 몇 걸음 옮기다 말고 벽에 기대 긴 한숨을 내쉬었다. 참 끈질기게 사람을 놀려 댄다. 대체 뭐가 그렇게 못마땅해서 자꾸 사람을 괴롭히는 건지. 문득 수현이 저를 놀려 대던 것이 떠올랐다. 괜한 심술로 사람을 못살게 굴더니.

윤은의 고개가 갸웃 기울었다.

그리곤 좋다고 또 난리다. 실컷 사람을 괴롭히고는 좋아 죽겠단다. 무슨 사람 심리가 그래?

"괜찮아?"

숨 가쁜 나직한 음성이 머리 위에 사뿐히 내려앉았다. 스륵 눈을 들어 올리자 낯익은 형체가 보인다. 요망한 체리. 벽에 기댄 윤은을 감싸듯 바짝 앞으로 다가선 수현이 거친 숨을 몰아쉬고 있었다. 꽤 급히 달려온 모양이다. 뭐가 그렇게 걱정돼서 이렇게 뛰어왔데?

"뭐가 말입니까?"

"그 새끼."

"입이 참. 손님입니다. 그것도 VIP."

"미친. 그런 거 필요 없어."

제 얼굴 위에서 달싹이는 수현의 입술이 묘하게 눈길을 끌었다. 그 위로 한열의 얼굴이 겹쳐졌다. 싫다. 한열의 얼굴이 사라졌다. 요망한 입술이 뜨거운 숨결을 흘려 낸다. 좋다. 저건 싫고 이건 좋다. 맛있는 건 좋은 거다. 바나나보다 고구마가 좋은 것처럼.

"룸 비우라 그래. 안 그럼 확 엎어 버릴 거니까."

"요망해. 이 체리는 너무."

쪽. 윤은이 발을 돋워 거친 욕설이 쏟아지려는 수현의 입술에 자물쇠를 채웠다. 수현이 멍하게 저를 내려 보자 윤은이 손을 뻗어 선글라스를 빼냈다. 퍼렇게 멍든 눈이 저를 담아내고 있었다. 흠. 포도가 좀 심하게 영글었군. 다시 선글라스를 끼우곤 톡톡 그의 콧잔등을 두드렸다.

"가슴을 어떻게 키워 준다고? 요망한 체리?"

"하아. 아주 겁나게 잘."

"흠. 겁나게."

겁나게 버거운 가슴이라. 그게 가능할지는 모르지만 뭐 한번 시도는 해 볼 수 있지 않을까 하는 생각이 조금 들기 시작했다. 요망한 체리가 해 준다잖아. 구작업으로다가.

매끄럽게 호선을 그리며 올라가는 수현의 입술을 가만히 바라보며 윤은이 고개를 갸웃거렸다. 그리곤 손을 뻗어 수현의 입술 사이즈를 쟀다. 생뚱맞은 윤은의 행동에 수현이 눈을 깜빡거렸다. 윤은이 뭐라 혼잣말을 중얼거렸다.

"흐음. 이거 사이즈가 문제군. 어떻게 맞추지?"

이런. 혹시 그 사이즈가 그 사이즈를 말하는 거라면 전혀 문제 될 게 없다고 알려 주려던 수현이 풋 하고 웃음을 터트렸다. 윤은이 사이즈를 맞추려는 듯 손으로 가슴을 열심히 모으고 있었다. 미치겠다. 정말.

"나는 지금 내 눈을 믿을 수가 없다."

"믿지 마."

홀을 나와 룸 복도로 들어서던 철민이 고개를 설레설레 젓자 뒤따르던 종석이 툭 던지듯 말했다. 사람들의 출입이 빈번한 길목에서 요상한 자세로 키스를 퍼붓고 있는 둘이 차마 제가 아는 그 둘이라고 믿고 싶지 않았던 모양이다. 혹 모르는 사람이 봤다면 게이냐 욕을 하고 지나쳤을지도 모를 일이다. 웨이터 복장을 한 윤은과 슈트 차림의 수현이 엉겨 있는 모습이라니. 눈으로 보고도 믿을 수 없는 기이한 일이었다.

"어이, 친구. 자네 눈에도 저게 보이나?"

"포도의 승리군."

"뭐?"

"한 방 먹을 만해."

"무슨 소리야?"

종종 클럽 은밀한 곳에서 저런 일이 벌어지곤 한다. 키스야 뭐 인사 수준이지. 그렇다고 대놓고 뭐라 하는 사람은 없다. 즐기러 온 사람들이니 즐겨야지. 다만 저들이 그들과 다른 것은 여기가 저들의 직장이라는 점이었다. 당당하게 곁을 스치며 종석이 수현의 귀 옆에서 손가락을 부딪쳐 딱 소리를 냈다. 돌아보는 수현의 눈이 곱지 않다.

"급하게 먹으면 체합니다."

"야."

"얼레."

수현의 품에서 빠끔히 얼굴을 내민 윤은이 머쓱해 머리를 긁적였다. 건조하게 말하며 앞서 걸어가는 종석을 수현이 예리하게 쏘아보았다. 뒤통수가 뚫어져라 노려보는데도 정작 종석은 아무렇지 않게 덤덤히 걸음을 옮겼다. 종석의 거침없는 태도에 놀란 철민이 수현의 눈치를 보며 종종걸음으로 급히 뒤를 따랐다. 일은 일, 사랑은 사랑. 그 대상이 누구든 분리 작업에 철저를 기하는 종석이었다.

잠시 쉬는 틈을 타 주차장 입구로 나온 종석이 담배를 꺼내 물었다. 잘 피우지 않는 담배였지만, 오늘은 조금 피우고 싶어졌다. 벽에 기대한 모금 깊게 빨아들인 종석이 흰 연기를 허공에 내뿜었다. 그 연기 사이로 그리운 얼굴 하나가 떠올랐다. 피식, 잘 웃지 않는 종석의 얼굴에 엷은 미소가 피어올랐다.

"윤은이 제법 잘 컸죠? 아저씨."

혼잣소리처럼 내뱉은 말이 조용히 허공을 맴돌았다. 윤은의 아빠 경운의 얼굴에도 똑같은 미소가 떠올랐다. 늘 포근한 미소를 달고 살던 사람이었다. 아무리 어렵고 힘들어도 내색조차 않던 사람. 그래서 더 애달프고 슬픈 사람. 그가 바로 윤은의 아빠 경운이었다. 클럽 내부 하나하나 그의 손길이 닿지 않은 곳이 없었다. 남들은 천하다 여기는 직업을 가장 귀하다 믿을 수 있게 만들어 준 단 한 사람이었다. 종석에게 경운은 기대 설 수 있는 울타리를 만들어 준 유일한 버팀목이었다.

"맹탕같이 꼭 그렇게 굴더니 어느새 여자가 됐어요. 사내들 틈에 끼여서 점점 선머슴이 되어 간다 했더니 역시 임자는 따로 있었나 봅니다. 비록 성질 더러운 포도지만 제법 괜찮은 놈 같습니다. 한번 믿어 볼까 합니다. 괜찮겠죠?"

답 없이 웃기만 하는 경운의 얼굴에 싱거운 웃음을 흘렸다. 설레설레 고개를 저은 종석이 피우던 담배를 끄고 몸을 일으켰다. 짧은 휴식을 뒤로하고 클럽으로 돌아가려던 종석의 눈에 막 차에서 내려 도도하게 걸어가는 눈에 익은 인형이 보였다. 그 누군가의 약혼녀라고 무지막지한 가슴을 들먹이던 여자였지 아마. 지수의 씰룩이는 엉덩이를 바라보는 종석의 눈썹이 모로 휘었다. 남들처럼 연예 한번 하겠다는데 무슨 파리 떼가 이렇게 꼬여, 꼬이길. 젠장.

"힙 업은 강남 휴가 제일 잘한다던데."

콧바람을 씽씽 휘날리며 입구로 들어서던 지수 곁으로 성큼 다가서며 종석이 건성으로 말했다. 곁에 저도 모르게 바짝 힙에 힘을 주며 지수가 종석을 돌아봤다. 힙이 처졌으니 급히 수정을 원한다는 말 같았다. 스륵. 지수의 앞으로 몸을 돌려 마주 선 종석이 적나라한 눈으로 지수의 몸을 쭉 훑어 내렸다. 지수의 얼굴에 강한 불쾌감이 서리는 것을 깔끔히 무시하며 종석이 곧 시니컬하게 감평을 던졌다.

"가슴 원."

"어머. 무슨 그런. 그래도 힙이지."

힙보단 가슴이 우월하다는 말을 가감 없이 내뱉는 무례한 종석의 태도에 지수의 눈이 매서워졌다. 감히 웨이터 따위가 제 몸에 대해 평가를 내렸다는 게 도저히 용납이 안 된다는 얼굴이다. 안 그래도 기분이 한참 다운되어 있던 참이었다. 연락 두절에 무시로 일관하는 수현에게 골이 단단히 나 있었다. 기어이 수현과 한 판 뜨려고 가던 길에 웬 떨거지가 딴지를 걸어 댄다. 기가 막혀서. 지수가 마뜩잖은 얼굴로 팔짱을 끼고 서서 도도하게 눈을 치뜨고 종석을 노려봤다.

"내가 그렇게 만만해 보여?"

"그렇게 보이고 싶습니까?"

"하아. 뭐?"

눈에 쌍심지를 켜고 바락 달려들려는 지수의 귀 옆으로 종석이 바짝 입술을 가져다 댔다. 낯선 남자의 체취가 코끝을 스치자 지수가 본능적으로 숨을 들이켰다. 오! 좋은데? 그에 슬쩍 눈썹을 휜 종석이 낮은 한숨을 내쉬며 입을 달싹거렸다.

"그게 아니라면 그냥 이대로 돌아서서 다시 차로 돌아가십시오."

"뭐?"

무슨 소리냐 되묻는 지수의 몸을 빙글 돌려세우곤 다시 나직하고 은밀하게 귓가에 속삭였다. 계속 뭔가가 눈에 거슬렸던 이유. 지수의 짧은 치맛단이 티 팬티에 끼여 나풀거렸다. 뭔가 대단히 급한 용무가 있었던 모양이다. 그것도 제대로 알아채지 못하고 돌아다니는 걸 보면.

"힙이 치마를 먹었습니다."

"……?"

"팬티가 달랑 줄 하나뿐이라 참 안습입니다."

"어머!"

"이대로 그냥 차까지 가시든지 아니면 제가 비켜 드리겠습니다. 쭉

퍼레이드 행차하시게."

슬쩍 뒤로 물러서려는 종석의 다리를 지수가 꽉 움켜잡았다. 튼튼한 하체가 손바닥 전체에 감칠맛 나게 쫙 달라붙었다. 다소 이상한 자세가 되었지만 나름 묘한 쾌감이 일었다. 오호, 바디 참 괜찮네. 은근히 몸을 붙여 오는 지수의 몸짓에 눈을 가늘게 내리뜬 종석이 제 다리를 붙잡은 손을 따라 시선을 올리다 그녀의 어깨에 두 손을 올려놓았다. 지수의 입에서 기대 서린 신음이 흘러나왔다. 다음 종석이 그대로 그녀의 짧은 재킷을 벗겨 내렸다.

"까아! 뭐야!"

벗겨 내린 재킷을 그대로 손과 함께 그녀의 허리에 교차해 묶어 두고 한 발 뒤로 물러섰다. 순식간에 양손이 재킷에 결박당한 채 황당한 표정으로 돌아보는 지수를 향해 종석이 정중히 허리를 굽혔다.

"처방 완료. 갑자기 호출이 와서 저는 이만. 그럼 살펴 가십시오."

"허어. 뭐 이런. 야!"

뒤뚱거리며 악을 써 대는 지수를 그대로 외면하고 시크하게 돌아선 종석이 위풍당당하게 클럽으로 입성했다. 악당 퇴출 완료.

옥상 입구에 진을 치고 앉아 망부석처럼 꿈쩍도 않는 동훈을 보며 윤은이 깊은 한숨을 내쉬었다. 동사하기 딱 알맞은 날씨에 간지 작살이라 노래를 부르던 노바디 잠바를 걸치고 심술궂은 얼굴로 버티고 앉아 요지부동이다. 이 무슨 난동이냐.

"헐. 동치미는 장독에 있어야 제맛인데. 왜 여기 나와 있데."

"미친 동치미다. 왜!"

"헐. 이 동치미 말도 하네. 세상 참 요지경일세."

"니미. 미쳐서 그렇다. 됐냐."

"뽑히기 전에 당장 물럿거라."

"외박 상습범."

"허걱."

쏘아보는 눈에서 마치 레이저가 뿜어져 나올 것 같았다. 근데 왜 낮에 집에서 뒹굴지 않는 것을 두고 외박이라 단정 짓는지 모르겠다. 낮과 밤이 바뀐 안드로메다에서 지구로 귀양살이를 하다 보니 그도 이젠 헷갈리는 건가? 역시 넌 밤에 돌아다니는 좀비 스탈이었어. 아, 이 가련한 동지 같으니라고.

독불장군처럼 눈을 부라리고 앉아 저를 노려보는 동훈의 머리 위로 윤은이 척하니 손을 내려놓았다. 이 조금 모자란 동지를 어쩌면 좋단 말인가. 신경질적으로 손을 툭 쳐 내는 동훈의 거만함에 윤은이 눈썹을 움찔거렸다. 혹시 미친 도그에게 물린 건가? 으르렁거리는 동훈의 얼굴을 꺼림칙하게 내려 보던 윤은이 슬쩍 벽으로 이동해 바짝 붙었다. 동훈이 하는 양으로 봐선 곧 침도 질질 흘릴 기세였다. 물리면 약도 없다.

"인숙 씨가 요즘 한가한가 봐?"

"미끼 투척. 새로운 세계에 눈을 뜨게 만들었지."

"헐. 그건 또 뭐냐."

"신 맞고."

"허걱. 그 무서운 세계에 발을 디뎠단 말인가. 오홀."

동훈도 머리를 쓸 줄 안다는 사실이 더 놀라웠지만 겉으로 내색하진 않았다. 이미 미친개의 전조를 밟고 있는 놈을 괜히 자극할 필요는 없어 보였다. 누가 빈 집 지켜 달라고 부탁한 것도 아닌데 동사의 위험에 맞서 가며 왜 남의 집 앞에서 진을 치고 있는 건지 모르겠다. 미치겠네.

한참 말없이 허공에서 치열한 눈싸움이 벌어졌다. 피 터지게 살벌한 전쟁은 아니었지만 나름 집요한 감은 있었다. 결국 모자란 놈이 먼저 성낸다고 동훈이 버럭 고함을 내질렀다.

"너, 그 새끼랑 사귀냐!"

"혈. 새끼랑은 안 사귄다. 난 그냥 겁나게 큰 고구마랑."

"니미. 너 고구마랑도 사귀냐?"

"고구마랑 사귀면 안 되냐?"

"고구마는 먹는 거지 사귀는 게 아니야. 것도 모르냐?"

"흐흐. 네가 잘 몰라서 그러는데. 고구마랑 그럴 수도 있어. 고구마의 숨겨진 진실을 나도 얼마 전에 알았는데 말이야."

"뭐라는 거야?"

맛이 살짝 간 듯 음흉한 미소를 흘리는 윤은을 동훈이 뜨악한 눈으로 바라보았다. 외박의 달인이 되더니 정신을 안드로메다로 소환시킨 모양이다. 실성한 사람처럼 왜 저래? 헤실거리며 저를 향해 슬금슬금 다가서는 윤은이 왠지 모르게 위험해 보였다. 벽을 타고 이동하는 윤은을 피해 동훈이 슬쩍 엉덩이를 들었다. 니미. 고구마 떡 만들면서 실실거릴 때부터 이상하다 했어.

"너 뭐 잘못 먹었냐?"

"요망한 체리. 흐흐."

"건 또 뭐냐?"

계단을 오르는 윤은을 피해 몸을 움직인 동훈이 잔뜩 경계하며 물었다. 헤실거리며 어느새 제 집 앞에 당도한 윤은이 가볍게 주먹을 쥐었다. 그에 동훈이 예리하게 눈을 늘여 떴다. 또 그거냐? 입을 삐죽이며 마주 대응할 태세를 갖췄다. 눈에는 눈 이에는 이. 그게 안드로메다식 징한 우정이다.

"동훈아."

"허."

뜻하지 않은 윤은의 부름에 동훈이 놀라 비틀거렸다. 확실히 뭘 잘 못 먹은 모양이다. 이름을 똑바로 불렀어! 게슴츠레하게 바라보는 동훈을 향해 기습적으로 안드로메다식 인사를 건넨 윤은이 싱긋 미소를 띠었다. 허점을 노리다니 이 비열한 외계인. 발끈하는 동훈을 향해 윤은 더 짙게 정겨운 미소를 지어 보였다. 그에 동훈이 헉 하고 숨을 들이켰다. 천하의 윤은이 저를 향해 정겹게 웃다니 놀라 자빠지겠다.

"그만해도 돼."

"……?"

"내 걱정 그만하라고. 곧 죽어도 파이팅! 나 윤은이야. 쉽게 죽지 않는다고. 이래 봬도 염라대왕도 꼬드긴 잘나신 몸이다. 염려 딱 놔."

"니미……. 너 혼자 먹튀 할까 봐 그런다. 걱정은."

"고렇지. 걱정은 안드로메다로."

"니미. 내 맘이야!"

버럭 고함을 지르며 벌떡 몸을 일으키는 동훈의 콧잔등이 시큰거렸다. 자그마치 오 년이었다. 해바라기도 그 정도면 모가지가 부러지고 만다. 그러면 수고했다 따스하게 한 번쯤 안아 줄 수도 있는 거 아닌가? 돌아봐 주고 관심 가져 주고, 그게 뭐 대수라고. 그까짓 나이가 뭐라고 고작 세 살 차이 가지고 되니, 안 되니, 씨알도 안 먹힐 소릴 지껄인다. 그런다고 그래, 그러지 뭐, 하고 물러날 거라 생각한다면 그건 오산이다. 그런 건 개나 줘 버리라 그래.

잔잔하게 저를 바라보는 윤은의 눈길을 애써 외면하며 계단을 내려선 동훈이 부러 더 씩씩거렸다. 거칠게 문을 열었다 닫는 소리가 들리더니 다시 문이 벌컥 열렸다.

"야! 고구마도 신선한 게 더 좋은 거야. 니미. 맛 간 고구마 먹고 뭐가 잘났다고 나불나불. 젠장."

신경질적으로 닫히는 문소리에 맞고에 열중이던 인숙 씨가 화들짝 놀란 모양이다. 똥 샀다는 단말마의 괴성과 함께 북풍한설에 찢어져라 북을 쳐 대는 소리가 이어졌다. 그 북이 동훈의 등짝임은 이미 아는 사람은 다 아는 사실이었다. 소리가 찰지고 경쾌한 것이 인숙 씨는 북치기에도 소질이 다분한 모양이었다. 전국 장기자랑 한번 나가야 쓰겠네.

"걱정 마. 그 고구마도 꽤 신선해 보였어. 동지."

안다. 왜 모를까. 저를 향한 동훈의 마음이 얼마나 절실하고 아름다운 것인지. 하지만 너무 순수한 사랑은 더럽혀지기가 쉽다. 때 묻지 않은 동훈의 사랑은 더 좋은 사람과 나눠야 하지 않을까. 적어도 자신보다는 더 동훈을 아끼고 사랑해 줄 수 있는 맑은 아이라면 좋겠다. 동훈이라면 충분히 그럴 자격이 있다. 오 년. 꽤 긴 시간이다. 오직 하나의 사랑만을 바라보기에는. 더불어 너무 안타까운 시간이기도 하다. 더 좋은 사람을 사랑했더라면 얼마나 좋았을까. 그럼 동훈이도 더는 외롭거나 슬프지 않을 수 있었을 텐데.

"날씨 참 오지게 좋다."

피식. 유유히 휘파람을 불며 집 안으로 들어서는 윤은의 입술이 한껏 호기롭게 올라갔다. 동지, 다가올 너의 새로운 사랑에 건투를 빈다. 부디 나처럼 행복하기를.

수현은 제 앞으로 내밀어진 사각의 작은 상자를 못마땅하게 바라보았다. 왜 이런 걸 이놈에게서 받아야 하는지 그것조차 괴이쩍었다. 털어서 먼지 한 톨 나올 것 같지 않은 돌 같은 종석이 선뜻 뭔가를 제게 준다는 것 자체가 의심스러웠다. 수현이 멀거니 내민 것을 바라만 보고서 있자 종석이 가슴에 덥석 그것을 안겨 주었다.

"받아 두면 좋은 겁니다."

"뭘 줄 알고?"

"포도가 영근 이유와 아주 밀접한 관계가 있다면?"

"뭐? 무슨 소리야?"

종석의 손가락이 수현의 선글라스를 콕 집어 가리켰다. 정확히는 그것에 가려진 멍든 눈을 가리키는 것이었다. 그것을 알아챈 수현이 미간을 한껏 찌푸렸다. 눈치 하나는 잽싼 놈이었다. 수현이 부러 거들먹거리며 말했다.

"그게 뭐."

"어설픈 작업질이 부른 참사에 애도를."

"하아."

확실히 직설적이다. 망할 눈썰미 같으니라고. 종석이 건조하게 말을 덧붙였다.

"그 작업에 기름칠을 조금 해 보자는 겁니다."

"기름칠?"

"이론과 실제의 차이. 이 정도만 하겠습니다."

의미심장한 말을 남기고 자리를 뜨는 종석을 수현이 미심쩍은 눈으로 바라보았다. 이론은 뭐고 실제는 뭐란 말인지. 세세한 설명도 없이 자리를 뜨는 종석이 못 미더웠다. 수현이 성의 없이 상자의 뚜껑을 열었다 다시 닫았다. 슬쩍 주변을 휘둘러본 수현이 상자를 얼굴 가까이 가져와 조심스레 열었다.

정사의 정석. 다양한 체위. 그들은 흥했다.

조용히 시디케이스의 뚜껑을 덮은 수현이 종석이 사라진 길목으로 눈길을 주었다. 확실히 용의주도한 놈이야. 이런 식의 아부 아주 좋아. 넌 정말 난놈이다. 인정.

"어라?"

피곤에 절어 눈을 비비며 저벅저벅 걷던 윤은의 흐린 시야 안으로 뭔가가 날아들었다. 덥석 제 손을 잡아당기는 급한 손길에 휘청거리며 끌려간 윤은이 미처 정신을 차릴 새도 없이 차에 실렸다. 번개에 콩 볶아 먹듯 급작스럽게 안전벨트가 족쇄처럼 채워지고 차가 출발했다. 차창 밖으로 변하는 바깥 풍경을 멍하니 바라보며 윤은이 눈을 깜빡거렸다. 이게 대체 무슨 일이래? 게슴츠레한 눈을 옮겨 운전석을 바라보자 덜 익은 포도가 눈에 불을 켜고 차를 운전하고 있었다. 그새 제법 눈의 멍이 가라앉은 모양이다. 다행이네. 고개를 끄덕이던 윤은이 문득 갸웃거렸다.

"이건 혹시 납치?"

"엄한 소리 한다."

"헐. 말없이 낚아챈 건 납치 아니랍니까?"

"급한 일이 있어서 그래."

"뭐가?"

"하여튼 있어."

뭐가 그리 급한지 스피디하게 차를 몰아 단시간에 빌라 주차장에 도착한 수현이 허겁지겁 차에서 내려 윤은을 이끌었다. 헐. 설사 맞았나? 뭐가 이렇게 급해? 숨이 턱에 닿을 듯 문 앞에 도착한 수현이 현관문을 열고 신발도 벗는 둥 마는 둥 내던지며 집 안으로 들어섰다.

잡아끌다시피 윤은을 소파에 앉힌 수현이 곧 장식장 앞에서 뭔가를 꺼내 꼼지락거렸다. 고개를 갸웃하며 지켜보던 윤은의 눈에 천천히 벽을 타고 내려오는 큰 스크린이 보였다. 헐. 집에 무슨 저렇게 큰 스크린이 다 있데?

놀라 멍하니 지켜보고 있던 윤은의 곁으로 수현이 다가왔다. 잔뜩 기대에 부푼 눈으로 리모컨을 누르며 그가 은밀하게 속삭였다.

"요망한 체리와 환상적인 고구마의 올바른 사용법. 시청각 교육 시간이다."

"허얼."

"눈 똑바로 뜨고 잘 봐. 곧 실습도 할 거니까."

"……허걱."

스크린을 가득 채우는 엄청난 고구마에 윤은이 헉 하고 숨을 삼켰다. 고구마 위로 거대한 글자가 내려앉았다. 정사의 정석. 헐. 대박.

7.
복숭아나무에 꽂힌 고구마

잘 무르익은 복숭아가 고구마를 날름 집어삼키는 순간 윤은이 벌떡 자리에서 일어섰다. 심각하게 침을 꿀꺽이며 화면을 주시하던 수현이 놀라 움찔거렸다. 갑자기 왜?

"호오! 고구마가 사라졌다."

고구마는 원래 그럴 수 있다. 고구마니까. 먹히라고 있는 거니까. 제 본분에 충실할 뿐인 고구마를 두고 과민반응을 보이는 윤은을 수현이 멍하니 올려 보았다. 아직 제대로 시작도 안 했는데 이렇게 흥분하면 대체 어쩌자는 건지. 흠. 낮게 잠긴 목을 돋운 수현이 곧 화면 속으로 빨려 들어갈 것 같은 윤은을 붙잡아 앉혔다.

"호곡. 저 봐요. 복숭아가 고구마를 잡아먹었어! 대박!"

"은아. 저기."

"허걱. 뿌리째 뽑으려나 본데요? 막 흔들어!"

"하아."

248

흥분해 거침없이 쏟아 내는 윤은의 말에 수현이 낮은 신음을 흘리며 이마를 짚었다. 머릿속으로 제 고구마를 뽑아내려 무지막지하게 쥐어 흔드는 윤은의 무시무시한 영상이 떠올랐다. 등 뒤로 식은땀이 흘렀다. 설마 그러진 않겠지? 슬쩍 돌아본 윤은의 눈에 묘한 광기가 서렸다. 아, 환상이 환상으로 그칠 것 같지 않은 이 불안감은 대체 뭘까.

"하하. 이건 좀 식상하다. 다른 거 볼까?"

리모컨을 쥔 수현의 손이 부들거렸다. 바지춤으로 불끈거리던 고구마가 급히 숨바꼭질을 감행할 찰나 윤은이 덥석 그의 손을 잡았다. 헉! 그가 놀라 숨을 삼키며 천천히 윤은을 돌아봤다. 야릇하게 말려 올라간 윤은의 입술이 위협스레 달싹거렸다.

"리플레이."

다소 위협적인 포스를 풍기며 재생 버튼을 누른 윤은이 씨익 입꼬리를 말아 올렸다. 클럽 내 암암리에 떠돌던 전설의 야동. 한 번 보면 뻑이 간다는 그 야동을 딱 윤은만 못 봤다. 그걸 여기서 보게 될 줄이야. 윤은의 입가에 음흉한 미소가 떠올랐다. 얼마나 벼르고 벼르던 야동인가. 클럽 내에서 빈번하게 일어나는 섹스신도 딱 윤은만 묘하게 보지 못했다. 뭔가 야릇한 신음이 들린다 싶으면 꼭 누군가 나타나 그녀의 앞을 가로막았다. 합심이라도 한 듯 직원들 모두가 눈 썩는다는 말도 안 되는 유언비어를 퍼트리며 윤은을 제지시켰다. 그게 뭔 대수라고.

"오. 아무리 커도 단숨에 집어삼키다니. 대단한 복숭아로군."

야동을 무슨 과일의 숨겨진 능력, 인체의 신비 따위의 다큐멘터리로 여기는 윤은이 새삼 놀라웠다. 확실히 시청각 교육은 교육이군. 그 목적이 불분명해졌을 뿐이지. 허탈함에 넋을 놓고 바닥에 털썩 내려앉은 수현이 깊은 한숨을 내쉈다. 정말. 니미다.

생활 체조 개념의 다양한 체위와 야동으로 대박 난 경제 교육용, 그들은 흥했다를 끝으로 기나긴 시청각 교육이 끝났다. 짙게 다크가 서린 퀭한 눈을 비비며 수현이 길게 하품을 했다. 꿈같던 순간이 허탈하게 무너져 버렸다. 외계인을 데리고 성교육을 해 보겠다고 설친 바보 같은 지구인의 말로는 처참했다. 기대가 크면 낙심도 큰 법이다. 연신 터져 나오는 한숨이 땅이라도 팔 기세였다. 내가 미쳤지.

절레절레 고개를 흔들며 주방으로 걸어간 수현이 냉장고에서 생수를 꺼내 타는 속을 달랬다. 물을 머금고 돌아서던 수현이 놀라 컥 하고 물을 내뿜었다. 어둠 너머 스크린의 희미한 불빛을 등진 윤은이 어느새 곁으로 바짝 다가와 있었다. 순간 공포영화의 한 장면이 떠올라 심장이 덜컥 내려앉았다. 사레가 들린 듯 격하게 기침을 내뱉던 수현이, 눈물이 찔끔 맺힌 눈으로 윤은을 바라봤다.

"흠. 하아. 왜?"

간신히 말을 토해 내자 윤은이 고개를 비스듬히 기울이며 수현에게 바짝 얼굴을 디밀었다. 그러더니 이리저리 고개를 갸웃하며 수현의 입술을 심도 깊게 관찰한다. 꿀꺽, 마른침을 삼킨 수현이 생수병을 조심스레 식탁 위에 내려놓았다. 손이 떨려 들고 있을 수가 없었다. 윤은의 눈이 촉촉이 물기를 머금은 수현의 입술을 집요하게 담아냈다. 두근. 두근. 이 기분을 대체 뭐라고 표현해야 하지? 야수에게 먹히기 전 죽음을 마주하고 선 먹잇감의 절박함? 수현의 심장이 미친 듯 뛰기 시작했다.

"고놈 참 신통하단 말이야."

"고놈?"

"요망한 체리가 참 발칙하던데."

"발……칙?"

다가서는 포스에 저도 모르게 주춤주춤 뒤로 물러서던 수현이 냉장고에 막혀 걸음을 멈췄다. 윤은이 손을 뻗어 수현의 입술에 묻은 물기를 쓸어 냈다. 내려 보는 수현의 눈동자가 흔들렸다. 윤은이 발을 돋워 가볍게 입을 맞췄다. 수현의 눈꺼풀이 스륵 감겼다 떠졌다. 시야에 잡힌 윤은의 매끄러운 입술이 작게 달싹거렸다.

"아주 다양한 용도를 가지고 있던데요? 가슴만 키워 주는 게 아니라."

"으음."

"실습하다 거덜 나는 거 아닌가?"

"큭. 그런 일은 없어. 신축성도 죽여주거든."

"오호!"

"사이즈는 요망한 체리가 알아서 맞출 거니까. 외계인은 그냥 즐기기만 해."

싱긋 미소를 머금은 수현이 냉큼 윤은의 부드러운 머릿결 사이로 손을 집어넣어 머리를 받쳤다. 허리를 휘감은 팔에 한껏 힘을 주어 윤은을 끌어안는다. 집어삼킬 듯 윤은의 입술을 덮친 요망한 체리가 그제야 메마른 갈증을 덜어 냈다. 유희하듯 윤은의 입술을 취한 수현이 지그시 감았던 눈을 부릅떴다. 어라?

"읍!"

혀가 뽑힐 듯 얼얼한 통증에 수현이 미간을 살짝 찌푸렸다. 목을 휘감은 윤은의 두 팔이 굳건하게 기브스처럼 수현의 얼굴을 고정시켰다. 옴짝달싹 못하게 수현을 포박하고 요망한 체리 섭취에 열을 올리느라 제가 지금 뭘 뽑아 먹으려는지 미처 깨닫지 못하는 듯했다.

수현이 허리를 감았던 손을 풀어 불쑥 윤은의 티 속으로 밀어 넣었다. 헉 하고 숨넘어가는 소리를 토해 내며 윤은이 눈을 번쩍 떴다. 스륵 윤은의 팔이 풀려 나가자 재빨리 그녀의 힙을 다른 손으로 받쳐 안아 올렸다. 윤은의 눈이 천천히 제 가슴 부위를 담아냈다. 원래 크기보다 배로 커진 기이한 제 한쪽 가슴을 내려 보며 윤은이 허 하고 입을 벌렸다.

　섬세하기로는 타의 추종을 불허한다는 윤은표 가슴 위에 살며시 손을 얹은 수현이 키득 낮은 웃음을 터트렸다. 손에서 앙증맞고 귀여운 가슴이 느껴졌다. 속옷에 감춰진 왼쪽 가슴이 심하게 두근대며 제 존재감을 드러냈다. 윤은의 눈이 깜빡거렸다. 대체 이게 뭔가 싶은 얼굴이다. 쿡. 귀여워.

　콩. 가볍게 윤은의 이마에 제 이마를 부딪친 수현이 성큼성큼 식탁 쪽으로 걸음을 옮겼다. 사뿐히 윤은을 식탁 위에 내려놓은 수현이 지그시 몸을 기울였다. 그에 절로 몸이 뒤로 기운 윤은이 어라라? 하며 당황해하는 사이 수현이 가슴에 올려진 손을 꼼지락거렸다. 슬쩍 속옷을 침범해 윤은의 부드러운 속살을 간질거리며 수현이 그녀의 입술 위에서 감미롭게 속삭였다.

　"수작업부터 할까, 구작업부터 할까?"

　뜨거운 숨결이 고스란히 윤은의 입술 안으로 스며들었다. 그와 함께 손가락 끝으로 간질이듯 자극하는 수현의 수작업 시동에 윤은이 찌릿한 발끝을 꽉 오므렸다. 온몸이 감전된 듯 찌릿해져 미칠 것 같았다. 파들거리던 윤은의 손이 수현의 뒷머리를 꽉 움켜잡았다.

　"아!"

　낮은 신음이 외려 더 자극이 되어 심장에 불을 지폈다. 꿀꺽. 마른침을 삼킨 윤은이 수현의 머리를 놓고 뒤로 벌렁 드러누웠다. 결에 가슴을 놓친 수현이 티 끝에 걸쳐진 허한 손을 움찔거리며 고개를 갸웃거렸다.

　후우. 길게 호흡을 가다듬은 윤은이 뭔가를 결심한 듯 눈에 힘을 주며 수현을 올곧게 응시했다. 의아해 바라보는 수현을 향해 윤은이 진지하게 말했다.

　"수작업부터 콜."

"……?"

"자, 시작합시다."

허공에 머문 수현의 손을 덥석 잡아 제 가슴 위에 올려놓은 윤은이 고개를 끄덕였다. 작업 시작을 알리는 윤은의 진지한 모습에 멍해 있던 수현이 급기야 미친 듯 웃음을 터트렸다. 작업하란다. 겁나게 큰 가슴 만들기. 어쩌면 좋지? 그전에 웃다가 쓰러질 것 같은데. 아, 죽겠다. 정말.

"어이. 작업 안 합니까?"

"쿡. 푸하하하."

"얼레? 왜 그러지? 헐, 구작업이 더 쉽나?"

"아하하. 아, 미치겠다. 진짜. 좋아 죽겠다. 정말."

와락. 저를 껴안고 숨넘어가게 웃어 대는 수현을 윤은이 요상하게 바라봤다. 하라는 작업은 안 하고 왜 이런데? 헐. 시청각 교육이 덜 됐군. 리플레이 다시 해야 하나? 쩝.

안 회장은 찻잔을 기울이며 한숨을 섞었다. 오전부터 찾아와 종알거리는 지수를 상대하느라 귀가 따가울 지경이었다. 아무런 내색 없이 간간이 고개를 끄덕이며 차를 마시는 것으로 시간을 때웠다. 워낙 어렸을 때부터 봐 왔던 사이라 대놓고 싫은 소리를 하지도 못한다. 오냐오냐 자란 무남독녀에 아줌마, 아줌마, 하며 웃음 한 번 비치지 않아도 좋다며 곧잘 따라다닌 아이다. 기찬에게 하듯 차갑게 몰아쳐도 소용이 없었다. 결국 안 회장이 두 손 두 발 다 들고 말았다.

"오빠가 아주 정신이 빠졌다니까요? 어떻게 그럴 수가 있죠? 완전 젓가락이던데 나 같은 에스 라인을 두고. 어쩜, 어쩜. 이건 정말 있을 수 없는 일이에요."

흥분해 가슴이며 허리며 엉덩이를 가리키던 지수가 폭탄처럼 말을 쏟아 냈다. 그래서 진즉에 포기하고 딴 놈으로 알아보라고 그렇게 누누이 말했건만, 매정하게 눈길조차 주지 않는 수현이 뭐가 좋다고 이십 년 넘게 해바라기 짓인지 이해가 되지 않았다.

찻잔을 내려놓은 안 회장이 제 가슴을 두고 열을 올리고 있는 지수를 지그시 바라봤다. 한참이나 어리다. 수현을 상대하기엔 버거울 만도 한데 또 좀체 쉽게 나가떨어지진 않는다. 어쩌면 가능성이 있을지도 모르겠다. 저 끈질긴 스토커 기질로 보건대 방해물이 나타났다고 포기하고 돌아서지는 않을 듯싶었다. 그래, 그것도 좋지.

"그래서 수현인?"

마침내 입을 연 안 회장에 반색하며 지수가 바짝 다가앉았다.

"이젠 아예 집까지 들락날락거린다니까요. 저도 못 가 본 집을요."

"그래?"

"금녀의 집이라면서 접근 금지라더니. 자기 입으로 가슴골도 있다고 여자래 놓고 그 앤 왜 되냐구요. 이잉."

지수의 앙앙거리는 콧소리에 안 회장의 미간이 미미하게 움찔거렸다. 귀를 휘적거리고 싶은 것을 가까스로 눌러 참으며 고개를 끄덕였다. 입을 열면 독한 말이 튀어 나갈 것 같아 부러 고개만 주억거렸다.

"클럽도 출입 금지시켰어요. 직원들도 똘똘 뭉쳐서 저만 따돌려요."

그건 따돌림이 아니라고 말하려다 말았다. 이미 지수의 귀엔 아무 소리도 들리지 않는 듯했다. 이야기의 주가 수현에게서 클럽으로 넘어가고 있었다. 춤의 여왕이 어쩌고 프라이 데이 나잇이 저쩌고 하며 울먹이는 지수를 슬쩍 외면했다. 안 회장의 손이 인터폰을 꾹 눌렀다. 이어 문을 열고 들어선 기찬을 향해 무언의 눈짓을 보내자 그가 고개를 끄덕이며 지수의 곁으로 다가섰다.

"어이쿠, 누가 감히 우리 지수를 이렇게 울렸어?"

"흑. 기찬 오빠."

"이런. 예쁜 얼굴에 눈물자국 생긴다. 뚝."

"속상해. 죽겠어."

"기분이 다운이네? 그럼 안 되지. 일단 오빠랑 나가자. 업시켜 줄게."

"응? 정말?"

반짝 눈을 빛내는 지수를 감싸 일으켜 입구로 이끌며 기찬이 안 회장을 향해 고개를 끄덕여 보였다. 지수의 퇴장은 늘 기찬이 도맡았다. 애 보기 하나는 끝내주게 잘하는 기찬이었다. 바닥을 기던 지수의 기분을 순식간에 끌어 올리며 기찬이 조용히 문을 닫았다.

정적이 찾아든 집무실에 홀로 남은 안 회장이 그제야 낮은 한숨을 내쉬었다. 몇 개월 그나마 잠잠하다 싶었던 것이 또 시작되었다. 수현의 해외 도피가 새삼 그리워지는 안 회장이었다. 그래도 그냥 포기할 순 없지. 톡톡. 책상을 치는 안 회장의 손가락이 그녀의 깊어지는 생각을 대변했다.

클럽 F4 왈, 원수는 꼭 번잡한 쇼핑센터에서 만난다라던가. 그것도 유독 마주하기 껄끄러운 장소에서 부딪쳐 낯이 뜨겁게 만든다고 투덜거렸던 것 같다. 새삼 지금 여기서 그 말이 떠오르는 이유는 절대 마주치고 싶지 않던 대상과 절대 마주치고 싶지 않은 장소에서 부딪쳤기 때문이다.

화장실 앞에 우뚝 멈춰 선 윤은이 부딪힌 상대를 확인하며 눈썹을 들썩였다. 원수라고 하긴 뭣한 진드기 사촌쯤 되는 한열이 비릿하게 입꼬리를 말아 올리며 저를 내려 보고 있었다. 댁은 반갑다는 표현을 참 기분 나쁘게 하시는구려.

"죄송합니다."

부질없는 눈싸움의 종지부를 찍으며 윤은이 먼저 사과했다. 빨리 자리를 벗어나고픈 마음에 정중하게 고개를 숙여 보이곤 한 발 옆으로 물러섰다. 사람의 출입이 빈번한 화장실 앞이었다. 게다가 남자 화장실. 앞으로 조금 더 가야 여자 화장실로 들어갈 수 있었다. 서둘러 자리를 뜨려는 윤은을 한열이 또다시 막아섰다. 올려 보는 눈길이 고울 리가 없었다.

"좀 비켜 주시겠습니까. 제가 지금 무지 급한 용무가 있어서 말입니다."

"아무리 급해도 인사는 똑바로 해야지."

"헐. 무슨 인사를 또 합니까? 제사 지냅니까? 두 번이나 하게? 죽은 것도 아닌데?"

"말하는 거 봐라."

"곧 싸게 생겼는데 좋은 말이 나올 리가 없잖습니까."

"자식, 말하는 거 봐라. 갔다 와."

"뭘 또 옵니까? 전 갔다가 그냥 갈 겁니다. 그럼 안녕히 가십시오."

후다닥 앞을 스쳐 빠른 걸음으로 이동하는 윤은을 즐겁게 바라보던 한열이 몇 걸음 옮기다 말고 멈춰 섰다. 왠지 그냥 돌아서기에는 뭔가가 아쉬웠다. 늘 불청객 취급하며 꺼려하는 것도 신경에 거슬렸다. 이쯤에서 기억에 남을 만한 터닝 포인트를 만들어 주는 것도 좋을 듯싶었다.

"이참에 확실히 각인 좀 시켜 볼까."

윤은의 등장에 여자들이 흠칫거렸다. 하도 익숙해 놔서 이젠 그런 것이 별스럽지 않았다. 당당하게 웃으며 화장실 칸으로 들어가자 웅성거림도 이내 잦아들었다. 남자 같은 컨셉이 유행이던 때도 있었고, 요즘은 보이시한 것도 나름 매력으로 어필되는 시대였다. 캐주얼틱 한 차림의 윤은이 다소 미소년스러운 감은 있었지만 심하게 남자 같다 거부감이 일 정도는 아니었다.

저를 향한 잘생겼다, 라는 찬사를 귓등으로 흘리며 시원스레 볼일을 마친 윤은이 기분 좋게 화장실을 나왔다. 룰루랄라 콧노래를 흥얼거리며 모퉁이를 돌던 윤은이 뭔가에 걸려 몸을 휘청거렸다. 찰나의 순간 누군가 그녀의 허리를 휘감아 바닥과의 조우를 간신히 막아 주었다. 골 깨지는 참사는 막았다. 십년감수했다. 놀란 가슴을 진정시키며 윤은이 고맙다 상대를 향해 활짝 웃으며 고개를 들었다. 니미. 욕이 절로 튀어 나왔다.

"헐. 이건 또 뭡니까?"

제 허리를 휘감은 한열의 손을 거칠게 거둬 내며 윤은이 차갑게 말했다. 피차 갈 길 가자 화장실 들어가기 전에 결론을 내렸던 것 아닌가? 화장실은 윤은이 다녀왔는데 왜 들어갈 때 다르고 나올 때 다른 건 한열인지 모르겠다. 혹시 발도 일부러 건 건 아닌가 무척 의심스러웠다. 한열을 바라보는 윤은의 시선이 곱지 않았다. 클럽에서야 손님이지 밖에서는 그저 남에 불과했다. 친절은 딱 여기까지다. 비딱하게 올려 보는 윤은이 재미있어 죽겠다는 듯 한열이 피식피식 바람 새는 웃음을 터트렸다. 뭔가 대단히 기분이 나빴다. 뭐라 발끈해 대들려던 윤은의 입이 낯선 것의 습격을 받았다.

한열이 윤은의 허리를 강하게 끌어안으며 불시에 입을 맞췄다. 당황해 미처 대처를 하지 못한 윤은이 퍼뜩 정신을 차리고 그를 밀쳐 냈다. 온몸으로 거세게 반항하는데도 좀체 꿈쩍을 않는다. 거침없이 입술을 탐하던 한열이 기어이 윤은의 주먹에 얼굴을 강타당하고서야 입술을 거뒀다.

"이 미친!"

씩씩거리며 거친 숨을 몰아쉬는 윤은의 모습이 한열의 눈엔 더 없이 사랑스럽게 비쳐졌다. 입술도 꽤 자극적이게 맛있었다. 부드럽고 감미로운 달콤함이 계속 입술에 담아 있었다. 아무래도 각인은 윤은이 더 깊게 새겨 놓은 것 같다. 쉽게 잊혀지지 않을 여운이다.

"무슨 짓입니까! 정신 나갔어요?"

치를 떨며 바락거리는 윤은을 야릇하게 내려 보며 입가에 맺힌 피를 쓸어 냈다. 자식, 손이 생각보다 맵다. 주먹질 한 번에 입술이 터진 모양이다. 비릿하게 입매를 틀어 올린 한열이 시니컬하게 말했다.

"왜, 남자가 좋아하는 여자한테 키스하는 게 뭐 잘못됐나?"

순간 헛웃음이 터져 나왔다. 뭐 저런 뻔뻔한 인간이 다 있을까? 윤은이 여자라는 사실을 단번에 캐치해 낸 능력은 실로 놀라웠지만, 이런 식의 알은체는 원하지 않는다. 차라리 남자로 알고 지내는 게 훨씬 나을 뻔했다. 좋아하는 여자라니 말도 안 되는 소리를 잘도 지껄인다. 욕지기가 터져 나오려는 입을 가까스로 봉인한 윤은이 커진 코 평수를 줄이여 숨을 가다듬었다. 아주 생긴 대로 놀고 있어. 빠드득거리는 소리가 입 밖으로 새어 나왔다.

"왜, 아무 말도 없어?"

입 열면 방언이 분수처럼 쏟아져 나올까 겁나서 참는다. 윤은이 날카롭게 쏘아보며 눈을 번뜩였다. 그리곤 보란 듯이 소매 단을 쭉 늘여 입을 빡빡 문질렀다. 한열의 키스가 상당히 기분 나빴다는 걸 행동으로 보여 주고 있었다. 지켜보는 한열의 미간이 확 일그러졌다. 아무리 그래도 이건 좀 심한 거 아냐? 움켜쥔 주먹에 절로 힘이 들어갔다. 그것도 잠시 낮은 한숨을 내쉰 한열이 엷은 미소를 지어 보이며 다정스레 말했다.

"오늘은 술 말고 커피 한 잔 어때?"

여태까지의 모습과는 조금 다른 일면을 보여 주고 싶었다. 왠지 윤은만은 거짓 없이 대하고 싶었다. 가식과 거만함으로 무장했던 추한 걸

모습을 다 벗어 던지고 솔직한 자신의 모습을 드러내도 좋지 않을까. 그런 생각이 들었다. 자연스레 윤은의 머리 위로 손을 뻗었다.

부스스 머리를 헝클어트리는 한열의 손길이 거북스러웠다. 강하게 불쾌감을 드러내며 손을 쳐 낸 윤은이 가볍게 콧방귀를 뀌었다. 아무나 만지라고 있는 머리가 아니었다. 요망한 체리가 보면 그놈의 손목 잘라 버리겠다 난동을 부렸을 것이다.

"전 커피 싫어합니다."

"그래? 그럼 드라이브는 어때? 바람이라도 좀 쐬고 기분 전환도 하고."

"바람은 여기가 더 시원합니다. 그쪽만 없으면 기분도 아주 최고조로 상승할 것 같은데."

하는 말마다 삐딱 선을 탄다. 그게 또 나름 윤은의 매력이지만 조금 가슴이 아프기는 하다. 짐짓 아무렇지 않은 듯 웃으며 한열이 톡 가볍게 윤은의 볼을 두드렸다. 째려보는 눈길에 날이 섰다. 베이면 꽤 아플 것 같았다. 장미는 장미라 이건가? 나름 가시를 곧추세우고 자기 방어에 열중인 윤은을 한열이 지그시 바라보았다.

"딱 거기까지."

"어라?"

어느새 나타난 수현이 한열의 손이 닿았던 머리 위에 제 손을 얹어 놓으며 서늘하게 말했다. 화가 단단히 난 듯 냉기를 풀풀 뿜어내는 수현을 스윽 올려 본 윤은의 미간이 살며시 찌푸려졌다. 수현이 정말 한열의 손목이라도 자를 듯 매서운 눈으로 노려보고 있었다. 아주 레이저가 작살이다.

마주 노려보는 한열의 눈빛 또한 그에 못지않았다. 느닷없이 등장한 불청객으로 인해 즐거웠던 기분이 일시에 나빠졌다. 수현이 이죽거리며 한열의 심기를 건드렸다.

"끈끈이라도 달았나? 아주 끈덕지게 들러붙어 지랄이네. 날파리 주제에."

"지랄? 큭. 해 봐? 진짜 지랄?"

"하아. 못 하면 병신이지."

"어어."

세상 살다 보니 이런 날도 오네그려. 저를 두고 파이트 한 판 작렬하게 뜰 기세로 눈을 번뜩이는 남정네들을 힐끔 돌아본 윤은이 어깨를 으쓱했다. 흐음. 기분이 그다지 나쁘긴 않군그래. 목을 이리저리 움직여 풀며 천천히 다가서는 한열을 향해 수현이 빠직 이를 갈았다. 가만히 이마를 긁적이던 윤은이 불쑥 불꽃 튀는 격정의 현장에 과감히 손을 투척했다.

"저기요!"

번쩍 손을 들어 올린 윤은을 둘이 동시에 내려 봤다. 확실히 한열이 기분 나쁘긴 했지만, 누구 하나 죽어 나가는 건 원치 않는다. 그리고 이미 둘의 간절한 사랑에 충분히 감명받은 터라 울컥했던 기분도 조금 나아졌다. 그래, 날이 날이니만큼 마음 착한 내가 선심 한번 쓰지 뭐. 히죽. 한열을 향해 한껏 입술을 끌어 올려 웃은 윤은이 순식간에 입술을 일자로 내리며 은밀하게 말했다.

"저는 바나나보다 언빌리버블한 이 고구마가 더 좋습니다."

툭. 제 중심을 두드리는 발칙한 윤은의 손에 수현이 헉 하고 거친 숨을 삼켰다. 확실히 남다른 대범함을 지닌 외계인이다. 인산인해의 바다로 장관인 쇼핑몰 중심에서 남자의 심벌을 과감히 터치하다니.

"고.구.마?"

언빌리버블한 수현의 고구마를 내려 보던 한열의 미간이 일시에 구겨졌다. 하아. 싹 틔우는 고구마가 그거였어? 머쓱해 이마를 쓸어내리는 수현의 얼굴을 한 대 후려치고 싶었다. 어느새 저보다 먼저 윤은의 마음을 채 간 것 같아 속이 쓰렸다.

마치 모든 시선이 제게로 모여드는 것 같아 수현은 낯이 뜨거웠다. 웬만해선 타인의 시선을 의식하지 않는 수현이었지만, 지금은 쥐구멍이라도 있으면 당장 숨고 싶은 심정이었다. 제 중심을 노려보는 자를 죽일 듯 쏘아보며 수현이 쯧, 혀를 찼다.

"그만 꺼지지?"

"놀라워."

시니컬한 눈빛으로 한열이 수현의 말을 잘라 냈다. 이건 또 무슨 수작이야? 마뜩잖게 바라보며 수현이 툭 던지듯 물었다.

"뭐가."

"안 회장의 서슬 퍼런 기세에 억눌리지 않고 과감하게 저런 녀석을 곁에 둔다는 게."

"내가 누구 눈치 보고 살 나인 아니잖아? 게다가 윤은이 그 정도로 과소평가될 녀석도 아니고."

도발에 쉽게 넘어가지 않는 걸 보면 확실히 수현이란 놈도 보통은 넘는다. 하긴 그 피가 어디로 갈까. 한열이 물러서지 않고 더 자극적으로 말했다.

"과소평가라. 과연 안 회장님도 그렇게 생각할까? 여잔지 남잔지 구분도 안 가는 외모에 더군다나 술집 출신이야. 천애고아에다 학력도 그다지 좋을 게 없는 저질 수준인 녀석을 쉽게 받아 줄 집안은 그리 많지 않지."

"지랄을 한다."

"뭐?"

신랄하게 자신의 처지를 곱씹은 한열의 말을 곰곰이 되새겨 보던 윤은의 허리를 수현이 힘껏 끌어당겼다. 놀라 올려 보는 윤은을 뜨겁게 내려 보며 수현이 차갑게 말했다.

"누구처럼 가문의 영광을 등에 업고 그에 굴복해 노예처럼 살 것도 아니고, 집안에서 정해 주는 대로 정략결혼에 묶여 씨나 뿌려 댈 종마도 아니고, 그게 무슨 상관이야? 너 같은 마마보이가 아닌 이상은 그거 다 아무 쓸데없는 잡쓰레기 아닌가? 사랑하는 여자를 곁에 둘 수 없는 것만큼 비극적인 건 없지. 하긴 넌 잘 모를 테지만."

"하아. 이 새끼."

불시의 일격이었다. 하지만 한열이 그리 나오리라 미리 예상했던 수현이 날렵하게 주먹을 피했다. 반격은 그보다 더 빨랐다. 허공을 가격한 한열이 채 몸을 가누지 못해 휘청거리는 사이 수현이 주먹을 내질렀다. 한열의 몸이 벽에 부딪히며 그대로 바닥으로 주저앉았다. 윤은에게 맞아 터진 입술이 다시 터졌다. 비릿한 피 맛이 입안으로 스며들었다.

잔인하기로는 둘째가라면 서러운 인물들이 안 씨 모자라더니. 확실히 맞는 말이다. 제 사람이 아닌 타인에 대해선 관대함이라곤 없는 인간들이다. 한열도 그 부류에 속하긴 하지만, 직접 당하고 보니 그 잔인함이 절실히 와 닿는다. 미치게 쪽팔린다. 한열이 쓰린 속을 억누르며 짐짓 아무렇지 않은 듯 얼굴을 굳히는 사이 윤은이 상황 정리에 나섰다.

"다 큰 어른끼리 주먹다짐이라니. 이게 말이 됩니까? 그쪽이 먼저 치고 이쪽이 방어 차원에서 친 거니까. 그냥 깔끔하게 퉁칩시다. 오케이?"

"깔끔이라 그거 좋지."

지극히 편파적이긴 하지만 말이야. 한열이 입가에 묻어난 피를 닦아 내며 윤은을 바라보았다. 한열의 직설적인 시선에 슬쩍 고개를 돌린 윤은이 낮게 헛기침을 했다. 저도 좀 찔리긴 찔리는 모양이다.

"흠흠. 어쨌거나. 그쪽이 먼저 실례를 한 건 사실이니까. 이쯤에서 정리를 하자는 겁니다. 이목이 더 집중되기 전에."

"그건 좀 더 일찍 말했어야 하는 거 아닌가? 이목은 이미 집중될 만큼 된 것 같은데."

웅성거리며 몰려든 구경꾼들이 자신들을 지칭하는 말에 은근히 시선을 돌리며 딴청을 피웠다. 그냥 보면 남자 셋이 다투는 것 같고, 자세히 보면 여자 하나를 두고 치열하게 싸우는 삼각관계의 생생한 현장이었다. 이보다 재미난 구경이 어디 있겠는가. 너무 빨리 끝나는 것 같아 아쉬울 뿐이다.

"각설하고, 전 댁보다 이쪽 고구마가 훨씬 좋다 이겁니다. 이미 이쪽과 그렇고 그런 사이로 넘어가고 있는 중이니까, 여기서 접읍시다. 깔끔하게. 댁의 그 마음도."

먼지를 털어 내며 자리에서 일어난 한열이 시니컬하게 말했다.

"확실히 그 누구보단 정리를 잘해."

"하아. 뭐?"

그 누구에 해당하는 수현이 발끈해 눈에 심지를 켜자 윤은이 볼을 톡 두드리며 자제를 시켰다. 윤은의 손길 한 번에 그대로 꼬리를 내리는 수현의 모습이 꽤 인상적이다. 사랑에 빠지면 바보가 된다더니, 틀린 말은 아니다. 윤은을 내려 보는 눈길이 꽤 다정다감하다. 피식. 한열이 싱겁게 웃었다. 누군 잡아먹을 듯 노려보더니 누군 솜사탕보다 달콤하게 녹아드는 눈빛으로 바라본다. 참 별스럽다. 한열이 아쉬운 듯 윤은에게 말했다.

"그냥 좀 보면 안 되나?"

"싫습니다."

참 매섭게도 잘라 낸다. 빙긋이 입매를 말아 올린 한열이 부드럽게 말했다.

"나 그렇게 나쁜 놈은 아닌데."

"그다지 좋아 보이지도 않습니다."

"큭. 그건 그렇지."

"아시니 다행입니다. 아차차, 이건 실수."

"역시 지독하게 솔직해."

"그게 외계인 수칙 1이죠."

"응?"

"더 이상의 태클은 사양입니다. 그럼 이만."

수현의 손을 잡아끌며 자리를 뜨려는 윤은을 한열이 붙잡았다. 그에 반사적으로 수현이 한열의 팔을 움켜잡았다. 묘한 대치 상태를 이룬 그들 주변으로 무수히 많은 사람들이 스쳐 지나갔다. 부술 듯 부여잡은 수현의 손은 아랑곳 않고 한열이 윤은을 향해 피식 웃으며 말했다.

"또 봐."

"보긴 뭘 봐. 미쳤어?"

"하아. 이 양반 정말 말귀 못 알아들으시네. 저기요."

"그냥 보기만 하자구. 그것도 안 되나?"

"헐. 이런 몹쓸 집착맨 같으니라고."

고개를 절레절레 흔드는 윤은을 지그시 바라보던 한열이 시선을 옮겨 수현을 직시했다. 수현의 비틀려 올라간 입술이 곧 육두문자를 남발할 것만 같았다. 낮은 한숨을 내쉰 한열이 건조하게 말했다.

"지랄 맞게 외로운 거, 거미줄에 얽혀 턱턱 숨이 막혀 결국은 죽지 않을까 그런 생각마저 들게 하는 더럽게 갑갑한 거. 거지 같은 삶마저도 결국엔 내 삶이 아니란 거. 더럽게 옭아매는 핏줄, 집안 그거에서 조금만 벗어나 보자고. 나도 제대로 숨이라는 걸 쉬며 살고 싶단 말을 하는 거야. 너처럼."

"……다른 출구 찾아."

"합승 좀 하지?"

"웃기지 마. 여긴 2인승이야."

"쳇. 욕심은. 언빌리버블한 고구마. 알았어. 네 소유권 주장이 정당하다는 거 이젠 알았다고. 녀석 말대로 깔끔히 그쪽은 포기하지. 그냥 가끔 대화만 나누잔 거야. 다른 걸 바라는 게 아니라."

"은인 내 전용이야."

"흠."

뭔가 심오한 대화가 오가는 것 같은데 당최 알아들을 수가 없었다. 단지 저를 두고 아직도 둘이 옥신각신한다는 것밖엔. 한참 치열하게 눈빛을 주고받더니 한열이 먼저 피식 싱겁게 웃으며 윤은의 팔을 놓았다. 그에 던지듯 한열의 팔을 놓은 수현이 짧게 혀를 찼다. 한쪽으로 비켜서며 지나가라 고갯짓을 하는 한열을 물끄러미 바라보며 윤은이 고개를 갸웃했다. 뭐지?

"또 눈앞에서 셔터만 내려 봐. 정말 문 닫게 만드는 수가 있어."

"즐."

곧 죽어도 손님으론 오겠단 소리다. 끈질기기가 아주 고래 심줄 버금가는 한열이었다. 수현이 윤은의 어깨를 감싸 걸어가며 안드로메다식 인사를 남겼다. 뒤에 남은 한열의 표정이 어떤지는 알 수 없었다. 헌데 다시 클럽을 찾겠단 말이 이젠 그리 위협적으로 들리진 않는다. 그냥 인사차 언제 한번 들르겠다 말하는 것처럼 편한 어투였다. 윤은이 고개를 갸웃하며 돌아보려 하자 수현이 머리를 붙잡아 고정시켰다.

"신경 꺼."

"그치만."

씁쓸하게 돌아서는 한열의 뒷모습이 뭔가 불편한 기분을 만들었다. 소문만큼 그다지 나쁜 사람은 아닌 것 같았다. 하긴 자신을 좋아한다고 고백한 남자가 그렇게 많지 않다 보니 저도 모르게 조금 마음이 동했을 수도 있다. 아니, 어쩌면 그보다는 한열의 모습 어딘가에서 수현과 비슷한 느낌을 받아서였을지도 모른다.

수현이 애써 감춘 지독한 고독의 그림자. 그 한 자락이 한열의 가슴속에도 똬리를 틀고 있었다. 부디 당신에게도 나 같은 매력적인 여자가 찾아오기를. 윤은의 턱이 도도하게 치켜 올라갔다. 나 좀 괜찮은 여자 같아. 자아도취도 옳는 건가? 곁에서 지켜보던 수현이 훤히 그 속내를 드러내는 윤은의 얼굴을 걱정스레 바라보았다.

쇼핑몰 내 여성복 코너를 돌며 수현은 예리하게 눈을 빛냈다. 전혀 여성스럽지 못한 윤은의 행동과 겉모습은 어쩌면 저 지나치게 사내 같은 복장에서 비롯된 것인지도 모른다. 엉뚱한 사고가 인간의 어떤 한계를 넘어선 것도 어쩌면 경계심 제로의 저 무던한 정신세계에서 우러나오는 것이리라. 홀로 결론을 내린 수현이 지극히 여성스러운, 다소 러브리가 과장스러운 매장으로 들어섰다.

"허얼."

디스플레이된 옷들에 대한 윤은의 첫 감상이었다. 이 러브리함의 결정체스러운 레이스들의 향연은 대체 뭐란 말인가. 멍하니 서 있는 윤은을 이끌어 매장 중앙에 세운 수현이 비치된 옷들 중 가장 여성스러운 옷을 골라 살폈다. 그에 환한 미소를 띠며 점원이 곁으로 다가왔다.

"선물하실 건가 봐요. 손님?"

수현이 말없이 고개를 끄덕이자 점원이 옷을 꺼내 건네며 데스크 쪽으로 걸음을 옮겼다. 당연히 따라올 거라 여겼던 수현이 옷을 그대로 윤은에게 넘기자 점원의 고개가 갸웃 기울었다.

"입어 봐."

"에에? 이걸 제가요?"

"저기 탈의실 있네. 어서."

활짝 웃던 점원의 얼굴에 살짝 당황스러움이 묻어났다. 어설픈 미소를 흘리며 주춤 서 있던 점원이 곧 표정을 밝게 고치고 둘 곁으로 다가섰다.

"아! 코스프레하시려고 그러시는구나."

"코스프레……."

"하하. 아닌가? 그럼 벌칙 수행?"

그 말의 뜻을 제대로 인식하지 못한 수현이 고개를 갸웃하며 윤은을 돌아봤다. 뭔가에 단단히 충격을 받은 듯 윤은이 몸을 휘청거렸다. 코스프레가 뭐 어쨌다고? 하아, 게다가 하나 더해 벌칙 수행이란다. 윤은이 옷을 그대로 수현에게 넘기며 비틀비틀 매장을 빠져나갔다. 의아하게 윤은을 바라보던 수현이 서둘러 점원에게 옷을 건네고 뒤따랐다. 윤은이 벽에 걸린 대형 거울을 짚고 고개를 푹 숙인 채 한숨을 내쉬고 있었다. 왜 그러지?

"왜, 몸이 안 좋아?"

"심장에 총 맞았습니다."

"응? 총?"

윤은이 고개를 번쩍 들고 거울에 비친 제 모습을 뚫어져라 바라봤다. 역시, 여자다운 구석이라곤 눈곱만큼도 없다. 남자라고 해도 믿겠다. 그러니 코스프레한다는 말까지 나오지. 머릿속으로 종석의 시크한 목소리가 메아리쳤다. '역시, 넌 난놈이야.' 라는. 허걱이다.

"쇼크 작렬."

"쇼크? 왜 누가 또 시비 걸었어?"

의아해 묻는 수현을 돌아보며 윤은이 아무것도 아니다 고개를 저었다. 색다른 변화. 과연 가능할까 싶었지만 확실히 이대로는 안 될 것 같았다. 코스프레라고 오해할 정도로 그렇게 남성스럽단 말인가! 탈피라도 해서 남자라는 오명을 좀 벗어야겠다. 코스프레라니! 다소 아담한 가슴이 안습이긴 해도 얼굴은 좀 곱잖아? 아니면 말고.

불끈 주먹을 쥐며 몸을 곧게 세운 윤은이 비장한 얼굴로 성큼성큼 다시 매장으로 걸어갔다. 까짓것 입어 보면 되지 뭐. 입고 보면 좀 생각이 바뀔지 어떻게 알아. 결심을 굳힌 윤은이 점원을 향해 당당히 말했다.

"아까 그 부담 러브리 좀 봅시다."

"예?"

"저거 주세요. 저거."

"아, 예."

윤은의 재등장에 다소 당황했던 점원이 서둘러 옷을 건넸다. 고개를 갸웃하며 서 있는 수현에게 기다리라 말하곤 윤은이 탈의실로 들어섰다. 훌렁훌렁 옷을 벗어 던진 것까진 좋았는데 대체 이 러브리는 어떻게 착용하는 것인지 알 수가 없었다. 나풀거리는 건 분명 치마고 지퍼가 달린 부분이 뒤였던가? 뭐가 이렇게 복잡한지. 혼자 스트립에 옷 입기 쇼까지 한바탕 난리를 치르느라 식은땀까지 맺힐 지경이었다. 헐. 손이 안 닿는다.

우당탕하는 요란한 소리에 놀라 밖에서 기다리던 수현이 슬쩍 탈의실 문을 열었다. 아주 약간 틈만 만들어 본다는 것이 문에 기대선 윤은의 무게에 활짝 열리고 말았다. 결에 놀라 문을 닿으려던 수현이 넘어지는 윤은을 먼저 부축했다.

"괜찮아?"

"괜찮아 보입니까?"

"그…… 어깨가."

지퍼를 채우지 못해 어깨 아래까지 옷이 내려가 쇄골이 훤히 드러나
있었다. 뭐라 말하려다 말고 수현이 윤은을 안은 채로 좁은 탈의실 안
으로 들어가 문을 닫았다. 놀란 윤은이 눈을 깜빡이며 수현을 올려 보
았다. 씨익 입꼬리를 말아 올린 수현이 윤은을 안은 채로 천천히 지퍼
를 끌어 올렸다. 반쯤 올리다 말고 힐끔 윤은의 가슴께를 내려 본 수현
이 다시 빠르게 지퍼를 내렸다.

"헉. 뭡니까?"

"깜빡했다."

"에? 뭘요?"

"구작업."

"헐. 잠깐. 아!"

만류하는 윤은의 손을 혹 내린 옷으로 결박시키고 수현이 단숨에 속
옷을 파고들어 가슴을 머금었다. 사이즈 정확히 잘 맞는다. 키득. 야릇
하게 웃으며 한껏 윤은의 가슴을 집어삼킨 수현이 슬쩍 고개를 들어
놀라 멍해 있는 윤은을 지그시 바라보았다. 대체 방금 무슨 일이 일어
난 거지? 멍하니 눈만 깜빡이는 윤은의 입술에 가볍게 쪽 입을 맞춘
요망한 체리가 음흉한 미소를 흘리며 달싹거렸다.

"짝짝이 만들 순 없으니까. 여기도."

무척 자극적인 소음을 만들어 내며 가슴을 섭취하는 수현을 윤은이
넋 빠진 얼굴로 바라보았다. 허걱. 가슴이 요망한 체리에게 먹혔다. 움
찔. 체리 속 말캉한 혀가 건포도를 건드렸다. 순간 건포도가 생포도로
거듭났다. 허얼. 신기하여라.

"일단은 맛보기. 집에 가서 수작업이랑 병행하자."

"오오! 건포도가 살아났어!"

"큭. 쉿. 일급비밀이야. 가자. 나머지도 살려 줄게."

서둘러 지퍼를 채운 수현이 윤은의 손을 잡고 계산대로 향했다. 설마 입고 가려는 건 아니겠지, 하는 점원의 눈빛을 깔끔히 무시하고 수현이 카드를 내밀었다. 차마 입을 열어 뭐라 말하진 못하고 어설프게 웃으며 계산을 하는 점원을 수현이 날카롭게 쏘아보았다. 옷만 팔면 되지 뭐가 그렇게 관심이 많아? 스윽, 윤은을 돌아본 수현이 낮은 신음을 흘렸다. 수현의 눈썹이 모로 휘었다. 잘 어울린다고는 말하지 못하겠다. 마주 시선을 맞춰 오는 윤은을 향해 수현이 씨익 웃어 보였다. 미소가 조금 어색했다.

"가자. 안드로메다로."

맞잡은 손을 신나게 흔들며 수현이 눈을 찡긋거렸다. 오늘은 기필코 안드로메다를 정복하리라. 언빌리버블한 고구마의 복숭아 점령. 고지가 바로 저기다. 나풀거리는 치마가 어색한 듯 윤은이 자꾸만 치마를 쓸어 내렸다. 걱정 마. 곧 그것도 벗겨 줄 테니까.

주차장으로 향하는 수현의 입가가 좋아 죽겠다는 듯 끝없이 밀려 올라갔다. 체위의 다양성에 대해 실습하는 것도 잊지 말아야지. 일단은 복숭아나무에 고구마부터 꽂아야겠지? 아주 언빌리버블하게.

한 달에 한 번 있는 클럽 휴무였다. 오랜만에 영화라도 볼까 하고 극장을 찾은 종석은 입구에 즐비한 팜플릿을 살피며 신중을 기했다. 같이 놀자 끈덕지게 따라붙는 철민을 냉정하게 떼어 놓고 나온 길이었다. 하루쯤은 온전히 저만의 시간을 갖고 싶었다. 귀에 딱지가 앉을 정도로 붙어 나불거리는 철민을 달고는 도저히 영화를 볼 수가 없었다. 스크린과 대화라도 나눌 기세로 연신 입을 놀리니 내용은 고사하고 나중에는 귀가 다 먹먹할 정도가 되고 만다.

"네 목에 개줄?"

제목 한번 후지다. 그래도 팜플릿은 꽤 자극적이다. 교육용으로 쓸 만한지 먼저 감상 좀 해 봐야겠다. 결정을 내린 종석이 예매를 위해 판매 창구로 걸음을 옮겼다. 역시 사람이 제일 많다. 긴 줄 끝에 자리를 잡은 종석은 다시 팜플릿을 살피며 줄이 줄어들기를 기다렸다.

하드코어적인 요소가 다분한 장면이 주요 포인트로 소개되어 있었다. 과연 이런 걸 여자들이 좋아할까 하는 생각이 들 정도였다. 흠. 낮게 한숨을 내쉰 종석이 어쩌면 이라는 말을 중얼거리며 싱겁게 웃었다. 야동을 다큐로 승하시키더라며 아쉬운 듯 혀를 차던 수현이 떠올랐다. 하긴 윤은이 좀 독특한 캐릭터긴 하지.

종석이 윤은을 처음 본 건 그녀가 열여덟의 뜨거운 여름을 보내던 때였다. 무던히도 더웠던 그해 여름 윤은은 세상 단 하나뿐인 핏줄인 아빠를 잃었다. 윤은의 엄마는 그녀를 낳다가 의료사고로 죽었다고 했다. 태어나 한 번도 엄마를 본 적이 없는 윤은에겐 아빠 경운이 유일한 세상이었다. 티 하나 없이 맑게 키우겠다, 유리병 속 공주처럼 애지중지 아끼고 사랑했다.

그 유일한 세상이 무너져 내렸다. 경운은 윤은의 눈앞에서 사고를 당해 죽었다. 금방 다녀오겠노라 손을 흔들며 차에 오르려던 경운을 브레이크가 고장 난 트럭이 그대로 덮쳐 뭉개 버렸다. 사람이 그렇게도 허무하게 죽을 수 있다는 걸 윤은은 처음 알았다고 했다.

장례식장에서 처음 마주친 윤은은 지나치리만큼 무감각했다. 마치 감정을 잃어버린 로봇처럼 차게 식어 있었다. 목 놓아 울지도, 정신을 놓지도 않았다. 그저 멍하니 영정을 바라보며 앉아 있을 뿐이었다. 괜찮냐 물었더니 무표정하게 돌아보며 눈만 깜빡거렸다. 그리고 한참 후에야 엷은 미소를 띠며 웃었더랬다.

'난 캔디가 제일 싫어.'

그랬던 것 같다. 캔디가 싫다고 그게 무슨 말이냐 묻지 못했다. 그제야 목 놓아 서럽게 우는 윤은을 달래느라 한참을 고생했었다. 참는 건 그만하겠다는 말을 윤은은 그렇게 표현했다. 유리병을 깨고 나온 공주는 더 이상 공주가 아니었다. 살기 위해 몸부림치는 대범한 외계인, 그게 윤은이다. 거짓 없이 솔직한 씩씩이.

피식. 기억 속 여린 윤은의 모습을 지워 내며 종석이 극장 안으로 들어섰다. 코믹을 표방한 다소 에로틱한 영화였다. 커플들이 좁은 극장 안을 가득 채웠다. 제법 쓸 만한 영환가 보다. 어디 얼마나 교육적인지 볼까?

자리를 찾아 착석한 종석은 이내 어수선한 주변에 관심을 끄고 화면을 주시했다. 조명이 꺼지고 스크린이 켜졌다. 영화의 시작을 알리는 자막이 떠오르고, 그때까지 비어 있던 옆자리에 누군가 앉는 인기척이 느껴졌다. 훤한 불빛 아래 존재를 드러내기가 껄끄러운 사람인 듯했다. 민망할 게 뭐 있어. 사람이면 다 하는 건데. 초반부터 주인공의 농도 짙은 신음과 함께 격렬한 섹스신이 벌어졌다.

"에게, 겨우 소시지 가지고 호들갑은. 걸로 쑤신다고 느낌이 와? 어머머."

소시지 운운하며 열심히 섹스신을 씹어 대는 여자의 귀에 익은 콧소리에 종석이 스륵 고개를 돌렸다. 아무런 느낌도 주지 않는 소시지에 광분한 여자가 갑자기 덥석 종석의 허벅지를 움켜잡았다. 손잡이를 잡는다는 것이 핀트가 어긋난 모양이었다. 탄탄한 하체가 주는 짜릿한 손맛에 여자가 눈을 빛내며 종석을 돌아봤다. 종석이 건조하게 손을 들어 알은체를 했다.

"하이. 티 팬티."

"어머!"

티 팬티라 불린 지수가 종석을 알아보고 짧은 감탄사를 내뱉었다. 하필이면 이런 곳에서란 말은 하지 않았다. 무표정하게 저를 보며 고개를 끄덕인 종석이 다시 화면으로 시선을 옮기자 지수의 미간이 살짝 찌푸려졌다. 볼 때마다 은근히 무시다. 발끈한 지수가 허벅지 위의 손을 움직였다. 이래도 안 볼 테냐. 약간의 도발을 감행했다.

"스톱. 딱 거기까지."

"흥. 내 손이야."

이제는 명령까지. 콧방귀를 뀌며 더 과감히 손을 안쪽으로 움직이는 지수를 종석이 가만히 응시했다. 겁도 없이 중심을 향해 손을 뻗는 지수를 물끄러미 바라보다 위험한 손을 붙잡아 세웠다. 너도 창피 한번 당해 봐라 뾰족하게 다가서던 지수가 날카롭게 종석을 노려봤다. 한 손으로 뭔가를 생각하며 천천히 턱을 쓸어내리던 종석이 스륵 지수의 귓가로 입을 내려 나직하게 속삭였다.

"더하면 먹힌다."

뭐야? 돌아보는 지수의 입술이 종석의 입술 가까이 머물렀다. 흠칫해 물러설 만도 한데 전혀 굴하지 않는다. 확실히 보통내기가 아니다. 장난해? 지수가 눈에 바짝 힘을 주며 종석을 노려봤다. 종석이 잡았던 손에 힘을 풀었다. 도도하게 쏘아보는 지수를 향해 종석이 입모양으로 말했다.

"그럼. 계속해 보든지."

등으로 벽의 차가운 냉기가 느껴졌다. 입술의 열기와 상반되는 그 묘한 느낌에 윤은은 아찔한 기분에 휩싸였다. 뜨겁고 부드럽게 입술을 침범하는 수현의 혀를 윤은이 맛있게 빨아들였다. 입 안 곳곳을 탐험하듯 섬세하게 훑고 지나는 수현의 혀가 너무 자극적이었다.

"으음."

윤은이 내뱉은 야릇한 신음에 수현의 심장이 열기를 머금었다. 수현의 숨결이 더 깊게 윤은의 입술을 뒤덮었다. 뒷머리 속을 파고든 수현의 손이 윤은의 목을 스쳐 등을 훑어 내렸다. 엉덩이를 받치고 있던 손이 치마 속을 파고들자 윤은이 흠칫 몸을 떨었다.

숨이 차올라 더 이상 견딜 수 없을 즈음 수현의 입술이 조금 물러섰다. 제 입술 위에서 뜨거운 숨결을 토해 내는 수현의 입술을 윤은이 달뜬 시선으로 내려 보았다. 타액으로 번들거리는 체리가 무척 맛있게 보였다. 거친 호흡을 채 다스릴 시간도 없이 윤은이 덥석 체리를 베어 물었다.

"아!"

수현의 한쪽 눈썹이 모로 휘었다. 낮은 탄성을 토해 내며 매끄럽게 올라간 입술이 더 섹스럽다. 키득거리며 입매를 끌어 올린 수현이 장난스럽게 옷 속을 침범한 손을 움직였다. 피아노 건반을 두드리듯 섬세하게 등을 터치하는 손길에 윤은이 움찔움찔 몸을 떨었다. 민들레 꽃씨가 한들한들 바람에 흩날리듯 수현의 손가락이 톡톡 윤은의 등을 자극했다.

수현이 묵직이 몸을 기울이며 윤은의 귓불을 혀로 할짝거렸다. 윤은의 고개가 자꾸만 자극이 가해지는 곳으로 기울었다. 수현의 혀가 귓바퀴를 천천히 따라 움직이자 윤은의 입에서 길고 가는 신음이 흘러나왔다. 어깨가 점점 움츠러들고 허리를 감싼 발에 힘이 가해졌다. 오징어가 뜨거운 돌 위에서 춤을 추듯 윤은도 끊임없는 자극에 곧장 반응을 해 왔다. 지극히 자극에 충실한 윤은의 몸이 수현은 너무 사랑스러웠다.

수현의 입술이 윤은의 목 언저리를 따라 붉은 자국을 남기며 흘러내렸다. 내 거라고 마치 선전포고를 하듯 하나하나 정성스레 키스 마크를 새겨 넣었다. 더 이상 날파리 같은 것이 함부로 꼬여 들지 않도록 영역 표시를 꽤 격정적으로 남겼다. 윤은의 뇌쇄적인 쇄골을 혀로 할짝이려는 찰나 도착을 알리는 소리가 들리고 엘리베이터 문이 열렸다.

피식. 색기 서린 미소를 머금은 수현이 윤은의 쇄골 위에 뜨거운 숨결을 흩어 내며 고개를 들었다. 분홍빛으로 알맞게 잘 영근 자두 두 개가 윤은의 두 볼 위로 사뿐히 내려 앉아 있었다. 눈이 마주치자 윤은이 배시시 멋쩍은 웃음을 흘린다. 귀여워.

"우주 전함 안드로메다로 출발 준비 완료."

"오!"

"떠나 볼까?"

뭐라 달싹이려는 윤은의 입을 제 입술로 가로막으며 수현이 닫히려는 문틈을 날렵하게 빠져나갔다. 긴 복도를 단숨에 달려 문 앞에 도착한 수현이 윤은의 엉덩이를 손등으로 받치며 검지를 인식기에 갖다 댔다. 손바닥과 손등의 묘한 차이를 엉덩이로 느끼며 윤은이 동그랗게 입을 모았다. 거참 오묘하게 야릇하네.

잠금이 해제된 문을 열어 빙글 몸을 굴리며 안으로 스며들었다. 그와 동시에 수현의 손이 급히 지퍼를 내리고 윤은의 옷 속으로 밀려들었다. 순식간에 가슴까지 도달한 수현의 손이 거침없이 윤은의 브래지어 속을 탐했다. 헉. 놀라 숨을 삼키는 윤은의 눈을 능글맞게 마주 보며 수현이 은밀한 목소리로 협박했다.

"손들어."

"헐. 설마 그나마 있는 가슴 터트릴 건 아니죠?"

"미쳤어? 키워 줄 거야. 겁나 크게."

"큭. 두고 보겠음."

"큭큭. 손들어."

키득거리는 윤은의 가슴을 주물거리며 수현이 다시 협박했다. 윤은이 두 손을 번쩍 들어 올리자 수현이 거추장스러운 원피스를 단숨에 벗겨 냈다. 신발을 벗고 거실로 걸어가며 브래지어 버클을 풀었다. 순식간에 방패를 잃어버린 수줍은 가슴이 발그랗게 얼굴을 붉혔다. 손안에 앙증맞게 들어오는 아담한 윤은의 가슴을 수현이 부드러운 시선으로 바라보았다. 본능적으로 가슴을 가리려는 윤은의 손을 저지시켜 제목에 두르고는 수현이 의미심장하게 히죽 웃었다.

"잘 먹겠습니다."

"에?"

소파에 털썩 윤은을 눕히곤 그대로 가슴을 머금었다. 세상 그 무엇도 이보다 맛난 건 없다는 듯 수현은 열심히 윤은의 가슴을 먹어 댔다. 윤은의 가슴은 요망한 체리에게 딱 맞는 사이즈였다. 덜하지도 넘치지도 않는 잘 맞아떨어지는 금상첨화의 가슴이었다. 그냥 키우지 말까? 달콤함에 취해 그냥 이대로도 좋다 흡족한 미소를 띠었다.

잘근. 윤은의 표현대로 건포도를 자극하자 생포도로 거듭나 생기를 가득 내뿜는다. 빳빳이 고개를 들고 저를 향해 도도하게 유혹의 향기를 뿌리는 건방진 포도를 혀로 할짝할짝 감칠맛 나게 놀려 주었다. 포도가 푸시시 열기를 퍼트리며 더 발끈 달아올랐다. 흠. 도도한 포도 같으니라고.

구작업에 열중인 수현의 머리를 두 손으로 감싸 만지작거리던 윤은의 눈이 미미하게 파르르 떨렸다. 요망한 체리가 발칙하게 가슴을 자극했다. 발끝이 찌르르거렸다. 한껏 오므린 발끝으로 수현의 다리 사이를 비비적거렸다. 찌릿함이 가실까 싶어 한 행동에 수현이 엷은 신음을 터트렸다. 하아. 뜨거운 숨결이 고스란히 가슴 위로 스며들었다.

"으음. 고구마가 터질 것 같아."

"설마. 건드리지도 않았는데?"

"손만 자극을 줄 수 있는 건 아니거든. 불꽃처럼 팡 터져 버릴 것 같다."

"허걱."

쪽. 윤은의 입술에 가볍게 입을 맞춘 수현이 상체를 일으켜 세웠다. 그리곤 억 운운하던 비싼 단추를 하나씩 풀어내기 시작했다. 본격적인 스트립이 벌어질 차례였다. 야릇하게 아랫입술을 깨물곤 느른히 내리 뜬 시선으로 윤은을 바라보며 수현이 셔츠를 벗어 내렸다. 바지 버클을 풀어 그 속으로 윤은의 손을 집어넣었다. 터질 듯 팽창한 중심을 직접 확인한 윤은이 눈을 동그랗게 떴다. 오호! 실물을 손으로 접한 건 처음이었다. 실로 언빌리버블한 고구마였다.

"커졌다."

"이제 꽂을 준비만 하면 될 것 같지?"

"아프지 않을까요? 엄청 큰데?"

"그러니 사전 작업이 필요하단 거지. 복숭아의 신비로움도 고구마 못지않거든."

"오!"

감탄사를 터트리는 윤은의 입술을 맛있게 머금으며 수현이 윤은의 팔을 제 목에 둘렀다. 윤은의 다리마저 제 허리에 감아 단단히 고정시켰다. 번쩍 윤은을 들어 자리에서 일어선 수현이 성큼성큼 침대가 기다리고 있는 방으로 걸어갔다.

단단한 남성의 감촉이 그대로 손끝에 남아 묘한 여운을 흘렸다. 윤은을 침대에 얌전히 내려놓고 마저 바지를 벗어 던진 수현이 미끄러지듯 부드럽게 윤은의 다리 사이로 스며들었다. 수현의 다리가 윤은의 두 다리 사이를 비집고 들어와 얇은 속옷에 가려진 여린 꽃잎을 자극했다. 놀란 윤은이 본능적으로 다리를 움츠리려 하자 수현이 그녀의 양 무릎을 세워 벌리며 지그시 힘을 줬다. 그리곤 그녀의 이마부터 천천히 입술을 내려놓으며 아래로 움직였다.

윤은의 반듯한 이마를 스쳐 반짝이는 눈망울 위로 긴 속눈썹을 한 올 한 올 혀로 쓸어 냈다. 보기 좋게 솟은 콧대 위로 숨결을 흘려 내고 그녀의 입술을 취했다. 지나치게 맛있어서 한 번 먹으면 평생 먹고 싶게 만드는 마력을 지닌 입술이었다. 거친 듯 부드럽게 입술을 머금은 수현이 이어 목을 따라 혀와 입술을 놀리며 윤은의 가슴 위로 내려앉았다.

가슴을 애무하는 수현의 입술과 손의 향연에 까마득 정신을 잃을 것만 같던 순간, 그 누구의 침입도 허락한 적 없는 신비의 수풀 속으로 수현의 다른 손이 스며들었다. 최후의 보루가 순식간에 벗겨져 나갔다. 벌어진 다리 사이로 단단히 자리를 잡은 수현의 중심 때문에 몸을 틀 수도 없었다. 너무나 현란한 손가락의 유희에 윤은의 신비한 열매가 스르르 녹아내렸다. 미친 듯이 두근거리는 심장과 폭발할 듯 뜨겁게 달아오른 열매 속 우물이 급기야 넘쳐흐르기 시작했다. 짜릿한 흥분과 함께 열매 밖으로 흘러내린 물기가 윤은을 당혹스럽게 만들었다. 복숭아가 참지 못하고 침을 흘렸다. 이제 되었으니 어서 먹히라고.

"하아. 조금 아플지도 몰라."

"으음. 하아. 누가요?"

"복숭아가."

"응?"

"엄청 큰 고구마 먹느라 조금 버거워할지도 몰라. 하아."

참기 힘든 듯 미간을 좁힌 수현이 엷은 미소를 띠며 곤혹스러움을 감췄다. 열기를 가득 머금은 달뜬 얼굴로 수현을 바라보던 윤은이 정사의 정석을 떠올리며 아! 하고 짧은 탄성을 터트렸다. 먹어야 할 순간이 된 것 같았다. 윤은이 팔을 뻗어 수현의 목을 끌어안았다. 뜨거운 숨결과 함께 그의 귓가에 가만히 속삭였다.

"흐음. 푸욱 꽂아 주세요."

지극히 직설적이고 명쾌한 윤은의 말에 수현이 방긋 미소를 띠었다. 윤은의 사랑스러운 입술에 키스를 퍼부으며 그녀의 신비로운 열매 안으로 제 중심을 밀어 넣었다. 등으로 미끄러져 내린 윤은의 손에 바짝 힘이 들어갔다. 질끈 감은 눈에도 통증의 아련함이 서렸다. 그에 수현의 키스가 더 깊고 부드럽게 이어졌다. 사랑해. 사랑한다. 나의 외계인.

고통으로 미세하게 움찔거리는 윤은의 미간에 지그시 입술을 내려놓으며 수현이 천천히 허리를 움직였다. 윤은의 섬세한 복숭아는 우주 그 너머의 신비로운 별처럼 아름답고 환상적이었다. 별사탕처럼 달콤한 윤은의 복숭아나무에 수현의 언빌리버블 고구마가 들어와 박혔다. 그야말로 현란한 안드로메다 입성이었다.

그 밤, 광활하고 폭발적인 우주 쇼는 몇 번이고 반복되었다. 복습도 철저히. 안드로메다의 새로운 법칙이 생겼다.

간밤 대체 무슨 일이 있었는지 클럽 안 좀비의 수가 기하급수적으로 늘어났다. 쉬라고 준 휴무가 피곤의 온상이 되었던 듯 좀비는 무섭게 흐느적거리며 클럽 안을 정신 사납게 누비고 다녔다. 그를 철민의 멍한 눈이 뒤좇았다.

"헐. 뭔 클럽이 시체 집합소도 아니고."

때마침 늦은 출근으로 그제야 클럽에 도착한 종석이 철민 곁으로 다가왔다. 본능적으로 종석의 존재를 감지한 철민이 그의 어깨를 툭 가볍게 치며 고갯짓으로 좀비들을 가리켰다. 좀비 원이 스멀스멀 좀비 투에게로 다가가 넋 놓은 미소를 띠어 보였다. 그에 좀비 투가 배시시 몸을 꼬며 엉덩이 파워를 선보였다. 툭 밀치자 좀비 원이 비틀거렸다. 하체가 급격히 부실해진 듯했다. 대체 저건 무슨 그림이지?

"저기 좀비 둘 신상으로 떴다."

"영화 한 편 찍었군."

"응? 무슨 영화? 공포영화?"

"에로."

"헐. 정말?"

종석을 돌아보던 철민이 순간 멈칫하며 눈을 부릅떴다. 시크하게 툭 내뱉듯 말한 종석을 더 쇼킹하게 바라보며 종석이 몸을 휘청거렸다. 신성 좀비 하나 더 추가다. 마주 돌아보는 종석의 눈이 판다보다 더 짙게 다크로 물들어 있었다.

"넌 또 왜 그러냐?"

물끄러미 놀람의 극치를 온몸으로 표현하고 있는 철민을 바라본 종석이 시크하게 말하며 걸음을 옮겼다.

"발칙한 티 팬티한테 물렸어."

"뭐?"

"파고들지 마라. 다친다."

"뭐야. 다들 왜 나만 빼고 시체놀이야. 이건 너무 불공평해."

"죽여 줘?"

"헉."

슬며시 주먹을 들어 눈앞에서 흔드는 종석의 진지한 눈빛에 철민이 고개를 저었다. 한다면 하는 놈이다. 같이 시체놀이 하자 했다가 잘못하면 진짜 시체가 되는 수가 있었다. 종석은 그러고도 남는 인간이었다. 지독하게 정석적인 놈.

"친구, 난 오래 살고 싶다네."

"원하면 바로 좀비로 만들어 줄 수도 있는데."

"네버. 원하지 않아."

"아쉽군."

헐. 그게 정녕 아쉬워할 일인가 생각하는 사이 두 명의 좀비가 나 잡아 봐라 놀이에 심취해 미친 듯 홀을 누볐다. 좀비 원이 테이블보를 빼내서 흔들자 좀비 투가 아잉 하는 다소 거북한 콧소리를 내며 미친 소처럼 달려들었다. 휘리릭 테이블보에 말린 좀비 투가 또 배시시 웃음 을 흘린다. 절대 저런 놈이 아닌데. 정신이 어디 잠시 외출한 모양이 다. 좀비 원이 좀비 투의 입술에 키스를 퍼붓는 장면에서 철민은 저도 모르게 팔을 벅벅 긁었다. 닭살 돋는다.

"여긴 뭐가 이렇게 느려?"

낯선 코맹맹이 소리에 철민이 고개를 돌렸다. 반면 피곤한 듯 움직 임 없이 버티고 섰던 종석은 빠른 걸음으로 스테이지를 가로질렀다. 등 뒤에 나타난 인물은 뜨겁게 스테이지를 달궜던 예의 그 댄싱 퀸으로, 현재 좀비 원으로 활동 중인 수현의 약혼녀라고 떠들던 지수였다. 수현 이 지금 좀비 투 윤은과 적나라한 입맞춤으로 클럽을 혼비백산으로 물 들이고 있는 행태로 봐선 그다지 신뢰가 가지 않는 말이지만, 일단은 제 입으로 확실히 그렇게 말했었다.

"오오"

느닷없는 지수의 등장에 당황한 철민이 힐끔 홀의 한쪽에서 키스신 에 열중인 수현을 돌아봤다. 위험한데. 스륵 눈을 돌리자 아니나 다를 까 입을 삐죽 내밀고 눈을 가늘게 치뜬 지수가 팔짱을 낀 채 그들을 노 려보고 있었다. 큰일 났네. 이거 또 셔터 내려야 하는 거 아냐?

철민은 도움을 청하듯 어느새 바삐 걸음을 옮기고 있는 종석을 바라 보았다. 그의 등짝에 무한한 SOS를 투척하며 돌아오라고 간절히 주문 을 걸었다. 하지만 한 번 움직이기 시작한 종석은 발에 모터를 단 듯 더 빨리 멀어지고 있었다. 배신자. 어떻게 저만 두고 토낄 수가 있는지. 우정에 금 가는 소리가 가슴 시리게 쩍쩍 울러 퍼졌다.

"흥."

지수의 가벼운 콧방귀에도 흠칫 몸을 사린 철민이 슬금슬금 그녀에게서 최대한 멀어지려 발을 움직였다. 어쨌거나 고래 싸움에는 새우가 끼면 안 되는 거라던 속담을 철석같이 믿으며 철민이 한껏 몸을 사렸다. 은근슬쩍 자리를 뜨려는 철민을 앞질러 지수가 먼저 성큼성큼 스테이지로 발을 들였다. 지수가 움직이자 움찔거리며 철민이 굳은 듯 움직임을 멈췄다. 그러다 곧 저를 스쳐 지나 멀어지는 그녀를 확인하고 안도의 한숨을 내쉈다.

"어라?"

지수가 스테이지를 지나 홀로 향할 거라던 철민의 예상은 보기 좋게 빗나갔다. 핀트가 어긋난 당구 볼처럼 제멋대로 걸어간 지수가 스테이지 끝자락에서 종석의 어깨를 덥석 낚아챘다. 그에 우뚝 멈춰 선 종석이 깊은 한숨을 내쉈다. 슬쩍 찌푸려진 미간으로 건조하게 돌아보는 종석을 지수가 비릿하게 올려 보았다. 지수의 눈썹이 모로 휘었다.

"먹튀는 곤란해."

묘하게 비틀려 올라간 지수의 입매를 눈에 담으며 종석이 차게 말했다.

"건드리면 먹힌다고 했고, 그래서 먹었을 뿐이야."

"야, 뭘 한 번만 먹고 버리냐?"

"버린 적 없어."

"뭐?"

"주워 담지 않은 것뿐이지."

"하아."

기막힌 듯 헛웃음을 토해 내는 지수를 종석이 건조하게 내려 보았다. 종석이 깊게 숨을 들이쉬었다 이내 낮은 한숨을 흘렸다. 경고를 무시하고 달려들 때는 언제고 이제 와서 잘못됐으니 보따리 내놔라 식으로 달려들면 어쩌자는 건지, 그건 정말 추잡스런 일이다. 즐기는 건 쉽다. 하지만 시크하게 돌아서는 건 어렵다. 지금처럼 찾아와 따지면 정말 곤란하니까.

"그러니까 먹히고 싶지 않으면 함부로 달려들지 마."

"웃겨."

한 마디도 지지 않고 되받아친다. 골치 아프게 생겼다. 고개를 흔들며 돌아서는 종석의 얼굴을 지수가 잡아 고정시켰다. 마뜩잖게 휘어지는 종석의 눈썹을 눈에 담으며 지수가 비릿하게 웃었다.

"미쳤니? 난 절대 지고는 못 살아. 이번엔 내가 먹을 거야."

"……?"

덥석 종석의 입술을 취한 지수가 거침없이 입술을 집어삼켰다. 저만치 떨어져 이 무시무시한 광경을 지켜보던 철민이 삐걱삐걱 굳은 얼굴을 돌리며 수현과 종석을 번갈아 돌아보았다. 영업 개시도 하기 전에 아주 제대로 염장질이다.

"실시간으로 먹고 먹히는 살벌한 이곳은 대체 어디메뇨."

철민의 머릿속이 뒤죽박죽 얽혀 과부하로 급기야 자폭하고 말았다. 나도 입이 심심하다.

거침없이 제 입술을 탐하는 지수를 건조하게 내려 보던 종석이 그녀의 팔을 붙잡아 슬며시 떼어 냈다. 흐트러진 호흡을 흘려 내며 야릇한 눈으로 바라보는 지수를 가만히 마주 보다 낮은 한숨을 토해 냈다. 기막히다. 원 나잇이야 그렇다 치고, 어떻게 약혼자 운운하던 남자가 있는 곳에서 이렇게 대놓고 다른 남자에게 키스를 할 수가 있는지. 고개를 설레 흔들던 종석이 이내 피식 싱거운 웃음을 흘렸다. 하긴 그런 것에 연연할 여자였으면 어젯밤 일은 일어나지도 않았겠지.

"그만."

다시 입술을 탐하려는 지수를 종석이 저지시켰다. 이마를 지그시 누르며 가까이 오지 말라 경고하는 종석을 지수가 얄밉게 노렸다. 시크할 줄 알았는데 그게 아닌 모양이다. 지수의 입술이 닿았던 부위를 쓸어 내며 종석이 쓰게 웃었다. 들러붙는 여잔 재미없다. 가볍게 한숨을 내쉰 종석이 지수의 머리를 부드럽게 흩트렸다. 그리곤 뒤로 한 발 물러서 건조하게 그녀를 바라보았다. 지수의 고개가 모로 기울었다. 힐끔 시계를 확인한 종석이 웃음기를 거둔 딱딱하기 그지없는 얼굴로 말했다.

"타임아웃. 오늘은 여기까지."

"하아?"

그래, 기막히겠지. 그놈이 원래 그런 놈입니다. 괜히 관심 가지고 덥석 물었다가 욕하면서 돌아서는 여자 여럿 봤습니다. 그냥 더 상처 입기 전에 버리는 게 상책입니다. 그럴 줄 알았다는 듯 철민이 고개를 끄덕이며 지수를 측은한 눈길로 바라봤다. 냉한 기류를 흘리며 돌아선 종석이 어이가 없었던지 잔뜩 일그러진 얼굴이다.

"안 될 인연이야. 쯧."

종석이 여자를 하루 이상 만나는 걸 본 적이 없다. 게다가 이번엔 좀 상대하기 버거운 여자였다. 스윽. 철민이 시선을 옮겨 수현을 바라보았다. 다른 것에는 전혀 관심 없다는 듯 오로지 윤은에게만 눈을 고정시킨 팔불출이 홀 중앙을 점령하고 있었다. 겉모습만 똑같고 속은 홀러덩 다른 것으로 갈아 놓은 듯 사람이 변해도 너무 변했다.

"흐음."

철민이 시선을 옮겨 삐죽거리고 있는 지수를 돌아봤다. 약혼녀라고 우기고 간 게 겨우 한 달도 안 됐다. 뭐 그날도 넉다운된 채 돌아가긴 했지만, 그래도 이건 너무 빠른 이적이었다. 좋아하는 대상이 어떻게 그렇게 빨리 바뀌는지. 참 대단한 여자다.

"뭐가 그렇게 쉬워."

철민이 윤은의 목소리를 흉내 냈다. 혼잣소리라고 중얼거린 건데 지수가 눈을 흘기며 돌아본다. 헉. 놀라 입을 꾹 다문 철민이 종종걸음으로 종석이 사라진 곳을 향해 걸어갔다. 어디서 뺨 맞고 어디서 화풀이한다고 괜히 걸려서 곤혹 치르기 전에 알아서 사라져 주는 센스를 발휘하는 참이었다. 눈치 없는 철민도 위기 상황에선 극도의 감지 능력을 끌어내곤 했다. 이쪽도 생명력이 꽤 질긴 편이다.

"하아, 뭐 저런 싸가지가 다 있어."

한 치의 망설임도 없이 저를 버리고 가는 종석과 그 뒤를 따라붙으며 힐끔 눈치를 살피는 철민의 모습에 지수가 어이없다 헛웃음을 터트렸다. 그리곤 이내 척하니 허리에 손을 올리고 쩝 입맛을 다셨다. 아쉽네. 꽤 좋았는데. 간만에 입에 맞는 먹잇감을 찾았는데 놈이 너무 거만했다. 뭐 그것도 좋긴 했다. 본래 나쁜 남자가 더 끌리는 법이니까.

시선을 옮긴 지수의 눈에 닭털 폴폴 날리는 인간 둘이 들어왔다. 그에 지수의 미간이 슬쩍 찌푸려졌다. 저 인간이 제가 알던 그 인간이 맞나 다시 눈을 부릅뜨고 바라보았다. 차마 눈 뜨고 보지 못하겠다는 말은 아마 이런 데 쓰는 말일 것이다. 털 그렇게 마구 날리면 금세 탈모 올 텐데. 쳇.

"좀 아쉽긴 한데."

지수의 눈이 종석이 사라진 곳을 훑었다. 쩝. 짧게 입맛을 다신 지수가 어깨를 으쓱거렸다.

"지금은 저쪽이 더 구미가 당긴단 말이야."

손가락으로 입술 끝을 더듬으며 지수가 야릇하게 웃었다. 종석이 남긴 묘한 여운이 여태 입술 위에 남아 있는 것 같았다. 꽤 맛있는 놈이었는데. 뭐 오늘만 날인가? 휙 돌아선 지수가 저만치 걸어가다 말고 다시 돌아섰다. 그리곤 터벅터벅 좀비 커플 곁으로 서슴없이 다가섰다. 척하니 허리에 손을 올려 도도하게 고개를 치켜든 지수가 시크하게 수현을 불렀다.

"오빠."

답이 없다. 털이 사방으로 날아다닌다. 그중 하나가 입에 들어간 것 같이 입 안이 텁텁했다. 입을 실룩거린 지수가 툭 하고 가볍게 수현의 어깨를 쳤다. 그제야 지수의 존재를 알아차린 듯 수현이 인상을 구겼다. 하아. 뭐 못 볼 거라도 봤나? 왜 이래?

"아! 안녕하세요?"

윤은이 반갑게 인사를 하자 수현이 부드럽게 머리를 잡아 제 뒤로 감춘다. 누가 잡아먹기라도 할까 봐 지레 단속이다. 흥. 가볍게 콧방귀를 뀐 지수가 슬쩍 눈짓으로 윤은을 가리키며 물었다.

"작업은 잘돼 가?"

"네가 상관할 일 아니야."

"그냥 궁금해서 물어보는 거야. 수작업으로 그게 과연 커질까 해서 말이야."

은근슬쩍 비꼬듯 하는 지수의 말에 둘의 시선이 동시에 윤은의 가슴에 닿았다. 작업은 꽤 열심히 했다. 성과에 대해선 그다지 확신은 없다. 그냥 제 손에 딱 들어오고 제 입술에 맞으면 그만이다. 더 뭐가 필요해. 키울 이유가 없는데 말이다. 수현이 피식 싱거운 웃음을 달고 지수를 내려 봤다. 거보란 듯 그게 어디 수작업으로 될 가슴이냐 거만한 표정으로 말하는 지수에게 수현이 정색하며 딱 한마디 했다.

"네 거보단 나아."

"하아. 말도 안 돼."

"내가 좋으면 그게 제일인 거야. 알았으면 꺼져."

"쳇. 만질 것도 없겠구만 뭘."

콧방귀를 뀌고 휙 돌아선 지수가 힙을 새침하게 흔들며 입구 쪽으로 걸어갔다. 질기게 들러붙을 줄 알았더니, 생각보다 단념이 빨랐다. 뭔가 기분이 석연치 않았다. 감춰진 꼼수가 있지 않을까 의심스런 눈으로 지수의 뒷모습을 지켜보던 수현이 이내 고개를 저었다. 그렇게 머리 아프게 작전을 짜고 말고 할 만큼 치밀한 녀석은 못 된다. 멀어지는 지수를 빠끔히 바라보며 윤은이 말했다.

"왜 왔지? 설마 내 가슴 검사하러 온 건 아니겠죠?"

"모르지. 어디로 튈지 모르는 녀석이니까."

옆구리 쪽으로 삐져나온 윤은의 머리에 팔을 두르며 수현이 퉁명스럽게 말했다. 제 목을 꽉 조이는 수현의 팔에 윤은이 컥컥 하며 버둥거렸다. 장난기 가득한 얼굴로 돌아온 수현이 불쑥 윤은을 당겨 품에 껴안았다. 순식간에 자리 이동을 한 윤은이 놀라 코앞의 수현을 동그랗게 쳐다봤다. 올라간 수현의 입매가 뭔가 음흉했다. 모로 삐뚤어지는 윤은의 눈썹을 눈에 담으며 수현이 덥석 그녀의 입술을 머금었다. 한시도 빈틈을 보이면 안 되는 요주의 인물이었다. 틈만 나면 입을 맞추니 아예 입술이 닳아 없어질 지경이었다.

"음. 이러다 입술 다 뜯기겠어요."

"아무리 그렇다고 입술이 금세 사라지진 않아."

"오오. 이렇게 불어 터졌는데도?"

"큭. 그렇군. 이러다 빵 터질지도 모르겠다."

"헐. 터지면 아주 볼만하겠네."

"괜찮아. 터지기 전에 막아 주면 돼."

"어떻게?"

"이렇게."

살짝 부어오른 윤은의 입술을 수현이 혀로 할짝거렸다. 거 또 묘하게 좋네그려. 가만히 눈동자를 굴리던 윤은이 손가락으로 슬며시 다른 쪽을 가리켰다.

"요기도 조금 헐은 것도 같고."

큭. 낮게 웃은 수현이 날름 윤은이 가리킨 곳을 핥았다. 요기, 또 요기. 장난스레 제 입술을 손가락으로 누르는 윤은이 귀여워 더 참지 못하고 수현이 또 덥석 입술을 머금었다. 윤은의 미간이 살짝 찌푸려졌다. 부은 곳이 쓰라린 모양이다. 그럼에도 금세 웃음을 띤 윤은이 부드럽게 수현의 목을 감쌌다. 아파도 맛있는 건 맛있는 거다. 먹고 죽은 귀신 때깔도 곱다고 하지 않던가.

"영계백숙."

"뭐?"

유니폼으로 갈아입고 나오던 종석이 둘을 보고 짧게 감평을 남겼다. 뒤따르던 철민이 눈을 깜빡이며 물었다. 쭉 손을 뻗은 종석이 말없이 윤은과 수현을 가리켰다. 윤은이 영계고 수현이 백숙이었다. 그래서 잡아먹자고? 멍하게 묻는 철민을 건조하게 바라본 종석이 테이블 쪽으로 걸음을 옮기며 툭 던지듯 말했다.

"그러든지."

"정말?"

"할 수 있으면."

시크하게 말하며 등을 점검하는 종석을 올곧게 응시하던 철민이 고개를 돌려 수현을 뚫어져라 바라보았다. 어디 하나 만만한 곳이 없다.

잡으려다가 도리어 제가 초상 치르기 딱 안성맞춤이다. 미쳐도 야수는 야수다. 건드리지 말자. 닭도 쪼으면 겁나게 아프다.

절레절레 고개를 흔든 철민이 부르르 몸을 떨며 진저리를 쳤다. 너무 깊이 생각했어. 저 커플은 그냥 무시하고 투명인간 취급하는 게 최상이다. 남이야 닭털에 두드러기가 나든 말든 그 당사자들은 마냥 행복해 보인다. 뭐 그럼 된 거지. 윤은에게도 봄날이 올 때도 됐다고 스스로를 납득시키며 철민이 메뉴판을 정리했다.

"어라? 고추가 섰어요."

헉! 난데없는 윤은의 말에 놀라 휘청한 철민이 와장창 테이블과 함께 미끄러졌다. 어떻게 처녀의 입에서 저런 상스러운 말이 나올 수 있단 말인가. 그것도 윤은이한테서! 아참, 윤은인 개념상실이었지. 그래도! 시시각각 다양한 표정으로 어지럼증을 호소하던 철민이 옆에 나란히 선 종석을 발견하고 와락 껴안았다.

"제발. 내 귀가 잘못되었다고 말해 줘."

저도 놀란 듯 몸을 굳히고 윤은 쪽을 돌아보고 선 종석이 나른한 눈을 내려 좌절감에 절은 철민을 바라보았다. 툭. 발을 들어 털어도 좀체 떨어져 나가지 않는다. 그게 뭐 대수라고 이렇게 난린지 모르겠다. 후우. 낮은 한숨을 내쉰 종석이 철민의 머리를 틀어 저만치 떨어진 바닥을 가리켰다. 윤은이 뭔가를 살피며 무릎을 구부리고 앉아 있었다. 그리고 그 앞에 진짜 고추가 서 있었다. 부식을 나르다 떨어진 듯 바닥 틈새에 묘하게 꽂힌 고추가 위풍당당하게 서 있었다. 진짜 고추가 섰네. 헐.

허탈함에 멍하니 고개를 든 철민의 눈에 그보다 더 빵 찐 얼굴로 서 있는 수현이 보였다. 지레 찔렀던 모양이다. 철민의 은밀한 시선이 수현의 중심에 닿았다.

"흐흐."

묘하게 기분 나쁜 웃음을 흘리는 철민을 수현이 시리게 돌아보았다. 마주한 시선에 철민이 먼저 고개를 돌렸다. 괜히 불똥이 제게 튈 것만 같았다. 낮은 신음을 내뱉는 철민의 머리 위로 종석의 건조한 한마디가 내려앉았다.

"쫄기는."

삐죽이며 올려 보자 종석이 뭐? 하며 거칠게 다리를 턴다. 결에 퉁겨 나간 철민이 투덜거리며 일어서다 그대로 굳었다.

"걸 또 왜 먹어."

나무라는 수현의 말에 윤은이 씨익 웃으며 마저 고추를 입에 넣었다.

"오늘 고추가 아주 싱싱하고 맛납니다. 먹을 만한데요?"

그냥 고추고 그게 단순히 맛있다고 한 것뿐인데 괜히 얼굴이 화끈거린다. 고추는 고추일 뿐 오해하지 말자. 철민의 발그레해진 볼을 보고 종석이 툭 던지듯 말했다.

"좋냐?"

웬일로 조신하게 앉아 차를 마시는 지수의 모습에 안 회장이 고개를 갸웃 기울였다. 할 말이 있다 전화를 걸어왔을 때만 해도 또 수현이 봐주지 않는다 징징거리려는 거라 생각했다. 헌데 마주한 지수는 오늘 뭔가 달랐다. 그를 지켜보는 안 회장의 얼굴이 미묘한 변화를 거듭했다. 겉으로 내비치지 않은 생각들이 안 회장의 머릿속을 빠르게 휘돌았다.

"저 그만둘까 봐요."

차를 머금던 안 회장의 눈이 지수를 향했다. 지수가 맞잡은 손을 꼼지락거리고 있었다. 입술이 마르는지 자꾸만 혀로 축여 댔다. 그만둔다는 말은 그다지 신선하지 않았다. 수현이 속을 썩일 때마다 하는 말이었으니 이즈음 할 때도 되었지 싶었다. 헌데, 그 망설이는 폼이 좀 걸린다. 전에 없던 모습이다. 당차던 기세도 조금 누그러져 있었다.

"뭘 말이냐."

찻잔을 내려놓는 안 회장의 손을 물끄러미 바라보며 지수가 입을 샐쭉거렸다. 뭐라 말을 하기가 망설여지는 모양이었다. 하긴, 그 오랜 세월 수현 하나만 끈질기게 바라보던 해바라기가 아닌가. 저리 망설이는 건 어찌 보면 당연한 일이었다. 그마저 없다면 모두 거짓이 되겠지. 수현을 좋아한다던 말까지 모두.

"오빠, 사랑하는 거요."

사랑, 사랑이라. 제가 한 것이 정말 사랑이었을까. 일방통행은 사랑이 아니다. 허나 굳이 그걸 말해 상처를 줄 필요는 없다. 낮은 숨을 흘린 안 회장이 올곧게 지수를 바라봤다. 약혼은 물 건너간 건가? 그 끈기로 결국 항복을 받아 낼 줄 알았더니. 오히려 제가 백기를 든다. 그도 어쩔 수 없지. 세상사가 마음먹은 대로 다 되는 건 아니니까.

"그 애 때문이니?"

"네?"

"윤은이."

"어머! 알고 계셨어요?"

답 없이 안 회장이 고개를 끄덕이자 놀란 듯 커진 눈을 깜빡이다 이내 후우, 하고 깊은 숨을 내쉰다. 그리곤 다시 손가락을 맞물려 괴롭히기 시작했다. 뭔가 더 할 말이 있는 눈치다. 쉽게 포기할 녀석이라곤 생각지 않았다. 해서 뭘 어떻게 해 달라 도움을 청하러 온 것인가. 허나 느낌으론 그도 아니다. 누군가 다른 이가 생겼다. 안 회장은 지수의 눈에서 그것을 읽어 냈다.

"해서 그만두겠다고?"

"딱히 그 애 때문은 아니구요. 그냥 지쳤다고 할까. 봐 주지도 않는 오빠만 눈치 없이 죽어라 계속 따라 다니는 것도 우습고."

언제 제가 그런 걸 따졌다고. 속으로 쓰게 웃은 안 회장이 엷은 미소를 띤 채 지수를 직시했다. 그에 찔끔한 지수가 슬쩍 시선을 피했다.

"그렇구나. 헌데 말이다."

수긍하는 듯하던 안 회장이 토를 달고 나오자 지수가 찔끔해 불안한 시선으로 올려 보았다. 마주한 안 회장의 얼굴에 변함없는 미소가 머물렀다. 늘 한결같이 단정한 미소다. 지극히 인위적인 느낌의. 그에 지수가 어깨를 흠칫 떨었다. 저럴 때의 안 회장은 언제나 무서웠다.

"너무 쉽게 물러서면 그동안의 네 노력이 거짓으로 오해받을 수도 있겠다는 생각이 드는구나. 해서 말이다. 약간의 트릭을 쓰는 건 어떨까 싶구나. 네가 원해서 물러나는 게 아니라는 이미지를 심어 줘야 뜬소문이 돌지 않을 테니 말이다."

"예? 트릭이요?"

"아주 간단한 일이란다. 누구나 사랑하는 연인을 떠나보내며 억울함을 토로하는."

억울함이라. 그런 마음이 없지는 않았다. 처음 윤은의 존재를 알았을 때는 조금 자존심도 상했다. 하지만 지금 지수가 수현을 놓으려는 이유는 다른 곳에 있었다. 뭐라 입을 열려는 지수를 날카롭게 응시하며 안 회장이 미소를 지어 보였다. 어딘가 모르게 위험해 보이는 미소였다. 상대방의 입을 일시에 다물게 만드는 마녀의 주술처럼.

느른히 입꼬리를 말아 올린 안 회장이 느긋이 소파에 등을 기대며 전에 없는 나긋한 말투로 말했다.

"그 애를 만나 주렴. 수현이 몰래."

저를 직시하는 안 회장의 부드러운 눈빛이 지수는 오히려 무서웠다. 꿀꺽, 마른침을 삼킨 지수가 천천히 고개를 끄덕였다. 거역이란 있을 수 없다. 그에 안 회장의 미소가 짙어졌다.

사람은 제게 맞는 옷을 걸치고 살아야 한다. 특히나 안드로메다에서 퇴출당한 외계인들은 더더욱 지구인스럽게 굴어야 한다. 눈에 띄어 좋을 건 없다. 정체를 들키면 당장에 실험대 위에 눕혀질지도 모르니까.

기나긴 외박을 마치고 옥상으로 복귀한 윤은을 망부석 버금가는 자태의 동훈이 맞았다. 혹여 동상은 아닐까. 윤은이 의심 가득한 눈초리로 쿡 찔러보았다. 찌릿하게 눈동자가 죽일 듯 윤은을 흘겼다. 헉. 살았네. 윤은을 흘기던 눈이 그녀가 걸치고 있는 옷에 머물러서 한껏 찌푸려졌다.

"그 빌어먹을 건 대체 뭐냐."

동훈의 직설적인 말에 윤은이 스윽 제 옷을 내려 봤다. 그래, 좀 어색하긴 해. 나도 이게 정말 옳은 일인가 무지 고심했어. 그래도 그런 이상한 표정 지을 정돈 아니라고 본다. 이것도 나름 옷이라고.

"원피스."

"닥쳐. 그건 절대 그런 이름을 붙일 수가 없어."

"헐. 그럼 이건 대체 뭐냐?"

"포대 자루."

"허걱."

아무리 그래도 그렇지 입은 사람 민망하게 포대 자루가 뭐냐. 윤은이 가늘게 눈을 늘이며 동훈을 쏘아봤다. 태어나 처음으로 원피스를 입었다. 그런데 예쁘다는 말은 둘째 치고 괜찮다는 말이라도 해 주면 어디가 덧나나? 윤은이 입술을 삐죽이며 눈을 흘겼다. 쳇. 지독하게 솔직한 놈.

흥. 가볍게 콧방귀를 뀐 윤은이 터벅터벅 옷과 어울리지 않는 걸음으로 집을 향해 걸어갔다. 등 뒤에서 동훈의 낮은 한숨 소리가 들렸다.

이어 조금 기죽은 말투로 조심히 묻는다. 어울리지 않게스리.

"그 자식이 사 줬냐?"

"그럼 내 돈 주고 이걸 사 입었겠냐?"

나가는 말이 고울 리 없다. 안드로메다식 인사를 신랄하게 건네며 문을 열던 윤은이 스륵 고개를 돌려 동훈을 바라봤다. 이쯤에서 뭔가 나와 줘야 정상인데 이상하게 조용했다. 고개를 갸웃 기울이며 윤은이 턱을 쓸었다. 동훈이 꼼짝도 않고 앉아 양 무릎 위에 손을 올린 채 깊이 고개를 숙이고 있었다. 연신 토해 내는 한숨은 또 뭐란 말인가. 도 닦나?

"쳇, 저도 여자라고. 그게 어디 어울리기나 해? 사 준다고 덜렁 입나?"

투덜거리는 말소리가 윤은의 귀에까지 들렸다. 헐. 당근이지. 공짠데. 혼자 수긍해 고개를 끄덕인 윤은이 쩝 입맛을 다시며 코스프레 소리까지 들었던 원피스를 내려 봤다. 어떻게 이렇게 어색할 수가 있는지. 여자라고 다 원피스나 치마가 어울리는 건 아니라는 걸 처음 깨달았다. 입으면 좀 예쁠 줄 알았지.

"내가 돈 벌어서 사 주려고 했는데. 나쁜 놈. 선수 쳤어."

투덜거리며 뻐근한 몸을 가까스로 일으켜 어슬렁어슬렁 계단을 내려가는 동훈의 모습을 윤은이 끝까지 지켜봤다. 피식. 뭐 사 준다면 사양할 생각은 없다. 공짠데 뭐 코스프레 한 번 더 못 할 이유는 없지. 오케이. 동지 네 너를 위해 코스프레 한번 겁나게 해 줌세.

피식 싱겁게 웃으며 집으로 들어가려던 윤은이 주머니 속에서 부르르 몸을 떨어 대는 휴대폰에 다시 발길을 멈췄다. 발신인 고구마. 헤어진 지 얼마 되지도 않았는데 무슨 전활까 싶었다. 통화 버튼을 누르자 난데없이 노랫소리가 들린다. 이건 또 뭐래?

—체리, 좋아 체리. 체리 좋아요. 다 주세요.

헐. 보통은 세레나데로 감미로운 노래를 불러 주지 않나? 난데없이 체리 타령이다. 어쩌라고.

"그 체리는 내가 다 먹었습니다만."

—큭. 아닐걸. 아직 많은데 체리?

"에?"

—섹시한 체리, 발칙한 체리, 도발적인 체리. 어떤 걸 원해?

"헐. 참 다양도 하여라."

"여기 골라 먹는 재미가 있는 체리 대령이오."

"오. 오."

귀속을 파고드는 생생한 목소리가 코앞에서 들렸다. 언제 나타났는지 신기할 정도로 반짝하고 눈앞에 나타난 수현이 입술을 뾰족이 내밀며 한쪽 눈을 찡긋거렸다. 멍하니 휴대폰을 든 채 서 있는 윤은의 입에 체리를 물리며 수현이 나직이 속삭였다.

"오늘은 안드로메다로 견학 왔어."

"에?"

"1박 2일."

"헐."

"재워 줍쇼."

허 하고 입을 벌린 채 서 있는 윤은의 허리를 그대로 감싸 열다 만 문 안으로 스며들었다. 달콤하고 발칙한 체리가 선불이라며 속삭인 뒤다시 입 안으로 밀고 들어왔다. 어째 날이 갈수록 수현이 자꾸 능글맞아지는 것 같았다. 뭐 일단 체리는 접수. 안드로메다 입성식 한번 거나하게 치러 볼까나. 문이 닫히는 소리와 함께 윤은의 미소도 깊어졌다. 혹시 들어나 보셨나 몰라 안드로메다에 체리 귀신이 살고 있다는 소리? 오늘 그 체리 다 거덜 내 주겠어.

8 .
안드로메다엔 캔디가 없다

난데없이 만나자는 지수의 전화를 받고 나오는 길이었다. 어떻게 연락처를 알았는지는 그다지 궁금하지 않았다. 지수가 자신에게 할 말이라는 게 어떤 것인지 그게 결코 좋은 이야기는 아닐 거라는 막연한 느낌. 그런 것들이 윤은의 머릿속을 조금 복잡하게 만들었다.

약속 장소인 리즈마인 호텔로 들어선 윤은이 1층 카페 쪽으로 곧장 걸어갔다. 창가 자리에 앉아 멍하니 넋을 놓고 있는 지수의 모습이 보였다. 다가오는 직원에게 괜찮다고 손짓해 보인 뒤 지수 곁으로 다가갔다. 지수가 인기척에 깜짝 놀라 토끼눈으로 윤은을 바라보았다. 죄 지은 것도 없는데 뭘 그렇게 놀라실까?

"안녕하세요?"

"아, 안녕."

웃는 낯으로 건네는 윤은의 인사에 마주 손을 들어 반가이 인사를 하던 지수가 이내 말끝을 흐리며 낯을 굳혔다. 이게 아닌데 싶었던 모양이다. 맞은편에 앉으며 윤은이 어깨를 으쓱거렸다. 부러 그러는 듯 지극히 인위적인 냄새가 났다. 직원이 다가와 주문을 받아 가고 약간의 시간이 흐른 뒤에야 지수가 입술을 혀로 축였다. 입이 바싹 마르는 모양이었다. 대체 왜?

"흠. 저기 그게."

"네."

슬쩍 눈을 들어 마주하곤 한숨을 후 내쉰다. 뭔가 망설이는 모습이다. 그러다 이내 결심을 굳힌 듯 눈빛을 바꾸고 지수가 윤은을 직시했다. 눈빛을 사납게 하고 저를 노려보는 지수를 윤은이 빤히 바라보았다. 저러다 눈알 튀어나오겠다. 표독스럽게 표정을 바꾼 지수에 대한 윤은의 감평이었다.

"오빠한테서 떨어져."

"헐."

뭐 그런 지독히 식상한 멘트를 한 치의 오차도 없이 내뱉으시는지. 그다지 놀랍지도 않다.

"내가 약혼녀라고 한 말 그냥 흘려들은 건 아니겠지?"

그랬다. 약혼녀라고 클럽에 오는 날마다 고장 난 라디오처럼 떠들고 다녔다. 물론 수현의 냉대와 미친이라는 말 한마디에 깔끔히 무시되긴 했지만, 지수는 전혀 굽힘이 없었다. 그래도 오늘처럼 이렇게 윤은에게 대놓고 뭐라 한 적은 없었다. 뭐 윤은이 여성스럽지 못하니 언젠간 떨어져 나가겠지 싶어 그랬을지도 모른다. 조금 슬프군.

"약혼녀라. 아무래도 그 약혼은 혼자서 한 모양입니다."

"뭐?"

"그는 한 적이 없다는데 혼자 약혼녀라고 우기시니 말입니다."

"하아. 뭐야?"

"사랑은 일방통행일 수 있습니다. 본인 마음까지 뭐라 할 순 없는 거니까. 그런데 그걸 상대방에게 강요하는 건 분명 잘못된 겁니다. 내가 이러니 너도 이래야 한다. 그건 그냥 이기심이죠. 게다가."

지수의 눈이 어이없다는 듯 커졌다. 애초에 마음이 어땠든 윤은이 쏟아 내는 말에 적지 않은 타격을 받은 모양이다. 틀린 말은 아니지만 기분은 나쁘다. 윤은이 원래 저렇게 말을 잘했던가 싶기도 했다. 늘 덜렁거리는 모습만 봐 왔던 터라 지금 윤은의 당찬 모습이 몹시 낯설었다. 모로 휘는 지수의 눈썹을 눈에 담으며 윤은이 싱긋 미소를 띠었다.

"이렇게 다른 사람까지 불러서 경고랍시고 하는 건. 좀 오버죠."

"어머머! 기막혀. 얘 좀 봐."

때마침 직원이 주문한 음료를 가져왔다. 잠시 말이 끊긴 틈을 타 윤은이 제 몫의 체리 주스를 들고 느긋이 의자에 몸을 기댔다. 직원이 물러가고 거리낌 없이 빨대로 주스를 마셔 대는 윤은의 모습이 꽤 평온해 보였다. 뭐 저런 게 다 있나 눈으로 보고도 믿을 수가 없었다. 허술하게 보이더니 기가 죽기는커녕 오히려 떳떳하게 제 할 말은 다 한다. 하아. 뭐니 너.

쪽쪽 소리가 나게 단숨에 주스를 다 마시더니 얼음까지 입에 넣고 아사삭거렸다. 그리곤 또 피식 웃으며 테이블 가까이 몸을 기울여 능글맞게 말했다.

"감상 다 끝나셨어요?"

"……?"

"마이 페이스가 좀 잘났죠? 아뇨. 예쁜 건 아닌데 참 잘생겼단 말이야. 이대로 룸 하나 잡으면 오해하기 딱 안성맞춤인데. 그렇죠?"

자화자찬이 아주 제대로다. 저건 대체 어디서 배운 거야? 그 의문에 대한 답은 아주 쉽게 구할 수 있었다. 거만의 결정체 이수현. 그것도 전염병인가? 엉뚱한 생각에 잠시 빠져 있던 지수의 눈앞에 갑자기 윤은의 얼굴이 불쑥 다가왔다. 헉, 지수가 속으로 비명을 삼키며 눈을 동그랗게 떴다.

"그 말 하자고 만나자 콜한 겁니까?"

"그래, 내 남자 내가 지키겠다는데. 뭐."

"웁스. 내 남자라."

싱긋 미소를 흘리는 윤은이 조금 예뻐 보였다. 장난스레 심장을 손으로 지그시 누르며 나 상처 입었어 모드로 돌입하는 윤은을 지수가 묘하게 바라봤다. 원래 저렇게 빛이 났었나? 반짝반짝 생기 가득한 눈망울이 자신만만한 웃음을 머금는다. 지수는 속으로 낮은 한숨을 내쉬었다. 자의는 아니지만 어쩔 수 없다. 자신이 이 자리에 나온 목적을 달성하려면 또다시 험한 말을 늘어놓아야 했다. 체질에 맞진 않지만 안 회장의 부탁을 그대로 무시할 수도 없었다. 적어도 시도는 해 봐야지.

"신분의 차이가 그렇게 쉽게 극복되는 건 아니지. 최하위층과 최상위층이 어울리기나 해? 혹시 신데렐라 증후군이라도 있어?"

"그런 게 왜 필요하죠?"

"이봐, 이렇게 모른다니까. 무식하면 용감하다더니 딱 그 짝이네. 외로워도 슬퍼도 울지 않고 꿋꿋이. 캔디처럼 구니까. 오빠도 뭔가 신기해서 혹한 거지. 그거 그저 단순한 호기심이야. 나와 다른 것에 대한. 뭐 그런. 그거 알아?"

독설을 내뱉으면서도 얼굴이 순간순간 붉어졌다. 시키는 대로 하긴 하는데 과연 이게 맞는 일인가 싶었다. 남한테 상처 주는 건 그다지 지수의 성격과 맞는 일은 아니었다. 그래도 어쩌니 내가 먼저 살아야겠는데. 순식간에 말을 쏟아 내고 얼굴을 붉힌 채 거친 숨을 몰아쉬는 지수를 윤은이 물끄러미 바라보았다. 전혀 상처 입은 얼굴이 아니다. 윤은이 잔에 담긴 얼음 하나를 머금고 지수를 올곧게 응시한 채 아그작 깨물었다.

차가운 입 안의 냉기를 온전히 느끼며 윤은이 싱긋 미소를 띠었다. 오랜 시간 좋아한다는 감정 하나로 온갖 서러움과 냉대 속에서도 꿋꿋이 버텨 온 지수였다. 수현에게 다른 상대가 생겼다고 해서 쉽게 물러난다는 것 자체가 어찌 보면 모순에 가까운 일이었다. 그토록 사랑했다는데 그렇게 쉽게 포기가 될까. 이러는 게 어쩌면 당연한 일일지도 몰랐다. 비록 그것이 안타깝게도 짝사랑으로 끝나긴 했지만 말이다. 하지만, 시도는 좋았으나 외계인에게는 그다지 큰 상처를 주진 못했다.

"뭐가 다르죠?"

"뭐?"

"피 색깔도 똑같고 먹고 싸고 자고 안에 든 내용물도 죄다 똑같은데. 뭐가 그렇게 다르다는 건지 잘 모르겠단 말이죠."

테이블 깊숙이 지수를 향해 고개를 내린 윤은이 차분한 목소리로 또박또박 말했다.

"나는 캔디 열라 싫어합니다."

"어?"

"왜 참고 산데? 외로운데, 슬픈데 왜 아무렇지 않은 척 웃는데? 그거 참 웃긴 거잖아요. 참는다고 그게 없어져? 그건 그냥 미련한 거지. 참는 게 다가 아닌데 말이야. 안 그래요?"

도리어 그렇지 않느냐 물어오는 윤은의 질문에 지수가 멍하니 눈을 깜빡거렸다. 그런가? 캔디에 대한 재해석이라니. 이건 뭔가 좀 색다르다. 약간의 호기심 어린 눈으로 저를 바라보는 지수를 마주 응시하며 윤은이 다시 입을 열었다.

"차라리 솔직한 이라이저가 난 더 좋다구요. 가지고 싶으면 가지고 싶다 말하고, 울고 싶으면 울고, 화나며 화내고. 그게 더 솔직하고 당당한 거 아닌가? 캔디는 무슨. 얼어 죽을."

"아, 그래?"

지구별 캔디의 인내심이 얼마나 좋은 평가를 받는지는 모르지만, 윤은이 사는 안드로메다엔 캔디가 없다. 솔직 당당함이 대세다. 참고 인내하는 그런 것 따윈 모른다. 좋으면 좋고 싫으면 싫은 거다. 거기에 다른 건 필요치 않다. 멍하니 고개를 끄덕이며 수긍 모드로 전환한 지수를 윤은이 부드럽게 바라봤다. 근본이 나쁜 사람은 아니다. 조금 새침하고 엉뚱해서 그렇지 마음이 모질진 못했다.

"이런 엉뚱한 데 필요 없는 소모전 하지 마시고 다른 일에 관심을 가져 보는 건 어떠세요?"

"다른 일?"

제 것을 빼앗기지 않으려면 다른 것을 물리면 된다. 슬쩍 입맛에 맞는 골라 먹기를 권해본다. 가만히 고개를 기울인 윤은이 손짓으로 가까이 다가오라고 말했다. 그에 슬쩍 다가선 지수의 귓가에 윤은이 은밀히 속삭였다.

"제가 건방진 고구마 하나랑 유기농 고구마 하나를 아는데 소개시켜 드릴까요?"

"고구마?"

"고구마. 벗겨 먹는 재미가 쏠쏠한 고구마들이죠."

고구마가 뭔지는 모르지만 제법 구미가 당긴다. 저도 모르게 입 안에 군침이 고였다. 꿀꺽 마른침을 삼키는 지수를 지그시 바라보며 윤은이 고구마에 대한 장황한 설명을 곁들였다. 귀 기울여 듣는 지수의 볼이 야릇하게 홍조를 드리웠다. 호오. 거 괜찮네.

애초에 만나자 한 목적도 잊고 혹해 눈을 빛내는 지수의 모습이 꽤 귀여웠다. 윤은의 입가에 엷은 미소가 어렸다. 보기보다 순진한 사람이라는 생각이 들었다.

"일 그만두면 안 되나?"

말도 안 되는 소리. 바쁘게 홀을 누비는 윤은의 곁에 바짝 붙어 수현이 은근슬쩍 속내를 드러냈다. 아무리 남자처럼 보인다 해도 일도 힘들고 험한 손님들도 허다했다. 여자의 몸으로 그 모든 걸 감당해 내기엔 너무 버겁다는 생각이 들었다. 남자들도 견디기 힘든 일을 윤은 같은 여자가 한다는 게 자꾸만 신경이 쓰였던 차다.

"뭐 잘못 드셨습니까?"

윤은이 헐 하며 마뜩잖은 눈으로 수현을 올려봤다. 느닷없이 그건 또 무슨 소린가 싶었다. 먹고사는 일에 귀천이 어디 있느냐는 확고한 신념을 가진 윤은이었다. 더군다나 클럽은 윤은에겐 아주 특별한 공간이었다. 힘들다고 쉽게 관둘 수 있는 그런 곳이 아니었다. 그를 잘 모르는 수현이 일의 힘들고 험함에 대해 장황하게 늘어놓으며 윤은을 설득하려 애썼다.

주방까지 따라 들어선 수현이 연신 종알거리자 윤은이 쟁반을 탁 소리가 나게 내려놓고 귀를 휘적거렸다. 귀 따가우니 쓸데없는 소리 그만하라는 뜻이었다. 그에 수현이 테이블을 거칠게 내려치며 신경질적으로 입술을 깨물었다. 저 좋으라고 하는 건데 왜 이렇게 고집을 부려 댈까.

"날파리 새끼들 자꾸 꼬여 드는 거 보기 싫다고."

"그게 뭐. 세상천지에 날파리 없는 데가 어딨다고."

"하아. 그러니까, 그냥 있으라고 내가 먹여 살린다잖아."

"허얼. 이 양반이 진짜."

와락 수현의 옷깃을 거머쥔 윤은이 바짝 얼굴을 들이밀며 눈을 부릅떴다. 수현의 미간이 살짝 찌푸려지는 걸 바라보며 윤은이 나직이 말했다.

"그럼 내가 먹여 살릴 테니까. 이사님이 그만두시죠."

"하아. 그게 말이 돼?"

"왜 안 돼? 누군 되고 누군 안 되고, 그따위 말도 안 되는 이유 늘어놓지 말고 서로 삶의 현장은 건드리지 맙시다."

"은아."

"헛소리 그만하고 일합시다, 일."

쯧. 혀를 차며 옷깃을 놓은 윤은이 주문받은 것들을 챙기려 몸을 돌렸다. 그에 입술을 짓씹은 수현이 와락 윤은을 돌려 입을 맞췄다. 둘의 상황을 주시하며 은근슬쩍 눈치를 살피던 주방 사람들이 일시에 움직임을 멈췄다. 눈을 반짝이며 눈앞의 키스신에 열중하던 사람들이 쉐프의 헛기침 한 번에 후다닥 제자리로 돌아갔다.

꽤 오래 잡아먹을 듯 거친 키스를 퍼붓던 수현이 가쁜 호흡을 토해 내며 입술을 거둬 냈다. 붉게 홍조가 깃든 얼굴로 저를 바라보는 윤은을 향해 수현이 조금 칭얼거리는 투로 말했다.

"다른 놈이 집적거리는 거 싫단 말이야. 무거운 거 옮기다 허리 나가면 어떡해. 괜히 싸움에 휘말려서 곤혹이라도 치르면. 아, 정말 생각하기도 싫다. 은아. 응? 불안하단 말이야."

"헉."

윤은표 단말마의 숨 삼키기가 쉐프의 입에서 터져 나왔다. 클럽의 부패에 대해 냉정하게 쏘아붙이던 사람이 맞나 싶었다. 직원들 앞에서 키스하는 건 그렇다 치고 어떻게 저렇게 말도 안 되는 떼쓰기를 할 수 있는지. 직접 눈으로 보고도 믿을 수가 없었다.

"참 가지가지 한다."

"은아."

"은아, 은아. 귀에 딱지 앉겠네. 내 당장 금으로 개명을 하든지 해야지. 아우, 미쳐."

고개를 절레절레 흔들며 쟁반을 들고 나서는 윤은을 수현이 뭐 마려운 강아지처럼 뒤따랐다. 그들이 나가고 난 주방은 충격의 도가니에 빠져 좀처럼 헤어 나오질 못했다. 주방이 잠시 정적에 휩싸였다.

텅. 쉐프의 손에서 떨어진 국자가 바닥에 부딪혔다. 무던한 쉐프에게도 수현의 칭얼거림은 상당히 충격적이었다. 국자 떨어지는 소리에 번쩍 정신을 차린 주방 식구들이 서로 눈을 맞췄다. 저 사람이 정말 싸가지 이수현 이사 맞아? 아닐 거라는 의견이 절반 이상이었다. 사람이 바뀐 게 분명했다.

쟁반에 올려진 과일 안주를 바라보며 윤은이 투덜거렸다. 알록달록하게 잘 다듬어진 과일 속에 건방진 체리가 도도하게 고개를 치켜들고 있었다. 그 체리가 마치 수현이라도 되는 듯 윤은이 입을 삐죽거리며 눈을 흘겼다. 일을 그만두라니 말도 안 되는 소릴 하고 있어.

씩씩거리며 복도를 걸어가는 윤은을 수현이 안타까운 눈으로 뒤쫓았다. 윤은이 클럽을 특별하게 생각한다는 건 알고 있었다. 클럽 식구들도 윤은을 특별하게 여기고 보호해 준다는 것도 이미 알고 있었다. 하지만, 클럽에 있다는 것 자체가 신경이 쓰였다. 조금 더 나은 일을 할 수도 있을 텐데.

"미치겠군."

저는 괜찮다 해도 밤일에 대한 선입견은 보통 사람들에게 다 있는 것이었다. 더군다나 여자다. 꼭 거쳐야 하는 그 누군가에게 소개시키기엔 다소 무리가 있었다. 어쩌면 면전에 대놓고 천박하다 독설을 퍼부을 수도 있었다. 충분히 그러고도 남을 사람이니까. 될 수 있으면 윤은이 상처 입지 않았으면 하는 바람이었다. 그래서 슬쩍 관두면 어떻겠느냐 말을 꺼내 본 것인데, 본전도 못 찾았다.

쓰게 웃은 수현이 괜한 한숨을 내쉬며 돌아서려는 찰나, 갑자기 눈앞으로 불쑥 뭔가가 다가왔다. 놀란 수현이 주춤 뒤로 물러서다 상대를 확인하곤 눈살을 찌푸렸다. 종석이 무미건조한 얼굴로 저를 바라보고 있었다.

"뭐야."

짜증스레 묻는 수현의 말에 피식 싱거운 웃음을 터트린다. 하아. 이게 지금 간이 배 밖에 나왔지? 감히 건방지게 웃어? 매섭게 노려보는 수현의 얼굴을 무심히 마주 보며 종석이 느긋이 팔짱을 꼈다. 점점 하는 짓이 가관이다.

"욕심쟁이."

"하아. 뭐?"

우후후를 남발해야만 할 것 같은 어색한 분위기 속에 종석이 품에서 뭔가를 꺼내 수현의 면전에 불쑥 내밀었다. 또 이건 뭔가 하며 눈살을 찌푸리던 수현의 눈이 앞에서 왔다 갔다 하는 물건에 번쩍 뜨였다.

"노력 없이 뭔가를 바라는 건 욕심입니다."

종석의 말은 이미 수현의 귀에 들어오지 않고 있었다. 다시 종석의 품 안으로 숨으려는 시디를 순식간에 낚아챈 수현이 히죽 입꼬리를 말아 올렸다. 확실히 이놈은 난놈이었다. 종석을 향해 엄지를 치켜 올린 수현이 냉큼 시디를 품에 감추고 윤은을 찾아 나섰다. 그 모습을 물끄러미 바라보고 선 종석이 느른히 턱을 쓸었다. 그리곤 품에서 또 다른 시디 하나를 꺼내 건조하게 바라보았다.

몸으로 그녀의 마음을 얻는 법. 〈실전 편〉

흠. 낮은 숨을 내쉰 종석이 어깨를 으쓱하며 시디를 다시 넣었다. 이론 편으론 다소 무리가 있을 텐데. 뭐 알아서 하겠지. 섹스가 지닌 마력에 대해 좀 더 자세히 알려 줄 요량이었는데 성질 급한 수현이 먼저 선수를 쳤다. 급하긴 급했던 모양이다.

수현이 무슨 이상한 시디 하나를 들고 왔다. 퇴근하기가 무섭게 제빌라로 이끌더니 잠도 마다하고 또다시 시청각 교육을 시작했다. 말이 시청각이지. 거의 청각에 가까웠다. 느끼남의 표본인 듯한 남자가 나와 장황하게 섹스에 대해 설명을 늘어놓았다. 때때로 요상한 포즈의 남녀가 부연 설명 차 등장하곤 했는데. 꼭 스포츠 뉴스 같았다. 이게 뭐 어떻다고 그 호들갑을 다 떨어 댄 건지. 윤은이 한심한 눈으로 수현을 돌아봤다. 그런데 어이없게도 수현은 이미 꿈나라를 탐방하고 있었다. 헐. 어쩐지 조용하더라니.

"그렇게 호들갑을 떨어 대더니, 잡니까?"

지루한 강의에 피로가 겹쳐 완전히 곯아떨어진 모양이다. 답 없이 곤히 잠든 수현을 물끄러미 바라보며 윤은이 낮게 웃었다. 그렇게 그냥 좀 쉬자니까 굳이 봐야 한다고 난리치더니 저만 혼자 꿈나라로 튀었다.

"아, 혼자 뭘 어쩌라고. 이론이 있음 실전도 있어야지. 실습 안 합니까? 실습? 큭."

툭. 코끝을 두드리자 미간을 찡긋하며 수현이 윤은의 품을 파고들었다. 어느새 익숙해진 체취에 잠결에도 윤은의 품을 참 잘 찾아든다. 허리를 감싸는 수현의 손에 낮은 웃음을 터트린 윤은이 그의 머릿결을 가만히 쓰다듬었다. 손가락 사이로 빠져나가는 느낌이 꽤 좋았다. 비단결처럼 부드러운 머리카락이 손가락을 스치고 지날 때마다 마음이 차분해졌다. 이런 아늑함 정말 오랜만이다.

윤은의 입가에 엷은 미소가 머물렀다. 수현의 모습 위로 누군가의 모습이 겹쳐졌다. 꿈속에서도 그립고 그리운 사람이었다. 아빠……. 윤은이 수현에게 살포시 기대 누웠다. 따뜻하다. 가만히 눈꺼풀을 내려놓으며 윤은이 나직이 속삭였다.

"좋다."

시끄럽게 떠들어 대는 느끼남의 색스러운 목소리도 아무런 방해가 되지 않았다. 한밤처럼 아늑히 찾아온 평온은 그렇게 윤은과 수현을 깊은 수면으로 이끌었다. 잠든 둘의 머리 위로 무수히 많은 섹스 용어가 날아와 쌓였다. 아마 저녁에 출근하면 종석을 잡아 족치지 않을까 싶다. 무슨 야동이 이렇게 지루하냐고. 몸으로 뭘 시도하기도 전에 내 몸부터 곤죽이 되겠다고. 멱살을 쥐어흔들지 않을까. 수현이라면 능히 그러고도 남을 것 같았다. 히죽. 수면으로 물들기 시작한 윤은의 얼굴에 행복한 미소가 어렸다.

안 회장이 클럽을 찾는 일은 극히 드문 경우였다. 클럽 인수 이래 줄곧 부차적인 일은 기찬에게 지시해 전담시켰었다. 그런데 오늘은 안 회장이 예고도 없이 들이닥쳤다. 물론 도착 직전 기찬으로부터 연락이 있었지만, 시간을 맞추기가 조금 버거웠다. 헐레벌떡 클럽으로 들어선 매니저가 가쁜 숨을 몰아쉬며 안 회장의 포스 쩌는 뒷모습을 조심스레 눈에 담았다.

늙은 여우가 갑자기 웬 행찬가 싶었다. 행여 수현에게 제 일을 들어 그런 건가 싶어 가슴이 두근거리기도 했다. 하지만, 부러 털어놓을 이유는 없었다. 저쪽에서 걸고넘어지지 않겠다는 걸 굳이 들춰낼 필요는 없으니까. 여태 저를 둔 것도 어쩌면 창업 멤버라는 특혜 때문인지도 모른다. 숨을 깊게 들이쉰 매니저가 인기척을 내며 가까이 다가섰다.

그에 곁에 섰던 기찬이 아는 척을 하며 고개를 끄덕였다. 반면 안 회장은 여전히 클럽을 둘러보며 그를 모른 척했다. 사람 무시하는 건 아들이나 어미나 똑같다. 밥맛없는 것들.

"가짜 술을 팔았다구요."

쭛. 기어이 들춰내려나 보다. 여태 아무 말이 없어 그냥 넘어가려나 보다 했더니 뒷북을 치고 있다. 마뜩잖게 낮은 한숨을 내쉰 매니저가 곧 얼굴색을 바꾸며 비굴하게 말했다.

"아이고, 수익이 저조해서 그거 조금 맞추느라. 요즘 클럽 운영이 힘들었습니다. 하지만 이제는 절대 그런 일 없을 겁니다. 마음 놓으셔도 됩니다."

무심히 돌아보는 안 회장의 얼굴이 어둠에 섞여 잘 보이지 않았다. 다만 풍겨 나오는 분위기가 무척 삭막하다는 것밖에 알 수가 없었다. 왜 불도 켜지 않고 서 있는 건지 모르겠다. 무슨 저승사자도 아니고 답답하지도 않나? 실내는 천장의 작은 조명 몇 개만 켜 놓은 상태로 사물의 분간이 쉽지 않았다. 그 한가운데 안 회장이 단죄를 위해 낫을 든 사신처럼 서 있었다.

안 회장이 아무런 말없이 기찬에게 고개를 끄덕여 보였다. 비굴한 웃음을 띠고 안 회장의 눈치를 살피던 매니저의 면전으로 기찬이 뭔가를 내밀었다. 직사각형의 작은 봉투. 보통은 저 안에 돈을 넣곤 한다. 사뭇 궁금한 표정으로 마른침을 삼키며 매니저가 봉투를 받아 들었다. 슬쩍 안 회장의 안색을 살핀 매니저가 조심히 봉투를 열었다. 흠. 매니저의 입에서 낮은 신음이 흘러나왔다. 성과급이라고 하기엔 꽤 많은 액수의 수표가 들어 있었다. 무슨 의미지?

"그동안 클럽 운영하시느라 많이 힘드셨으니 이젠 푹 쉬십시오."

"흠. 그게 무슨."

"말 그대롭니다. 퇴직금치고는 꽤 많은 액수일 겁니다. 다른 일을 시작하기에도 충분히 넘치는 돈이죠. 이쯤에서 조용히 물러나시라는 뜻입니다."

매니저의 눈빛이 변했다. 비굴이란 것을 말끔히 거둬 낸 얼굴에 거만이 자리했다. 어디서 굴러온 돌이 감히 박힌 돌을 빼내려고 설쳐 설치긴. 이 클럽은 자신이 만든 거나 마찬가지였다. 금전적인 것은 모두 경운이 부담했지만, 실질적인 경영은 제가 더 깊게 관여했었다. 클럽이 이 정도로 큰 데에는 자신의 노력이 한몫을 했기 때문이다. 그런데 지금 그런 그를 이 떨거지들이 감히 내치려 하고 있었다. 이거나 먹고 떨어지라고? 어림도 없지 클럽 한 달 수입도 안 되는 돈으로 지금 장난해?

비릿하게 입꼬리를 말아 올린 매니저가 뭐라 야비하게 입을 열려는 찰나, 기찬이 또 다른 봉투를 내밀었다. 좀 전 것보다 큰 서류 봉투였다. 뭐야, 지분이라도 줄 참인가? 뭐 그럼 좀 생각해 볼 만하지. 기대에 찬 매니저의 면전에서 기찬이 보란 듯 서류 봉투를 열어 내용물을 꺼냈다.

기대와 달리 고소장이란 세 글자가 서류 상단에 위협적으로 찍혀 있었다. 일시에 구겨지는 매니저의 얼굴을 아무렇지 않게 마주 보며 기찬이 서류를 들척였다. 고소 내용이 세세히 적힌 치밀한 서류가 매니저의 시야를 가득 메웠다. 그동안 매니저가 저지른 일련의 비리들이 일목요연하게 적혀 있었다. 어떻게 이런 것들을 알아냈을까? 불법 양주는 그동안 그가 저지른 일에 비하면 새 발의 피였다. 깊어진 신음을 흘려 내며 매니저가 손에 쥔 수표 봉투를 구겼다. 바르르 주먹 쥔 손이 떨렸다. 독하다 소문은 들어 알았지만, 어떻게 이렇게 뒤통수를 칠 수 있을까. 저는 이 일과 아무런 상관이 없다. 방관하듯 서 있는 안 회장의 모습에 소름이 끼쳤다. 참 무서운 인간이군.

"클럽이 그냥 굴러가는 건 아니지. 다 인맥이고 기술이야. 내가 빠지면."

"걱정 않으셔도 됩니다. 더 이상 클럽은 없습니다."

"뭐?"

"클럽은 곧 문을 닫을 겁니다."

"뭐야? 누구 마음대로!"

"주인 마음대로."

그때까지 가만히 있던 안 회장이 싸늘한 한마디를 내뱉었다. 입 다물고 꺼지라는 말을 저리 고상하게도 한다. 일그러질 대로 일그러진 얼굴로 매니저가 저주를 퍼부었다.

"미쳤군. 미치지 않고서야 어떻게 클럽을 닫는다는 말을 할 수가 있어. 한 달 수입만 자그마치 15억이야. 그걸 그냥 포기하겠다고? 웃기지 마. 날 내쫓으려고 수를 쓰는 모양인데."

"그럴 가치가 자신에게 있다고 생각하십니까?"

"뭐?"

"그 수표는 인정상 주는 돈이지. 당신이 두려워 주는 게 아니란 말입니다. 15억. 그거 껌 값이라고 이수현 이사가 말하지 않던가요? 돈의 값어치는 그 돈의 주인에 따라 달라지는 겁니다. 당신이 온갖 비리로 뜯어먹은 돈이 클럽 운영에 아무런 영향을 줄 수 없었던 것처럼 말입니다. 껌 값을 과자 값으로 불릴 수 있는 것 또한 주인의 능력이지요. 그건 당신 없이도 능히 가능한 일이고 말입니다. 그럼 이제 이해가 되셨습니까? 당신이 꺼져도 되는 이유."

"흥. 어디 한번 잘해 보라고, 나 없이 그 애송이 놈이 뭘 할 수 있을지 모르겠지만 말이야."

끝까지 잡은 끈을 미련스레 놓지 못하는 매니저에게 기찬이 차분히 결정타를 날렸다.

"꺼져. 이제 클럽 어디든 당신이 있을 곳은 없으니까."

바들거리는 손을 꾹 움켜쥐고 터져 나오려는 욕지기를 삼키며 매니저가 쌩하니 돌아섰다. 기찬의 손에 들린 고소장이 무서워서라기보단 이쯤에서 물러서는 게 훨씬 꼴이 좋아 보였기 때문이었다. 귀찮게 일을 크게 벌일 이유는 없다. 이 돈이면 가게 하나는 차리고도 남는다. 그동안 해 먹은 것도 있고, 여차하면 이민 간 식구들과 합류해도 무방하다. 어디 잘 먹고 잘 살아 보라지.

매니저가 완전히 시야에서 사라지고 나서야 어둠 속 구석진 곳에서 누군가가 모습을 드러냈다. 가짜 양주 소동에 한몫을 했던 바텐더였다. 갈아 치워야겠다 매니저가 이를 갈아 대던 인물이다. 그런 바텐더가 안 회장 앞으로 나섰다. 기찬이 고개를 끄덕여 알은체를 하자 바텐더도 정중히 고개를 숙여 보였다.

"수고했어."

"맡은 일을 했을 뿐입니다."

"그마저도 온전히 못 하는 사람도 있지."

안 회장의 차가운 시선이 클럽 입구를 잠시 담아냈다. 매니저를 이름이었다. 차분히 고개를 숙인 바텐더가 낮게 한숨을 내셨다. 그동안 클럽에 잠입해 알아낸 매니저의 온갖 더러운 비리가 떠올라서였다. 벼룩의 간 빼 먹듯 슬쩍슬쩍 빼 간 돈만 해도 수십 억이 넘었다. 참 간도 크지. 마치 제 것처럼 그렇게 클럽의 모든 것을 탐했다.

바텐더의 눈이 조심히 안 회장을 살폈다. 가짜 양주가 수현의 눈에 띄도록 손을 봐 두란 지시를 내린 것도 그녀였다. 수현의 성격상 그냥 지나치진 않으리라. 그렇게 해서라도 클럽에 관심을 갖게 하려는 안 회장의 생각이 적중했다. 수현은 안 회장이 쳐 놓은 덫에 걸린지도 모른 채 서서히 클럽에 관심을 갖게 되었다. 정말 소름 끼치는 사람이다. 아들을 묶어 놓기 위해 그런 치밀한 작전까지 짜다니.

"이제부턴 호텔 일에 전념해."

"예."

"곧 바빠질 테니까. 단단히 준비해야 할 거야."

"네."

안 회장의 고갯짓에 바텐더가 허리를 숙여 안녕을 고했다. 망설임 없이 돌아선 바텐더가 다시 어둠 속으로 스며드는 것을 무심히 바라본 안 회장이 지나가는 소리처럼 물었다.

"수현이는?"

"며칠 안으로 찾아뵐 것 같습니다."

"그래."

"마음을 굳힌 모양입니다."

의미를 알 수 없는 말을 주고받으며 안 회장이 보일 듯 말 듯 입꼬리를 말아 올렸다. 또 무슨 일을 벌이려는 것일까. 부디 아무도 상처 입지 않는 방향으로 일이 전개되었으면 하고 기찬은 바랐다. 수현이고, 윤은이고 기찬에겐 눈에 넣어도 아프지 않을 귀한 존재들이었다.

무슨 생각을 하는지 알 수 없는 묘한 얼굴의 안 회장이 어둠에 갇힌 스테이지를 건조하게 바라보았다. 대체 저 속엔 얼마나 많은 능구렁이가 똬리를 틀고 있을까. 흠칫. 갑자기 스며든 한기에 기찬이 몸을 떨었다.

어떻게 침대로 옮겨졌는지도 모른 채 깊은 수면을 취했다. 후각을 자극하는 맛있는 냄새에 윤은이 코를 실룩거리며 천근같은 눈꺼풀을 밀어 올렸다. 잠도 물리치는 대단한 식욕이 윤은을 침대에서 일어나게 만들었다. 이젠 나름 익숙해진 좀비 자세로 흐느적흐느적 냄새를 따라 윤은이 발을 옮겼다.

"깼어?"

다정한 말투의 수현이 멍하니 주방 앞에 선 윤은을 반겼다. 깜빡깜빡 흐린 시야를 붙잡으려 눈을 깜빡인 윤은이 이어 왕방울만 하게 눈을 뜨고 허 하고 입을 벌렸다. 곧 침이 떨어질 것 같은 모습으로 식탁을 바라보는 윤은을 수현이 부드럽게 이끌어 의자에 앉혔다.

이 집 안에서 이런 거나한 식탁을 받아 보게 될 줄이야. 아직도 꿈을 꾸고 있는 건 아닌지 윤은이 제 볼을 꼬집었다. 아프다. 꿈은 아니다. 진짜 먹을 게 눈앞에 있다.

"배고프지? 국만 뜨면 되니까 조금만 기다려."

윤은의 볼에 가볍게 입을 맞춘 수현이 싱크대로 다가가 국자를 집어 들었다. 그 틈을 타 날름 반찬 하나를 집어 입에 넣었다. 오! 솜씨가 제법이다. 그런데 왜 밥을 안 해 먹었데? 그게 신기할 정도로 수현이 만든 음식은 정갈하고 맛깔나 보였다. 다시 계란말이로 은근슬쩍 손을 뻗던 윤은의 귀로 수현의 나직한 음성이 날아들었다.

"동작 그만."

"헉. 들켰다."

아쉬운 듯 손가락을 입에 문 윤은 곁으로 다가선 수현이 국그릇을 내려놓으며 쪽 가볍게 입을 맞췄다. 그리곤 바로 옆자리에 제 몫의 그릇을 내려놓고 자리를 잡았다. 보통은 마주 보고 앉지 않나? 대각선으로 앉아 바로 코앞에서 얼굴을 들이밀고 있는 수현을 향해 윤은이 히죽 웃어 보였다. 하긴 그게 무슨 상관이야.

"먹자."

"넵."

함박웃음을 터트리며 밥을 먹으려 폼을 잡던 윤은이 순간 멈칫했다. 수저가 안 보였다. 이런 깜찍한 실수를 저지르다니. 하마터면 욕지기가 터져 나올 뻔했다. 배고픔은 사람을 간혹 험하게 만들기도 한다. 그러나 윤은은 최대한의 인내심을 발휘해 나긋이 수저를 드는 수현에게 이 끔찍한 사실을 알렸다.

"수저가 없습니다."

"응. 없어."

"예?"

"원래 나 혼자 살았잖아. 내 거밖에 없어."

"헐. 그럼 저는 손으로 먹을깝쇼."

"아니."

"오, 이 배려 돋는 매너를 보았나."

수현이 수저를 제게 주려 들었다 생각한 윤은이 공손히 두 손을 내밀었다. 그에 손은 본체만체 밥을 한 숟갈 뜬 수현이 젓가락을 놀려 윤은이 먹으려던 계란말이를 집어 그 위에 살포시 얹었다. 이건 또 무슨 시추에이션? 제 눈앞에서 벌어지는 천인공노할 짓거리에 윤은이 눈을 부릅떴다. 지금 장난하십니까? 뭐라 말을 토해 내려 벌어진 윤은의 입으로 숟가락이 들어왔다. 방금 수현이 공들여 쌓은 밥탑이 고스란히 입안에 머금어졌다. 결에 윤은의 눈이 반달 모양으로 휘었다. 아, 행복하여라.

"먹여 줄게."

기특하다 들어 올리던 윤은의 손이 수현에 의해 저지당했다. 아차차 실수. 엄지를 치켜세운다는 게 버릇이 돼서 검지와 중지 사이에 다소곳이 찔러 넣었다. 아침부터 안드로메다식 인사를 받고 싶지 않았던 수현이 정중히 거절의 의사를 표했다. 뭐, 그럼 오늘은 패스. 고개를 끄덕이며 윤은이 주먹을 내렸다. 그에 부드럽게 미소를 흘린 수현이 다시 반찬을 집어 들었다. 꽤 매워 보이는 닭볶음 요리였다.

"아."

"아."

"옳지."

수현의 입모양을 따라 입을 벌린 윤은의 입속으로 음식이 쏙 들어왔다. 오물오물 맛나게 음식을 씹던 윤은이 호 하며 용처럼 불을 뿜어냈다. 피식. 그럴 줄 알았다는 듯 즐거운 웃음을 머금은 수현이 키득거리며 물 잔을 집어 들었다. 물속 얼음조각이 유혹하듯 달각거렸다. 입에 불났다 호들갑스레 손부채질을 하던 윤은이 반색하며 손을 벌렸다. 줄 듯하던 수현이 냉큼 제 입에 잔을 기울였다. 지켜보던 윤은이 눈을 치뜨고 안 돼, 하며 수현에게 달려들었다. 그대로 윤은을 휘감아 안은 수현이 덥석 윤은의 입술에 제 입술을 겹쳤다.

뜨거운 열기가 고스란히 입술에 닿았다. 맞물린 입술 사이로 차가운 물이 스며들었다. 꿀꺽꿀꺽 물을 삼킨 윤은이 그제야 화끈함이 가시는 듯 안도의 한숨을 내쉤다. 몇 차례 물 먹이기를 반복한 수현이 얼음 한 조각을 윤은에게 물렸다. 아그작아그작 시원스레 받아 씹어 삼키는 모습이 수현을 흐뭇하게 만들었다.

피식. 어떻게 하는 행동 하나하나가 이렇게 귀여울 수 있는지. 콩깍지가 단단히 씐 수현이 흐뭇하게 웃으며 다시 다른 잔을 집어 들었다. 앙증맞은 사이즈로 예쁜 그림이 그려진 잔을 들어 내용물을 입 안에 머금었다. 그리곤 품에 안긴 윤은의 입술에 부드럽게 제 입술을 맞물렸다. 달콤한 뭔가가 입 안으로 흘러들었다. 음. 그리고 딱딱한 이물질이 하나 더 혀끝에 감지됐다. 묘하게 찌푸려지는 윤은의 미간을 눈에 담으며 수현이 입술을 거둬 냈다. 윤은이 혀를 쏙 내밀었다. 뭔가가 혀끝에서 반짝거렸다. 어라? 이게 뭐지?

맛을 보니 달콤함이 사라진 뭔가 오묘한 것이 혀끝에 맴돈다. 고개를 갸웃거리는 윤은의 혀를 날름 머금어 수현이 그것을 가져갔다. 이건 또 뭐야? 하며 깜빡이는 윤은의 눈앞으로 불쑥 제 혀를 내밀었다. 윤은이 그것의 정체를 제대로 파악할 수 있도록 가지런히 혀 위에 올려놓았다. 꼭 무슨 마술을 부리는 것 같았다.

"오! 반지다!"

반지 하나가 수현의 혀 위에서 반짝 빛나고 있었다. 호기심 가득한 눈으로 그것을 바라보는 윤은의 손을 수현이 살며시 붙잡았다. 그리곤 은근슬쩍 반지를 네 번째 손가락에 끼워 넣었다. 물끄러미 바라보는 윤은의 눈 위에 가만히 입술을 내려놓았다. 넌 이제 내 거야. 낙인을 찍듯 그렇게 윤은의 몸 위에 지그시 입술을 눌렀다.

"우리 결혼하자."

"헐."

약혼도 아니고 결혼이란다. 뭐가 이렇게 급해. 뭐라 선뜻 답을 내놓지 못하고 말똥말똥 저를 바라보는 윤은의 입술에 뜨거운 키스를 퍼부으며 수현이 애원하듯 간절한 눈빛을 보냈다. 고개를 갸웃 기울인 윤은이 가늘게 눈을 늘였다. 노력이 가상하니 일단 생각 좀 해 볼까?

손가락을 쫙 펼쳐 반지를 바라보던 윤은의 눈이 번쩍 뜨였다. 호오. 반지 위에 새빨간 체리가 요염한 자태로 유혹하듯 저를 바라보고 있었다. 해 줘. 해 줘. 매일매일 사랑해 줄게. 응?

체리가 수현으로 변해 온갖 아양을 떨어 댔다. 거참 거절하기 힘들게 왜 이러시나 그래.

거울을 보며 넥타이를 매는 수현의 얼굴이 잔뜩 긴장해 굳어 있었다. 오랜만에 격에 맞춰 정장을 입었다. 다소 불편한 감이 없지 않아 있었지만 지금은 그런 것에 신경 쓸 때가 아니었다. 깊은 한숨을 내쉬며 천천히 호흡을 가다듬었다. 흐트러짐 없이 완벽한 모습에 고개를 끄덕인 수현이 드레스 룸을 나와 거실로 내려섰다. 테이블 위에 올려놓았던 휴대폰을 들어 바탕화면에 깔린 윤은의 사진에 쪽 하고 입을 맞췄다. 부드러운 미소가 절로 입가에 머물렀다. 역시 최고의 명약이다.

"다녀올게."

히죽. 흡족한 미소를 지으며 휴대폰을 주머니에 넣고 현관을 나섰다. 나서는 걸음이 한결 가벼워졌다. 안드로메다 에너지를 받았으니 분명 무사히 통과될 것이다. 엘리베이터에 오른 수현이 정면을 향해 돌아서며 한껏 숨을 들이쉬었다. 긴장할 필요 없다. 막강 우주인 파워가 등 뒤에서 굳건히 버티고 있으니까.

기찬이 엘리베이터 앞까지 마중 나와 있었다. 차갑게 굳은 얼굴로 저를 향해 고개를 끄덕여 인사를 대신하는 수현의 어깨를 기찬이 부드럽게 감쌌다. 쉽지 않은 전쟁을 치르러 가는 길이었다. 도와주지 못하고 지켜봐야만 하는 심정이 더 무거웠다. 회장실 앞에 도착해 다시 한번 옷을 손보는 수현을 향해 엄지를 치켜들어 보이며 기찬이 파이팅! 이라고 소리 없이 외쳤다.

"쫄긴."

피식. 저보다 더 긴장한 기찬을 타박하며 싱겁게 웃은 수현이 가벼운 노크 후 답도 듣지 않고 문을 열고 들어섰다. 곁에 섰던 비서가 당황해 뒤따랐지만 소파에 자리를 잡고 앉은 안 회장은 전혀 동요하는 빛이 없었다. 들어선 수현에겐 시선도 주지 않고 안 회장이 손짓으로 비서에게 나가 보라고 지시했다. 정중히 인사를 건네고 문을 닫고 나선

비서가 문 밖에서 깊은 안도의 한숨을 내쉬었다. 안 회장의 성격상 뭔가가 날아와도 날아왔을 상황이었다. 헌데 그저 귀찮다는 듯 나가 보란다. 보기 드문 일이었다.

"심장이 그렇게 약해서야 어디 회장실 비서 해 먹겠어?"

두근거리는 가슴을 짓누르며 자리로 돌아오는 여비서를 향해 기찬이 안 됐다는 듯 농담조로 말했다. 그에 가볍게 눈을 흘긴 여비서가 저는? 이라며 혼잣소리처럼 중얼거렸다. 괜히 볼을 긁적인 기찬이 팔짱을 끼며 여비서에게 툭 던지듯 말했다.

"차 준비 안 해?"

"아차!"

"쯧쯧. 정신을 어디 두고 다니는지."

후다닥 탕비실로 들어서는 여비서를 슬쩍 흘기며 기찬이 입을 삐죽거렸다. 여비서 자리에 있던 손거울을 들어 제 얼굴을 살피며 기찬이 구시렁거렸다.

"이래 봬도 어디 빠지는 얼굴은 아닌데 말이야."

탕비실에서 차를 타던 여비서의 미간이 한껏 찌푸려졌다. 자뻑도 전염병이었던가? 어떻게 저렇게 자기 자신을 모를 수가 있지? 고개를 설레설레 흔든 여비서가 이내 차를 준비해 탕비실을 나섰다.

"네가 먼저 보자고 할 때가 다 있구나."

여비서가 내려놓는 차를 건조하게 바라보며 안 회장이 말했다. 그에 제 몫의 차를 들어 마시며 수현이 가볍게 어깨를 으쓱거렸다.

"뭐, 살다 보니 이런 날도 있더군요."

돌아보는 안 회장의 눈빛이 사뭇 시리다. 아차차. 실수했다. 웬만해선 안 회장의 심기를 건드리지 않으리라 다짐했건만 처음부터 그 결심이 흔들렸다. 확실히 습관은 무서운 것이다. 찻잔으로 가린 아랫입술을 잘근 깨물며 수현이 자신을 힐책했다. 무심한 듯 그런 수현에게서 시선을 거둔 안 회장이 차를 들어 한 모금 삼켰다. 무거운 침묵이 실내를 가득 메웠다. 차가 바닥을 드러낼 무렵 침묵을 참지 못한 수현이 먼저 입을 열었다.

"결혼하겠습니다."

결혼. 결혼이라. 약혼도 아니고 결혼을 하겠다 단정적으로 말하는 수현의 얼굴을 외면한 채 안 회장은 느긋이 차를 들이켰다. 안 회장의 침묵이 길어질수록 수현의 입술이 바짝 메말라 갔다. 그의 타는 속은 아랑곳없이 안 회장은 마치 아무런 말도 듣지 못했다는 듯 여유롭게 차를 즐겼다. 평소보다 더 느긋하게.

"결혼, 합니다. 저."

"윤은이랑 말이냐?"

안 회장의 입에서 윤은이란 이름을 듣는 순간 턱하고 말문이 막혔다. 안 회장을 바라보는 수현의 미간이 미세하게 꿈틀거렸다. 알고 있었다. 그래, 어쩌면 그게 당연한 일일지도 모른다. 수현의 일거수일투족이 이미 다 보고되고 있었을 테니. 쓰게 웃은 수현이 혀로 볼을 불리며 낮은 신음을 흘려 냈다.

"네, 그러려고요."

꽉 움켜쥔 주먹 위로 심줄이 툭 불거져 나왔다. 눈에 찰 리 없지. 지수 같은 거대 기업의 딸과 정략결혼을 추진하던 위인이 아무 가진 것 없는 윤은을 괜찮다 허락할 리 만무했다. 하지만 여기서 물러설 수현도 아니었다. 바짝 마른 입술을 혀로 축이며 수현이 어렵게 입을 열었다.

"착한 아이입니다. 성실하구요."

피식. 낮은 헛웃음이 안 회장의 입에서 흘러나왔다. 그에 수현의 미간이 살짝 찌푸려졌다. 웃음이라니. 그것도 비웃듯 그렇게 흘려 낸 웃

음이다. 저도 모르게 수현이 빠득 이를 갈았다. 아니나 다를까 안 회장
이 지극히 속물적인 말을 내뱉었다.

"결혼의 조건이라고 하기엔 꽤 부족한 감이 있구나."

"제가 사랑합니다."

한 치의 망설임 없이 바로 답해 오는 수현의 다급함에 안 회장이 고
개를 모로 기울였다. 지그시 내려 보는 눈길이 매우 건조하다. 그래서
그게 뭐 어떻다는 거냐고 묻는 듯했다. 확실히 상대하기 힘든 대상이
다. 꿀꺽. 마른침을 삼킨 수현이 비릿하게 웃으며 앞으로 몸을 기울였
다. 절대 질 수 없다. 발끈한 수현이 차갑게 쏘아붙였다.

"왜요. 뭐 반대라도 하시려고요? 그럼 저 평생 독신으로 늙어 죽을
겁니다."

"협박치고는 꽤 유치하구나."

"원래 사랑을 하면 유치해진다고 하더라고요. 뭐 원하시면 더 유치
해질 수도 있습니다. 그래서 결국은 반대하시겠다는 겁니까? 왜요. 격
이니 차원이니 뭐 그런 거 들먹이시려고요? 아까워 죽겠다. 식상하게
이런 말 하시려는 건 아니죠? 그거 정말 웃기지도 않는, 씨알도 안 먹
히는 이유란 거 아십니까?"

안 회장이 우아하게 찻잔을 내려놓고 소파에 깊숙이 기대 수현을 곧
게 응시했다. 그 눈길을 마주 받아 내며 수현이 한쪽 입매를 끌어 올렸
다. 어디 해 볼 테면 해 봐라. 저도 쉽게 물러서지 않겠다. 굳은 결심
을 내보였다. 그에 안 회장이 느긋이 턱을 쓸어 내며 툭 던지듯 말했
다.

"그래. 아까워."

"하아."

"윤은이가."

"뭐……예?"

"너한텐 윤은이가 아까워."

잘못 들은 건가? 지금 제가 제대로 듣긴 들은 건지 의심스러웠다. 누가 어떻게 아깝다고? 슬쩍 귀를 휘적거리며 저를 의구심 가득한 눈으로 바라보는 수현을 향해 안 회장이 나른히 웃어 보였다. 그에 눈을 깜빡이며 안 회장의 얼굴을 살핀 수현이 머뭇거리며 조심히 물었다.

"방금 뭐라고 하셨습니까? 혹시 윤은이가."

"아깝다고. 네놈한테 주기엔 너무 아까워."

"하아."

그저 헛웃음만 터져 나왔다. 누가 누구의 부모인지 혹여 헷갈린 건 아닌지 의심스러웠다. 제 아들을 두고 오히려 윤은이 아까워 주지 못하겠다고 한다. 누가 누굴 누구에게 주니 못 주니 실랑이를 하겠다는 건지 도무지 이해가 가질 않았다. 머리가 지끈거리는 듯 수현이 관자놀이를 짓누르며 낮은 신음을 흘렸다.

"대체 그게."

"말 그대로야. 윤은이 당차고 밝고 사리분별 확실한 아이다. 너같이 이기적이고 제멋대로인 데다 여자를 경멸하는 놈한텐 무척 아깝다는 생각이 드는구나."

"윤은이 알고 계셨어요?"

"물론."

"하아. 언제부터?"

엷은 미소가 떠오른 안 회장의 입가를 믿을 수 없다는 듯 바라보며 수현이 입술을 짓씹었다. 이건 또 무슨 계략이지? 의미를 알 수 없는 묘한 눈빛으로 수현을 바라보며 안 회장이 느릿하게 입을 열었다.

"윤은을 처음 본 건 그 애가 열다섯 되던 해였지. 제 아비와 만나는 자리에 왔더구나. 부탁을 하기 위해 나선 자리에 딸이 나타나면 으레 당황하기 마련인데 그 부녀는 전혀 그런 게 없었다. 참 묘하다 싶었지. 절대 비굴하지 않게 부탁도 당당히 해야 한다며 요구 사항을 늘어놓던 윤 사장의 모습이 아직도 선명하게 뇌리에 남아 있구나. 그 옆에서 또 롱또롱 눈을 빛내며 그런 아비를 자랑스러워하던 윤은이의 모습도 참 인상적이었지."

오래전 일을 회상하듯 가만가만 말을 꺼내 놓는 안 회장을 수현이 지그시 응시했다. 부드럽고 고요한 얼굴. 단 한 번도 본 적이 없는 표정이다. 저런 얼굴을 할 수 있다는 것조차 생소해 제 어미가 아닌 듯 느껴졌다. 어지러운 심경으로 저를 바라보는 수현을 향해 엷은 미소를 띠며 안 회장이 다시 입을 열었다.

"클럽은 나날이 성장해 나갔다. 하지만 애초에 자본이 부족했던 터라 유지하는 데 상당한 어려움이 있었지. 해서 처음부터 관심을 가지고 접근했던 내게 거래를 청하더구나. 지분의 반을 가지는 조건으로 클럽의 운영자금을 대 달라고 말이다. 그런데 그 조건이 참 가관이었다. 내가 고용한 사람 외에 그 누구도 내 마음대로 해고해선 안 되며 그들에 관한 한 절대 간섭해서도 안 된다는 다소 어이없는 조건이었다. 내가 과연 그에 응했을까?"

"어머니라면 또 다른 조건을 내거셨겠죠. 자신에게 유리한."

시니컬하게 답하는 수현의 말에 낮은 웃음을 흘리며 안 회장이 고개를 저었다. 그에 수현의 고개가 모로 기울었다. 아무 조건 없이 그에 승복할 안 회장이 아니었다. 믿을 수 없다 고개를 갸웃하는 수현을 향해 안 회장이 어깨를 으쓱해 보였다. 저 또한 처음 보는 모습이다. 수현의 미간이 또 살짝 구겨졌다.

"원래 항해는 처음 배를 탄 사람들과 끝까지 가야 마칠 수 있는 거라더구나. 누구 하나가 빠지게 되면 그 배는 원하던 방향이 아닌 곳으로 갈 수도 있다고. 은이가 제 아비의 편을 들어 웃으며 말하더구나. 그 조그만 아이의 입에서 나온 말이 내 마음을 흔들었다. 이 아인 뭔가 특별하구나 느꼈지. 해서 승낙했다. 지분의 반을 가지는 조건을 받아들여 클럽에 투자를 했지. 클럽은 몇 년 동안 잘 운영됐다. 헌데 후에 뜻하지 않은 일이 일어났다. 윤 사장이 사고를 당했어."

말끝에 수현이 낮은 탄식을 흘려 냈다.

"혼자 남은 윤은이 걱정돼 뒤를 봐주마, 하고 불렀었다. 헌데 그놈지 애비를 쏙 빼닮아서 당차고 엉뚱해서는 망설임도 없이 일시에 사양하더구나. 반의 지분은 제 몫이 아니라 직원들 모두의 것이라고. 제 아비가 늘 그리 말해 왔다고. 그러니 저는 그걸 받을 수 없다고. 참 맹랑하다 싶었지. 부탁이라며 한 말이 더 가관이었다. 클럽에 취직 좀 시켜 달라고 부탁하더구나. 먹고살아야겠으니 일을 달라고."

"하아. 그렇다고 그 어린 걸 클럽에 취직을 시키셨어요?"

"처음엔 그래 아직 어려서 사리분별을 못 하는 거라고 고생 좀 하다 보면 쉽게 포기하고 물러나겠지 생각했다. 해서 허드렛일을 시켰다. 남자처럼 힘쓰는 일. 궂은 일 다 시키라고 했지. 어떻게 됐을 것 같으냐."

안 회장의 물음에 수현이 고개를 저으며 낮은 한숨을 흘려 냈다. 안 봐도 뻔했다. 절대 포기할 윤은이 아니었다. 잘 이겨 냈으리라. 무적의 안드로메다 외계인이니까. 쿡. 저도 모르게 웃음이 터져 나왔다. 안 회장도 적잖이 당황했으리라. 뭐 저런 놈이 다 있나 싶었을지도 모른다. 결국엔 그 클럽을 점령했겠지. 자신의 매력적인 불굴의 오뚝이 정신으로. 보지 않아도 상상이 간다.

"그래. 나의 완패였다. 처음이었지. 내 마음대로 안 되는 녀석은. 너이후로."

"훗."

"윤은이 데려가려면 그에 맞는 자격 조건을 키워 와. 그전엔 절대 안 돼."

훈훈하게 마무리 되려던 결말이 또 틀어진다. 어째서 이렇게 이야기가 꼬이는 거지? 이게 말이 돼? 자신의 친아들을 밀어내고 남인 윤은을 마치 친딸처럼 감싸고돈다. 너 같은 놈에겐 절대 내 딸을 줄 수 없다 애지중지 키운 친정 부모처럼 경계를 하다니 참 어이가 없다.

"뭔가 착각을 하시나 본데. 어머니 아들은 접니다."

"아무리 내 핏줄이어도 윤은이를 쉽게 내어 줄 순 없다. 그 정도 각오는 하고 결혼을 들먹였어야지."

"제가 윤은이랑 결혼하겠다는 겁니다. 굳이 어머니의 허락이 필요해서."

"필요하지. 윤은이 결혼은 내가 시켜 주기로 제 아비와 약속했으니까. 꼭 좋은 배필을 맞을 수 있도록 노력하겠다. 제 아비의 죽음 앞에서 맹세한 말이다."

"하아. 그래서 제 어디가 부족하다는 말씀입니까?"

말도 안 된다. 속으로 부정하며 대들 듯 발끈하던 수현이 주머니 속 휴대폰 소리에 시선을 내렸다.

"받아 보거라."

"괜찮습니다."

"아주 중요한 용건일지도 모르잖니."

말의 어투가 마치 뭔가를 알고 있다는 듯 은밀했다. 그에 미간을 구긴 수현이 휴대폰 액정을 확인하곤 통화 버튼을 눌렀다. 종석이었다.

"왜."

―클럽이 문을 닫았습니다.

"휴무야?"

—그게 아니라 완전히 문을 닫았다는 말을 하는 겁니다. 영업정지.

"뭐?"

슬쩍 눈을 들어 안 회장을 바라봤다. 입술 끝에 걸린 비웃음이 아마도 이와 연관이 있는 듯 보였다. 비릿하게 입술을 비틀어 올린 수현이 숨을 골랐다.

"알았어. 일단 끊고 대기하고 있어."

—예.

전화를 끊고 시린 눈으로 저를 노려보는 수현을 안 회장이 느긋한 포스로 마주 보았다. 저 능구렁이, 여우 같은 할망구. 절로 모진 소리가 터져 나왔다. 차마 겉으로 드러내지 못하고 속으로 곱씹으며 안 회장을 직시했다. 그에 안 회장이 살풋 어울리지 않는 미소를 띠며 나긋이 말했다.

"자아, 이제 협상을 해 볼까?"

빠득. 수현의 이 가는 소리가 회장실의 정적을 깨트렸다. 어쩐지 안면장애처럼 웃는 일 없던 안 회장이 연신 미소를 띤다 했다. 마치 실성한 노인네처럼. 그러면 그렇지. 뭔가 음흉한 속내가 있어 그런 것이지. 깊은 한숨을 내쉰 수현이 질끈 눈을 감으며 고개를 숙였다. 지금은 어쨌든 안 회장이 우위를 점하고 있었다.

"뭡니까. 그 협상이라는 게."

안 회장의 미소가 짙어졌다. 확실히 낚시질엔 수현보다 안 회장이 더 소질이 있었다. 윤은을 처음 만났을 때부터 조금씩 준비했던 덫에 수현이 보기 좋게 걸려들었다. 지수를 시켜 떠 본 바에 의하면 이미 둘의 사이가 깊어져 윤은의 마음이 변할 리도 없었다. 윤은인 견고하게 만들어진 성처럼 굳건히 수현을 지켜 낼 수 있을 것이다. 애초에 이리 되면 좋겠다. 계획했던 모든 것들이 순조롭게 진행되어 안 회장은 요즘 마음이 무척 흡족했다. 윤은이와 수현을 이어 주는 일이 꽤 좋은 성과를 거뒀으니 이젠 수현을 길들일 차례였다. 누군가의 인생을 책임져도 될 만큼 확실한 존재로 탈바꿈시킬 시간이 다가왔다.

자, 이제 또 다른 게임을 시작해 볼까?

초조하게 저를 바라보는 수현을 마주 응시하며 안 회장이 눈을 빛냈다.

초저녁부터 클럽 근처 고깃집에 직원들 모두 자리를 잡고 앉았다. 먹고 죽은 귀신 때깔도 좋다며 고기를 주문해 굽기 시작했지만, 너 나 없이 표정은 어두웠다. 어제까지만 해도 아무런 말도 없었는데, 하루아침에 직장이 문을 닫았다. 대체 뭐가 어떻게 돌아가는 건지 누구 하나 답을 내놓을 수도 없었다. 더군다나 매니저는 소리 소문도 없이 나타나질 않고 있었다. 연락도 되지 않는 게 그쪽도 무슨 일이 있긴 있었구나 짐작만 할 뿐이다.

"먹어."

종석이 잘 구워진 고기 한 점을 멍하니 넋 놓고 앉아 있는 윤은의 접시 위에 올려놓았다. 그에 물끄러미 김이 모락모락 피어오르는 고기를 바라보던 윤은이 유혹을 못 이기고 젓가락을 집어 들었다. 막 고기를 집어 입에 넣으려는 찰나 귓속으로 낯익은 목소리 하나가 날아들었다.

"동작 그만."

"헐."

"고기는 이사님 먼저."

어느새 나타난 수현이 윤은의 뒤에서 그녀를 감싸 안고는 젓가락을 든 손을 사뿐히 감싸 쥐었다. 다분히 감미로운 백허그의 장면이건만 종석의 눈앞에서 벌어진 사태는 그다지 상큼하지 못했다. 기어이 입으로 젓가락을 가져가려는 윤은과 그것을 뺏어 먹으려는 수현의 치열한 혈투가 벌어지고 있었다. 지금이 그렇게 한가하게 노닥거릴 때야? 이 철딱서니 없는 인간들아. 깊게 한숨을 내쉰 종석이 고기 한 점을 더 집어 윤은의 접시 위에 내려놓았다. 둘의 눈에 불꽃이 튀었다. 종석이 젓가락을 거둠과 동시에 파바박 젓가락이 내리꽂혔다.

"쩐다."

순식간에 고기 한 점을 집은 젓가락이 또 하나를 꿰차며 낙하했다. 나눠 먹으랬더니. 그걸 또 한 젓가락에 둘 다 꿰어 놓는다. 고기 하나에 뭐가 이렇게 살벌해. 투닥거리다 결국 윤은이 고기 두 개를 동시에 입에 물었다. 승리의 브이를 그리던 윤은의 입을 수현이 덥석 물었다.

"아!"

함께 입을 벌린 윤은의 고기가 그대로 수현의 입술로 건너갔다. 맛있다 온갖 표정을 다 지어 보이며 윤은의 면전에서 고기를 씹어 대는 수현을 모두가 뜨악한 눈으로 바라보았다. 대체 그놈의 카리스마는 다 어디로 팔아먹은 것인지. 어쩌다 저렇게 엽기적인 인물이 된 것인지. 정말 타임머신이 있다면 그대로 태워 돌려보내고 싶었다. 다시는 돌아오지 못하도록. 얄밉게 고기를 씹어 삼킨 수현을 보며 직원들이 절레절레 고개를 저었다. 저러다 또 된통 당하지 속으로 혀를 찼다.

"아우. 내 이 요망한 체리를 단매에 처단하리라."

불끈한 윤은이 종석의 손에서 집게를 낚아채 수현의 입술을 집어냈다. 뜨거운 기운이 아직 남아 있던 터라 수현이 질겁하며 뒤로 물러섰다. 살짝 닿은 입술이 붉게 물들었다.

"야!"

"흥."

"분위기 띄우기는 그만하면 됐으니까. 착석하시죠. 더 봤다간 가위라도 던지지 싶습니다."

"어."

은근히 가위를 손에 쥐는 종석의 말에 윤은이 고개를 끄덕이며 재빨리 자리에 앉았다. 빨갛게 달아올라 화끈거리는 입술을 소주잔에 담가 식힌 수현이 낮게 으르렁거리며 종석을 노려봤다. 왜 하필 그걸 빼앗기느냐 질책하는 눈빛이었다. 종석이 심드렁하게 어깨를 으쓱이며 다시 고기를 뒤집었다.

"무슨 일입니까? 영업정지라니."

쉐프가 먼저 모두를 대신해 물었다. 손등으로 입술을 쓸어 내던 수현이 엷은 미소를 띠며 쓰게 웃었다. 잔에 소주를 채워 단숨에 비워 내는 수현의 모습에서 사뭇 심각한 분위기를 읽은 직원들이 일제히 그를 주시했다. 잔을 내려놓은 수현이 모두를 휘둘러보며 낮은 한숨을 흘렸다. 그의 한숨이 깊어질수록 직원들의 얼굴에도 초조함이 서렸다.

"탄다."

심각한 분위기를 깨며 종석이 고기 한 점을 집어 입에 넣고 오물거렸다. 잠시 모두의 시선이 종석에게 머물렀다. 그가 두 번째 고기를 집어 입에 넣을 때 너 나 할 것 없이 동시에 젓가락을 집어 들었다. 갑자기 와자지껄해진 분위기로 고기 삼매경에 빠진 직원들을 수현이 어이없는 눈으로 바라보았다. 뭐야 이 분위기는. 수현의 시선이 옆에서 열심히 고기쌈을 싸 입에 밀어 넣는 윤은에게로 닿았다. 그녀가 고기쌈하나를 손에 쥔 채로 젓가락이 들린 손을 내려 소주를 단숨에 들이켰다.

"캬. 소주 일 잔. 죽인다."

긴장감이라고는 전혀 없는 인간들이다. 고기 앞에 무너지는 근심 걱정이라니 참 메사인들 답다. 수현이 고개를 절레절레 흔들며 헛웃음을 터트렸다.

"하아. 뭐냐 니들."

"먹고 합시다. 다 먹고 살자고 하는 일인데. 먹으나 마나 결론은 똑같을 거 아닙니까."

종석이 소주병을 들어 기울이며 건조하게 말했다. 짧게 웃은 수현이 고개를 살레 저으며 소주잔을 집어 들었다. 종석이 수현의 잔을 채우고 제 잔도 마저 채웠다. 부딪힘 없이 서로 잔을 들어 보이곤 단숨에 비워 낸다. 잔을 비우기 무섭게 입속으로 밀고 들어오는 고기쌈에 수현이 멀거니 윤은을 돌아보았다. 저는 수현의 입에 넣은 것보다 더 큰 걸 꾸역꾸역 밀어 넣고 있었다. 큭. 하마터면 입 안의 걸 도로 뱉어 낼 뻔했다. 가까스로 쌈을 씹어 삼킨 수현이 기어이 웃음을 터트리고 말았다. 뭐가 죄다 안드로메다 외계인 삘이다.

"젠장. 이 상황에 이게 넘어가? 미치겠군. 정말."

투덜거리는 말투에 웃음이 묻어났다. 이러니 포기를 할 수가 없다. 지구인 아닌 외계인만 득시글거리는 곳에선 가식은 위선이다. 안드로메다는 진심만이, 무지막지한 긍정만이 난무하는 곳이다. 해서 수현은 이곳이 너무 좋다. 윤은이 있어서 더 좋다.

"해 보지 뭐. 이 종족들이면 해낼 수 있을지도 모르지."

"응? 모가요?"

오물거리며 말하는 윤은의 입술이 참 귀엽다. 볼이 빵빵하게 부풀어 오른 모습도 눈에 넣기 아까울 만큼 좋다. 소주를 머금은 수현이 망설임 없이 윤은의 입술에 제 입술을 맞물렸다. 그리곤 소주를 윤은의 입술로 흘려보냈다. 입술을 거둔 수현이 혀를 핥으며 나직하게 말했다.

"소주 반 잔."

"헐."

닭털이 난무하는 한가운데 넋을 놓고 앉은 철민이 종석을 향해 입을 쩝쩝거리며 탄식했다.

"나도 입이 심심타."

"먹어."

심심한 입술 위로 철썩 뜨거운 고기 한 점을 갖다 붙이자 철민이 아, 하고 입을 벌려 받아먹는다. 역시 입으로 할 수 있는 일은 다양하고도 다양하다. 혀끝을 화끈거리게 만드는 고기의 열기에 눈물을 글썽이며 철민이 감격적인 입놀림을 시작했다.

"더럽게 고맙다. 친구."

"천만에."

시크하게 답하는 종석을 철민이 울컥하는 심정으로 바라보았다. 넌 그래도 고기랑 첫 키스를 하진 않았잖냐. 진정 부러운 놈.

회식 아닌 회식을 마치고 모두 셔터가 내려진 클럽 앞에 모였다. 영업정지라는 글자가 선명하게 찍힌 종이가 그 위에 기세등등하게 붙어 있었다. 그를 바라보는 수현의 입가가 비릿하게 치켜 올라갔다. 잔뜩 혀로 볼을 부풀린 수현이 종이를 매섭게 쏘아보다 후우 가볍게 숨을 내쉬며 돌아섰다. 저를 바라보는 수십 개의 눈들이 일제히 보이지 않는 레이저를 쏘아 댔다. 내 밥줄, 내 밥줄. 지끈. 수현이 순간 어지럼증을 느끼며 눈자위를 짓눌렀다.

고기 먹여 놨더니 아주 눈이 광채를 발한다. 누가 그러라고 먹인 줄 아나. 쳇. 가볍게 혀를 찬 수현이 곁에 선 윤은에게로 시선을 내렸다. 뒷주머니에 손을 찔러 넣고 멀뚱멀뚱 저를 바라보는 눈길이 순진하기 그지없다. 믿어 의심치 않는다는 저 느긋한 자세. 과연 윤은이다.

"문은 왜 닫았습니까?"

"뭐?"

"왜 영업정지 먹었냐고 묻는 겁니다. 우리 클럽. 그렇게 문란한 곳도 아닌데 말입니다."

나라에서 영업정지를 먹였다면 분명 뉴스에 나왔을 것이다. 이 정도 스펙의 클럽이 문을 닫았다는데 설마 아무 말도 없을까. 헌데 조용했다. 스포츠 신문의 가십란도 장식하지 못한 급작스런 일이었다. 그런 식의 영업정지는 아니란 말이다. 그럼? 윤은의 한쪽 눈썹이 묘한 곡선을 그리며 올라갔다. 하아. 뭐야 지금 날 의심하는 거야? 그 믿음 가득했던 눈은 착각이었나? 어이없다 헛웃음을 흘린 수현이 입을 이죽거리며 툭툭 영업정지라 적힌 곳을 두드렸다.

"설마 내가 이랬을 거라고 생각하는 건 아니지?"

"아닙니까?"

"얼레? 대표이사가 아니면 누가 그랬는데?"

철민이 고개를 갸웃하며 생각을 입으로 토해 냈다. 그에 돌아보는 수현의 눈빛이 날카로웠다. 눈이 마주치자 찔끔한 철민이 슬쩍 종석의 뒤로 몸을 숨겼다. 그런다고 감춰질 몸도 아니었다. 머리 쓰는 것하고는.

"회장님이십니까?"

확실히 핵심을 집어내는 능력은 종석이 탁월했다. 난놈이 달리 난놈이 아니었다. 시선을 맞추며 수현이 고개를 끄덕였다. 윤은이 에? 하며 고개를 갸웃거렸고, 이어 곳곳에서 놀란 듯 숨 삼키는 소리가 들렸다. 예상외의 대답이었던 모양이다. 대체 회장이 왜 잘나가던 클럽의 문을 닫는단 말인가. 하루 매출만 해도 얼만데.

"왜요?"

놀라기는 윤은도 마찬가지인 모양이었다. 처음 클럽에 몸을 담던 순간부터 줄곧 아무런 언질도 없었다. 마치 방관자처럼 지켜보기만 할 뿐 가타부타 간섭은 하지 않았다. 그런데 갑자기 이게 무슨 일인지 도무지 감을 잡을 수가 없었다. 수현을 올려 보는 윤은의 시선이 의문을 가득 드러내고 있었다. 그 눈을 지그시 내려 보며 수현이 안 회장과 했던 협상 내용을 하나둘 꺼내 놓았다.

"클럽은 이후로 다시 문을 열지 않는다."

"헉!"

"예?"

"어허. 이런."

각양각색의 반응이 흘러나왔지만, 격하게 들고 일어나는 이는 없었다. 살며시 찌푸려지는 윤은의 미간을 눈에 담으며 수현이 다시 입을 열었다.

"이곳을 허물고 육 개월 안에 호텔을 지을 예정이다."

"호텔?"

윤은이 고개를 갸웃하며 물었다. 클럽을 허물고 그 자리에 호텔을 짓는다니 믿을 수 없는 사실이고, 차마 받아들이기 힘든 말일 것이다. 하지만 달리 방법이 없다. 아무리 구슬리고 협박해도 씨알도 안 먹히는 안 회장이다. 쓰게 웃은 수현이 가만히 윤은의 머리에 손을 내려 부드럽게 쓰다듬었다. 윤은에게 머문 시선은 흔들림이 없었다. 그의 목표는 오직 윤은이었다.

"호텔 경영을 위해 우린 미친 듯이 6개월 안에 모든 수업을 마스터해야 하고, 1년 안에 최고의 호텔로 만들어야 한다."

이쯤에서 토를 달고 나오리란 수현의 예상을 깨고 모두 입을 꾹 다문 채 그의 입만 주시했다. 무거운 한숨을 내쉰 수현이 윤은에게 온전히 돌아서 그녀의 두 볼을 감쌌다. 그리곤 한 자 한 자 의미를 담아 말했다.

"단 한 사람의 낙오자도 없이 반드시 모두가 함께 이뤄 내야 합니다. 그것이 돌아가신 윤경운 사장님의 유지였으며 오랜 숙원이었습니다."

아무런 말도 토도 달지 않고 묵묵히 듣고 만 있었던 이유. 직원들을 돌아본 수현은 그제야 모두가 이미 오래전부터 윤 사장의 그런 소망을 알고 있었음을 알았다. 하아. 이 사람들 정말. 뭔가 특별하다고는 생각했다. 클럽이라는 직업의 특성상 뭔가 음울할 것만 같았던 분위기는 항상 밝고 포근했다. 그 가족 같은 분위기가 어쩌면 윤은이를 여태 이렇게 꿋꿋이 지켜왔는지도 모르겠다.

"아빠가 호텔을 하고 싶어 했어요?"

"남들에게 손가락질받는 직업보다는 좀 더 당당하게 세상에 나설 수 있는 전문직을 만들어 주겠다고 늘 입버릇처럼 말씀하셨지."

종석이 경운을 떠올리는 듯 엷은 미소를 띠며 말했다. 그에 수긍하듯 아련한 표정의 직원들이 고개를 끄덕였다. 그랬지. 이 클럽을 키워서 반드시 호텔을 지어 보이겠다고 너스레를 떨곤 했었다. 한참을 잊고 있었다. 그런 일이 있었다는 걸.

"해 보죠. 해 보지도 않고 포기하는 거 우리한테 안 맞으니까."

종석이 보기 드물게 미소를 띠며 손을 내밀었다. 피식. 싱겁게 웃은 수현이 그 위에 손을 올렸고, 이어 눈시울이 붉어진 윤은이 덥석 합세했다. 너 나 할 것 없이 달려드는 통에 난리가 났다. 그래도 표정은 한결같이 밝았다. 당장 직장이 문을 닫았는데 어떻게 이렇게 긍정적일 수가 있을까. 의아할 정도였다.

"메사 파이팅!"

때아닌 파이팅 소동에 근처를 지나던 사람들이 화들짝 놀라 바라보앉다. 그들 앞에 어떤 시련이 도사리고 있을지는 몰라도 무한 긍정 정신으로 똘똘 뭉친 메사 식구들의 얼굴엔 구김이나 어둠은 없었다.

'은아, 보이는 게 전부는 아니란다. 사람들은 제 눈에 보이는 것으로 모든 걸 평가하곤 하지만, 그건 단지 눈속임에 현혹되어 실수하는 거란다. 겉모양이 화려하다고 그 내용물이 다 좋은 게 아닌 것처럼. 수수하고 볼품없는 그릇도 그 속을 채운 내용물에 따라 가치가 달라지는 법이란다. 은아, 보렴. 메사라는 그릇에 담긴 저 수많은 맑은 영혼들의 살아 움직이는 모습을. 그 속에 있다 보면 모든 게 다 소중하고 아름답게 보인단다. 메사는 단지 그들을 담고 있는 그릇에 불과할 뿐이란다. 실속은 그 안에 다 있지. 사람 냄새. 그게 가장 소중한 보물이야. 명심하렴.'

자장가처럼 읊조리던 경운의 목소리가 잔잔히 윤은의 가슴을 물들였다.

말이 힐링이지 거의 헬에 가까운 훈련이 연일 이어지고 있었다. 웬만해선 지치는 일 없던 메사 직원들도 기어이 너 나 할 것 없이 녹다운이 되고 말았다. 손가락 하나 까닥거릴 힘도 없다는 볼멘소리가 여기저기서 터져 나왔다. 그래서 빡빡한 훈련 속에 지친 직원들을 위로하고 의욕도 충족시킬 겸 하루 캠핑을 가기로 했다.

언제 그랬냐는 듯 눈을 반짝 빛내며 캠핑 준비에 여념이 없는 직원을 바라보며 수현이 혀를 내둘렀다. 없던 힘도 솟아난다는 우스갯소리를 입에 담으며 부지런히 몸을 움직였다. 협동심 하나는 참 죽여주는 멤버. 스피디하게 준비를 마친 직원들이 차에 오르자 일제히 목적지를 향해 내달렸다. 시원하게 아스팔트를 가로지르던 차가 한적한 오토 캠핑장 앞에 멈춰 섰다.

도심을 벗어났다는 것만으로도 기분이 한층 업그레이드됐다. 캠핑장 곳곳에 자리를 잡은 직원들이 왁자지껄 떠들어 대며 짐을 풀기 시작했다. 누가 남자는 과묵한 동물이라 했던가. 전설의 수다쟁이는 다 모인 듯 시끄러운 소음을 자아내는 직원들을 돌아보며 수현이 혀를 내둘렀다.

캠핑이란 것 자체가 생소한 수현이었지만 윤은과 함께라면 마다할 이유가 없었다. 좋은 추억거리 하나를 더 만든다 생각하며 좋은 자리에 텐트를 펼쳤다. 원터치 방식이라 그다지 어려울 것도, 손이 많이 가는 것도 아니었다. 그늘막을 드리우고 그제야 한숨을 돌리던 수현이 이내 뭔가 허전함을 느끼고 텐트 주변을 살폈다.

반드시 있어야 할 가장 중요한 것이 안 보였다. 대체 어딜 간 거지? 고개를 갸웃하며 캠핑장 곳곳을 둘러보던 수현의 눈에 저만치 나무 아래 웅크리고 앉은 윤은이 보였다. 캠핑장과 동떨어진 위치였다. 수현의 눈에 띄었다는 것 자체가 신기할 정도로 외진 곳이었다. 저기서 대체 뭘 하는 걸까. 의아해하며 수현이 윤은의 곁으로 다가섰다.

교묘하게 나무 그늘 아래 몸을 말고 앉은 윤은이 뭔가에 집중하고 있는 듯 다가서는 수현의 존재를 알아채지 못했다. 스윽 목을 늘여 내려 보자 윤은이 뭐라 중얼거리며 나뭇가지로 길바닥에 솟아 오른 정체불명의 버섯을 쿡쿡 찔러 대고 있었다. 이젠 버섯하고도 말을 트는 사이가 된 건가? 피식 웃으며 귀를 기울이자 윤은의 소곤대는 말소리가 들렸다.

"그래, 거참 억울하겠다."

'뭐가?'

"왜 그러는 건진 나도 몰라. 어쩌면……."

의미를 알 수 없는 말들을 쏟아 내며 윤은이 잠시 말끝을 흐렸다.

그러다 어깨를 으쓱하며 할 수 없다는 듯 다시 툭 말을 내뱉는다. 그 모습이 또 귀여워 수현이 와락 끌어안고 싶은 것을 꾹 눌러 참으며 입술을 깨물었다. 행여나 웃음소리가 새어 나갈까 싶어서였다.

"맵다는 소릴 듣고 싶은 남자들의 열망 때문은 아닐까? 왜 작은 고추가 맵다고 거시기 작은 남자들이 박박 우기는 것처럼."

'헐. 거기서 왜 고추가 나와?'

수현의 눈썹이 모로 휘어졌다. 가만히 턱을 쓸어내리며 고개를 기울이던 수현의 귓가로 또 윤은의 종알거림이 들려왔다.

"알아. 알아. 생긴 건 네가 더 그럴싸하지. 그냥 봐도 알겠다. 그래도 말이야. 고구마만큼 완벽한 건 없어. 에이. 넌 우산 펼치면 별루잖아."

고구마가 나오는 거 보니 분명 거기에 관한 얘기인 듯했다. 묘한 시선으로 우뚝 솟아 오른 버섯을 내려 보던 수현이 반 수긍의 의미로 고개를 끄덕였다. 확실히 버섯이 더 심벌에 가까웠다. 헌데 윤은의 말대로 우산이 펼쳐지면 그 효력은 반감한다. 이미 힘 다 쓰고 씨 다 퍼트린 후인데 어쩌라고.

"네가 잘 몰라서 그러는데 고구마를 만나 보면 생각이 달라질 거야. 내가 아주 씨알 굵은 고구마를 아는데 언제 한번 소개시켜 줄게. 복숭아도 단번에 뚫고 순식간에 크기가 변하는 아주 독특한 고구마거든. 이건 비밀인데 말이야. 그 고구만 털이 아주 많아."

"풋."

"어라?"

참으려고 했는데 결국 참지 못하고 웃음을 터트렸다. 털 많은 그 고구마를 저도 좀 알 것 같아 수현이 은근히 다리를 포갰다. 고개를 돌려 올려다보는 윤은의 눈이 참 순하게도 말똥거렸다. 그 아래 차마 고추와 버섯과 고구마의 순위에 대해 논하던 입이라고는 볼 수 없는 올망졸망한 입술이 저를 향해 한껏 모아져 있었다. 쪽, 입을 맞추고 싶은 충동이 일었다.

"언제 왔어요?"

아랫입술을 살짝 깨문 수현이 뜨거운 시선으로 윤은의 입술을 바라봤다. 그에 고개를 갸웃 기울인 윤은이 영차 몸을 일으키려 자세를 잡았다. 곧 다가올 윤은을 기다리며 스륵 앞으로 숙이던 수현의 몸이 한순간 휘청거렸다. 중심을 잡지 못해 비틀거린 수현이 급기야 앞으로 꼬꾸라지며 아직 자리에 앉아 있는 윤은을 아슬아슬하게 뛰어넘었다.

"헐."

무슨 묘기를 하듯 이리저리 휘청거린 수현이 결국은 윤은의 앞에 털썩 주저앉아 버렸다. 본인도 어이가 없었던지 그저 헛웃음만 연신 터트리고 있었다. 분명 몸을 일으켜 다가올 거라 생각했던 윤은이 없자 기댈 곳을 잃은 수현이 비틀거리며 넘어진 것이다. 윤은을 덮치지 않은 게 천만다행이었다. 안도의 한숨을 내쉬는 수현의 눈에 다리를 주물거리며 입을 허 벌린 채 저를 바라보는 윤은의 모습이 보였다. 아마도 일어서려다 다리에 쥐가 나서 다시 주저앉았던 모양이다. 대체 얼마나 앉아 있었기에. 큭. 가볍게 웃은 수현이 윤은을 향해 부드러운 미소를 지어 보였다. 아예 자세를 잡고 앉아 무릎에 팔을 올려 턱을 괸 수현이 장난스레 물었다.

"버섯이 뭐라고 그래? 참 버릇없는 버섯이네. 감히 우리 은이 말에 토를 달고."

"고구마가."

"뭐?"

버섯에 대해 말하는데 난데없이 또 고구마가 등장한다. 윤은이 척하니 수현을 향해 검지를 뻗었다. 의아해 바라보는 수현의 다리 사이를 정확히 가리키며 윤은이 가늘게 눈을 늘여 의미심장하게 말했다.

"고구마가 버섯을 질식사시켰어."

대체 무슨 소리냐 고개를 갸웃하며 윤은의 손짓에 따라 시선을 내렸다. 수현의 시야에 엉덩이에 깔려 처참히 찌그러진 예의 그 버섯이 보였다. 버섯이 마지막 발악을 하듯 그의 움직임에 바르르 몸을 떨었다. 하아. 거참. 낮게 헛웃음을 터트린 수현의 다리 사이로 버섯을 덮는 검은 그림자가 드리워졌다. 무심히 고개를 들자 제게 바짝 다가선 윤은이 자신의 거기를 뚫어져라 응시하고 있었다. 이건 참 적응이 안 된다. 뜨겁게 직설적인 시선에 어찌해야 하나 망설이는 사이 윤은이 나직이 속삭였다. 마치 운명을 달리한 버섯에게 말하듯이.

"거봐. 이 고구마는 아무도 못 이긴다니까. 내 말이 맞지?"

쿡. 윤은과 있으면 도무지 심각할 틈이 없다. 엉덩이의 욱신거림도 잊을 정도로 윤은에게 푹 빠져들었다. 윤은 홀릭이다. 번쩍 윤은을 안아 제 다리 위에 올려놓은 수현이 서슴없이 입술을 머금었다. 윤은의 모든 걸 흡수하듯 깊게 입술을 취한 수현이 거친 숨을 토해 내며 입술을 거둬 냈다. 뜨거운 숨결이 고스란히 서로의 입술 위로 흩어졌다. 조금 거칠어진 목소리로 수현이 윤은에게 은밀하게 속삭였다.

"이 고구마가 털만 많은 건 아니거든. 아주 테크닉컬한데. 어때? 오늘 판타스틱한 롤러코스트 한 번 타 볼래?"

"테크닉컬? 판타스틱 롤러코스트?"

"게다가 맛도 아주 끝내주지. 앞으로 오래오래 질리지 않게 맛있게 먹혀 줄게. 그러니까 꼭 나랑 결혼해야 한다."

"으음. 조금 끌리긴 한데. 어떡하지?"

"말했지. 내 건 한 번 타면 절대 내릴 수 없다고. 판타스틱 고구마 롤러코스트 무시하면 안 된다."

"그럼 어디 한번 시승이나 해 볼까나?"

"아주, 아주 긴 여행이 될 거야. 하지만 걱정 안 해도 돼. 꽤 재밌고 맛있는 여행일 거거든."

"헤에."

야릇하게 혀로 입술을 핥으며 유혹하듯 한쪽 눈을 찡긋거리는 수현을 윤은이 지그시 눌러 바닥에 눕혔다. 우선은 요망한 체리부터 에피타이저로 먹어 주고 시작해야겠다. 탐스럽게 입술을 머금은 윤은이 야릇하게 눈을 빛냈다. 윤은의 몸이 들썩일 때마다 수현의 아래에 깔린 버섯이 처참히 뭉개지고 있었다. 고추를 질투하던 버섯의 최후는 고구마에게 질식사당하는 것으로 끝을 맺었다. 참 안습한 최후였다.

짐을 다 풀고 이것저것 챙기느라 정신없이 바빴던 오전이 지나고 한낮 태양이 작열하는 시간이 다가왔다. 요리는 주방 출신답게 쉐프 일행이 전담했다. 기타 자잘한 일은 눈에 보이는 대로 각자가 해결했다. 간단히 점심을 먹고 땀에 푹 젖은 몸도 식힐 겸 모두 계곡으로 몰려갔다.

훌렁훌렁 웃옷을 벗어 던지고 물속으로 뛰어드는 무리 속에 윤은도 함께 있었다. 신나서 헤실거리며 물속으로 뛰어드려는 윤은을 수현이 급히 붙잡아 세웠다. 의아해 돌아보는 윤은을 향해 수현이 심각하게 고개를 저었다. 윤은이 그 뜻을 알아채지 못하고 고개를 갸웃하자 낮은 한숨을 내쉬며 수현이 말했다.

"남자들만 득실글거리잖아. 다 벗었는데 어딜 들어가."

"헐. 상체만 벗었거든요."

"그건 누드 아니야?"

"만날 보던 건데 뭘 새삼스럽게."

"뭐?"

아무것도 아니라는 듯 무심히 내뱉는 윤은의 말에 수현이 눈에 잔뜩 힘을 주며 버럭거렸다. 커튼이 영 불안해서 안 그래도 따로 탈의실을 마련해 줬던 수현이었다. 그런데 언제 어떻게 저놈들의 상반신 누드를 봤단 말인지. 말이 상반신이지 어쩌면 하반신도 봤을지 모른다는 불신이 밀려들었다. 의심 가득한 눈초리로 저를 쏘아보는 수현의 시선을 슬쩍 외면하며 윤은이 목을 긁적거렸다. 마음은 이미 물에 몸을 반쯤 담근 상태였다. 시원하게 씻고 싶은 건 남자나 여자나 마찬가지라고 속으로 투덜거리던 윤은의 귀에 수현의 나직한 투정이 들렸다.

"그걸 또 왜 봐?"

"뭐 보이니 보지 일부러 그랬나."

일부러 봤다는 쪽에 몰표를 받을 것이 확실한 말을 내뱉으며 윤은이 어깨를 으쓱거렸다. 으휴. 깊은 한숨을 내쉰 수현이 손가락을 쭉 뻗어 조금 더 위에 있는 물가를 가리켰다. 윤은의 시선도 거기 머무르자 수현이 소란스러운 주변의 소음 때문에 부러 더 바짝 다가서서 말했다.

"저 위에 혼자 놀기 딱 적당한 곳 봐 뒀으니까. 거기."

수현은 말을 끝맺지 못했다. 물론 윤은도 뭐라 답을 하지 못했다. 이미 물에 흠뻑 젖은 직원들이 우르르 몰려와 윤은과 수현을 들쳐 메고 물속으로 사정없이 내동댕이쳐 버렸기 때문이다. 정신을 차리기도 전에 물의 찬 기운이 온몸을 침범해 들어왔다. 바르작거리며 물을 헤치고 일어선 수현이 우스워 죽겠다 저를 보며 낄낄거리는 직원들을 향해 거침없이 물세례를 퍼부었다. 이것들이 감히 겁도 없이.

그것이 시발점이 되어 모두 정신없이 물싸움에 빠져들었다. 어느새 반으로 갈린 양팀이 죽어라 서로를 향해 물을 끼얹었다. 그 사이로 유독 신이 나 웃어 대는 목소리 하나가 수현의 귀에 포착됐다. 아, 이런. 수현의 눈에 부착된 레이더망이 곁에 선 윤은을 캐치해 냈다. 아니나 다를까 저처럼 윤은도 젖은 생쥐 꼴을 면치 못하고 있었다. 흠뻑 젖은 채로 좋다고 물을 튀겨 내는 윤은을 수현이 허망한 눈으로 바라보았다. 그러다 이내 눈을 가늘게 치뜨고 있는 힘껏 고함을 내질렀다.

"스톱!"

일시에 왁자지껄하던 소음이 사라졌다. 모두 무슨 일이라도 일어난 건가 싶어 심각한 얼굴로 수현을 돌아봤다. 수현이 윤은의 앞을 가리며 직원들을 경계심 가득한 눈으로 훑었다.

"이런! 다 보이잖아."

"뭐가요?"

저를 돌아보며 이를 빠득거리는 수현을 윤은이 물끄러미 올려 보며 물었다. 대체 뭐가 보인다는 거지. 스윽 내려 본 옷은 물을 흠뻑 먹기는 했어도 그다지 비치는 소재가 아니라 속옷이 비치거나 하지는 않았다. 근데 대체 뭐가 보인다는 말일까? 모두 의아해 바라보는 가운데 수현이 윤은을 제 뒤로 감췄다. 그리곤 이를 악문 채 나직하게 말했다.

"가슴 다 보이잖아."

"……헐."

본인 입에서 헐이란 단말마의 어이없음을 표현하는 말이 흘러나왔다. 물소리만 가득하던 냇가에 윤은과 비슷한 말이 하나둘 내려앉았다. 윤은의 옆에 섰던 종석이 힐끔 그런 둘을 바라보곤 이내 성큼성큼 물밖으로 걸음을 옮기며 시니컬하게 말했다.

"볼 게 어디 있어. 납작이."

오, 철민이 은근슬쩍 종석의 등 뒤로 엄지를 치켜 올렸다. 역시 넌 용자다. 감히 대놓고 그런 말을 할 수 있다니. 종석을 향해 경의를 표하던 철민이 제 손 위로 드리우는 그림자에 문득 고개를 들었다가 허 걱 하고 거친 숨을 삼켰다. 수현이 언제 찾아 들었는지 제 얼굴만 한

돌을 주워 종석을 겨냥하고 있었다. 놀란 직원들이 동시에 달려들어 던지지는 못했지만. 하마터면 시체 하나 치울 뻔했다.

유유자적 텐트로 돌아온 종석이 그런 모습을 건조하게 바라보며 아이스박스에서 꺼낸 요구르트에 빨대를 꽂아 빨았다. 얽히고설킨 인간들이 헐크로 돌변한 수현에 의해 물 위로 내동댕이쳐지고 있었다. 재밌네.

다시 계절을 돌아 봄이 오면 모두들 그럴듯한 호텔리어가 되어 있을 것이다. 장담컨대 그 호텔도 아마 안드로메다급 특별한 공간이 되어 있을 것이다. 특별한 사람들이 만드는 특별한 공간이니까. 햇살을 피해 손 그늘을 드리운 종석의 얼굴에 엷은 미소가 어렸다.

호텔 준공은 순조롭게 이뤄졌다. 더운 여름을 지나 가을의 끝머리에 접어들 즈음 클럽의 식구들도 어느 정도 호텔리어로서의 교육을 이수했다. 현장 실습을 겸한 실전이 마지막 그들에게 주어진 과제였다. 실습은 안 회장이 소유한 호텔 중 오성에 해당하는 제주 호텔에서 이뤄졌다.

바짝 긴장한 채 일렬로 도열한 그들 곁으로 사감 뺨 가득한 담당자가 다가섰다. 매의 눈과 흡사한 날카로운 눈빛으로 일일이 직원들의 복장을 검열하던 담당자가 철민 앞에서 우뚝 걸음을 멈췄다. 가늘게 내리뜬 시선으로 안경 너머 철민을 매섭게 노려본 담당자가 그의 셔츠 깃을 바짝 세웠다. 그에 한껏 긴장한 철민이 숨을 헉 하고 들이쉬다 그만 배에 너무 힘을 가한 나머지 가스를 분출했다.

"독가스다."

옆에 섰던 윤은이 코를 쥐어틀며 진저리를 쳤다. 무슨 황당한 상황이 발생하더라도 절대 당황하거나 서둘러선 안 된다고 누누이 말했던 담당자는 애써 표정을 감추며 구겨지려는 얼굴을 가다듬었다. 오! 감탄에 마지않는 눈빛으로 진땀을 빼고 있는 담당을 향해 너 나 할 것 없이 코를 막은 채 엄지를 치켜들었다.

"저, 괜찮으······."

파르르 떨리는 담당의 입매를 불안하게 눈으로 좇으며 철민이 조심히 물었다. 채 물음을 끝맺기도 전에 담당이 누렇게 뜬 얼굴로 스르르 무너져 내렸다. 화생방에 버금가는 지독한 가스의 분출을 맨 정신으로 이겨 낸다는 건 참 어려운 일이다. 안쓰럽게도 하필이면 철민의 앞이라 쓰러지는 그녀를 붙잡은 것 또한 철민이었다. 직원들 모두 더 짙은 스멜을 경험하게 된 담당에게 심심한 조의를 표했다.

철민의 품에 안긴 담당이 기어이 거품을 뿜어내며 바르작거렸다. 놀란 철민이 손을 놓자 그대로 바닥에 쿵 하고 떨어져 내렸다. 아뿔사! 철민의 얼굴이 뜨악하게 일그러졌다. 그러려고 그랬던 게 아닌데. 황급히 다시 부축하려는 철민의 손을 완강히 거부하고 언제 그랬냐는 듯 담당이 자리를 박차고 일어나 밖으로 뛰어나갔다.

멀뚱하게 큰 소리로 닫힌 문을 바라보던 철민의 눈에 다시 문이 열리는 것이 보였다. 고개를 빼고 봐도 사람은 보이질 않았다. 대신 날카로운 담당의 코맹맹이 소리만 들렸다.

"이철민 씨! 당장, 아니 조금 있다가 내 방으로 와요!"

말인즉 냄새가 빠지면 오란 소리다. 뭐 그럴 수도 있지 단순한 생리 현상을 가지고 저렇게 호들갑을 떨까. 입을 삐죽거리며 돌아보자 어느새 텅 비어 버린 교육장이 철민을 맞이했다.

"잽싼 놈들. 의리는 대체 어디에 팔아먹었냐. 쳇."

투덜거리며 교육장을 나선 철민이 곧장 교육 담당의 방으로 걸어가다 이내 방향을 틀었다. 또 거품 물고 쓰러지면 큰일이다. 일단은 냄새부터 좀 빼고.

"참나. 뭐 그런 걸 가지고 기절씩이나 하고 그러냐. 방귀는 누구나 뀌는 거 아냐? 뭐 저는 방귀도 안 뀌고 사나?"

생각지도 못한 곳에서 벌점을 받은 철민이 복도를 걸어가며 투덜거렸다. 손님 앞에선 아무리 급작스런 생리현상이라도 꾹 눌러 참아야 한다는 게 벌점을 매긴 이유였다. 그런 게 어딨냐며 연신 콧김을 뿜어대는 철민을 향해 종석이 시크하게 한마디 내뱉었다.

"살인미수야."

"헐. 뭐야. 내 방귀가 벌써 그런 경지에 도달했단 말이야? 호오. 이거 국방부에 전화해서 신무기가 될지도 모른다고 협상을 좀 해 봐야겠는데?"

"그전에 네 엉덩이가 먼저 썩는다에 만 원."

"콜. 나도 만 원."

언제 따라붙었는지 윤은이 둘 사이에 끼어들어 어깨에 손을 올리며 내기에 동참했다. 그에 가볍게 콧방귀를 뀐 철민이 해내고 만다 주먹을 불끈 쥐어 보이곤 성큼 복도를 앞서 걸어 나갔다. 호기로운 철민의 뒷모습에 윤은이 우스워 죽겠다는 듯 키득거렸다.

훗. 짧게 웃은 종석이 여전히 제 어깨에 팔을 두르고 있는 윤은을 바라보며 무심히 물었다.

"맡은 파트는 어때?"

싱긋. 어깨를 으쓱하며 손을 거둔 윤은이 가만히 볼을 긁적였다. 분명 예전보단 일이 훨씬 편해졌다. 그런데 뭔가 익숙하지 않은 일을 하려다 보니 쉽지는 않았다. 그래도 꼭 해내고 말리란 다짐을 거듭하게 되는 건 하늘에 계신 아빠와 가까워서 저를 보살피는 여러 식구들 때문이었다. 은근한 눈빛으로 저를 바라보는 윤은을 건조하게 내려 보던 종석이 손을 뻗어 단정히 빗어 묶은 머리를 흐트렸다.

"에. 힘들게 묶은 건데."

"여기저기 삐져나와서 아우성이구만. 뭐가 힘들게야. 다시 해."

"힝. 이것도 겨우 묶은 거란 말이야. 평생 이렇게 머릴 길러 본 적이 없어서 이것도 서툴러."

흐트러진 머리를 다시 매만지며 윤은이 고무줄을 풀어 입에 물었다. 짧아 선머슴 같던 윤은의 머리는 어느새 어깨를 덮는 길이로 자라 있었다. 호텔리어에겐 단정함이 기본이라며 남녀의 성별이 모호한 윤은을 향해 담당이 머리를 기르라는 지시를 내렸었다. 그에 어쩔 수 없이 줄곧 고수해 온 짧은 숏 헤어를 버려야만 했다.

서툴게 머리를 모으고 있는 윤은을 다정한 눈길로 바라보던 종석이 누군가 다가서는 발소리에 힐끔 고개를 돌렸다. 수현이 다급한 발걸음으로 윤은을 향해 걸어왔다. 피식. 싱겁게 웃은 종석이 수현을 응시한 채 윤은에게 말했다.

"괜히 애쓰지 말고 그냥 수작업의 달인한테 맡겨."

"응?"

고개를 갸웃하던 윤은의 손 위로 누군가의 손이 겹쳐졌다. 따스한 온기가 고스란히 전해지는 익숙한 손길이었다. 고개를 들자 그 틈을 타 수현이 쪽 하고 입을 맞춘다. 그에 부르르 진저리를 친 종석이 서둘러 자리를 벗어났다. 닭털 날리기 전에 알아서 피해야지.

"언제 왔어요?"

"방금."

"일은 잘하고 왔어요?"

"내가 누군데 척하면 척이지."

"오오. 저 난 체의 경지를 보라."

"잘난 것 빼면 시체지 아마?"

"헐."

윤은의 부드러운 머리카락을 한데 모으던 수현이 짧게 혀를 차며 그냥 머리를 풀어 쓸어내렸다. 왜? 돌아보는 윤은의 눈에 의문이 담겼다. 그에 피식 웃은 수현이 그녀의 이마에 지그시 입술을 내리며 야릇하게 입꼬리를 말아 올렸다.

"어차피 또 헝클어질 텐데. 묶어서 뭐하려고."

"왜 헝클어져요?"

"판타스틱 어드벤처 고구마호가 곧 출발할 예정이오니 탑승하실 손님들은 서둘러 올라타시기 바랍니다."

"옹. 그건 또 뭡니까?"

수현이 품에서 카드 키 하나를 꺼내 흔들며 바로 옆 룸을 고갯짓으로 가리켰다. 꽤 유혹적인 자태다. 조금 끌리긴 한데 문제는 지금이 근무시간이라는 데 있었다. 윤은이 아쉬운 듯 입맛을 다시며 말했다.

"음. 근무시간엔 탑승 금질 텐데."

빙글 몸을 돌려 살짝 기대 오는 윤은을 품에 와락 껴안으며 수현이 고개를 저었다.

"객실이 안전한지 점검하는 것도 호텔리어의 중요 업무 중 하나지. 여기 침대가 좀 그럴싸하다던데 어때? 한번 누워 보겠어?"

"업무라면 당근 해야죠. 어디가 어떻다고요?"

키를 꽂아 문을 열어 보이는 수현 너머로 힐끔 룸을 바라보며 윤은이 그의 허리를 팔로 감쌌다. 절대 떨어지지 않는다는 강력 본드를 잔뜩 바른 듯 철썩 달라붙은 윤은이 고개를 끄덕였다. 매끄럽게 입꼬리를 말아 올린 수현이 윤은의 입술을 덥석 집어삼켰다. 룸 안까지도 못 참겠다. 급히 입술을 취한 수현이 빙글 몸을 돌려 윤은을 들어 올렸다. 순식간에 룸 안으로 들어선 수현이 제 허리를 감아 오는 윤은의 다리를 손으로 부드럽게 쓸어내리며 탐스럽게 입술을 취했다.

"먹어도, 먹어도 맛있는 참 요망한 체리란 말이야."

"질리지도, 물리지도 않는 맛난 게 훨씬 더 많은데."

"어디?"

"여기."

수현이 낮게 잠긴 목소리로 감미롭게 속삭였다. 제 어깨에 자리를 잡은 윤은의 손을 내려 제 셔츠 단추 위에 올려놓았다. 수현의 뜨거운 숨결이 윤은의 입술 위로 스며들었다. 달콤한 체리향이 윤은을 유혹했다. 할짝할짝 맛보듯 수현의 입술을 핥은 윤은이 그의 목선을 따라 입술을 내리며 나직이 말했다.

"비싸서 어디 함부로 먹을 수나 있으려나?"

"괜찮아. 은이한텐 언제나 무료로 무한리필이니까."

"허걱. 거참 끌리는 제안이로세."

"망설이지 말고 마음껏 드시옵소서."

윤은의 손을 맞잡아 단추를 하나씩 풀어 내리는 수현의 두 눈 가득 욕망이 넘쳐흘렀다. 풀어 내린 셔츠 안으로 윤은의 손이 스며들었다. 그녀의 손끝 하나하나에 죽어 있던 육체가 살아 꿈틀거렸다. 쇄골을 지나 가슴으로 흘러내린 입술이 건포도 언저리를 지분거리다 살짝 그 끝을 깨물었다.

"하아."

짙은 신음이 수현의 입에서 터져 나왔다. 어떻게 안으로 들어섰는지도 모르게 침대 위에 몸을 뉘인 수현이 제 몸을 먹음직스럽게 탐하는 윤은의 애무에 거친 숨을 몰아쉬었다. 나날이 먹는 방법도 다양해지고 자극하는 기술도 늘어 간다. 정신을 차릴 수 없을 정도로 수현을 몰아 세운 윤은이 그의 옷을 순식간에 거둬 냈다. 수현의 자연스런 손놀림에 윤은도 어느새 나신이 되어 있었다. 부드럽게 몸을 스치는 시트의 감촉이 예민한 감각을 곤두세웠다.

"시트는 이만하면 됐고. 하아. 다음엔 침대 스프링을 좀 검사해 볼까?"

"밤샘 작업에도 거뜬해야 할 텐데."

"큭. 그러게."

빙글 몸을 굴린 수현이 순식간에 제 아래 포박당한 윤은을 내려 보며 은밀하게 물었다.

"어디 그럼 이번엔 털 많고 변신이 능한 고구마 한번 드셔 보시겠습니까?"

"흐음. 일단 더 키워서 먹겠습니다. 놈이 꽤 과격한 편이라서요."

"이런. 아. 너무 주무르면 터지니까. 조심."

"헐. 깜빡했다. 큭."

"릴렉스. 아직 시간은 많아."

키득거리는 윤은의 입술 위에 제 입술을 맞추며 수현이 매혹적인 미소를 흘렸다. 가지런한 치열 너머 부드러운 혀가 그의 혀를 덥석 휘감았다. 질척이는 혀의 놀림이 마치 감미로운 음악 소리처럼 들렸다. 아, 너무 맛있다. 큰일이다. 갈수록 이 맛에 길들여져서 헤어 나오질 못하겠으니. 어쩔 수 없다. 평생 옆에 끼고 살아야지. 외계인 넌 절대 못 돌아가.

룸서비스를 위해 카트를 밀고 엘리베이터에서 내린 종석이 룸 넘버를 확인하며 복도를 걸었다. 스위트룸 6번 앞에 멈춰 선 종석이 복장을 가다듬고 조심히 벨을 눌렀다. 스피커폰을 누르는 소리가 들렸는데 아무런 답이 없다. 그에 종석이 먼저 룸서비스가 도착했음을 알렸다.

"룸서비습니다."

덜컥. 문이 열리자 종석이 들어서기 전에 예의상 기척을 냈다. 문을 열고 안으로 들어서자 응접실이 보였다. 그 옆으로 문 구분이 없는 침실이 있었다. 하지만 사람의 모습은 보이지 않았다. 조심히 고개를 돌린 종석이 맞은편 욕실 쪽을 주시했다. 옅은 물줄기 소리가 들리는 것도 같았다.

이런, 시간대를 잘못 잡았나?

시선을 내려 손목시계를 확인한 종석의 눈매가 가늘어졌다. 정확히 주문한 시간과 일치했다. 헌데 샤워 중이다. 이대로 두고 나가야 하나? 잠시 망설이는 사이 욕실 문이 열렸다. 그에 반사적으로 반대편으로 고개를 돌린 종석이 다소 건조한 목소리로 준비된 멘트를 날렸다.

"주문하신 룸서비스입니다. 손님."

스륵스륵. 곁으로 다가서는 발걸음 소리가 들렸다. 물러나려 손잡이를 놓던 종석의 손 위로 낯선 손이 내려앉았다. 네일아트가 예쁘게 그려진 고운 손이었다. 어딘가 낯이 익은 손 위로 시선을 멈춘 사이 여자의 다른 손이 주문한 것을 확인했다.

"이것뿐이야?"

"네?"

손등으로 뚝뚝 차가운 물방울이 떨어져 내렸다. 그 근원지를 따라 시선을 올린 종석의 눈으로 물기를 머금은 결이 고운 머리카락이 들어왔다. 목욕 타월 하나로 몸을 감싼 지수의 다소 청순해 보이는 얼굴이 그 위에 있었다. 하아. 이런 망할. 어쩐지 목소리가 귀에 익다 했다.

"내가 주문한 다른 건?"

야릇한 시선으로 제 몸을 훑어 내리는 지수를 담담히 담아내며 종석이 낮은 한숨을 흘려 냈다. 그런 게 가능할 리가 없잖아. 이 천방지축 아가씨야. 쓰게 웃은 종석이 곧 표정을 지워 내고 예의 바르게 답했다.

"저희 호텔에선 불가능한 주문이라 준비하지 못했습니다. 손님."

갸웃 머리를 기울인 지수가 뾰족이 입을 내밀며 시무룩하게 말했다.

"정말?"

그렇게 풀죽은 얼굴로 물을 말은 아니라고 본다. 남자를 과감히 데스크에 주문하는 지수의 저 위대한 뻔뻔함에 경의를 표했다. 불쌍한 눈망울로 저를 바라보는 지수를 종석이 어이없는 시선으로 내려 보았다. 더 있다간 저 눈빛에 휘말릴지도 모르겠다. 종석이 제 손을 잡은 지수의 손을 잡아 떼어 내려 했다. 그런데 그게 마음처럼 쉽게 떨어져 나가질 않았다. 악착같이 종석의 손을 잡고 늘어지며 지수가 안 된다 고개를 흔들어 댔다.

"뭐 하시는 겁니까?"

"주문한 걸 받아 내려는 거야."

"하아. 어떤?"

"내가 원하는 남자."

"그런 건 없다니까."

"있어."

막무가내로 들러붙는 지수를 다소 불쾌하게 바라보던 종석이 낮은 한숨을 흘려 냈다. 이렇게 나온다면 뭐 어쩔 수 없지. 종석이 다른 손을 뻗어 지수의 턱을 가만히 감쌌다. 그에 금세 싱글거리는 얼굴로 변한 지수가 기대 서린 눈으로 종석을 응시했다.

"실례."

턱을 타고 흘러내린 손이 고스란히 드러난 쇄골을 지나 가슴 언저리에 닿았다. 부드러운 촉감이 손끝에 닿았다. 반짝 눈을 빛낸 종석이 한순간 지수의 몸을 감싼 타월의 매듭을 풀어냈다. 스륵. 힘없이 흘러내린 타월이 바닥에 널브러졌다. 시리게 몸을 스치고 지나는 공기의 존재를 온몸으로 각인한 지수가 악! 하는 비명과 함께 그대로 주저앉았다.

"그럼 전 이만."

정중히 고개를 숙인 종석이 무릎을 끌어안고 잔뜩 움츠려 앉은 지수의 머리 위로 타월을 덮어 주었다. 확실히 되바라진 듯해도 여자는 여자다. 조금 더 숙성돼서 오면 생각해 볼 용의도 있지. 큭. 비릿하게 웃은 종석이 이내 몸을 돌려 주저 없이 룸을 나섰다.

어쩐지 뭔가 상당히 귀찮은 존재를 떠안은 기분이다.

호텔이 드디어 완공되었다. 봄의 기운이 물씬 풍기는 계절에 조촐한 오픈식이 이뤄졌다. 호들갑스러운 것을 좋아하지 않는 수현의 지시였다. 지극히 형식적인 오픈식은 형식적인 것으로 끝내면 그만이다. 중요한 건 그들만의 비공식적인 오픈식이었다. 길고 긴 시간 한 명의 낙오자도 없이 여기까지 왔다. 더러는 위험한 고비도 있었지만, 모두 안드로메다 정신으로 말끔히 극복해 냈다.

호텔 앞으로 꽤 살벌한 오라를 뿌리는 최고급 세단이 들어섰다. 일제히 도열해 선 직원들의 얼굴에 전과 다른 긴장감이 서렸다. 차가 멈춰 서자 도어맨이 재빨리 뒷좌석 문을 열었다. 킬힐이 땅을 짓이기며 올곧게 섰다. 세월이 무색하게 매끈한 각선미를 자랑하는 안 회장의 다리가 도도하게 레드카펫을 밟고 호텔의 정문으로 향했다.

"어서 오십시오. 반갑습니다."

입을 맞춘 듯 똑같이 외치는 인사말에 안 회장이 낮은 웃음을 흘렸다. 슬쩍 시선을 올린 안 회장이 햇빛에 반사되어 빛나는 금색 간판을 훑었다. 설마 정말 저 이름을 쓰리라곤 생각지도 못했다. 어이없다는 듯 고개를 저은 안 회장이 피식 싱거운 웃음을 흘렸다. 뭐 하고 싶은 대로 하라고 했으니 이제 와서 태클을 걸 수도 없는 노릇이었다.

호텔 이름이 안드로메다라라는 것도 그랬지만, 스위트룸 명칭도 참 기가 막혔다. cherry(체리), sweet potato(고구마), raisin(건포도), peach(복숭아)라니. 국내에서도 손꼽히는 최고급 인테리어로만 만들어진 곳이었다. 그런 곳의 스위트룸에 저런 황당한 이름을 붙이다니. 가히 범우주적인 사고방식들이다.

모두 숨을 죽인 채 호텔 로비로 들어서는 안 회장을 주시했다. 행여나 그녀의 눈에 어긋나는 것이 있진 않을까 걱정하는 표정이 역력했다. 그 뜨거운 시선에도 아랑곳없이 꼿꼿이 허리를 세운 안 회장은 매와 같은 눈으로 호텔 안을 샅샅이 살폈다. 줄의 끝 중앙에 긴장감을 감추며 서 있던 수현이 저를 향해 시선을 맞춰 오는 안 회장을 올곧게 응시했다. 보란 듯이 해냈다. 모두에 대한 자랑스러움이 한껏 묻어나는 얼굴이었다.

그래 이제야 네 자리를 찾은 것 같구나. 직원들 속에 자리한 수현의 모습은 전혀 어색함이 없었다. 마치 처음부터 그곳에 존재했었던 것처럼 이미 철저히 동화되어 있었다. 다른 것은 다 차치하고서라도 더 이상 수현이 혼자이지 않아서 좋았다. 마주한 시선 속에 무언의 언약들에 대한 결론이 내려졌다. 그래 네가 이겼다. 안 회장의 얼굴에 엷은 미소가 떠올랐다. 고개를 끄덕이는 안 회장을 올곧게 바라보고 있던 수현이 그제야 막힌 숨을 터트리며 드러내 놓고 기쁨을 만끽했다.

"은아 됐다! 우리 여기서 지금 당장 결혼하자!"

"에?"

옆에 선 은을 번쩍 안아 빙글빙글 맴을 돌며 수현이 환하게 웃었다. 어리둥절해하던 윤은도 덥석 그의 목을 휘감으며 꺄르르 숨넘어가는 웃음을 터트렸다. 드디어 그들만의 새로운 행성이 세상에 첫 발을 내딛게 된 것이다. 안 회장의 허락이 떨어졌다. 지켜보는 직원들의 얼굴에도 행복한 미소가 어렸다. 윤 사장의 오랜 숙원이던 호텔을 모두의 힘을 모아 이뤄 냈다. 이보다 더한 기쁨은 없었다.

순식간에 수현과 윤은을 에워싼 직원들이 둘을 들어 허공 높이 띄워 올렸다. 하늘을 찌를 듯한 함성이 호텔 가득 울려 퍼졌다.

"아자! 아자! 파이팅! 안드로메다 만세!"

또각. 또각. 차에서 내려선 하이힐이 경쾌하게 호텔 정문을 향해 옮겨졌다. 문 앞에 당도한 여자가 걸음을 멈추자 스르륵 자연스레 문이 열리고 활기찬 공기가 압도하듯 그녀를 에워쌌다. 별세계로 들어서는 미지의 문이 열렸다. 여자의 등장에 분주히 움직이던 직원들이 환한 미소와 함께 반갑게 그녀를 맞았다.

"호텔 안드로메다에 오신 것을 환영합니다."

— *The End*

외전 1.

지구별에 떨어진 외계인

열다섯, 별스럽지 않은 청춘의 여름.

인숙 씨의 하나뿐인 외아들이란 타이틀이 버거워지던 시기.

반항의 아이콘이 되고자 꼴통이란 별명을 몸소 지어 붙이고 다니던 돌아이 시절.

머나먼 안드로메다에서 지구에 떨어진 외계인과 조우하다.

태양이 죽어라 내리쬐는 더운 여름의 한복판. 동훈은 외래언지 외계언지 구분이 안 가는 알아듣지 못할 말들을 귓등으로 넘기며 책상에 납작 널브러졌다. 수업 중에 시체 놀이라니 웬만한 강심장이 아니면 할 수 없는 일이었다.

스피치를 하던 불어 선생이 그런 동훈을 한심한 듯 바라보며 고개를 저었다. 저는 그냥 졸업한다는 데에 의의를 두고 있으니 성적은 상관 말라는 혈압 상승의 말을 아무렇지 않게 내뱉는 놈이었다. 담임이 아니

354

길 천만다행이라 생각하며 불어 선생은 다시 수업에 열중했다.

환청처럼 들리는 불어를 수면제 삼아 듣던 동훈이 낮은 한숨을 내쉬며 무거운 눈꺼풀을 들어 올렸다. 햇살이 나뭇잎 위로 쏟아져 내렸다. 마치 별처럼 우수수 떨어져 내려 눈부실 만큼 아름답게 빛났다. 반짝반짝 아름답게 빛나는 에메랄드빛 나뭇잎에 대한 감상을 동훈이 짧게 토해 냈다.

"저거 다 긁어서 팔면 돈 좀 되려나?"

느른히 팔 위에 턱을 올려놓은 동훈이 낮은 한숨을 내쉬며 쩝, 입맛을 다셨다. 저게 다 보석이면 싹쓸이해서 왕처럼 떵떵거리며 살아 보는 건데. 수업 내내 시체처럼 널브러져 있던 동훈이 수업 종료를 알리는 벨 소리에 튕기듯 벌떡 자리에서 일어섰다.

"오늘은."

미처 수업 마무리를 다 못한 불어 선생이 놀라 동훈을 바라보았다. 동작을 멈춘 채 눈을 깜빡이며 저를 보고 있는 불어 선생에게 가볍게 거수경례를 하고 동훈이 가방을 챙겨 교실을 나섰다. 복도를 여유롭게 걸어가는 동훈을 따라 모두의 시선이 움직였다. 곧이어 정신을 차린 불어 선생이 앞문을 열고 고래고래 소리를 질렀다.

"야! 꼴통 너 어디 가!"

"퇴근요."

"허어."

학생이 수업도 다 마치지 않고 학교를 벗어나면서 퇴근이라니. 그것도 아주 당당하게 말하며 교정을 거닌다. 땡땡이를 어떻게 저렇게 거만하게 할 수 있는 건지. 그를 지켜보던 불어 선생이 뒷목을 잡고 솟아오르는 혈압을 간신히 진정시켰다.

담배 연기 자욱한 피시방 구석에서 컴퓨터와 오붓한 시간을 보내고 저녁 어스름을 틈타 집이라는 이름이 붙은 곳으로 몰래 숨어들었다. 오래된 철재 대문은 위험 요소가 다분해 될 수 있으면 건드리지 않는 게 신상에 좋았다. 담벼락에 바짝 붙어 주변을 살핀 동훈이 철재 구조물을 밟고 훌쩍 담을 넘었다.

옥상으로 가는 계단 중간에 안착한 동훈이 이층의 동태를 살피며 살금살금 계단을 올랐다. 무사히 옥상에 도착한 동훈이 휘, 입바람을 불며 평상으로 걸어갔다. 가벼움의 결정체인 가방을 툭 평상에 내던지고 아무렇게나 걸터앉았다.

팔을 뒤로 짚어 뻐근한 목을 나른하게 풀어 돌렸다. 킁킁. 피지도 않은 담배 냄새가 옷에 배어 역하게 풍겼다. 쫏. 혀를 찬 동훈이 옷을 툭툭 털며 진저리를 쳤다. 오해하기 딱 좋은 냄새다. 불량감자로 낙인 찍혀도 뭐 상관은 없지만. 키득 싱겁게 웃으며 고개를 젖혔다.

별똥별 하나가 하늘을 가로질러 순식간에 사라졌다. 쫏. 저렇게 짧게 떨어지는데 어떻게 소원을 세 번씩이나 비냐? 그거나 말짱 거짓말이다. 소원 들어주기 싫어 부리는 술수다. 쳇. 겁나 빠르게 떨어지네. 그러니 소원이 이뤄질 리가 없지. 젠장.

투덜거리며 뒤로 벌렁 드러눕던 동훈이 놀라 벌떡 다시 몸을 일으켰다. 머리맡에 낯선 형체가 멀거니 서서 저를 내려 보고 있었다. 귀신인가? 저승사자? 놀라 벌렁거리는 가슴으로 후다닥 평상에서 최대한 멀어졌다. 달빛을 벗 삼아 평상에 선 그것이 뭔가를 후루룩거리며 먹고 있었다. 치켜뜬 동훈의 눈이 파들거렸다. 뭐냐 저건.

어디서 매콤한 냄새가 난다 했더니 저것이 들고 있는 것이 그 근원지인 듯했다. 컵라면의 얼큰한 기운이 주변을 가득 메운 가운데 느닷없이 등장한 그것이 동훈을 멀뚱히 바라보며 면발을 후루룩거렸다. 거참 맛깔스럽게도 먹는다. 꿀꺽. 저녁을 건너뛴 동훈이 군침을 삼켰다.

"뭐냐 그건."

누구냐가 아니고 뭐냐는 말이 먼저 튀어나왔다. 배고픔엔 장사가 없다더니. 놀라 달아났던 동훈이 그새 조르르 평상으로 다가왔다. 여잔지 남잔지 구분이 애매한 커트 머리의 인간이 그런 동훈을 보고 히죽 웃었다.

"우주식량."

"하나뿐이냐?"

"비상용으론 넉넉하지."

"그럼 하나만 꿔 주라."

컵라면 하나를 순식간에 해치우고 나란히 평상에 누웠다. 야참이라고 하기엔 좀 어중간한 시간 대였다. 배를 채우고 나니 잠이 몰려왔다. 아무도 없던 옥탑방에 둥지를 튼 이상한 놈 하나와 정겹게 컵라면을 나눠 먹고 사이좋게 잠까지 함께 잤다. 고요한 밤하늘 무수한 별들을 지붕 삼아 그렇게 격 없이 잠이 들었다.

"이놈의 자식, 감히 외박을 해!"

인숙 씨의 폭발적인 고함 소리에 반사적으로 벌떡 몸을 일으킨 동훈이 비몽사몽한 정신으로 주변을 쓱 훑었다. 여기가 어디지? 멍한 눈으로 머리를 벅벅 긁으며 시선을 옮기던 동훈이 뭔가를 발견하고 우뚝 멈췄다. 대체 저게 뭐야? 길쭉하고 날씬한 것이 평상에 제멋대로 널브려져 있었다.

"뭐지 저건?"

툭. 평상 밖으로 삐져나온 다리를 건드리자 꿈틀거리며 몸을 뒤집는다. 살아 있기는 한 모양이다. 코를 자극하는 냄새에 쓱 뒤를 돌아보자 전날의 잔해가 고스란히 시야에 들어왔다. 아참. 컵라면. 비상식량을 기꺼이 나눠 준 인물이군. 힐끔 내려 보니 머리카락에 가려 얼굴이 제 대로 보이지 않았다. 슬며시 몸을 기울여 옆에 누운 동훈이 은근슬쩍 꿈틀거리며 놈의 곁으로 다가섰다.

벌레처럼 꿈틀꿈틀 다가선 동훈이 천천히 그것에게 손을 뻗었다. 사 람의 형체를 하고 있긴 한데. 당최 성별을 모르겠다. 흘러내린 머리카 락을 조심조심 걷어 내자 뽀얀 속살이 모습을 드러낸다. 거참 살결 한 번 곱네. 저도 모르게 볼에 닿은 손이 조금 떨렸다. 뭐가 이렇게 부드 러워? 꿀꺽 마른침을 삼키던 동훈이 그대로 동작을 멈췄다. 그것이 스 르륵 눈을 뜨고 가물거리는 시선으로 저를 응시했다. 허걱.

"으음. 안녕……."

"하. 하이."

어색하게 웃으며 마주 인사를 건네자 그것이 길게 기지개를 켜며 하 품을 했다. 곁에 몸을 돌린 그것의 입으로 동훈의 손이 자연스레 옮겨 졌다. 하품하는 입술에 동훈의 손이 딱 맞게 안착했다. 입을 다물다 그 것이 동훈의 손가락을 덥석 물었다. 손을 빼기도, 그대로 있기도 어색 했다. 망설이는 사이 그것이 혀로 날름 동훈의 손가락을 맛봤다. 헉. 놀란 동훈의 눈이 동그랗게 떠졌다.

"뭐. 뭐. 뭐. 뭐."

쉽게 말을 꺼내지 못하고 버벅거리는 동훈을 멀뚱히 돌아보며 그것 이 물었던 손가락을 뱉어 냈다. 동훈이 돌아온 제 손가락을 놀란 눈으 로 내려 보며 바들거렸다. 남의 손가락을 물고 빨고 이거 대체 정체가 뭐야? 휘릭 돌아보는 동훈의 눈이 한껏 치켜 올라갔다. 평상을 벗어나 몸을 일으킨 그것이 벅벅 티 속으로 손을 밀어 넣어 배를 긁었다. 배꼽 이 세상 구경을 나왔다. 뭐가 이렇게 조심성이 없어. 올려 보는 동훈의 눈이 모로 휘었다. 정말 놈의 정체성이 의심스러웠다.

다른 손으로 부스스한 머리를 벅벅 긁던 그것이 그 손을 그대로 내려 동훈의 면전에 불쑥 내밀었다. 손을 내려 보는 동훈의 시선이 곱지 않다. 그 머리 언제 감았냐? 쩝. 입맛을 다신 그것이 배시시 웃으며 입을 달싹거렸다.

"반갑다, 동지. 난 윤은. 어제부터 여기 둥지 틀었다."

"헐."

동지란다. 저랑 나랑 언제부터 아는 사이었다고. 삐죽 입술을 내민 동훈이 쓱쓱 바지에 손을 문지르다 조심히 내밀었다. 그 손을 덥석 낚아채 맞잡으며 윤은이 힘차게 흔들었다. 햇살을 등진 윤은의 환한 미소가 전날 봤던 에메랄드빛 보석들보다 더 예쁘게 느껴졌다. 거참 별스럽네.

두근. 반갑다 와락 껴안는 윤은의 급작스런 행동에 동훈의 심장이 작게 요동쳤다. 안드로메다를 이탈한 우주선 하나가 동훈이 사는 지구별에 안착했다. 이미 오래전 안드로메다에서 버림받아 정착해 살고 있던 것을 용케 찾아냈다. 끌리듯 운명처럼 찾아온 외계인 동지를 동훈도 반가이 맞이했다. 너도 참 별종스럽다.

"거참 열나게 반갑네."

비릿하게 끌려 올라가던 동훈의 입매가 웃음기를 가득 머금었다. 뭔가 대단히 재미있는 일들이 벌어질 것만 같았다.

외전 2.

우주 최강 커플 안드로메다를 정복하다

안드로메다의 야외 가든이 오늘따라 부쩍 소란스러웠다.

호텔이 문을 연 지도 벌써 5개월이 넘어서고 있었다. 그동안 이래저래 자리를 잡고 손님을 유치하느라 무척 바쁜 시간들을 보냈다. 직원들도 어느새 호텔리어가 천직이었던 듯 능숙하게 변해 있었다. 그중 유일하게 그 바쁨을 투덜거리며 불평하는 인물이 하나 있었으니 바로 수현이었다. 호텔만 오픈하면 금방 윤은과 결혼해서 알콩달콩 살 수 있을 거라 생각했는데 그게 아니었다.

사악하기 그지없는 마귀할멈의 만행으로 그의 단꿈이 또 뒤로 미뤄졌다. 6개월 안에 오성급 호텔에 버금가는 실적을 올릴 것이란 단서가 또 붙었다. 니미. 안 회장의 면전에서 그리 입을 놀렸다가 저승명부에 이름을 올릴 뻔했다. 구사일생으로 살아난 수현은 죽을힘을 다해 목표 달성을 외치며 밤낮 없이 일했다.

미친놈의 표본을 여실히 보이며 동분서주 날뛰는 수현을 보고 모두

독한 놈이라 다정히 불러 줬다. 직원들의 애정 어린 뒷담화에 수현은 너그러이 업무 연장이라는 포상을 내려주었다. 얼마나 좋았는지 직원들이 아침 회의 때 그를 들어 올려 호텔 로비 중앙에 있는 분수에 내던져 주었다. 아침부터 아주 개운하게 물벼락을 맞은 수현이 사악하게 웃으며 말했다.

"나이트 근무가 그리운 모양이지? 그럼 또 오너로서 친절히 의견을 수용해야지. 전원 나이트 근무다. 오케이?"

수현은 징하게 뒤끝이 긴 인간이었다.

아옹다옹하는 사이 시간은 흘렀고, 은근히 수현에게 힘을 실어 준 직원들의 조력으로 인해 호텔은 5개월이라는 단시간 안에 목표를 달성했다. 그 결과 오늘 수현은 꿈에도 그리던 윤은과의 결혼식을 실행에 옮길 수 있었다.

수현은 떨리는 마음을 애써 진정시키며 로비를 거쳐 신부 대기실로 발걸음을 옮겼다. 세상 어떤 여자보다 아름다울 자신의 외계인 신부를 맞으러 가는 길이었다. 대기실 입구는 이미 다른 이들로 인산인해를 이루고 있었다. 화사한 꽃들로 가득 차 화기애애한 분위기를 풍기는 여는 신부 대기실과 달리 시커머죽죽한 정장 차림의 건장한 사내들로 득시글거리는 신부 대기실을 수현이 못마땅한 눈으로 노려보았다. 감히 신랑인 저보다 먼저 신부를 보다니. 이 괘씸한.

콧김을 뿜어내며 성큼성큼 다가서는 수현의 포스에 입구에서 시시덕거리던 무리들이 일제히 홍해 갈리듯 양옆으로 갈라섰다. 그 사이를 거센 태풍의 핵처럼 휘몰아쳐 들어간 수현이 안으로 몇 발 옮기지도 못하고 푸시시 허물어졌다. 꿀꺽. 어느새 머리가 어깨 아래까지 내려온 윤은이 아름다운 백색의 드레스를 입고 여신 포스로 중앙에 앉아 있었다.

그 모습이 얼마나 눈부시던지 수현은 한동안 눈을 제대로 뜰 수가 없었다. 시선을 떼지도 못하고 숨을 멈춘 채 그렇게 한동안 넋을 놓고 있었다. 얼떨떨해 멍한 눈으로 윤은을 바라보고 선 수현을 향해 종석이 시크하게 말했다.

"바보."

대표를 향해 거침없이 바보라고 말하는 종석에게 모두의 시선이 쏠렸다. 윤은이 오! 하며 장난스럽게 엄지를 치켜 올렸다. 그를 시작으로 모두들 약속이나 한 듯 엄지를 들어 올리며 난놈이라고 입을 모았다. 그에 가볍게 어깨를 으쓱한 종석이 아직도 넋을 놓고 서 있는 수현을 주시하며 곁에 앉은 윤은에게로 고개를 내렸다. 찌릿. 단숨에 얼굴을 뚫을 듯 매서운 레이저가 쏘아져 온다. 피식. 싱겁게 웃은 종석이 윤은의 귀에 나직이 속삭였다.

"결혼 축하해. 아저씨 것까지 더해서 곱절로."

"응. 고마워."

고개를 드는 종석과 시선을 맞추며 윤은도 환하게 웃었다. 둘의 다정한 모습에 불꽃 질투심을 발산한 수현이 무서운 속도로 달려와 그 사이를 파고들었다. 강력한 엉덩이 파워로 종석을 단숨에 물리친 수현이 득의양양하게 윤은을 내려 보며 그녀의 고운 이마에 입을 맞췄다.

"너무 예뻐서 못 알아볼 뻔했어. 내 사랑."

"풋. 그게 뭐예요. 신부도 못 알아보는 신랑이 어디 있어?"

"완전 극적인 반전이었거든."

"극적인?"

"우리 외계인이 이렇게 변했어요! 완전 울트라 캡숑 깜놀."

"헐. 뭐야. 울트라 캡숑 깜놀?"

고개를 끄덕이며 이건 화장이 아니라 특수 분장이라 옆에서 종알거리던 철민은 수현이 직접 손을 쓰지 않아도 직원들에 의해 철저히 응징을 당했다. 입을 봉쇄당한 채 구석에 내몰려 인디안 밥 세례를 받은 철민이 입을 삐죽이며 나만 갖고 그래, 라고 투덜거렸다. 그에 종석이 건조하게 내려 보며 툭 한마디를 던졌다.

"너도 특수 분장 해 줘?"

"아니."

"그래 부러우면 지는 거다."

"헐."

그 특수 분장이 윤은과 같은 것은 아닐 거라고 장담할 수 있었다. 온몸이 파란 스머프와 이웃사촌으로 등극하는 정도의 특수 분장이 되리라는 것도. 씁. 짧게 입맛을 다신 철민이 윤은의 손을 잡고 나서는 수현의 모습에 금방 또 모든 걸 잊고 열심히 박수 삼매경에 빠져들었다.

결혼식이라기보단 모두들 웃고 즐길 수 있는 파티에 가까웠다. 우주인의 결혼식은 가히 범우주적이라 격이 없었다. 행복 바이러스가 넘쳐나는 즐거운 시간이 그렇게 흘러갔다. 저녁 어스름이 깊어진 시간, 와인을 곁들이며 깨를 볶아 대는 수현과 윤은 곁으로 불쑥 검은 그림자 하나가 나타났다. 타다 만 성냥개비처럼 검게 그을린 동훈이 한껏 수현을 흘겼다. 마치 철천지원수를 마주하고 있는 것 같은 포스다. 피식. 싱겁게 웃으며 수현이 잔을 들어올렸다.

"축하 안 해 주냐? 꼬맹이?"

"니미. 꼬맹이 아니라니까."

"외계인2쯤 되나 그럼?"

"이씨. 됐고. 윤은이 좀 빌려."

"하아. 이 건방진 새끼. 어디서 막 까. 형수라고 하랬지."

"니……."

욕지기를 터트리려다 말고 동훈이 걱정스런 눈빛으로 저를 바라보고 있는 윤은을 힐끔거렸다. 짜증나게. 생각보다 더 예쁘다. 후우. 깊은 숨을 내쉰 동훈이 도전적인 눈빛으로 수현을 돌아보며 투박하게 말했다.

"잠깐만 빌려. 나도 시간이 필요하니까. 금방 돌려줄게."

피식. 한결 풀이 죽어 말하는 동훈을 보며 수현이 가만히 고개를 끄덕였다. 어린 연정이 더 아픈 법이다. 남자의 첫사랑은 심장을 파고들어 꽤 오랫동안 낫지 않는 상처로 머무니까. 동훈이 내미는 손을 윤은이 환한 미소와 함께 맞잡았다. 음악이 흐르는 중앙 스테이지로 자리를 옮기려는 찰나 수현이 덥석 윤은의 손을 붙잡았다. 그에 동훈의 미간이 한껏 찌푸려졌다. 뭐야 치사하게.

순식간에 윤은의 뒷머리를 붙잡아 기울인 수현이 그녀의 입술을 탐스럽게 머금었다. 맞잡은 동훈의 손에 불끈 힘이 들어갔다. 가지가지 한다. 쌍심지를 켜고 노려보는 동훈을 무시하고 꽤 농도 짙은 키스를 퍼부은 수현이 다시 윤은을 원상태로 돌려놓으며 싱긋 매력적인 미소를 지어 보였다.

"내 거라고 낙인찍은 거야."

"쿡."

"다녀와."

"응."

견우와 직녀에 버금가는 눈물겨운 이별 식을 나누는 둘을 동훈이 어이없게 바라봤다. 동훈이 닭털 돋는 팔을 문지르며 냉큼 윤은을 끌어당겼다. 아름다운 별들로 물든 까만 하늘이 무척 아름다웠다. 마치 환상인 듯 멀게 느껴지는 눈앞의 윤은처럼. 스테이지 위를 스쳐 지나는 별똥별 하나를 눈에 담으며 동훈이 가만히 눈을 감았다.

'안녕. 나의 동지. 언제나 행복하길.'

윤은을 안아 기대며 동훈은 그제야 마지막 작별을 고했다. 꼭 감은 눈 속에 지지 않는 별똥별을 가둬 두고 수도 없이 그녀의 행복을 빌었다. 이번만큼은 꼭 이뤄지는 소원이 되기를 간절히 바랐다. 사랑했다. 나의 옥탑방 동지. 피식. 엷게 웃는 동훈의 입매가 파르르 떨렸다. 동훈의 감은 눈 아래로 별똥별 하나가 가만히 떨어져 내렸다.

다른 곳에 비해 더 좋은 성능을 자랑하는 호텔 엘리베이터의 CCTV가 다양한 각도로 실시간 야동을 연출 중인 커플을 담아냈다. 탐욕스럽게 입술을 취하는 소리가 마치 바로 귓가에서 들리는 듯 농후한 컷이 연출되고 있었다. 스스럼없이 서로를 탐하는 이 과감한 커플이 스위트룸이 있는 15층에 도착해 시야에서 멀어지자 CCTV가 아쉬운 듯 목을 쭉 빼고 입구를 비췄다.

"으음. 어느 룸이에요?"

"하아. 후우. 글쎄, 어딜까?"

"고구마?"

"큭. 순서대로 가야지. 그것부터 먹게?"

"에?"

제 허리에 감긴 윤은의 매끈한 다리를 따라 그녀의 힙으로 손을 옮긴 수현이 야릇하게 웃으며 말했다. 한쪽 눈을 찡긋거리는 폼이 뭔가 있는 듯했다. 호텔이 바쁘기도 했고, 비행기를 타고 장거리를 가야 하는 시간도 아까웠던 둘은 신혼 첫날밤을 그들의 본거지인 안드로메다 호텔에서 보내기로 했다.

스위트 룸 중 하나를 잡았을 거라 생각한 윤은이 수현의 말에 고개를 갸웃거렸다. 순서대로? 그게 뭐야? 체리, 건포도, 복숭아…….

골똘히 생각에 잠긴 윤은의 눈앞으로 수현이 키 다섯 개를 쫙 펼쳐 보였다. 한 층 전체를 다 쓰겠다는 말이다. 동그랗게 커졌던 윤은의 눈이 음흉하게 가늘어지며 수현을 담아냈다. 야릇하게 혀로 입술을 핥은 윤은이 손가락을 뻗어 키를 스윽 훑었다.

"뭐부터 먹어 볼까나."

"1회로 끝날 건 아니니까. 끌리는 대로."

"오호. 그럼. 이거부터?"

윤은이 체리 룸의 키를 덥석 빼 들어 수현의 목에 팔을 휘감았다. 그리곤 뜨겁고 달콤하게 그의 요망한 체리를 한껏 머금었다. 체리를 이용한 꽤 다양한 시식을 이제부터 시작해 볼 생각이다. 그다음 많은 것들을 더 맛나게 먹으며 뜨거운 밤을 아주 제대로 즐겨 볼 요량이다. 다양한 레시피가 또 새롭게 탄생하게 되는 건가?

체리 룸의 문을 열고 들어서는 수현의 뒷주머니에 삐죽이 뭔가가 튀어나와 있었다. 손가락 사이즈의 도톰한 물건은 아마도 결혼 선물로 종석이 건넨 USB일 것이다. 야동의 종결이라는 이름이 붙은 그것이 살아 움직이듯 음흉하게 움직이며 제 존재감을 드러냈다.

끝없이 이어질 화끈하고 뜨거운 우주 정복의 밤이 이제 막 시작되었다.

후기

다시 계절의 문턱에 섰습니다.

또 저의 사랑스러운 한 아이가 세상을 향해 조심스럽게 첫발을 내디디려 합니다.

머나먼 안드로메다에서 지구별로 떨어진 조금은 별스러운 아이가 그 주인공입니다.

지구인들에겐 다소 생소하고 이상할 수 있으나 위험하진 않으니 피하진 말아 주세요.

밝고 유쾌한 사랑스러운 아이랍니다.

내 생애 최고의 스폰서를 처음 쓸 때만 해도 좋지 않은 의미로 받아들이는 분들이 많았습니다. 워낙 스폰서라는 단어가 우리에게 안 좋은 이미지로 각인되었기 때문이 아닌가 합니다. 그래서 그 틀을 좀 깨 보고 싶었습니다.

원래 스폰서라는 것은 기부금을 내어 후원하는 사람을 뜻합니다. 후원자라는 것이 나쁜 의미가 아닌데 왜 그렇게 변색되었을까 하는 안타까운 마음이 들었습니다.

우리는 이미 그 누군가의 스폰서입니다. 마음으로 하는 후원, 물질로 하는 후원, 사랑으로 하는 후원. 가족을, 친구를, 연인을 그렇게 아끼고 사랑하는 우리 모두가 서로에겐 스폰서가 아닐까 합니다.

부디 이 책을 읽고 덮는 그 순간에는 내 생애 최고의 스폰서를 떠올리며 행복한 미소를 지으시길 바랍니다.

제 글은 가벼움을 추구합니다.

절대 슬프거나 아프지 않습니다. 아무 고민 없이 골치 아픈 생각도 버리시고 그냥 즐겁게 읽으시기를 권장합니다. 유쾌하게 상쾌하게 해피하게 마지막 순간까지 웃음 지으시길 고대합니다.

모자란 글에 기름칠도 해 주신, 열심히 정비도 해 주신 스칼렛 출판사분들에게 깊은 감사의 인사를 드립니다.

항상 서로에게 든든한 글벗이 되어 주는 우리 작스 식구들에게도 땡큐.

먹어야 때깔도 곱다의 결정판 우리 양산 패밀리 제 컴퓨터는 항상 님의 손길을 기다립니다.

죽는 날까지 잘 먹고 잘 살자 우리 부산 패밀리, 앞으로도 물신양면으로 협조 바랍니다.

끝으로 사랑하는 나의 반려와 꼬맹이들 항상 스마일하게 살자.

가을의 문턱을 넘어 화연은 이만 물러갑니다.

Scarlet

스칼렛

Scarlet

스칼렛